MADRAPOUR

A l'aéroport étrangement désert de Roissy-en-France, quinze personnes s'embarquent à bord d'un charter dont la destination est Madrapour. Touristes cosmopolites, hommes d'affaires, et nombre de personnages plus ou moins douteux vont ainsi vivre ensemble dans une première classe dont les fauteuils sont disposés en rond.

L'hôtesse fait une annonce tronquée et c'est assez pour déclencher chez les passagers une inquiétude qui se change bientôt en angoisse lorsque deux Hindous, l'arme au poing, menacent d'exécuter les otages un à un si l'avion n'atterrit pas. C'est alors qu'on s'aperçoit que l'appareil ne comporte pas d'équipage. Un personnage invisible et tout-puissant, une force occulte dont on ne connaît pas les motivations, fait son apparition dans la destinée des passagers : le *Sol*, terme générique employé pour désigner le ou les inconnus qui semblent diriger l'avion depuis la terre.

Les Hindous sont débarqués dans un désert glacial tandis que l'avion reprend l'air pour une destination inconnue. Cependant, dans le cercle des voyageurs, la terreur de l'avenir exaspère les passions : conflits, rêves de puissance ou amours hâtives. Le plus émouvant sera celui de Sergius (le narrateur) pour l'hôtesse.

A la nuit tombante, l'avion atterrit de nouveau dans un site glacial et débarque un passager, Bouchoix, dont on ne sait s'il est mort ou moribond. Sergius, à son tour, se sent dépérir. Le *Sol*, dont on entend enfin la voix, commande à l'hôtesse de distribuer des dragées d'*Oniril*, et les passagers s'enfoncent dans une euphorie rassurante. Sergius, dont les forces déclinent au fur et à mesure que le jour baisse, comprend qu'à la nuit tombante il sera lui aussi « débarqué »...

Tournant le dos à la science-fiction, Robert Merle imagine un espace clos où chacun des personnages, en route vers un Madrapour inaccessible, porte avec lui toutes les obsessions de notre époque, mais sous la menace d'un destin qui se referme peu à peu sur eux. Roman où le suspense a la part belle, *Madrapour* nourrit aussi une profonde réflexion sur « la roue du temps » à laquelle aucun être humain n'échappe.

Robert Merle est né à Tébessa en Algérie. Il fait ses études secondaires et supérieures à Paris. Licencié en philosophie, agrégé d'anglais, docteur ès lettres, il a été professeur de lycée puis professeur titulaire dans plusieurs facultés de lettres. Il est l'auteur de nombreuses traductions (entre autres Les Voyages de Gulliver*), de pièces de théâtre et d'essais (notamment sur Oscar Wilde). Mais c'est avec* Week-end à Zuydcoote, *prix Goncourt 1949, qu'il se fait connaître du grand public et commence véritablement sa carrière de romancier. Il a publié par la suite de nombreux romans dont on peut citer, parmi les plus célèbres,* La mort est mon métier, L'Ile, Un animal doué de raison, Malevil, Le Propre de l'Homme, *et une grande série historique* Fortune de France.

Robert Merle

MADRAPOUR

ROMAN

Éditions du Seuil

TEXTE INTÉGRAL

ISBN 2-02-033651-0
(ISBN 2-02-014598-7, 1re publication poche
ISBN 2-02-004358-0, 1re publication)

© Éditions du Seuil, 1976

CHAPITRE I

13 novembre.

J'écris cette histoire en même temps que je la vis. De jour en jour. Ou plutôt — ne soyons donc pas si ambitieux — d'heure en heure. Nous serions bien avisés, d'ailleurs, de faire tenir un monde dans chaque minute qui passe. Nous n'en avons pas tant à notre disposition. La vie la plus longue peut se chiffrer en secondes. Faites le calcul : c'est un chiffre qui n'a rien d'astronomique — ni de particulièrement rassurant.

Tandis que j'écris ceci, je suis bien incapable de prévoir la fin de mon aventure. Je ne pénètre pas non plus sa signification. Ce n'est pourtant pas faute de hasarder des hypothèses.

Mon histoire aura sûrement un terme, ne serait-ce que le plus évident. Mais il n'est pas certain qu'elle ait un sens ou — ce qui revient au même — il n'est pas sûr que je sois capable de lui en trouver un : « Un moucheron qui naît à l'aube et meurt au coucher du soleil ne peut pas comprendre le mot nuit. »

Quand le taxi me dépose à l'aéroport de Roissy-en-France, une surprise m'attend. Tout est vide. Ni voyageurs, ni employés, ni hôtesses. Je suis seul, rigoureusement seul, dans ce monument de métal et de glace, où règne un silence de crypte. Comparaison absurde : Roissy ressemblerait plutôt, avec ses immenses vitres, à une serre démesurée.

Je pose mes valises sur un chariot et, dans ce désert lumineux, je pousse le chariot devant moi. En même temps, je sens tout le ridicule de convoyer ainsi mes biens terrestres, alors qu'aucun préposé ne peut les prendre en charge.

Non que j'espère encore m'embarquer pour Madrapour. Mais je cherche du moins quelqu'un pour me renseigner. Si je prends la peine de pousser mes bagages devant moi, c'est que je répugne à les abandonner à eux-mêmes dans un coin. Signe que la stupéfaction que j'éprouve m'a quelque peu déboussolé : les voleurs ne hantent pas les gares dépeuplées.

Je me rends bien compte que le vide et le silence de l'aéroport commencent à me donner une légère angoisse — si tant est qu'une angoisse soit jamais légère. Comment puis-je admettre qu'il n'y ait personne d'autre que moi dans ce Roissy, si visiblement fait pour accueillir les foules ? A supposer qu'un débrayage impromptu soit intervenu et que les vols au départ aient été annulés et les vols à l'arrivée à Paris détournés sur Orly, où sont les passagers qui, comme moi, auraient dû être pris à l'improviste par la grève surprise ? Où sont passés, les grévistes sur le tas, les non-grévistes, les agents de police, les CRS, le personnel des services, des snacks, des boutiques, des comptoirs ? Et comment peut-on un seul instant concevoir que la machinerie de Roissy-en-France puisse s'immobiliser et entrer en sommeil ?

Ce qui ajoute encore à mon anxiété, c'est l'architecture bien particulière des lieux. C'est la première fois que je viens à Roissy, et une chose me frappe : l'aérogare qui, je suppose, a été construite à des fins fonctionnelles, paraît en même temps calculée pour vous donner le sentiment de l'infini.

Étant ronde, elle n'a ni commencement ni fin et comporte en son centre un vide, lui aussi circulaire. Dans ce vide ascensionnent jusqu'à l'étage supérieur des tunnels vitrés dont le sol est un tapis roulant. Je vois qu'on désigne sous le nom de « satellites » ces boyaux lumineux qui paraissent avoir été conçus pour digérer les voyageurs.

Mais de voyageur, pas le moindre. Ayant tourné deux fois autour du vide au niveau inférieur sans rencontrer personne, je m'engage dans un de ces « satellites » avec mon chariot. J'éprouve un sentiment bizarre : j'ai l'impression de monter dans un de ces énormes manèges de fête foraine qui, pour vous donner des émotions, vous précipitent tout d'un coup vers le sol. Mais non : je débouche bel et bien au niveau supérieur. Et là, je refais ce que j'ai déjà fait en bas : je tourne autour du vide central et de ses « satellites » à la recherche d'un être humain.

Là aussi, je fais deux tours complets. J'ai l'impression désolante que doit ressentir un hamster qui, dans sa cage, trottine sans fin sur sa petite roue cannelée.

Je m'arrête. Je ne suis plus seul dans ce désert vitré de Roissy. Une hôtesse vient d'apparaître.

La première fois que je suis passé devant ce comptoir, j'ai promené les yeux sur lui et, je l'affirme, il était vide. Et tout d'un coup, à mon deuxième passage, l'hôtesse surgit, blonde, petite, l'œil vert, son calot sur la tête. Je ne veux pas faire un mystère de ce surgissement. J'ai bien assez de problèmes avec mon départ pour Madrapour. Il se peut que, la première fois que j'ai regardé dans sa direction, l'hôtesse était penchée pour fouiller dans son sac et cachée à ma vue par le comptoir.

D'un autre côté, tandis que je pousse avec élan mon chariot dans sa direction, je me rends bien compte que la présence de cette fille — et d'elle seule dans ce désert ! — ne fait qu'aggraver le caractère irréel de la situation.

En tout cas, l'hôtesse n'est pas un fantôme. La voilà devant moi en chair et en os : en chair pulpeuse et en os menus.

Je le vois du premier coup d'œil : dans la catégorie du joli — avec ses limites, mais aussi avec son charme accessible à tous et que personne, par conséquent, ne conteste —, cette hôtesse est insurpassable. C'est le genre de fille que les autres femmes détaillent d'un regard implacable et que les hommes dévorent des yeux. Et moi, malgré l'inquiétude qui me traverse, je partage le sort commun.

Je sais pourtant à quoi m'en tenir sur la beauté des hôtesses : simple bonbon visuel que les compagnies vous donnent à sucer pour tromper l'angoisse du décollage.

Et pourtant le piège fonctionne. J'ai beaucoup de questions à lui poser sur la situation et pour l'instant du moins, je ne lui en pose aucune. Le regard attaché à son ravissant visage, je lui tends mon billet.

— Vous êtes Mr. Sergius ? dit l'hôtesse dans un anglais qui m'enchante tant l'intonation est mauvaise.

Je dis un peu inutilement :

— Yes.

Et je poursuis en français :

— Que se passe-t-il ? Y a-t-il une grève ?

— Vous êtes en retard, dit-elle avec un sourire. Tous les autres passagers sont déjà à bord.

— Mais, dis-je avec un certain degré d'affolement, je n'ai pu accomplir aucune des formalités : la douane, la police...

— Ne vous inquiétez pas, dit-elle, avec un nouveau sourire, et cette fois, il n'a rien de commun avec la mimique fonctionnelle de son emploi. Il est amical, presque tendre.

Je le reçois comme un choc, et un choc qui achève de m'anesthésier.

— Vos valises ! reprend-elle tout d'un coup. Vous auriez dû les laisser en bas ! Ici, on ne passe qu'avec son bagage à main.

— En bas ? dis-je. Mais il n'y a personne, en bas !

Et je suis étonné de ma voix, de mon ton ; c'est à peine une protestation. Ou alors, elle est si faible qu'elle ne va pas porter.

L'hôtesse me regarde de son œil vert et fait une petite moue de ses lèvres enfantines :

— Croyez-vous vraiment ? dit-elle. Venez, nous allons les faire redescendre.

Elle sort de derrière son comptoir et me précède. Je la vois alors en pied. Elle est petite, la taille mince, le buste rond, les jambes longues. Je la suis, poussant mon chariot.

Elle appuie sur un bouton, puis sur un autre.

— Le premier bouton, dit-elle, c'est pour appeler le bagagiste.

— Mais il n'y a personne en bas, dis-je assez faiblement.

Elle me sourit sans répondre. La porte de l'ascenseur s'ouvre et l'hôtesse me dit d'un ton pressant :

— Vite, avant que la porte se referme ! Poussez le chariot ! Mais non, reprend-elle en me saisissant le bras. Pas vous, le chariot seulement ! Ne gardez que votre serviette.

J'obéis, la gorge serrée. La porte se referme sur mes deux valises et j'entends l'ascenseur qui redescend.

Je suis planté là sans bouger. A cette minute, j'éprouve un vrai désespoir : j'ai le sentiment très net que je ne reverrai jamais mes bagages ni les précieux ouvrages de référence qu'ils contiennent et que j'emporte avec moi pour m'aider dans l'étude du madrapouree.

Cependant, la petite main de l'hôtesse s'est posée sur mon avant-bras, et son œil vert ne quitte pas le mien.

— Venez, Mr. Sergius, dit-elle sur le même ton pressant. Vous nous avez beaucoup retardés. Le charter vous attend.

— Il m'attend ? dis-je, le sourcil levé.

Elle ne répond pas. Elle pivote sur ses talons et, d'un pas vif, elle s'engage devant moi, dans cette espèce d'accordéon qui conduit de plain-pied les voyageurs jusque dans l'avion. Je la rattrape et là, tandis que je peine pour me maintenir à ses côtés — car, bien qu'elle soit menue, elle marche à une vitesse qui me confond —, j'ai un dernier sursaut.

— Mais enfin, dis-je, pouvez-vous m'expliquer ? Que se passe-t-il ? Y a-t-il une grève ? Comment se fait-il qu'il n'y ait personne à Roissy, pas même un flic ?

Elle presse encore le pas et, pivotant vers moi son joli buste sur lequel aussitôt mes yeux se fixent, elle dit d'un ton léger :

— Je n'y comprends rien moi-même.

Et, me jetant un regard de côté, elle me fait un sourire qui est un bizarre mélange de fausseté et de franchise.

Je marche à ses côtés ou, plus exactement, je la suis, haletant car, si vite que je meuve mes grandes jambes, l'hôtesse, qui est pourtant petite, me devance. J'éprouve en même temps un sentiment de chute, de déchéance, de culpabilité. Je n'ai pas l'impression que je m'embarque de mon plein gré dans ce charter destination Madrapour. Je m'imagine au contraire qu'avec ses yeux verts, ses torsions de torse et son sourire, l'hôtesse m'a passé une laisse autour du cou et qu'elle me tire derrière elle, soumis et dépouillé, mes deux valises abandonnées derrière moi — dans un ascenseur.

J'ai peine à suivre son sillage. Elle vole. De temps en temps, elle se détourne et me jette un coup d'œil, je presse le pas.

Je m'arrête net, pourtant, sur le seuil du charter, aussi buté qu'un cheval qui refuse de monter dans un van. Je ne sais quelle force m'immobilise ainsi au moment de franchir la ligne qui sépare le vrai sol de ce plancher trompeur qui va m'emporter vers le ciel. Ma volonté n'y est pour rien. Je reste là, stupide, les bras le long du corps, les yeux fixés droit devant moi.

Et tout d'un coup, sans que je l'ai vue entrer ni se retourner, je découvre l'hôtesse à l'intérieur de l'avion, de l'autre côté de la ligne, immobile. Elle me fait face, posée sur une jambe, la taille fléchie. Et fixant sur moi son œil vert, elle me fait un sourire câlin et me dit d'une voix basse et chaude :

— Vous ne venez pas avec nous, Mr. Sergius ?

— Comment ? dis-je en balbutiant presque. Vous êtes aussi du voyage ?

— Mais bien sûr, dit-elle. Il n'y a pas de steward.

Elle ajoute en tournant vers moi dans un geste d'offrande les deux paumes de ses mains :

— Seulement moi.

Ma décision est prise à mon insu. J'émerge de ma transe, je passe de l'autre côté de la ligne. Et aussitôt, se penchant hors de l'avion, l'hôtesse saisit la lourde porte avec une force et une dextérité qui m'étonnent, la referme sur nous et la verrouille.

Je reste debout, ma serviette au bout du bras, regardant le dos de l'hôtesse. Chose impensable, voilà donc une hôtesse d'accueil qui se mue, sous mes yeux, en hôtesse navigante.

— Prenez place, Mr. Sergius, dit l'hôtesse.

Je regarde autour de moi. Il y a là une quinzaine de voyageurs, pas plus. Les sièges ne sont pas du tout disposés comme dans un long-courrier ordinaire. Et visiblement, je me trouve en première classe.

— Mais j'ai un billet de classe économique, dis-je un peu confus.

— C'est sans importance, dit l'hôtesse. La classe touriste est vide.

— Vide ? dis-je en écho.

— Vous voyez bien, dit l'hôtesse. Vous n'allez pas rester seul. Vous vous ennuieriez.

— Mais il me semble que je n'ai pas le choix, dis-je, un peu surpris d'être celui des deux qui invoque le règlement. Je ne peux évidemment pas voyager dans une classe supérieure à celle de mon billet. Je me trouverais en situation irrégulière.

L'hôtesse me regarde avec une ironie tendre.

— Vous êtes très consciencieux, Mr. Sergius, mais je vous assure, c'est sans importance. Et, pour tout dire, vous simplifieriez beaucoup mon service en vous installant ici.

Cet argument et, surtout, le sourire qui l'accompagne achèvent de me persuader. Je prends place dans un fauteuil, glisse dessous mon bagage à main et attache ma ceinture.

Sans que je l'aie vue s'approcher, l'hôtesse est debout à côté de mon siège, son œil vert fixé sur moi.

— Mr. Sergius, voudriez-vous me remettre votre passeport et tout le numéraire que vous avez sur vous ?

— Le numéraire ! dis-je stupéfait. Mais c'est très inhabituel !

— Ce sont les ordres, Mr. Sergius. Il va sans dire que je vous remettrai un reçu et que votre argent vous sera rendu à l'arrivée.

— Je ne vois pas la raison de ce règlement inédit, dis-je sur le ton de la contrariété la plus vive. C'est là une pratique absurde, je dirais même inacceptable !

— Écoutez, *brother,* dit un des passagers en anglais, mais avec un fort accent américain, vous n'allez pas discuter pour tout ! Vous nous avez déjà assez retardés comme ça. Crachez votre fric à l'hôtesse, et n'en parlons plus.

Je fais semblant de ne pas entendre cette grossière interruption, mais je ne peux ignorer tout à fait les regards de désapprobation des autres voyageurs, ni les yeux peinés et patients de l'hôtesse. Je sors de ma poche mon porte-billets et je compte avec soin son contenu.

— Ce serait peut-être plus simple de me confier le porte-billets, dit l'hôtesse.

— Si vous voulez, dis-je de mauvaise grâce. Dois-je aussi vous remettre mes chèques de voyage ?

— J'allais vous le demander.

Et elle part, emportant le tout. Je la suis des yeux avec un certain désarroi. Je me sens dépouillé : je n'ai plus de pièce d'identité, plus d'argent, et je ne suis même pas sûr que mes deux valises soient bien dans les soutes.

Dès que l'hôtesse a tourné les talons et que je ne suis plus sous l'influence de son regard, je m'avise qu'elle ne m'a pas donné de reçu. Je la rappelle. En termes polis je l'exige. Elle obtempère.

— Voilà, Mr Sergius, dit-elle avec un petit sourire indulgent.

Et, dès que j'ai le papier en main, elle me donne un coup léger du dos de la main sur la joue, moitié tape, moitié caresse. Familiarité qui, loin de m'humilier, me plaît.

Peut-être en raison de cette scène, peut-être parce qu'ils sont étonnés par mon physique, les autres passagers me dévisagent. Je note que cela leur est facile, vu la disposition inhabituelle des sièges. Les fauteuils ne sont pas, en effet, rangés les uns derrière les autres comme c'est la règle dans les avions, mais disposés en cercle, comme dans une salle d'attente. La seule différence, c'est qu'ils sont fixés au sol et comportent tous une ceinture de sécurité.

Je suis le point de mire de ce cercle et, comme chaque fois qu'on me regarde avec insistance, j'éprouve un sentiment de gêne.

Je ne sais si on se rend compte combien c'est une chose

affreuse que d'être laid. De la minute où je me lève et me rase devant ma glace à la minute où je me couche et me lave les dents, je n'oublie pas une seconde que tout le bas de mon visage, à partir du nez, me donne une ressemblance fâcheuse avec un singe. Si je l'oubliais, d'ailleurs, les regards de mes contemporains se chargeraient à chaque instant de me le rappeler. Oh, ce n'est même pas la peine qu'ils ouvrent la bouche ! Où que je sois, dès que j'entre dans une pièce, il suffit que les gens tournent les yeux vers moi : *j'entends* aussitôt ce qu'ils pensent.

Je voudrais arracher mon physique comme une vieille peau et le rejeter loin de moi. Il me donne un sentiment intolérable d'injustice. Tout ce que je suis, tout ce que je fais, tout ce que j'ai accompli — dans le domaine du sport, de la réussite sociale et de l'étude des langues —, rien de tout cela ne compte. Un seul coup d'œil à ma bouche et à mon menton, et je suis dévalorisé. Peu importe aux gens qui me regardent si le caractère bestial et lubrique de ma physionomie est démenti, en fait, par l'humanité qu'on peut lire dans mes yeux. Ils ne s'attachent qu'à la difformité du bas de mon visage et portent sur moi une condamnation sans appel.

J'entends leur pensée, je l'ai dit. Dès que je parais, je les entends s'exclamer en eux-mêmes : « Mais c'est un orang-outan ! » Et je me sens devenir aussitôt un objet de dérision.

L'ironie c'est qu'étant si laid, je sois en même temps si sensible à la beauté humaine. Une jolie fille, un enfant gracieux me ravissent. Mais, de peur de les effrayer, je n'ose approcher les enfants. Et très peu souvent les femmes. Je note pourtant que les animaux, dont je raffole, n'ont aucunement peur de moi et qu'ils s'apprivoisent très vite. De mon côté, je me sens à l'aise avec eux. Je ne lis rien d'humiliant dans leurs yeux. Uniquement de l'affection — demandée, reçue, rendue. Ah, quel beau monde ce serait, et combien je m'y sentirais heureux, si les hommes pouvaient avoir le regard des chevaux !

Je fais sur moi-même un violent effort, je relève les paupières, je regarde à mon tour mes regardeurs. Aussitôt, avec cette hypocrisie des gens que vous surprenez à vous fixer, ils détournent les yeux et prennent un air indifférent — et d'autant plus vite que ma hure leur fait peur. Ce n'est pas que mes yeux soient féroces, bien au contraire. C'est le contexte qui les contamine et leur donne un air menaçant.

Mais après tout ce que mes copassagers ont pensé de moi et que j'ai parfaitement entendu, je ne vais quand même pas me gêner. Je les regarde l'un après l'autre tout à mon aise et, puisqu'ils sont disposés en cercle, de gauche à droite.

L'hôtesse occupe le fauteuil le plus proche de l'*exit*. Elle a enlevé son petit calot, lissé ses cheveux d'or d'un geste gracieux, tout en jetant sur les passagers dont elle a la charge des regards qui ne sont nullement blasés.

A sa droite, une femme blonde, chatoyante, moulée dans une superbe robe verte à ramages noirs, et dont les bijoux ne sont pas très discrets ; à côté, une jeune fille seule ; puis, à sa suite, un bel Italien ; un délicieux homosexuel de nationalité allemande ; deux dames très distinguées qui voyagent ensemble, deux veuves, je suppose, l'une américaine, l'autre française, et celle-ci peu farouche, malgré sa distinction. Car elle ne détourne pas les yeux sous l'impact des miens. Elle accueille, au contraire, mon regard, comme si l'idée ne lui déplaisait pas d'être quelque peu violée, au coin d'une jungle, par un singe velu.

Enfin, la dernière dans le demi-cercle, une autre dame, dont le visage est une symphonie en jaune. Elle m'est dès l'abord si antipathique que je ne suis pas fâché que nous soyons séparés par l'allée centrale qui mène en classe touriste.

De mon côté, c'est-à-dire dans le demi-cercle droit, des hommes : un Américain, trois Français, moi-même, qui suis britannique — du moins d'adoption, car je suis né à Kiev d'une mère allemande et d'un père ukrainien —; un personnage vulgaire qui lit un journal en grec ; et enfin, un couple hindou : les seules personnes qui ne m'aient pas dévisagé quand je suis entré dans l'avion. En fait, ils ne regardent personne, n'ouvrent pas la bouche et restent

16

aussi immobiles que des statues. Femme et homme, ils sont l'un et l'autre très beaux. Si le mot « racé » a un sens, c'est à eux qu'il devrait s'appliquer.

Le spectacle que me donnent mes compagnons de route m'a distrait, mais n'a pas dissipé mon inquiétude. Je pense sans cesse à mes valises. Je les revois avec un serrement de cœur disparaître dans l'ascenseur. Et je regrette amèrement de m'être laissé mener par le bout du nez par l'hôtesse, alors même que j'étais certain qu'il n'y avait pas un seul bagagiste au niveau inférieur.

Je suis si préoccupé que je ne sens pas l'avion décoller. C'est seulement quand je vois mes copassagers déboucler leur ceinture que je m'en avise. Nous sommes dans les airs. Peut-être avons-nous déjà atteint notre altitude de croisière. En tout cas, le comportement des voyageurs paraît l'indiquer. Ils s'agitent, s'ébrouent, ils fouillent dans leur bagage à main, ils déploient des journaux. Les hommes desserrent leur cravate, ceux qui sont corpulents se déboutonnent et les femmes arrangent leurs cheveux.

Au milieu de cette agitation rassurante, une anomalie me frappe. Je n'entends pas les moteurs ou, pour être plus précis, je les entends à peine. En concentrant mon attention, j'arrive, en effet, à percevoir un faible, très faible vrombissement, comme celui d'un réfrigérateur qui se remet en marche. Je me demande si la pression de l'air ne m'a pas bouché les tympans, et j'introduis mon auriculaire dans mon oreille droite.

Si discret que soit mon geste, il n'échappe pas à ma voisine de gauche, et elle me décoche un regard chargé d'un mépris si écrasant que je retire aussitôt mon doigt et fourre ma main coupable dans ma poche. De toute évidence, il n'y a pas que des avantages à être assis en rond.

Au bout de quelques secondes, je regrette d'avoir baissé si vite pavillon et je décide de regarder moi-même sans aménité la Gorgone qui vient de me pétrifier. Malheureusement, elle ne me voit pas. Elle essaie au même moment d'attirer l'attention de l'hôtesse par des petits signes de la main.

Son apparence ne me plaît pas, c'est le moins que je

puisse dire. Elle doit avoir entre quarante et cinquante ans, mais la maturité l'a séchée et durcie, au lieu de lui donner des courbes. De ce côté-là, visiblement, tout est fini. Un squelette. Habillé d'un confortable tailleur de tweed gris qui ne parvient pas à donner du moelleux à son corps. Des cheveux pauvres, de couleur mal définie, tirés en arrière d'un front peu développé, mais têtu. Des pommettes larges qui lui donnent, je ne sais pourquoi, quelque chose de cruel. Un teint bilieux, des dents nicotinisées. Et dans tout ce jaune éclatent deux grands yeux bleus qui ont dû être très beaux du temps où Mme Murzec cherchait à mettre la main sur un mari dont elle pourrait devenir la veuve. Car bien sûr, elle est veuve, ou à la rigueur, divorcée. Je ne vois pas comment un homme pourrait vivre plus de quelques années sous cet implacable regard.

L'hôtesse doit être moins vulnérable que je ne suis, car ni les yeux ni les signes impérieux de Mme Murzec — c'est le nom de ma Gorgone — ne l'atteignent. Et Mme Murzec, de guerre lasse, dit en français d'une voix haute et coupante :

— Mademoiselle !

— Madame, dit l'hôtesse en se tournant enfin vers l'interpellante, et en la considérant d'un air paisible.

— Nous sommes ici depuis une bonne heure, dit Mme Murzec, et le commandant de bord ne nous a pas souhaité la bienvenue.

— Je suppose que le haut-parleur ne marche pas, dit l'hôtesse avec sérénité.

— Eh bien, dans ce cas, c'est à vous de faire l'annonce, reprend Mme Murzec d'une voix accusatrice.

— Vous avez tout à fait raison, madame, dit l'hôtesse avec une politesse que dément sa complète indifférence. Malheureusement, reprend-elle sur le même ton, j'avais tout ça sur un petit papier, et je ne sais pas ce que j'en ai fait.

Là-dessus, elle se met à chercher en faisant des petites moues dans les poches de son uniforme, mais sans hâte et sans aucune conviction, comme si elle était sûre d'avance de ne rien découvrir. Je ne la quitte pas des yeux, tant je trouve sa mimique adorable.

En même temps, je ne donne pas tout à fait tort à Mme Murzec. On en prend vraiment très à son aise avec les passagers dans ce charter pour Madrapour.

— Et avez-vous besoin d'un petit papier pour faire une annonce aussi simple ? dit Mme Murzec d'un ton vibrant de sarcasme.

— Mais bien sûr, dit l'hôtesse avec naturel. Je suis nouvelle. C'est mon premier vol à destination de Madrapour. Mais le voilà ! ajoute-t-elle, en extrayant un petit carré de papier de sa poche.

Elle le considère un instant, comme si elle était elle-même très étonnée de l'avoir trouvé. Puis elle le déplie et lit d'une voix monocorde :

— Mesdames, messieurs, je vous souhaite la bienvenue à bord. Nous volons à une altitude de 11 000 mètres. Notre vitesse de croisière est de 950 km/heure. La température extérieure est de moins 50 degrés centigrades. Merci.

Elle répète l'annonce dans son anglais gazouillant, et repliant le papier, elle le remet dans sa poche.

— Mais, mademoiselle, votre annonce est manifestement incomplète ! dit Mme Murzec avec indignation. Elle ne nous dit pas le nom du commandant de bord, pas davantage le nom et le type de l'appareil, ni surtout l'heure à laquelle nous ferons escale à Athènes.

L'hôtesse la regarde de ses yeux verts en levant les sourcils :

— Est-ce bien utile de savoir tout cela ? dit-elle d'un ton tranquille.

— Mais bien sûr, c'est utile, mademoiselle, dit la Murzec avec colère. En tout cas, c'est habituel !

— Je suis désolée, dit l'hôtesse.

Elle n'a pas, en fait, l'air désolé. Et après tout, plus j'y réfléchis et plus je trouve que c'est l'hôtesse qui a raison. Quand Mme Murzec est apparue dans ce monde — à coup sûr dans un très bon milieu —, a-t-elle demandé à connaître l'identité du Créateur et l'avenir de la planète ? Et même si on les lui avait dits, aurait-elle été beaucoup plus avancée d'apprendre que le commandant de bord

19

s'appelait Jehovah et la terre, la Terre ? A mon sens, ce genre de vérité est seulement nominal.

— Eh bien, posez ces questions de ma part au commandant, reprend Mme Murzec d'un ton rogue. Et revenez me donner les réponses.

— Oui, madame, dit l'hôtesse en levant les sourcils, mais toutes les plumes bien en place et fraîche comme un verre d'eau.

Elle s'éloigne avec la grâce d'un ange, sauf qu'un ange est asexué. Je la vois se diriger vers le rideau qui, je présume, mène à la cambuse et, de là, au poste de pilotage. Je la suis des yeux jusqu'à ce qu'elle disparaisse.

— Ça jacasse, ces femelles françaises, dit dans son anglais traînant l'Américain corpulent qui est assis à ma droite.

C'est lui qui, à mon entrée dans l'avion, m'a conseillé assez grossièrement de « cracher mon fric » à l'hôtesse.

— Mais vous, bien sûr, ajoute-t-il, vous comprenez tout ce qu'elles disent.

— Pourquoi, « bien sûr » ? dis-je, sans amabilité excessive.

— Parce que vous êtes interprète à l'ONU. Et polyglotte. D'après ce que je me suis laissé dire, vous parlez une quinzaine de langues.

Je le regarde d'un air méfiant.

— Comment savez-vous cela ?

— C'est mon métier de savoir, dit l'Américain en me faisant un clin d'œil.

Ce qui frappe à vue de nez, chez lui, ce sont ses cheveux. Ils sont si frisés, si drus et si compacts qu'ils lui donnent l'air de porter sur le crâne un casque protecteur. Mais le reste du visage n'est pas moins défensif. Les yeux gris, aigus, inquisiteurs se cachent derrière des verres épais. Le nez est fort, impérieux. Les lèvres s'ouvrent sur de grosses dents blanches. Et le menton carré s'avance en avant comme une proue — avec une fossette médiane qui n'a rien d'attendrissant.

L'homme paraît si formidablement armé dans la lutte pour la vie que je suis tout surpris, après son clin d'œil, de le voir se détendre dans un sourire qui, en raison de ses lèvres ourlées, lui donne un air de bonhomie. Puis hochant la tête avec condescendance, il me dit avec son accent traînant et une familiarité qui me laisse pantois :

— Heureux de vous rencontrer, Sergius.

Je suis de glace, mais l'Américain n'a pas l'air de s'en apercevoir. Il reprend après une courte pause :

— Je m'appelle Blavatski.

Il dit cela avec un certain air de pompe et un coup d'œil à la fois complice et interrogateur, comme s'il s'attendait à être connu de moi.

— Heureux de vous rencontrer, *mister* Blavatski, dis-je en appuyant avec intention sur le « mister ».

Robbie, le jeune Allemand qui me fait l'effet d'avoir des mœurs hors série, et qui a observé cette scène avec ironie, m'adresse alors un sourire de connivence.

Je me méfie un peu des homosexuels. Je me demande toujours si ma laideur est susceptible de les décourager. Je réponds à Robbie avec une réserve un peu prude dont il comprend aussitôt le sens et qui paraît beaucoup l'amuser, car ses yeux marron clair se mettent à pétiller. Je dois dire pourtant que je trouve Robbie tout à fait sympathique. Il est si beau et si complètement féminin qu'on peut très bien comprendre qu'il ne s'intéresse pas aux femmes, puisqu'il en porte une en lui. Avec cela, un regard vif, aigu, intelligent, qu'il darde de tous les côtés autour de lui, sans cesser pour autant de faire la cour à son voisin, Manzoni. Car il lui fait la cour et, je crois, sans aucun succès.

— Moi, reprend Blavatski de sa voix traînante, le nom du commandant, je m'en fous. Mais ce que je voudrais savoir, c'est le type de l'appareil. Je n'ai jamais rien vu de semblable. En tout cas, ce n'est ni un Boeing, ni un DC 10. Je me suis demandé si ce n'était pas votre Concorde, Sergius.

— *Notre* Concorde, interrompt un Français d'une quarantaine d'années, assis à ma gauche (Blavatski étant assis à ma droite).

Le Français poursuit d'un ton acide, comme s'il donnait une leçon à Blavatski :

— Il n'y a que les moteurs qui soient britanniques. Le Concorde lui-même est français.

Il parle un anglais correct et laborieux et j'apprends par la suite qu'il s'appelle Karamans ou Caramans, je ne saurais trancher en faveur du K ou du C. En tout cas, il prononce « man » à la française, comme la deuxième syllabe du mot « charmant ».

— Nous ne sommes pas dans un Concorde, Mr. Blavatski, dis-je à mon tour d'un ton neutre. Le Concorde est beaucoup plus étroit.

— Et il ne vole pas à 950 km, ajoute Caramans d'un air ironique, comme si cette vitesse était dérisoire.

— En tout cas, nous sommes dans un avion français, dit Blavatski en se penchant en avant pour fixer Caramans d'un air agressif. Il n'y a qu'à voir la disposition tout à fait stupide des sièges. Elle fait perdre au moins la moitié de la place. Les Français n'ont jamais eu la moindre idée de la rentabilité d'un avion.

Caramans hausse les sourcils, qu'il a très noirs et très fournis, et dit d'un ton acerbe, mais avec le plus grand calme :

— J'espère pour nous que nous sommes, en effet, dans un avion français. Je n'aimerais pas que la porte de la soute aux bagages s'ouvre en plein vol.

Après cette perfide allusion, Caramans se replonge dans *le Monde* avec une moue dédaigneuse qui soulève légèrement sa lèvre supérieure du côté droit. Je remarque qu'il a une façon particulière d'être bien habillé : tout est dans la coupe et le tissu, rien dans la couleur. A le voir ainsi vêtu, à l'entendre parler, Caramans, j'en ai aussitôt la certitude, est un pur produit d'un certain milieu français. Il sent d'une lieue l'ENA, Polytechnique ou l'Inspection des Finances. Avec un peu d'imagination, on pourrait presque voir derrière son front les rouages bien huilés de ses méninges tourner en ronronnant avec une précision cartésienne. Je suis sûr aussi que, lorsqu'il ouvrira à nouveau la bouche, les raisons et les faits apparaîtront, un à un, en toute clarté dans un discours très articulé et débité avec un air de supériorité tranquille.

— Ce Français me fait..., me dit Blavatski en se penchant vers moi, mais en parlant d'une voix basse parfaitement audible. Et la preuve, c'est que je vais aux toilettes.

Là-dessus, il fait entendre un gros rire en montrant ses grosses dents et, se levant, se dirige d'une marche à la fois pesante et agile vers la queue de l'appareil. Caramans ne bronche pas.

Dès que Blavatski a disparu, un passager petit, gras, huileux, et d'une vulgarité outrée, traverse avec hâte le rond, s'assied dans le fauteuil laissé vacant par Blavatski et, se penchant vers moi à me toucher, il me dit en anglais à voix basse, mais chose curieuse, en se penchant aussi pour regarder Caramans assis à ma gauche :

— Mr. Sergius, si j'ai un conseil à vous donner, c'est de vous méfier de ce Blavatski. C'est un agent de la CIA.

Puis il ajoute d'un ton humble :

— Je m'appelle Chrestopoulos. Je suis grec.

Je ne réponds pas. Je répugne à avoir un contact quelconque avec un homme qui m'impose sa présence avec autant d'indiscrétion. Qui plus est, il m'incommode. Il sent l'ail, la sueur et un parfum bon marché.

Mais Caramans n'a pas cette réaction. Il se penche à son tour et dit à Chrestopoulos, avec une certaine avidité et à voix très basse :

— Sur quoi fondez-vous votre assertion ?

Je trouve ma position inconfortable et ridicule car les deux hommes, l'un assis à ma droite, l'autre à ma gauche, sont penchés l'un vers l'autre au niveau de mon estomac.

— Sur mon intuition, dit Chrestopoulos.

— Votre « intuition » ? dit Caramans en reprenant sa position assise, et en relevant le côté droit de sa lèvre supérieure.

Je vois les bajoues de Chrestopoulos refluer. A son tour il se redresse, regarde Caramans avec des yeux pleins de reproche et dit dans son anglais gauche, incorrect, mais avec beaucoup de passion :

— Ne vous moquez pas de mon intuition. Si je n'avais pas appris du premier coup d'œil à placer les gens, je n'aurais pas survécu.

— Et moi, vous me placez ? dit Caramans avec sa petite moue irritante.

— Bien sûr, dit Chrestopoulos. Vous êtes un diplomate français envoyé en mission officielle à Madrapour.

— Je ne suis pas diplomate, dit Caramans d'un ton sec.

Chrestopoulos sourit d'un air de triomphe discret, et j'ai moi aussi à cet instant la certitude qu'il a touché juste. Caramans se remet à sa lecture du *Monde,* mais cela ne gêne pas Chrestopoulos. Il dit d'un ton aimable :

— En tout cas, je vous ai prévenu. Ce type a probablement les poches bourrées de gadgets d'écoute.

— Je ne vous ai rien demandé, dit Caramans du bout des lèvres, sans détacher les yeux de son journal. A quoi rime cet avertissement ?

— J'aime rendre des petits services, dit Chrestopoulos, ses deux bajoues écartées l'une de l'autre par un large sourire. Et à l'occasion, j'aime bien qu'on m'en rende aussi.

Et soulevant ses grosses fesses du fauteuil de Blavatski, il regagne sa place, emportant avec lui sa forte odeur d'ail et de patchouli.

Chrestopoulos et ses propos cessent d'exister : l'hôtesse vient d'apparaître à la porte de la cambuse, poussant devant elle le chariot du dîner. Elle, jusqu'ici si sereine, est pâle, sa lèvre inférieure tremble. Malgré mes efforts pour capter son regard, elle ne lève pas les yeux sur moi. Ni d'ailleurs sur personne.

L'hôtesse arrête le chariot au milieu du rond, et commence à passer les plateaux. Ceux-ci s'enclenchent sur les bras des fauteuils, système que je n'aime pas : j'ai l'impression d'être prisonnier. L'hôtesse a commencé par Blavatski à ma droite, je vais donc être le dernier. Les yeux attachés à elle, j'attends avec impatience qu'elle arrive à moi, non parce que j'ai faim, et encore moins parce que j'aime le genre de nourriture qu'on sert en avion, mais parce que j'espère attirer son attention et voir ses yeux. Au moment où elle fixe mon plateau, je dis avec une tension qui ne mérite certes pas ma question :

— Est-ce qu'il y a du sel ?

Aucun succès. Elle me montre de l'index un petit sachet qui se trouve sur mon plateau, màis sans ouvrir la bouche et sans me regarder. Cependant, son visage est alors très proche du mien, et je remarque une fois de plus sa pâleur. Ses lèvres, par contre, ne tremblent plus. Elle a réussi à les maîtriser, mais au prix d'une crispation de toute la bouche.

Je n'ai le temps de rien ajouter. Dès qu'elle m'a servi, elle tire vivement le chariot en arrière et, en un clin d'œil, disparaît avec lui derrière le rideau de la cambuse. La rapidité du mouvement suggère une fuite précipitée, et à l'expression que prennent alors les yeux bleus insoutenables et le visage jaunâtre de Mme Murzec, je comprends que c'est devant elle, ou plutôt devant ses questions, que l'hôtesse a fui.

— Cette petite garce ne m'a pas répondu, dit Mme Murzec d'une voix rendue masculine par l'abus du tabac.

En disant cela, elle ne paraît quêter l'approbation de personne. En tout cas, pas des hommes. Elle hait le sexe fort, c'est évident, et n'attend rien de bon de lui, dans aucun domaine, y compris le domaine physique, où elle me donne l'impression d'avoir choisi depuis longtemps l'autarcie. Par contre, elle n'aurait pas détesté, je crois, être soutenue, dans la querelle qu'elle cherche à l'hôtesse, par les deux dames distinguées qui voyagent ensemble, et dont la plus âgée est assise à côté d'elle.

Ces deux-là, bien qu'amies, ne forment pas un couple. Je les définirais plutôt comme deux moitiés inconsolables que le veuvage a rapprochées. Robbie qui, tout en faisant à Manzoni une cour assidue et sans espoir, ne perd pas une miette de ce qui se passe autour de lui, les appelle les *viudas,* hors de portée de leurs oreilles.

Robbie, minipolyglotte, parle en plus de l'allemand, sa langue maternelle, le français, l'anglais et l'espagnol. Mais qu'il ait choisi le mot espagnol *viuda,* plutôt que l'anglais *widow,* l'allemand *witwe* ou le français *veuve,* montre bien la finesse et la malice de sa sensibilité linguistique. Car de tous ces mots-là, le plus « vide » de tous, le plus proche du latin *vidua,* c'est bien l'espagnol *viuda.*

Quand je demanderai plus tard à Robbie pourquoi il ne

range pas aussi Mme Murzec, bien qu'elle soit veuve, parmi les *viudas*, ses beaux yeux marron se mettent à pétiller et il me dit avec sa vivacité coutumière et des mouvements très particuliers de ses deux mains à la hauteur de ses épaules : « Mais non, mais non, pas du tout. Ce n'est pas la même chose. Chez celle-là, le vide est une vocation. »

Il n'a pas dû l'être, c'est vrai, chez les *viudas*. Elles sont toutes les deux charmantes, bien qu'inégalement. Mrs. Boyd, dans le genre de la vieille dame américaine, policée et cosmopolite ; et Mrs. Banister, snob et sûre d'elle-même, avec de très beaux restes de brune bien gymnastiquée — des restes encore assez alléchants, je suppose, pour des hommes plus jeunes que moi.

Quand Mme Murzec a fait à voix haute et à la cantonade sa remarque désagréable sur l'hôtesse, je capte un actif échange de coups d'œil entre Mrs. Boyd et Mrs. Banister. Et sans qu'un mot soit prononcé entre elles, je comprends qu'elles ont pris d'un commun accord la décision de ne pas accorder à Mme Murzec le soutien qu'elle leur a tacitement demandé.

Tout en notant ces jeux de scène, j'avale sans plaisir aucun la nourriture qui nous est servie, entre autres choses une tranche de gigot glacé insipide. Je me dépêche. J'ai le sentiment absurde que plus tôt j'aurai fini et plus vite l'hôtesse apparaîtra pour desservir.

J'ai terminé. J'attends que les autres aient à leur tour ingurgité leur pitance et je me sens plus prisonnier que jamais de mon plateau encombré de déchets. Quelle triste chère on fait à bord de ces avions ! On ne se nourrit pas, l'opération ne mérite pas ce mot. Disons que, comme l'avion lui-même, on se contente de faire le plein.

Le rideau est tiré sans que je voie la main de l'hôtesse, le chariot apparaît et, enfin, le poussant, elle-même surgit, les yeux baissés. Elle a repris des couleurs, mais elle paraît absente, rongée par l'inquiétude. Elle dessert avec des gestes mécaniques, sans un sourire, sans un mot, comme si elle ne nous regardait pas. Je ressens une subite impression de froid et de tristesse quand je la vois prendre mon plateau

26

sans faire plus attention à ma présence que si mon siège était vide.

— Mademoiselle, dit tout d'un coup Mme Murzec de sa voix à la fois éraillée et distinguée. Avez-vous les réponses aux questions que vous deviez poser pour moi au commandant de bord ?

L'hôtesse tressaille, et je vois ses mains trembler. Mais elle ne se tourne pas vers Mme Murzec et ne lève pas les yeux sur elle. Elle dit d'une voix essoufflée et sans timbre :

— Non, madame, je suis désolée. Je n'ai pas pu poser vos questions.

CHAPITRE II

— Vous n'avez pas pu ? dit la Murzec.

— Non, madame, dit l'hôtesse.

Un silence. Je m'attends à ce que la Murzec insiste et demande d'un ton sec à l'hôtesse pourquoi elle n'a pas pu poser ses questions.

Elle n'en fait rien. Et pourtant, avec son front têtu et son œil bleu acier, la Murzec est l'image même de l'acharnement. On ne l'imagine pas rétracter ses griffes quand elle les a enfoncées dans la peau de quelqu'un.

Personne dans le cercle ne prend le relais. Ni Blavatski, toujours si sûr de lui ; ni Caramans, si à cheval sur ses droits ; ni l'effronté Chrestopoulos ; ni les *viudas*, si à l'aise dans leur rôle mondain ; ni Robbie, l'impertinence toujours au bout de la langue. On dirait que les réponses aux questions de la Murzec ne nous concernent pas.

Je suis bien d'accord, certes : ces questions n'ont pas en elles-mêmes beaucoup de signification. Mais l'absence de réponse en a une. De toute évidence, on ne peut accepter que l'hôtesse s'en tienne là.

Et c'est bien, pourtant, ce qui se passe. Nous nous taisons tous, moi compris. Nous regardons la Murzec. Nous attendons d'elle qu'elle s'obstine. Et notre attente revient à dire ceci : c'est elle qui a levé ce lièvre, c'est à elle de lui courir sus !

Mme Murzec saisit fort bien la subtile lâcheté de notre attitude, puisqu'en somme nous nous déchargeons sur elle du soin de poursuivre. Et elle se tait. Peut-être par une sorte de défi rageur : Ah, maintenant, vous voulez que je parle ! Eh bien, je ne dirai rien !

C'est Chrestopoulos qui rompt le silence, mais pas par des paroles, par des bruits. Il pousse un gros soupir et frappe à plusieurs reprises ses cuisses grasses du plat de ses deux mains boulottes. Je ne sais pas ce que signifie ce geste : impatience ou inquiétude.

Toujours transpirant et agité, Chrestopoulos, et paraissant très mal à l'aise dans un pantalon qui plisse sur son gros ventre et plus bas, sur un sexe énorme qui le force à garder les jambes larges ouvertes. Il n'est pas, certes, vêtu pauvrement. On pourrait même lui reprocher un luxe excessif, surtout en fait de bijoux et de bagues, tous en or. Jaunes aussi la large cravate de soie qui orne sa poitrine, et ses chaussures. On ne peut pas dire non plus qu'il paraît sale, malgré l'odeur qui émane de lui. Il appartient plutôt à cette catégorie d'hommes sur qui, au bout de deux heures, toute chemise semble douteuse et tout veston, fripé — trop de sueur, d'humeurs et de mucus suintant de leur peau et des cavités de leur corps : cérumen dans les oreilles, jaune au coin des yeux, le dessous des bras en auréole, sentant des pieds, exsudant tous azimuts. La tête est ronde, couronnée d'abondants cheveux poivre et sel, des yeux de geai à la fois perçants et fuyants, d'épais sourcils noirs en barre continue et, sous un nez d'une forme et d'une longueur obscènes, une grosse moustache de janissaire turc.

Chrestopoulos se frappe les cuisses une dernière fois du plat de sa main grasse et, jetant de côté un regard furtif à Blavatski, il se lève, traverse le demi-cercle droit et, soulevant le rideau, passe en classe touriste, laissant derrière lui, en même temps que son odeur, la tache brillante et dorée de ses chaussures. Après quelques secondes, on l'entend qui ouvre et referme sur lui sans aucune discrétion la porte des toilettes.

Aussitôt, comme mû par un déclic, Blavatski se lève avec une élasticité de gros homme, franchit à son tour le demi-cercle droit mais en sens inverse et, à la stupeur générale, saisissant sous le fauteuil de Chrestopoulos son bagage à main, le pose sur le siège, l'ouvre et commence à l'inventorier.

Le couple hindou, assis à la droite de Chrestopoulos et qui jusque-là s'était fait remarquer par son impassibilité, donne des signes très vifs d'émotion, et la femme interviendrait peut-être si l'homme ne posait avec force la main sur son avant-bras en la regardant en même temps de ses yeux noirs liquides : le couple hindou aurait-il lieu, lui aussi, de redouter les initiatives de Blavatski ?

Il y a chez les autres passagers des mouvements divers. Et le premier à réagir explicitement — avant même, je le note, Caramans — est un Français chauve à gros yeux saillants assis à la gauche de Chrestopoulos. Il dit d'une voix indignée :

— Mais voyons, monsieur, vous n'avez pas le droit de faire cela !

— Je le pense aussi, dit en anglais Caramans, avec une affectation de calme diplomatique.

Blavatski ignore Caramans, mais tourne belliqueusement vers le Français chauve son crâne casqué de cheveux drus et dit avec une arrogance joviale et sans cesser pour autant de fouiller le sac du Grec :

— Et qu'est-ce qui vous fait penser que je n'en ai pas le droit ? dit-il en excellent français, mais avec un fort accent américain.

— Mais vous n'êtes pas douanier, dit le Français. Et même si vous l'étiez, vous n'auriez pas le droit de fouiller le sac d'un voyageur en son absence.

— Je m'appelle Blavatski, dit Blavatski avec un large sourire dentaire et un air d'orgueil bon enfant.

Il ajoute :

— Je suis agent du *Narcotic Bureau*.

Il sort une carte de sa poche et, d'un geste négligent, la montre de loin au Français.

— Je ne vois pas que cela vous donne le droit de fouiller le bagage d'un passager grec dans un avion français, dit le chauve d'un air piqué.

— Je vous ai dit mon nom, dit Blavatski, avec un air d'indéfinissable supériorité morale. Et vous ne m'avez pas dit le vôtre.

L'air vertueux de cet Américain qu'il vient de prendre

31

« la main dans le sac » enrage le chauve. Ses gros yeux saillants rougissent et il dit en haussant le ton :

— Mon nom n'a rien à faire là-dedans !

Blavatski, qui a pris le parti de vider de son contenu le sac de Chrestopoulos sur son siège, est en train de tâter la doublure de skaï. Il dit sans relever la tête et d'un ton sermonneur :

— Est-ce que nous ne pourrions pas avoir une conversation plus calme entre adultes ?

Le voisin de gauche du chauve, un individu très maigre, presque décharné, se penche alors vers lui et lui glisse quelques mots à l'oreille. Le chauve, qui paraissait sur le point d'exploser, se ressaisit et dit d'une voix sèche :

— Si vous y tenez tant que ça, je me présente. Je suis Jean-Baptiste Pacaud. Je dirige une société qui importe du bois de déroulage. M. Bouchoix (il désigne l'individu décharné à sa gauche) est mon bras droit et mon beau-frère.

— Heureux de vous rencontrer, Mr. Pacaud, dit Blavatski avec un air de condescendance aimable. Vous aussi, Mr. Bouchoix. Mr. Pacaud, avez-vous un fils ? dit-il en remettant sans hâte aucune dans le sac de Chrestopoulos les objets qu'il en a retirés.

— Non, pourquoi ? Quel est le rapport ? dit Pacaud, ses gros yeux saillants lui donnant au repos un air perpétuellement étonné.

— Si vous aviez un fils, reprend Blavatski avec une gravité de prédicant, vous devriez souhaiter que les trafiquants de drogue, grands et petits, soient mis hors d'état de nuire. Et voyez-vous, Mr. Pacaud, dit-il en replaçant le sac de Chrestopoulos sous son fauteuil, nous avons des raisons de penser que Madrapour est un des hauts lieux de la drogue en Asie, et Mr. Chrestopoulos, un important intermédiaire.

Caramans fronce alors ses épais sourcils noirs et, relevant le côté droit de sa lèvre supérieure, dit en anglais de sa voix acide et bien articulée :

— Dans ce cas, c'est au retour que vous auriez dû fouiller le sac de Chrestopoulos, non à l'aller.

Blavatski s'assied à ma droite, se penche et sourit à Caramans avec un air de supériorité joviale.

— Ce n'est pas, bien entendu, de la drogue que je cherche, dit-il de sa voix traînante. Vous n'avez pas bien compris, Caramans. Chrestopoulos n'est pas un convoyeur, c'est un intermédiaire.

— De toute façon, dit Caramans avec un retour en force de sa moue dédaigneuse, fouiller les bagages d'un compagnon de voyage sur un simple soupçon est un procédé illégal.

— Et comment! dit Blavatski en souriant avec bonne humeur de ses grosses dents blanches. Et comment, c'est illégal!

Et aussitôt, repassant sans transition du ton cynique au ton moral, il ajoute :

— Mais je préfère, pour lutter contre la drogue, donner quelques coups de canif dans la légalité plutôt que de vendre des armes à un peuple sous-développé.

Caramans lève en même temps son sourcil droit et le coin droit de sa lèvre.

— Vous voulez dire que les États-Unis ne vendent pas d'armes aux peuples sous-développés?

— Je sais bien ce que je veux dire, dit Blavatski.

Le ton entre les deux hommes est devenu tout d'un coup si déplaisant que je décide d'intervenir. Je peux d'autant mieux le faire que, Caramans se trouvant assis à ma gauche, et Blavatski à ma droite, c'est pour ainsi dire par-dessus ma tête qu'ils se mitraillent.

— Messieurs, dis-je d'une voix unie, si nous mettions fin à cette discussion?

Mais Caramans, bien qu'apparemment très calme, bout de colère contenue. Il dit d'une voix basse et grinçante :

— Vous venez de vous couper, Blavatski. Vous n'êtes pas membre du *Narcotic Bureau*. En réalité, vous travaillez pour la CIA sous couvert du *Narcotic Bureau*.

Le couple hindou, me semble-t-il, s'agite. Mais c'est une impression fugitive, car à cet instant, je regarde Blavatski. Quel étonnant visage! Tout en défenses et en boucliers. Le casque de ses cheveux, les verres si épais qu'aucun regard

33

hostile n'est capable de les pénétrer, et enfin ces grosses dents blanches, hautes, serrées, qui ferment sa bouche comme un blindage. Je ne m'y trompe pas, d'ailleurs. A l'abri de ces fortifications, tout est attaque et agression : l'œil, le rire, la parole, l'attitude arrogante, et aussi, chose surprenante, l'humeur enjouée. Car ce gros homme au regard dur a en même temps du charme. Et il en use, tantôt pour et tantôt contre son interlocuteur.

— Voyons, voyons, Caramans, dit Blavatski en montrant ses grosses dents tandis que son petit œil pétille derrière ses verres, il ne faut pas croire tout ce que vous a dit de moi Chrestopoulos ! Cette vieille fripouille s'imagine que vous êtes bien introduit auprès du GPM, et il cherche votre protection. En fait, je n'ai rien à voir avec la CIA. Naturellement, reprend-il en plissant les yeux, il a bien fallu que je me documente sur mes compagnons de route, et c'était facile ; cet avion est un charter et, à ma connaissance, le premier en date à partir pour Madrapour.

Caramans reste silencieux. Quand un diplomate se tait, il a l'air de se taire deux fois. Caramans ne reprend pas *le Monde* qu'il garde sur ses genoux. Il demeure immobile, baissant les yeux, comme s'il regardait le long de son nez, et présentant à Blavatski son profil sévère et bien léché, le cheveu coupé de frais et pas un poil ne passant l'autre. Je remarque que même au repos le côté droit de sa lèvre est légèrement relevé, comme si son tic dédaigneux s'était peu à peu figé.

Caramans regrette je crois d'en avoir trop dit et il doit avoir ses raisons de souhaiter que Blavatski n'en dise pas davantage. Mais Blavatski, je le sens, n'entend pas se taire. D'abord stupéfait qu'un agent soi-disant secret commette en public tant d'indiscrétions, je commence à me demander si elles ne sont pas, toutes, calculées. Et j'en suis certain quand Blavatski reprend de sa voix traînante et avec un regard d'une ingénuité caricaturale :

— Croyez-moi, Caramans, je suis étranger à la CIA. Je ne m'intéresse qu'à la drogue. Et je me fous complètement de vos histoires de puits de pétrole et de ventes d'armes et de votre influence réelle ou supposée auprès du GPM.

Caramans sursaute, jette aux autres passagers un regard rapide et anxieux, et dit en serrant les lèvres :

— Merci, en tout cas, de me faire tant de publicité.

Blavatski rit. Son rire est bon enfant, mais cache une jubilation qui, j'en suis sûr, n'a rien d'aimable. Caramans se replonge dans *le Monde*, le visage pétrifié par l'effort qu'il fait pour se contenir. L'incident est clos, ou du moins il a l'air de se clore.

Et, dans le silence revenu, Chrestopoulos réapparaît. Précédé de ses chaussures jaunes et suivi de son parfum composite, il reprend sa place entre l'Hindou et Pacaud. Il est resté si longtemps absent qu'on peut se demander s'il n'a pas surpris tout, ou partie, du dialogue entre Blavatski et Caramans, caché derrière le rideau de la classe touriste.

A bord de cet avion plus rien ne m'étonne. Blavatski ne vient-il pas implicitement d'admettre qu'il a lui aussi entendu, peut-être de la même manière, peut-être par une écoute plus sophistiquée, la mise en garde que Chrestopoulos, quelques minutes plus tôt, a adressée à Caramans à son sujet ?

L'hôtesse revient de la cambuse et assise à l'extrémité du demi-cercle gauche, les mains croisées sur ses genoux, elle reste immobile, l'air absent, sans regarder personne. Une idée étrange me vient. J'ai l'impression — mais peut-être a-t-on déjà deviné que j'ai quelque tendance au mysticisme — que l'hôtesse est écrasée par une révélation négative d'une portée considérable : par exemple, la disparition de Dieu.

Je prévois l'objection qu'on me fera. On va dire qu'il est aussi difficile de perdre Dieu quand on l'a que de le gagner quand on ne l'a pas. Je suis bien d'accord.

Puis-je dire ici, cependant, les précautions que je prends pour le garder ? Je tiens que la croyance étant un acte de foi, la foi sans preuve est méritoire. C'est là, on le devine, une astuce angélique. Car dès que le doute apparaît, il est *a priori* suspect. En outre, il est incommode, et comme disent les Anglais, « il ne paye pas ». Sans rien gagner, il perd tout — du moins tout ce à quoi je tiens : un Dieu paternel, un univers qui a un sens et un au-delà consolant.

Un mot encore à ce sujet : sans pour autant me donner en exemple, je voudrais dire comment je m'y prends pour avoir la paix chez moi. J'ai compartimenté mon esprit, et dans le compartiment le plus petit, le plus étanche et le plus sombre, j'ai enfermé mes doutes. Dès que l'un d'eux ose montrer la tête, je le refoule dans le noir sans pitié.

Pour le moment, regardant l'hôtesse et notant tous les signes de sa désespérance, je sens en moi un élan passionné. J'ai envie de me lever, de la prendre dans mes bras, de la protéger.

Franchement, je suis le premier étonné, à mon âge et avec mon physique, d'être si juvénile. Mais c'est un fait, elle me fascine. Et sans aucune retenue, je la regarde, ébloui, débordant de désir, de tendresse et aussi, bien sûr, de pitié devant sa mortelle angoisse. Depuis qu'elle a enlevé son petit calot, elle a coiffé en casque d'or ses beaux cheveux, dégageant son cou mince et à mon avis mettant beaucoup mieux en valeur ses traits. Quant à ses yeux d'un vert un peu glauque, ils me paraissent plus beaux depuis qu'ils sont tristes. Je la regarde, jamais rassasié. Si l'œil à lui seul pouvait posséder, elle serait déjà ma femme. Car il va sans dire que mes intentions à son égard sont honorables, même si mes chances d'être agréé sont faibles.

Après quelques minutes, je n'y tiens plus. J'ai soif d'avoir un contact avec l'hôtesse, fût-il le plus insignifiant. Je dis :

— Mademoiselle, voulez-vous avoir la gentillesse de m'apporter un verre d'eau ?

— Certainement, Mr. Sergius, dit-elle. (Je note avec joie que je suis le seul ici qu'elle appelle par son nom.)

Elle se lève aussitôt avec grâce et se dirige vers la cambuse. Je la suis des yeux. Le plaisir que me donne ce petit être humain, rien que par le seul fait qu'il se déplace, est incommensurable.

Elle revient, portant un verre plein sur un plateau. Celui-ci est inutile, puisqu'elle maintient le verre en équilibre de son autre main, mais je suppose que l'usage du plateau est imposé aux hôtesses et Dieu sait pourquoi, s'agissant d'elle, cette petite servitude m'attendrit.

— Voici, Mr. Sergius, dit-elle, debout entre Blavatski et moi, et se penchant vers moi, elle m'enveloppe de son odeur de fille fraîche et bien lavée.

Je saisis le verre, et comme elle fait mine de faire demi-tour, pris de panique à l'idée de la voir s'éloigner si vite, j'ose une familiarité inouïe : j'avance le bras, je la retiens par la main.

— Attendez, je vous prie, dis-je d'un ton précipité. Vous remporterez le verre en même temps.

Elle sourit, elle attend, elle ne fait aucun effort pour se dégager, et tandis que je bois, à vrai dire plein de confusion, je regarde de côté avec étonnement sa petite menotte serrée dans ma grande patte velue. L'hôtesse tourne le dos à Blavatski, mais la Murzec, quand elle a vu mon geste, a soufflé dans son nez avec mépris, et mon voisin de gauche, Caramans, sans cesser de lire *le Monde,* a relevé un peu plus son coin de lèvre. Je le trouve tout d'un coup très antipathique, Caramans, avec sa coupe de cheveux si correcte et sa tête d'énarque bien-pensant.

Je ne peux pourtant pas passer une éternité à absorber un verre d'eau, même sans la moindre soif, ni retenir le verre vide dans ma main, alors que l'hôtesse l'attend, si semblable dans sa mélancolie à l'ange de l'Annonciation dans le tableau de Léonard de Vinci. Je remarque à nouveau ses yeux tristes et je dis à mi-voix :

— Vous êtes soucieuse ?

— On le serait à moins, dit-elle, en me laissant interdit par un sous-entendu qui en dit trop, ou trop peu.

Je reprends :

— Vous savez, il y a quelque chose que l'expérience m'a appris. Quand on a des problèmes, il suffit d'attendre assez longtemps et vos problèmes se révolvent d'eux-mêmes.

— Vous voulez dire par la mort ? dit-elle avec une expression anxieuse.

Je suis saisi.

— Non, non, dis-je d'une voix mal assurée. Non, non, je ne vois pas si loin. Je veux simplement dire qu'avec le temps votre optique change, et vos soucis perdent leur acuité.

— Pas tous, dit-elle.

Sa main remue dans la mienne comme une petite bête captive, et aussitôt je lâche prise, je lui remets mon verre avec un dernier sourire elle s'en va, plus fleur coupée que jamais. J'ai eu le contact que je désirais, mais du trouble qui la ronge, elle ne m'a rien dit. Je n'ai jamais rencontré personnalité plus attirante et aussi, plus insaisissable.

Je voudrais revenir sur la disposition en cercle des sièges de cette première classe et, pour la commodité de la description, faire un dessin sommaire pour montrer, comme dirait un Anglais, « qui se trouve à côté de qui ».

Ce croquis, tandis que je l'achève, m'amuse. Il me rappelle les petits plans délicieusement excitants des romans policiers anglais du début du siècle. La différence, je le dis au risque de supprimer d'emblée tout « suspense », c'est qu'en toute probabilité personne ici ne va se faire assassiner, si bien « distribué » que paraisse Chrestopoulos dans l'un et l'autre de ses rôles.

Mon dessin fait bien apparaître la disposition tout à fait insolite des sièges en première classe, alors même qu'en classe économique elle reste traditionnelle. La perte de place qui résulte de cet arrangement est évidente ; la première classe est plus longue qu'elle ne l'est par exemple sur un DC 9, où elle comporte pourtant douze fauteuils, alors qu'ici, nous n'en avons que seize pour une surface bien plus importante. Ceci explique la boutade de Blavatski : « Les Français n'ont aucun sens de la rentabilité d'un avion. »

Mais c'est là, bien sûr, une vacherie gratuite. On peut très bien supposer, en effet, que l'aménagement intérieur de cet avion a été commandé tout spécialement par un chef d'État qui désirait tenir conseil en plein vol avec ses collaborateurs. Dans cette hypothèse, l'appareil aurait été racheté en seconde main par la société de charter, et celle-ci n'aurait pas voulu faire les frais de le restructurer.

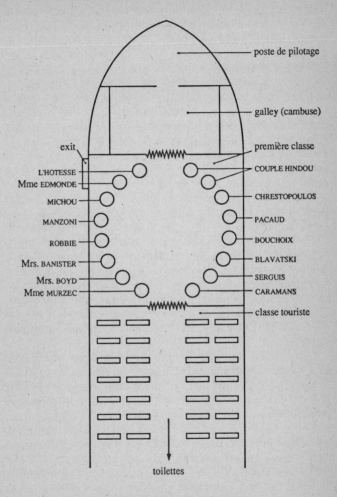

Plan de la première classe
dans le charter destination Madrapour

Personnellement, ce n'est pas là l'anomalie qui me frappe le plus dans ce voyage. Le vide de la classe touriste me paraît beaucoup plus déconcertant, sans parler du désert que j'ai trouvé à Roissy-en-France, de la disparition de mes valises dans un ascenseur de l'aéroport, des instructions données à l'hôtesse pour les passeports et le numéraire, et de l'incident — qui a tourné court — de l'annonce tronquée.

Je prends une sage décision : je me dis que je ne vais pas ressasser tout cela pendant les quinze heures de vol, me laisser obséder par des craintes probablement peu fondées, et permettre à mon caractère inquiet de me gâcher mon voyage. Je me carre dans mon fauteuil et l'œil mi-clos, je me distrais de mon mieux en regardant mes compagnons de route. Ce qui m'est facile puisque, étant donné la façon dont nous sommes assis, je les vois tous.

Je fais une constatation amusante : dans la façon dont les gens ont pris place, il y a un certain degré de ségrégation sexuelle. Dans le demi-cercle droit, à l'exception de l'Hindoue du couple, on ne trouve que des hommes : businessmen d'âge moyen et hauts fonctionnaires. Dans le demi-cercle gauche, par contre, on ne voit que des femmes, à l'exception de Manzoni, qui paraît les aimer beaucoup, et de Robbie, qui les aime moins, mais qui a suivi Manzoni. Hommes et femmes, de ce côté, paraissent appartenir — si j'en crois la vêture et l'allure — à la catégorie des touristes huppés.

Je ne m'en suis pas aperçu tout de suite, car j'étais absorbé par les démêlés de Blavatski et de Caramans, mais le demi-cercle gauche est lui aussi agité par des tensions d'une autre nature, mais non moins fortes que celles qui viennent de se faire jour dans le demi-cercle droit.

J'observe là, en effet, un chassé-croisé de passions. Mrs. Banister, celle de nos deux *viudas* qui n'a pas renoncé aux plaisirs de ce monde, est très attirée par le beau Manzoni, dont elle est malheureusement séparée par Robbie. Celui-ci, comme je l'ai dit, partage l'inclination de sa voisine de droite pour son voisin de gauche, mais bien qu'il soit tactiquement mieux placé pour faire sa cour à

Manzoni, il la fait sans aucune chance appréciable d'aboutir. Quant à Manzoni, il est pris, pour l'instant du moins, par le charme du fruit vert et se concentre sur la jeune Michou. Celle-ci, une mèche sur l'œil, s'absorbe dans la lecture d'un roman policier et ne prête aucune attention, sournoise ou marginale, à l'Italien. Michou est pour ainsi dire le butoir sur lequel s'arrête tout ce train de désirs.

Puisque Manzoni regarde Michou, je la regarde aussi. Ça vaut mieux que de penser encore à mes valises ou de tendre l'oreille pour essayer d'entendre les moteurs de l'avion.

Moi aussi, elle me plaît, Michou, bien qu'elle n'ait rien de ce qui m'attire d'ordinaire chez une femme : elle n'a ni seins, ni hanches, ni fesses ; le front bas et pas foule derrière. Malgré cela, charmante. Des traits menus dans un joli ovale et, en dépit de ses airs dessalés, des yeux naïfs. Au XVIIIe siècle, ça donnerait une beauté touchante enveloppée de ses falbalas. Au XXe siècle, c'est un jean délavé et un pull roulé. Ainsi fringuée, on dirait une ouvrière de l'usine à papa — sauf que le pull prolétarien est en cachemire. Et si je lui inspectais la bouche — mais je laisse cette ambition à Manzoni —, je découvrirais une denture invisiblement rectifiée par un stomatologiste coûteux.

— Mademoiselle, dit Manzoni *sotto voce* dans un français teinté d'un léger zézaiement, excusez-moi, mais je voudrais vous poser une question.

Michou tourne la tête et le regarde à travers la mèche châtain clair qui lui tombe sur l'œil.

— Faites, dit-elle d'un ton bref.

— Vous venez de terminer le roman que vous lisez et aussitôt vous le recommencez. Vous êtes une fille très mystérieuse.

— Il n'y a pas de mystère, dit Michou. Quand j'arrive à la fin, je ne me rappelle plus le début.

Ayant dit, elle se replonge dans sa lecture. Je ne sais pas si elle l'a fait exprès, mais étant donné la situation, c'est une bonne réplique : Manzoni ne sait pas si elle est sérieuse ou si elle se moque de lui.

Il prend le parti, au bout d'un moment, de faire entendre un petit rire aimable.

— Mais n'est-ce pas ennuyeux, quand on lit un roman, de manquer à ce point de mémoire?

— C'est vrai, dit Michou d'un ton uni et sans relever la tête. Je n'ai aucune mémoire.

Nouveau petit rire de Manzoni, toujours dans la note gentille et taquine.

— C'est aussi très économique, dit-il. A la limite, ça vous permettrait de lire toujours le même livre.

— Ça ne va pas jusque-là, dit Michou, sur le ton de quelqu'un qui ne donne pas suite.

Première offensive repoussée. Manzoni se tait. Mais il ne va pas se décourager pour autant. Manzoni connaît les vertus de l'insistance, quand il s'agit de la séduction.

Je le regarde. Grand, bien découplé, un masque d'empereur romain, des yeux du genre velouté et une élégance qui se situe entre celle de Caramans et celle de Robbie.

Caramans est ineffablement correct et baigne dans les tons gris, anthracite et noir. Robbie, lui, se permet une orgie de couleurs pastel : pantalon vert pâle et chemise bleu azur : combinaison audacieuse mais un peu froide, réchauffée en dernière minute par le foulard orange qui entoure son cou flexible. Manzoni, plus conventionnel, porte un complet clair, presque blanc, avec une chemise mauve et une cravate en tricot bleu marine. C'est moins excentrique que Robbie, plus artistique que Caramans, et me semble-t-il aussi, plus cher. Manzoni a beaucoup d'argent, c'est évident, et je suis bien sûr qu'il n'a jamais fait un seul jour de travail pour gagner sa vie, alors que, réflexion faite, je n'en dirais pas autant pour Robbie.

Il m'est difficile d'être objectif à l'égard de Manzoni. Vous me direz qu'avec mon physique j'ai des raisons évidentes de ne pas aimer les hommes beaux.

Ce n'est pas là ma motivation. Ce que je déteste, chez Manzoni, c'est sa misogynie de Don Juan. On sent très bien que s'il pouvait « avoir » Michou, il passerait aussitôt à l'hôtesse, puis à Mrs. Banister qui l'impressionne par sa classe, et ensuite à l'Hindoue. Après quoi, les méprisant toutes, il lui tarderait d'arriver à Madrapour pour exploiter les ressources locales.

Cette insatiabilité, jointe à son mépris du sexe faible, me fait penser que Manzoni n'est pas fondamentalement différent de Robbie, bien qu'il paraisse se situer à l'opposé. Il y a bien une raison — peut-être inconnue de lui-même — pour qu'il tolère les hommages de Robbie, même s'il affecte de les repousser. Il les repousse, mais il n'y met pas fin.

La première OPA de Manzoni sur Michou provoque quelques réactions dans le demi-cercle gauche. Mme Murzec, plus jaune que jamais, souffle dans son nez, ce qui, nous le savons, est pour elle une façon abrégée d'exprimer sa réprobation morale. Les deux *viudas* échangent à voix basse des commentaires, et à voir la mimique de Mrs. Banister pendant cet échange, je conclus que de sa part du moins, ils ne doivent pas manquer d'acidité. Mme Edmonde, la voisine de gauche de Michou — mais je parlerai d'elle plus loin —, paraît très contrariée, Dieu sait pourquoi, car elle a l'air de tout sauf d'une puritaine. Quant à Robbie, il semble considérer l'offensive de Manzoni en direction de Michou avec une certaine indulgence. Ses yeux vifs, pétillants, allant d'un visage à l'autre, il sourit, assis sur son fauteuil dans une pose gracieuse.

Curieux, l'impression qu'il donne d'être non pas grand, mais long. On dirait que sa masculinité s'est diluée dans l'allongement de ses membres. Avec ses jambes interminables et toujours entortillées l'une dans l'autre, et ses longues mains fines retombant au bout de ses poignets ployés, il a l'air d'une fleur alanguie sur une tige trop haute.

On se serait attendu que Manzoni, après des délais convenables, reprenne l'initiative côté Michou, mais c'est Michou qui attaque — et chose plus inattendue encore — en direction de Pacaud.

— M. Pacaud, dit-elle d'une façon abrupte, qu'est-ce que c'est que le bois de déroulage ?

M. Pacaud est si ému d'être interpellé sur son métier par notre « beauté touchante », que son crâne dénudé rosit. Il se penche en avant, et son cou raide fiché dans ses épaules carrées, il dit en souriant d'un air paternel :

— C'est le genre de bois dont on peut faire du contre-plaqué.

— Et nous n'avons pas ce genre de bois en France ?

— Nous en avons, mais nous en importons aussi, notamment l'okoumé, l'acajou et le limbo.

— Pardonnez-moi, dit Caramans d'un air gourmé, mais je crois qu'il vaut mieux dire *limba*.

— Vous avez raison, M. Caramans, dit Pacaud.

— Et comment déroulez-vous ces bois ? dit Michou.

— Eh bien, dit Pacaud avec un petit sourire dans ses gros yeux saillants, c'est une opération assez compliquée. On étuve d'abord les billes...

Il laisse traîner sa phrase et Robbie, se penchant, dit à Michou :

— Est-ce bien la peine que vous appreniez tout cela, puisque vous n'avez aucune mémoire ?

On se hâte de rire, tant on craignait d'avoir à subir un documentaire sur le bois de déroulage. Quant à Robbie, secouant ses boucles blondes, et souriant à la ronde, il paraît ravi d'avoir joué avec succès le petit espiègle.

— De quelle taille est votre entreprise ? dit Caramans, le coin de la lèvre relevé et avec l'air de vouloir redonner un tour sérieux à la conversation.

— Mille ouvriers, dit Pacaud avec une modestie pas très bien imitée.

— Mille exploités, dit Michou.

Pacaud lève les bras, ce qui a pour effet de faire paraître ses manches beaucoup trop courtes. Comme souvent les Français d'âge moyen, il donne l'impression d'avoir grossi depuis qu'on a taillé son complet.

— Une gauchiste ! dit-il, ses gros yeux saillants exagérant sa pseudo-colère. Et vous, bien entendu, mademoiselle, vous vous comptez parmi les exploités ?

Michou secoue la tête.

— Pas du tout. Je n'ai jamais travaillé, moi. Ni au lycée, ni à la maison. Je suis le type même du parasite. Je vis aux crochets de papa.

Elle ajoute après un temps de réflexion :

— Notez bien que papa lui aussi est un parasite. Il est PDG, comme vous. D'ailleurs, vous lui ressemblez beaucoup, M. Pacaud. Même caillou, mêmes gros yeux. Quand je vous ai vu, ça m'a donné un choc.

Le crâne de Pacaud rosit à nouveau et il dit avec une émotion qu'il essaie en vain de dissimuler sous un ton de cérémonie :

— Croyez bien que j'aurais été très heureux d'avoir une fille telle que vous.

Et après une seconde d'hésitation, il ajoute d'une façon abrupte et en baissant la voix :

— Je n'ai pas d'enfant.

Michou lui sourit alors avec beaucoup de gentillesse, et nous comprenons tous, je crois, que Pacaud vient de se trouver une fille, au moins pour la durée du voyage. J'en ressens un certain plaisir, Pacaud m'étant sympathique malgré les défauts bien français dont je le suppose bourré. Par contre, je vois Mme Edmonde jeter à Pacaud, qui évite avec soin de la regarder, un coup d'œil de dérision, et sur ma gauche, Mme Murzec durcit.

Avant même qu'elle ouvre la bouche, je sais qu'elle va monter à l'attaque.

Elle commence d'une voix douce qui paraît bannir toute aigreur :

— Ne croyez-vous pas, mademoiselle, que vous exagérez un peu votre paresse ?

— Pas du tout. A la maison, je ne faisais même pas mon lit. Je ne pouvais pas. J'étais couchée dessus.

— Mais pas tout le temps, quand même, dit Mme Murzec, avec la même dangereuse suavité et comme si elle cherchait délicatement de ses antennes le point précis où elle va frapper.

— Depuis le départ de Mike pour Madrapour, si. Je passais mes journées à lire des romans policiers, allongée sur mon lit en fumant des cigarettes.

— Mais voyons, mon enfant, dit la Murzec d'un ton bénin qui adoucit beaucoup sa critique, ce n'est pas excusable, une oisiveté pareille.

— Je n'étais pas oisive. J'attendais.

— Vous attendiez quoi ?

— J'attendais Mike. Quand Mike m'a quittée il y a six

mois, il est retourné aux États-Unis, et là, il m'a écrit qu'il partait pour Madrapour pour le compte d'une société qui cherchait de l'or.

— De l'or à Madrapour ? dit Blavatski en français avec étonnement. Vous saviez cela, Caramans ?

— Je n'en ai jamais entendu parler.

Ils se regardent, puis regardent Michou, et constatant que leur bref échange l'a plongée dans un certain désarroi, d'un commun accord ils se taisent.

Les yeux bleus implacables de la Murzec se mettent alors à étinceler. Elle dit en exagérant son ton paterne :

— Et est-ce que Mike ?...

Elle s'interrompt et demande avec une fausse bienveillance :

— Mike, je suppose, est votre fiancé ?

— En un sens, oui, dit Michou.

— Est-ce que Mike, reprend la Murzec en se penchant en avant et en crispant ses mains maigres sur les genoux ; est-ce que Mike, reprend-elle avec un sourire amène qui découvre ses dents nicotinisées, vous a écrit de Madrapour ?

— Non, dit Michou avec une appréhension soudaine, comme si elle sentait, elle aussi, le coup qu'on lui prépare. Mike, ajoute-t-elle d'un air fautif, écrit très peu.

La Murzec se passe la langue sur les lèvres.

— Mike ne vous a donc pas dit de venir le rejoindre à Madrapour ?

— Non.

La Murzec se redresse et l'œil brillant, exorbité, darde sa tête jaune dans la direction de Michou.

— Dans ce cas, dit-elle d'une voix douce et sifflante, comment savez-vous qu'il y sera encore quand vous arriverez ?

CHAPITRE III

Michou ouvre la bouche, mais la parole lui manque, ses commissures de lèvres s'affaissent, son visage frémit comme si on l'avait giflée.

Ce qui suit nous déchire le cœur : Michou regarde Mme Murzec d'un air suppliant comme si elle seule pouvait refaire ce qu'elle a si bien défait. Mais Mme Murzec ne se laisse pas fléchir. Elle se tait, baisse les yeux et, avec un petit sourire, passe sa main à plat sur sa jupe comme si elle voulait la défroisser. Ce geste achève, je ne sais pourquoi, de nous la rendre odieuse.

Dans le froid qui suit la remarque de la Murzec, Mme Edmonde se lève, et avant même qu'elle ait fait un pas en avant, nous savons tous qu'elle va traverser le cercle pour se rendre aux toilettes. C'est un des inconvénients d'être assis en rond : personne ne peut aller vider sa vessie sans que tous les autres le sachent.

Mme Edmonde n'a que cinq ou six pas à faire pour atteindre le rideau de la classe touriste. Mais elle les fait en ondulant, et dans le demi-cercle droit, tous, sauf l'Hindou, nous la regardons onduler. Sa robe verte, très moulée, aux grands ramages noirs, n'a pas été choisie sans calcul. Elle porte sur le bas du dos deux grands motifs dont l'effet décoratif est renforcé par le mouvement. Ce sont ces motifs que nous suivons des yeux.

Dès que le rideau retombe sur eux, Pacaud quitte son siège, traverse le cercle et vient s'asseoir dans le fauteuil que Mme Edmonde vient de libérer. A sa façon, rude et simplette, il entreprend de consoler Michou et — ce qui est peut-être plus imprudent — de lui redonner espoir.

Le crâne rosi par son effort de persuasion, ses gros yeux saillant davantage sous le coup de ses émotions paternelles, pas bien adroit, il faut le dire, dans sa dialectique, mais débordant de bonne volonté comme un gros chien, Pacaud nous touche. Et personne ne comprend la brutalité de Mme Edmonde qui, réapparaissant dans le rond, lui dit d'un ton sec avec des yeux étincelants :

— Rendez-moi ma place, je vous prie. Je ne vais pas, moi, m'asseoir à la vôtre.

Pacaud rougit mais, à ma grande surprise, il ne réagit pas. Il se lève et la tête détournée, sans un mot, avec cet air de pompe et de gaucherie qui donne quelque chose d'un peu ridicule à tous ses mouvements, il regagne son fauteuil. Je suis très étonné de voir cet homme si irascible et si vaniteux essuyer sans piper une telle rebuffade et j'ai dès cet instant l'impression que Mme Edmonde et lui se connaissent, et que Pacaud, pour des raisons bien précises, n'a pas la moindre envie d'engager le fer avec elle.

Quant à Mme Edmonde, il faut bien enfin parler d'elle.

Ah, certes, elle a beaucoup à se glorifier dans la chair ! Grande, blonde, bien faite — avec une gorge ronde qui se passe de soutien et dont elle s'arrange pour faire saillir en permanence les pointes —, Mme Edmonde fixe tous les hommes présents avec des yeux noyés et la bouche à demi ouverte, comme si rien que de les voir la faisait déjà saliver. Elle joue d'ailleurs beaucoup avec sa bouche et elle a une façon de vous regarder en passant sa langue autour de ses lèvres entrouvertes qui vous donne à penser que vous allez être pour elle un morceau de choix.

J'ai d'abord vu dans Mme Edmonde une inoffensive nymphomane, mais quelque chose de dur et de minéral dans son œil m'a amené à conclure qu'il y avait du commerce derrière ce sexe à l'étalage : accueillante par tous les bouts, certes, mais pas par pure amabilité.

Sa robe aux ramages si bien placés ne laisse rien ignorer de la fermeté de ses seins, ni de ses mamelons inexplicablement érectiles. Elle découvre aussi avec générosité ses membres inférieurs.

De ceux-ci on se demande comment ils peuvent être si

bien faits, alors qu'ils ont été si peu employés à la marche et à la course. J'hésite quand même à voir en eux un don du Seigneur. Car un don se dépense et Mme Edmonde, à ce que je crois, se gère. Depuis que j'ai pris place dans mon fauteuil, je l'ai vue s'adresser de l'œil et de la bouche à presque tous les messieurs présents, Pacaud exclu. C'est cette exclusion qui, avant même l'apostrophe à Pacaud, m'a donné l'éveil, d'autant que le chauve n'a pas un instant laissé égarer ses regards du côté de Mme Edmonde. Et Dieu sait pourtant si elle tire l'œil ! Même Caramans, une fois ou deux, s'y est presque englué, si bien armé qu'il paraisse contre ce type de tentation.

Après un dernier regard à l'hôtesse — mais elle est immobile, les yeux baissés, les mains sur les genoux —, je ferme à mon tour les paupières et je dois m'assoupir, car je me retrouve en plein rêve.

Je ne vais pas le raconter, du moins dans le détail : il est pénible et il n'a rien d'original. Il tourne, avec des variantes, autour d'un thème unique : la perte.

Je suis dans une gare, je pose ma valise pour prendre un ticket. Je me retourne. Ma valise a disparu.

La scène change. J'erre dans le parking de la Madeleine à Paris : Je ne me rappelle plus à quel niveau j'ai garé ma voiture. Je fais tous les sous-sols. Je ne la retrouve pas.

Je me promène avec l'hôtesse dans la forêt de Rambouillet. Les fougères sont très hautes. Je passe devant elle pour lui frayer la voie. Je me retourne. Elle n'est plus là. Je l'appelle. Le brouillard tombe en même temps que la nuit. Je l'appelle encore. Je reviens sur mes pas. Deux ou trois fois, dans des directions opposées, j'entrevois sa silhouette entre les arbres. Chaque fois, je me précipite. Mais sa silhouette recule au fur et à mesure que j'avance. Elle se fond dans le lointain. Je cours comme un fou : elle s'évanouit tout à fait dans la brume.

Je me réveille, le cœur battant, baigné de sueur. L'hôtesse est là, assise sagement en face de moi. Du moins son enveloppe corporelle. Mais elle-même ! La femme qui vit derrière ses yeux baissés! Ou derrière son sourire, si semblable à un sourire sincère.

Je détourne les yeux, j'aperçois Pacaud, son crâne poli rougeoyant et ses yeux hors de la tête sous l'effet des pensées qui l'agitent.

— Comment se fait-il, dit-il en regardant Caramans, qu'à Paris il ne m'ait pas été possible de mettre la main sur une carte de Madrapour ?

— Vous n'auriez pas eu plus de succès à Londres, dit Caramans en relevant le coin de sa lèvre. Les seules cartes de la région sont indiennes, et le gouvernement de l'Inde ne reconnaît pas l'existence d'un Madrapour indépendant. Le nom ne figure même pas sur les cartes.

— Alors, dit Pacaud, avec un large sourire, si le nom n'est pas sur les cartes, comment sait-on que Madrapour existe ?

Caramans sourit à son tour, mais de son air le plus gourmé.

— Mais je suppose, dit-il avec ironie, parce qu'on y est déjà allé.

Là-dessus, un silence tombe, et l'ironie paraît revenir en boomerang sur Caramans. Personne, apparemment, dans l'avion, n'a touché terre à Madrapour ou, s'il y a séjourné, ne se soucie de le dire. Je regarde à tout hasard Chrestopoulos mais, bien protégé par ses yeux fuyants et sa grosse moustache noire, son visage est impénétrable.

— Mademoiselle, dit Bouchoix, l'associé décharné de Pacaud, y a-t-il déjà eu un vol à destination de Madrapour ?

— Mon cher, l'hôtesse vous a répondu par avance, dit Pacaud avec une impatience qui m'étonne.

Il reprend sur le même ton exaspéré :

— Elle vous a déjà dit que ce vol était le premier ! Est-ce vrai, mademoiselle ?

L'hôtesse fait oui de la tête. Je note que son visage a perdu à nouveau ses couleurs et que ses ongles se crispent sur sa jupe. Réaction incompréhensible : après tout, est-ce sa faute si ce vol est le premier ?

— La vérité, dit Blavatski qui, pour une fois, paraît peu sûr de lui, la vérité, c'est que nous ne savons de Madrapour que ce que nous en a écrit le GPM. L'Inde est muette à son sujet. La Chine aussi.

— Qu'est-ce que c'est que le GPM ? dit tout d'un coup Mrs. Banister de sa voix nonchalante.

Nous sommes tous assez étonnés de voir le demi-cercle gauche intervenir dans la conversation entre hommes du demi-cercle droit, mais, l'étonnement passé, Caramans répond avec une courtoisie à peine nuancée de condescendance :

— Le GPM , c'est le Gouvernement provisoire de Madrapour. Mais vous êtes française, madame ? ajoute-t-il. Je vous croyais américaine.

— Je suis la fille du duc de Boitel, dit Mrs. Banister avec une simplicité royale.

Sauf sur la Murzec qui audiblement ricane, cette déclaration produit à la ronde un certain effet. Nous sommes tous plus ou moins snobs, en fin de compte ; même Blavatski, qui regarde maintenant Mrs. Banister avec des yeux nouveaux.

— Mais pourquoi est-il provisoire ? reprend Mrs. Banister en fixant ses prunelles aiguës et rieuses sur Caramans, mais non sans une coquetterie appuyée du cou et du torse en direction de Manzoni à qui elle a dû être assez heureuse d'apprendre en passant qui elle était. Une noble ascendance, après tout, peut peser presque aussi lourd dans la balance de la séduction que les vingt ans verts de Michou.

Camarans fait une inclinaison de tête, à la fois gauche et mondaine, en direction de Mrs. Banister, comme s'il se mettait, lui et le Quai d'Orsay, à la complète disposition de la famille ducale. Ces diplomates français sont presque tous des royalistes rentrés, je m'en suis déjà aperçu. Et moi-même, qui fais ici le faraud, je dois avouer que je raffole des nobiliaires et des bottins mondains, bien que ces ouvrages soient, en partie, des œuvres de pure fiction.

Caramans dit d'un ton pénétré :

— Ce que M. Blavatski a dit est exact, madame (et, à sa façon de prononcer ce « madame », on sent combien il regrette de ne pouvoir dire « madame la Duchesse »,

Mrs. Banister, vu l'infériorité de son sexe, ne portant que le reflet du titre).

Il reprend, tout à son affaire :

— Je me permets de répéter ce qu'a dit M. Blavatski : l'Inde ne répond à aucune de nos demandes sur Madrapour. Tout ce que nous savons de Madrapour nous vient du GPM. En gros, et d'après le GPM, poursuit-il, Madrapour est un État au nord de l'Inde, et à l'est du Bhoutan. Il a une frontière commune avec la Chine qui, dit-on, le ravitaille en armes. Toujours d'après le GPM, le maharadjah de Madrapour aurait été sur le point de s'intégrer, en 1956, à l'Union indienne quand ses sujets le chassèrent et se rendirent pratiquement indépendants.

— Que voulez-vous dire par « pratiquement » ? dit Blavatski, l'œil attentif et sceptique derrière ses grosses lunettes.

— « Pratiquement », de toute façon, est un anglicisme qui ne veut pas dire grand-chose, dit Caramans avec un fin sourire destiné davantage à Mrs. Banister qu'à Blavatski. Sauf peut-être que l'Inde n'a pas voulu se mettre sur le dos une interminable guérilla avec des rebelles vivant dans une région de hautes montagnes forestières, dénuées probablement de tout réseau routier.

— Comment ? Dénuées de routes ? s'exclame Pacaud avec une intense émotion. Mais ça ne m'arrange pas du tout, qu'il n'y ait pas de routes ! Comment ferai-je pour évacuer mes billes ?

— Vos billes ? dit Mrs. Banister en levant ses sourcils d'un air espiègle et délicieusement étourdi et en se penchant en avant pour présenter à Manzoni, que Robbie lui cache en partie, un profil perdu qui ne manque pas de grâce malgré un nez pointu.

— Il s'agit ici de troncs d'arbres, dit Caramans avec complaisance. M. Pacaud importe en France des bois de déroulage.

Mrs. Banister fait un signe de tête bienveillant et distant en direction de Pacaud, comme si son régisseur venait de lui présenter un métayer méritant. Mais cette nuance est perdue pour Pacaud. Le crâne congestionné, les yeux hors de la tête, il regarde tour à tour Caramans et Blavatski avec anxiété.

Poussant en avant son fort menton à fossettes et découvrant ses grosses dents, Blavatski sourit. Il y a en même temps dans ses petits yeux gris perçants une lueur qui me donne à penser. Blavastki n'a pas oublié son algarade avec Pacaud et, malgré ses rires, ses manières enjouées et sa vulgarité bon enfant, c'est sans doute un homme à cultiver ses ressentiments.

— Comment voulez-vous que je le sache? dit-il en écartant les deux bras de son torse bombé d'un air bonasse. On ne sait presque rien sur Madrapour. Il y a des gens qui pensent qu'on y trouve de l'or. D'autres (regard en coup de rasoir à Caramans), du pétrole. D'autres (il s'abstient de regarder Chrestopoulos, mais son petit œil gris devient dur), de la drogue. Et vous, Mr. Pacaud, du bois de déroulage. Et pourquoi pas? poursuit-il en écartant les bras davantage. Après tout, si Madrapour existe, et s'il se trouve bien où on nous dit, ce n'est pas les forêts qui manquent.

— Et les routes? dit Pacaud. Les routes? Il me faut absolument des routes! reprend-il avec un air d'exigence qui me paraît comique. Ou, à tout le moins, des pistes.

— Là, vous en demandez peut-être un peu trop, poursuit Blavatski avec une expression faussement bonhomme et un geste d'impuissance. D'après mes informations — sous toute réserve — nous allons atterrir sur un aérodrome chinois situé à la frontière du nouvel État. Et de là, des hélicoptères nous amèneront à Madrapour. Voilà, vous l'avouerez, qui ne parle guère en faveur de routes, ni même de pistes.

Pacaud se tourne vers Caramans et le regarde d'un air de reproche et de fronde :

— Dans ce cas, dit-il, avec cette manie des Français de s'en prendre à leur gouvernement dès qu'ils sont menacés dans leurs entreprises, on aurait dû me prévenir, j'aurais évité un dérangement inutile.

— A ma connaissance, dit Caramans d'un air froid, vous ne nous avez pas consultés avant d'entreprendre votre voyage.

— Vous savez aussi bien que moi, dit Pacaud d'un ton

acerbe, comment ça se passe dans les ministères. On m'aurait demandé de constituer un dossier et je n'aurais pas eu de réponse avant six mois. Sans compter les indiscrétions. Je ne voulais quand même pas courir le risque d'alerter un concurrent.

— En ce cas, dit Caramans d'un ton sec, son coin de lèvre plus relevé que jamais, vous ne pouvez pas nous reprocher de ne pas vous avoir signalé les aléas de votre projet, puisque nous n'étions pas prévenus.

Toutes dents dehors, Blavatski considère avec satisfaction cet échange aigre-doux entre les deux Français.

Ce qui me frappe, moi, ce n'est pas leur antagonisme, mais le fait que le chef d'une entreprise déjà assez importante, comme Pacaud, se soit embarqué dans cette affaire sur la base d'informations aussi minces. A moins qu'il n'ait désiré s'offrir *on the sly*[1] un petit voyage aux Indes aux frais de sa société. Mais, dans ce cas, pourquoi se faire accompagner de Bouchoix qui a l'air à la fois d'être son bras droit et son mentor ?

Curieux, d'ailleurs, ce Bouchoix. Il émane de lui le mystère des hommes vraiment insignifiants. Aucun trait saillant, sauf sa maigreur. Aucune expression dans ses yeux vides. Et aucun signe particulier, sauf sa manie de tripoter sans fin un jeu de cartes. En apparence du moins, un être moyen, gris, interchangeable, impossible à rattacher à aucun type humain. Je parle de type et non de catégorie, car de ce côté-là, le classement est facile : Bouchoix est un cadre de rang élevé. Pacaud l'a présenté comme son bras droit, et ce bras droit doit être très entraîné, après trente ans de maison, à ne pas apercevoir ce que fait sa main gauche. Bouchoix doit être cet oiseau rare, si recherché par les chefs d'entreprise : un homme doué d'une honnêteté sélective — ainsi bâti qu'il ne fait pas tort d'un sou à son patron, tout en l'aidant de toutes ses forces à rouler les clients. Du moins, c'est ainsi que je vois Bouchoix, Pacaud et leurs relations à l'intérieur de la même société.

Mais, bien entendu, je peux me tromper. M. Pacaud est

1. En catimini.

peut-être un industriel d'une probité maniaque, et dont le fisc n'a jamais pu contester les frais généraux. D'ailleurs, il porte à sa boutonnière le ruban de la Légion d'honneur et le macaron du Rotary Club. Voilà donc un homme comblé et dont la respectabilité est deux fois garantie.

Blavatski se tasse sur son fauteuil et, les yeux à demi fermés derrière ses grosses lunettes, il guette alternativement Pacaud et Caramans. Je ne sais pourquoi, il me donne à cet instant l'impression d'être un énorme chat à l'affût.

— En fait, il y a bien un moyen, Mr. Pacaud, reprend-il. (Je note qu'il l'appelle *Mr.* Pacaud, alors qu'il a le toupet de m'appeler Sergius.) Il y a bien un moyen d'évacuer votre bois de déroulage, du moins si Madrapour est bien là où on nous le dit. Ce serait d'emprunter le Brahmapoutre, puis le Gange, et de descendre ainsi jusqu'au golfe du Bengale.

— Eh bien, qui m'en empêche ? dit Pacaud, avec une lueur d'espoir dans ses gros yeux saillants.

Blavatski le regarde avec enjouement.

— Mais l'Inde, dit-il.

Il ajoute en glissant un rapide coup d'œil à Caramans :

— Et cela vaut aussi pour le pétrole.

— L'Inde ? dit Pacaud.

— Le Brahmapoutre, le Gange, le golfe du Bengale, c'est l'Inde, dit Blavatski avec l'air de lui donner une leçon, et je ne vois pas pourquoi l'Inde accepterait d'évacuer à travers son territoire les matières premières d'un État qu'elle considère, au mieux, comme un protectorat révolté.

Suit un silence. Caramans, le cheveu bien coiffé, la cravate correcte, le corps détendu mais non vautré, ne se permet pas la moindre remarque. Il s'absorbe, ou feint de s'absorber, à nouveau dans *le Monde*. Pacaud, lui, paraît trop écrasé pour réagir. Et Blavatski serait resté le maître incontesté du terrain si Mrs. Banister, avec le considérable aplomb que lui donne sa parentèle, n'intervenait.

— M. Blavatski, dit-elle d'une voix rieuse, en penchant de côté son cou élégant, et en déployant tout son charme (mais ce déploiement ne vise que marginalement Blavatski : son objectif prioritaire reste inchangé), vous vous êtes exprimé deux ou trois fois comme si vous ne croyiez pas à l'existence de Madrapour.

— J'y crois modérément, Mrs. Banister, dit Blavatski en faisant quelque peu l'homme du monde ; rôle qui ne lui va pas très bien. Non qu'il ne soit pas assez fin pour singer les bonnes manières, mais parce que ce rôle exclut le type d'agressivité qui a ses préférences.

D'ailleurs, il se désengage aussitôt du fleuret de Mrs. Banister, et reprenant sa hache d'abordage, il se cherche un autre adversaire.

— Mais là-dessus, je suis en grand progrès, dit-il avec un petit rire. Il n'y a pas longtemps, je pensais que le GPM était une pure invention du Quai d'Orsay.

En disant cela, il regarde Caramans d'un air provocant, mais Caramans, sans lever les yeux du *Monde,* se contente de sa moue et d'un imperceptible haussement d'épaules.

Blavatski sourit.

— A vrai dire, poursuit-il de sa voix traînante, j'ai un peu changé d'avis. Quand j'ai lu le nom de M. Caramans sur la liste des passagers du charter, voilà ce que je me suis dit : si M. Caramans se déplace pour se rendre compte si le pétrole de Madrapour n'est pas un mythe, c'est peut-être bien, en effet, que Madrapour existe. Et le trafic de drogue sur Madrapour aussi.

Je suis surpris, une fois de plus, de voir Blavatski étaler son jeu avec une si paisible franchise devant Chrestopoulos. Mais la suite est plus franche encore — et plus directe.

— Mr. Chestopoulos, dit Blavatski d'un ton aimable, êtes-vous déjà allé à Madrapour ?

— Non, dit Chrestopoulos, ses yeux noirs se mettant à tourner dans tous les sens comme deux petites bêtes inquiètes.

— Vous ne pouvez donc pas me dire s'il y a ou non de la drogue à Madrapour ?

— Non, dit Chrestopoulos, en mettant peut-être un peu trop de hâte et d'énergie dans cette dénégation.

Blavatski sourit d'un air bonhomme.

— Vous vous trouvez en somme dans la même situation que M. Caramans vis-à-vis du pétrole ?

Ici Blavatski fait d'une pierre deux coups. Le rapprochement avec Chrestopoulos n'est sûrement pas calculé pour faire plaisir au diplomate français.

Mais Caramans ne bronche pas. La diplomatie traditionnelle a au moins ceci de bon qu'elle vous apprend à encaisser. Quant à Chrestopoulos, il devient pourpre et dit d'une voix forte en mauvais anglais :

— Mr. Blavatski, c'est honteux, vous n'avez pas le droit d'insinuer que je m'intéresse à la drogue !

A mon avis, cette réaction n'est pas très convaincante.

— Vous avez raison, dit Blavatski en découvrant tous ses crocs. Je n'ai pas le droit, surtout en public, de faire ce genre d'insinuation et vous seriez tout à fait fondé à m'intenter un procès... Eh bien, intentez-le, conclut-il d'un air victorieux.

Chrestopoulos souffle avec colère dans ses fortes moustaches noires, croise ses bras courts sur son bedon et prononce à voix basse dans sa langue — que je comprends — un chapelet d'injures intraduisibles.

Tous les idiomes du bassin méditerranéen sont riches en obscénités raffinées, mais le raffinement de Chrestopoulos me surprend : toute la parenté de Blavatski y passe. Le fait de s'agiter ainsi doit beaucoup multiplier ses sécrétions, car je vois la sueur couler le long de ses joues et l'odeur qu'il dégage est assez forte pour parvenir jusqu'à moi. Franchement, à cet instant, je plains Pacaud d'être assis à côté de lui.

— Eh bien, moi, dit tout d'un coup Mrs. Banister avec un air de gaîté et de légèreté, qui a pour but de la rajeunir aux yeux de Manzoni mais qui me frappe comme ayant l'effet inverse, j'espère que je vais trouver à Madrapour ce magnifique hôtel quatre étoiles dont j'ai vu le dépliant. Je n'aimerais pas être obligée de dormir dans une hutte de branchages et de me laver dans une flaque d'eau...

Depuis un moment, j'éprouve une vive envie de me rendre à mon tour vers la queue de l'appareil, et je vais sans doute vous paraître un peu ridicule, mais je n'arrive pas à m'y décider devant tant de monde, et surtout devant l'hôtesse. Je ne suis pas sans discerner tout l'infantilisme de cette hésitation, mais il faut que mon besoin devienne très pressant pour que je me décide enfin à me lever.

Je traverse la classe économique, étonné de son vide, étonné surtout que le charter ait pu considérer ce voyage rentable avec seulement quinze passagers à bord. Et je touche enfin au but quand une voix dit derrière moi :

— Mr. Sergius ?

Je me retourne. Pacaud m'a suivi.

— Mr. Sergius, dit-il, vous avez sans doute une grande expérience des milieux internationaux. Que faut-il penser de tout cela ? De ce voyage ? De Madrapour ? Sommes-nous en présence d'une énorme mystification ?

En même temps, il regarde ma boutonnière gauche, péniblement surpris, je suppose, de la trouver vide.

— Vous savez, dis-je en me balançant d'un pied sur l'autre, car mon besoin est devenu plus urgent avec la station debout, il y a des gens qui pensent que la vie elle-même est une énorme mystification : on naît, on se reproduit, on meurt ; à quoi cela rime-t-il ?

M. Pacaud me regarde avec des yeux ronds (ce qui, chez lui, étant donné la saillie du globe oculaire, est à peine une métaphore) et je me sens moi-même étonné d'avoir proféré une telle sottise.

— Et ce Blavatski, poursuit Pacaud en baissant la voix, est-il vraiment ce qu'il dit être ?

— Peut-être.

— En tout cas, il est odieux.

— Mais non, il fait son métier. C'est tout.

Je reprends :

— Excusez-moi, M. Pacaud, mais quand vous m'avez intercepté…

Et je fais un geste très explicite vers la queue de l'appareil.

— Pardon, pardon, dit Pacaud. Et avec cet étonnant sans-gêne des gens qui tiennent pour rien l'incommodité qu'ils vous infligent, il ajoute : Voulez-vous me permettre de vous poser une dernière question ? A votre avis, pourquoi Blavatski ne nous aime pas ?

— Nous ? dis-je. Vous voulez dire Caramans et vous-même, ou les Français en général ?

— Les Français en général.

— Voilà une question bien française, dis-je avec une certaine acidité (mais mon besoin grandit de seconde en seconde). Les Français s'attendent toujours à être adorés par le monde entier. Et pourtant, je vous le demande, qu'ont-ils de plus adorable que les autres peuples ?

Là-dessus, je lui tourne le dos, je le plante là et cours aux toilettes.

Ce genre d'endroit, à bord d'un avion, est étroit, inconfortable, étouffant et pas mal secoué. Et cependant, mon premier soulagement acquis et pouvant prendre, dès lors, tout mon temps, je me surprends à méditer. Croyez bien que je sens toute l'incongruité d'une telle méditation dans un tel lieu.

En bref, je me reproche la sottise que je viens de dire à Pacaud : *on naît, on se reproduit, on meurt, à quoi cela rime-t-il ?* Je n'y reconnais pas ma philosophie de la vie.

Je suis frappé de remords. Comment ai-je pu faire ce genre de remarque ? Alors que précisément, en tant que croyant, je pense détenir la vérité sur le sens de la vie.

Car je ne suis pas, moi, un Œdipe. Je n'ai pas tué mon père céleste. Et s'il m'a fait naître, c'est pour que je fasse sur terre mon salut et puisse être admis — en fin d'examen — à ses côtés.

Ah, certes, j'ai licence en cours de route de me divertir innocemment et de concevoir un petit paradis passager — avec l'hôtesse comme épouse dans l'hôtel quatre étoiles de Madrapour.

Mais même ce paradis, je le vivrai entre parenthèses. Pour moi, en définitive, l'affaire sérieuse est de passer avec succès mes épreuves devant mon créateur. Je ne m'y trompe pas : le vrai sens de ma vie c'est ce qui va advenir de moi après ma mort.

Nous sommes loin ici de l'absurdité dont ma phrase malheureuse à Pacaud fait état.

Oh, je sais ! Je sais ! On me dit, et mes doutes eux-mêmes me disent, que je ne fais ici que reculer l'absurde d'un degré ; et qu'il est aberrant de vivre toute ma vie en fonction de ce qui arrivera, ou de ce qui n'arrivera pas, quand j'aurai cessé de respirer.

N'ayant pas, hors ma foi, de réponse à cette pensée, je la refoule, mais sans parvenir à tout à fait la détruire.

En regagnant la première classe, une prémonition subite m'arrête devant le rideau qui la sépare de la classe touriste, et c'est pour entendre Mrs. Banister faire de l'esprit à mes dépens, sans doute pour briller aux yeux de Manzoni.

— Ma chère, dit-elle en anglais (elle doit s'adresser à Mrs. Boyd), un physique pareil, ce n'est pas permis ! Il a l'air de sortir d'une grotte préhistorique. Il me donne des frissons dans le dos (rire). Vous êtes sûre que ce n'est pas le produit de l'union de King-Kong avec cette malheureuse femme, vous savez bien, celle de l'Empire State Building ? Malgré, disons (rire), une certaine disproportion ! Quand il a pris la main de l'hôtesse, j'ai cru qu'il allait la peler comme un oignon ! (rire).

— *My dear !* dit Mrs. Boyd en riant sur un ton de faible protestation, qui constitue en fait un encouragement à continuer.

J'en ai assez entendu. J'entre, furieux et humilié, le silence se fait, je m'assieds avec raideur, et je lance à Mrs. Banister un regard de reproche. L'effet est instantané : elle me répond avec un rapide coup d'œil de complicité et un demi-sourire charmeur qui sont — l'un accompagnant l'autre — un chef-d'œuvre de coquetterie, d'impudence et d'aisance mondaine. A croire — mais c'est ce qu'elle cherche à me faire croire — que les frissons dans le dos que je lui donne ne sont pas tous de peur.

Mrs. Boyd ne montre d'ailleurs pas plus de confusion

que sa compagne. Je me demande si ces femmes que je plaçais si haut dans mon estime n'ont pas, tout compte fait, plus de manières que de cœur.

J'ai cette idée — évidemment fausse et qui m'a exposé à être souvent déçu — qu'une femme, parce que son corps n'a pas d'angles et parce que son visage est doux, devrait être bonne et maternelle. Quand elle ne l'est pas, même au niveau du contact social le plus superficiel, aussitôt je la déclare hérétique, infidèle à son rôle féminin et je la prends en grippe. C'est une erreur. Comme c'en est une, probablement, de m'être épris avec tant de feu de l'hôtesse parce qu'elle me montre de la gentillesse et me sourit avec affection — comme elle le fait en ce moment pour me consoler. Ce sourire, pourtant, quelle merveille! Avec quelle rapidité il me défroisse et me détend!

Je m'assieds. J'ouvre tout grands mes oreilles et mes yeux. En mon absence, la situation dans le cercle a changé, et une tension nouvelle se fait jour, qui n'a rien à voir avec le GPM ou le bois de déroulage.

Le point de mire du cercle, c'est maintenant Mme Edmonde. Cessant d'adresser aux messieurs présents des appels d'yeux et de bouche semi-professionnels, elle continue, certes, à déployer des grâces, mais beaucoup plus sincèrement et au seul bénéfice de Michou, à la gauche de qui elle est assise. Je ne peux entendre ce qu'elle lui dit, car elle parle à voix basse sur le mode confidentiel et d'une façon plutôt pressante. Mais ses regards, son animation, son ton de voix, son attitude évoquent non certes une sœur aînée qui tâche à consoler sa cadette, mais un homme qui fait à une femme une cour discrète — dans son cas, plus que discrète, cryptique. Car Michou — prenant ou voulant prendre pour argent comptant ce qui se donne pour une affection pure, mais en même temps troublée par la force contagieuse du désir sous-jacent — se trouve séduite, ou du moins fascinée, sans presque s'en rendre compte.

Je ne veux pas exagérer la naïveté de Michou, il me paraît peu probable qu'elle ne sente pas du tout de quoi il s'agit. Charmée par les attentions dont elle est l'objet, elle préfère faire l'autruche. Sa très réelle ignorance porte sur un autre point, en fait plus dangereux : elle n'a aucune idée du genre de personne qu'est Mme Edmonde, ni des chemins où son amitié peut la conduire.

C'est là, je crois, autour de moi l'impression générale, car les conversations se sont tues et un silence tendu s'installe, qui ne gêne pas Mme Edmonde. Rouge, palpitante, mais remarquablement contrôlée, elle poursuit ses consolations ambiguës. Des bribes nous en parviennent qui, prises en dehors du contexte, n'ont rien de répréhensible : ce qui, de toute évidence, rend notre intervention impossible, alors que nous avons tous le désir d'intervenir, et Pacaud plus que tous.

Cramoisi, le crâne luisant de sueur, les yeux presque sortis des orbites, il paraît la proie, tout ensemble, de la colère et de la peur. Ses mains tremblent dans l'effort qu'il fait pour se dominer, c'est-à-dire, je crois, pour s'empêcher de parler. A mon avis, il ne va pas y parvenir. J'ai déjà noté que cet homme, probablement assez dur en affaires, porte en lui une certaine générosité. Il l'a manifestée déjà en protestant, sans que son intérêt soit en jeu, en faveur de Chrestopoulos.

Notre silence, fait de tant de répressions et de tensions, prend tout à coup, à cause de la lutte de Pacaud contre lui-même, une intensité plus dramatique. Pacaud devient le point chaud vers lequel convergent tous les regards. Il y a dans l'air une attente, une pression. Nous espérons tous avec la dernière ardeur son intervention, tant le détournement de Michou par Mme Edmonde nous inquiète. Chose vraiment bizarre, personne d'entre nous ne croit Michou capable de se défendre seule. Et Pacaud devient le chevalier que le cercle délègue tacitement à sa défense.

Pacaud sent, je crois, nos instances muettes, et leur poids est sur lui décisif. Les veines de ses tempes se gonflent, son teint vire au rouge brique, nous savons que nous allons gagner. Et, aussitôt, notre égoïsme reprend le dessus : chacun se carre dans son fauteuil dans l'attente d'un éclat scandaleux dont nous allons avoir le spectacle sans risquer d'être atteint par lui.

La main tremblante tendue en avant dans un geste

accusateur, les yeux hors de la tête, mourant de peur, je crois, et en même temps jeté dans une fuite en avant éperdue, Pacaud attaque avec une extrême violence.

— Michou, dit-il d'une voix rauque, vous ne savez pas qui est cette femme qui a le toupet de vous faire la cour en public. Je vais vous le dire : ce n'est pas seulement une lesbienne, c'est une prostituée de haut vol. Qui plus est, c'est un « mec », c'est une maquerelle. C'est la patronne d'une des maisons les plus huppées de Paris.

Sous l'impact de cette dénonciation, le changement à vue de Mme Edmonde est stupéfiant. Elle sursaute, rougit et sa bouche qui, dans son experte douceur, paraissait la minute d'avant si consolatrice, se met à se tordre avec des sifflements affreux pour cracher son venin.

Pour moi, je n'écoute pas sans malaise sa verte réplique. Le langage dont elle use, les images et les postures qu'elle évoque me troublent. Et loin de reproduire *in extenso* ses propos, je vais m'attacher, au contraire, à les résumer de la façon la plus décente et la plus incolore.

Voici : 1º Mme Edmonde est bien ce que Pacaud a dit, mais elle en attribue la seule responsabilité à la lubricité des hommes. 2º Son entreprise ne pourrait subsister plus d'un jour sans des hommes comme Pacaud qui, tout en se donnant pour respectables, fréquentent sa maison. 3º Pacaud, dont les particularités physiques sont affligeantes, a des goûts également très particuliers. Il ne peut avoir de rapports qu'avec des « faux-poids » à qui il fait subir, avant de pouvoir parvenir à ses fins, des traitements « à la limite ». 4º L'intérêt de Pacaud pour Michou, hypocritement paternel, ne s'explique que par ses vices.

CHAPITRE IV

Je suis si indigné par l'horrible déballage de la vie privée de Pacaud que je suis le premier à essayer d'y mettre fin en criant d'une voix forte :

— Assez !

Ce cri est repris d'une voix suraiguë par Robbie, qui paraît à deux doigts d'une crise de larmes, tant ces détails ignobles l'affectent. Mme Edmonde, tournant alors son ire contre nous, nous invective — en particulier Robbie, qui, dit-elle, « ne risque pas de venir jamais chez elle ». Les murmures contre elle s'amplifiant dans le cercle, elle se tait, réduite au silence par le nombre, mais invaincue et jetant autour d'elle à la ronde des regards de défi.

Quant à Pacaud, autant il a trahi de peur avant son intervention en faveur de Michou, autant il montre de courage pendant que Mme Edmonde met en lambeaux sa réputation. Il prend le parti de croiser les bras — attitude un peu théâtrale, mais qui l'aide beaucoup à rester stoïque — et de regarder Mme Edmonde en face sans prononcer un seul mot pour sa défense. Et pourtant, outre l'algarade qu'il essuie, il a, enfoncée dans son flanc, une autre épine : Bouchoix, son bras droit, mais aussi son beau-frère, qui paraît nourrir contre lui une de ces rancunes familiales rances et rentrées, si souvent décrites dans les romans français. Il jubile, Bouchoix. Il apprécie au plus haut degré l'arme que les révélations de Mme Edmonde viennent de lui donner contre son parent. J'ai rarement vu spectacle plus abject que la bassesse qui triomphe à cet instant sur son visage décharné.

Nous évitons tous de regarder trop ouvertement Pacaud,

mais chacun d'entre nous lui jette des regards furtifs, en particulier les *viudas*.

Ces dames sont en pleine effervescence. Elles alternent entre elles en *a parte* les commentaires moraux et les questions émoustillées, n'ayant pas tout compris de la diatribe de Mme Edmonde et très avides de la comprendre. Elles se demandent, en particulier, ce qu'elle a voulu dire par « faux-poids » et par « traitements à la limite ». Certes, leurs petites mines indiquent qu'elles sont meurtries dans leur pudeur, mais en même temps on les sent ravies que l'aventure de leur voyage à Madrapour commence dès l'avion. Car chacun sait que d'habitude il ne se passe rien dans un long-courrier, sauf une large dose d'ennui entre deux petites angoisses.

Blavatski se penche vers moi et l'œil aigu derrière ses gros verres, il me dit à voix basse (je note en passant qu'il a deux langages ; l'un, correct, pour les conversations officielles, et l'autre, truculent et argotique, pour les communications privées) :

— J'en suis sur le cul.

— Pourquoi ?

— Qu'un type comme ça accepte de payer un tel prix pour faire une fleur à une punaise. Ou si vous préférez, comment peut-on être capable de telles saloperies et capable aussi d'une générosité aussi folle ?

— Qu'en concluez-vous ? dis-je, assez étonné moi-même du tour qu'il donne à son jugement.

— Rien, dit-il.

Mais il ajoute aussitôt, avec sa vulgarité habituelle :

— Sauf qu'il ne faut pas attacher autant d'importance à ce que fait un homme quand il baisse son pantalon.

Je ne dis mot, je ne veux pas me mettre à discuter à voix basse, et bien qu'à vue de nez je ne sois pas d'accord, le point de vue de Blavatski m'impressionne.

Il reprend :

— D'ailleurs, tout est bizarre, dans cet avion, à commencer par les moteurs. Vous les entendez, vous ?

— A peine.

Tous ces *a parte* ont contribué à alourdir encore l'atmosphère, et Robbie, par pure gentillesse, j'en suis sûr, tente à voix haute une diversion.

— La langue française, commence-t-il sur un ton de légèreté qui, dès l'abord, sonne faux, est vraiment extraordinaire. Quand on dit « la maison », il faut, bien entendu, ajouter un complément : c'est « la maison de Paul ou de Pierre » ; ou encore, « la maison du peuple » ; ou « la maison de la culture ». Mais quand on dit « *une* maison », tout le monde comprend...

Il s'interrompt sous nos regards horrifiés. La seule personne, en fait, à s'amuser de cette remarque, c'est Blavatski, qui y a vu, à tort je crois, une pointe contre les Français.

Là-dessus, Michou éclate en sanglots. Elle n'aurait pu trouver mieux, même si elle l'avait voulu, pour détourner l'attention qui reste figée sur Pacaud. Ses pleurs déclenchent un mouvement de compassion assez agréable et partagé par tous, sauf, bien sûr, par le couple hindou, par Mme Murzec, et aussi par Mme Edmonde qui, la tête tournée vers son ex-victime, considère ses larmes avec agacement.

Dans une certaine mesure, on peut la comprendre. Michou est née avec une cuillère d'argent dans la bouche, et Mme Edmonde, elle, dans un milieu impitoyable dont elle a émergé, à force de dureté et de ruse, et non par des pleurnicheries.

Mme Edmonde se lève, probablement pour aller se refaire une beauté, et la tête haute, traverse d'un pas majestueux notre cercle. A ne juger que son être physique, c'est vraiment une superbe bête, admirable dans ses proportions, et débordante de vigueur.

Dès qu'elle est partie, Manzoni a une conversation à voix basse avec Robbie. Je ne puis entendre ce qu'il dit, mais il me semble qu'il impose à son ami une disposition qui ne lui plaît guère. Finalement, Manzoni devient assez impérieux, et Robbie, de très mauvais gré, finit par céder. Il se lève, déroulant son long corps avec une grâce alanguie, et laisse son fauteuil à Manzoni, qui laisse le sien à Michou. Celle-ci, toujours pleurante, se trouve installée, sans presque s'en rendre compte, entre Manzoni et Robbie, et soustraite ainsi à sa voisine de gauche. Cet arrangement ne fait guère l'affaire de Robbie, qui n'est plus, comme on dit dans l'armée, « au contact » de son ami, mais il convient, par contre, très bien à l'Italien qui, avec Michou à sa gauche et Mrs. Banister à sa droite, jouit de possibilités d'ouverture bilatérales.

Pacaud regarde cette permutation avec des sentiments mêlés et des yeux assez malheureux, mais, après les insinuations de Mme Edmonde sur les raisons de son intérêt pour Michou, il n'ose pas à nouveau intervenir. Quant à Mrs. Banister, elle ne paraît même pas s'apercevoir qu'elle a maintenant un voisin très différent de Robbie. Quel avantage, pourtant ! A l'avenir, elle n'aura plus à se pencher en avant pour que ses charmantes petites mines soient aperçues de leur destinataire.

Caramans, à ma gauche, paraît au milieu de cette agitation si sage et si bien léché que j'ai la curiosité de me pencher vers lui et de lui demander à voix basse :

— Eh bien, que pensez-vous de tout ceci ?

— C'est une péripétie, dit-il, le coin de lèvre relevé, et en prononçant le mot comme s'il y attachait un sens spécial, dépréciateur.

Il ajoute d'un air gourmé :

— Vous savez, naturellement, que ce genre de maison est interdit par la loi en France depuis la fin de la guerre.

— Mais elles existent ?

— Elles existent partout dans le monde, dit-il d'un ton sec, comme s'il me soupçonnait d'attaquer son pays.

Il reprend au bout d'un moment d'une voix basse, à peine audible :

— Quant à ce monsieur, il aurait mieux fait de se taire. Je ne vois pas quel plaisir il a pris à scier la branche sur laquelle il était assis.

— Je ne sais pas, dis-je. Je le trouve, tout compte fait, assez sympathique.

Caramans me regarde de côté, en levant à la fois son coin de lèvre et son sourcil droit. Puis il se tait. Je ne veux pas dire par là qu'il cesse de parler. Non, il se tait — comme on ferme une porte. Sans la claquer, bien sûr. Il est trop poli pour ça.

Cette fois, le silence se fait. Je regarde ma montre : il y a deux heures que nous volons ; entre deux couches de nuages car rien n'est visible aux hublots — pas une étoile, pas la moindre lune, rien du sol non plus. Nuit noire. Nous devrions, en bonne logique, dormir, mais à part Mrs. Boyd, notre doyenne, qui paraît de temps à autre somnoler, nous sommes tous bien réveillés.

Et moi, je regarde l'hôtesse et tout en la regardant, je réfléchis à ce qui vient de se passer : le cercle a été beaucoup plus agité par l'incident Pacaud que par le débat sur Madrapour qui l'a précédé et qui aurait dû nous apparaître, pourtant, d'un bien autre intérêt, puisqu'il mettait en question l'existence du pays où nous nous rendons. Mais non, bien carrés dans nos fauteuils, bien convaincus que les aventures absurdes, c'est pour les autres, nous avons préféré minimiser ce qui pourrait nous porter au scepticisme quant à notre destination.

Autre paradoxe : alors que d'ordinaire, en avion, le temps est inemployé et le contact humain, insignifiant, nous jouissons ici, depuis le début du vol, d'une vie sociale remarquable par sa richesse et son intensité. Cette animation, je l'ai signalé, est rendue possible par la disposition en rond de nos fauteuils. Mais la question que je me pose maintenant va plus loin : est-elle seulement « rendue possible » ou créée par cette disposition ?

Je ne voudrais pas vous paraître fumeux ou brumeux, mais j'attache une grande importance à la figure du cercle. Je ne la prends pas au sens des bouddhistes pour qui elle symbolise *la roue du temps,* les choses étant entraînées dans une transformation sans fin et les âmes passant de corps en corps jusqu'à ce qu'elles se purifient, sortent de la *roue* et connaissent enfin le repos.

Pour moi, le cercle est une communauté d'hommes et de femmes, dont je fais partie, et dont je partage les problèmes, les tensions, les espoirs. Le bonheur, pour moi, c'est le fait d'être ensemble. A mes yeux, il n'y en a pas d'autre.

C'est pourquoi je regrette que nous ayons manifesté un manichéisme aussi sommaire en faisant de la Murzec notre bête noire. Il est vrai que nous ne l'avons pas matériellement exclue. Comment l'aurions-nous pu, d'ailleurs ? Mais la Murzec, dans notre esprit, est déjà marquée, parquée, mise au ghetto. Bref, le bouc émissaire. C'est là une justice expéditive, et dont l'arbitraire me choque.

Il faut bien dire que la Murzec ne fait rien pour nous désarmer. Elle pourrait du moins se faire oublier, rester silencieuse. Mais non ! Elle intervient ! Elle a la manie de l'intervention ! Elle est toujours en train de remettre de l'ordre dans les affaires humaines.

Peu importe que ses initiatives, prises toujours à contre-courant, fassent grincer les dents de son entourage.

L'écrasement de Pacaud par Mme Edmonde n'a rien eu d'agréable. Du moins Mme Edmonde a-t-elle l'excuse d'avoir été provoquée. Pourquoi faut-il que le pauvre Pacaud, à peine sorti, pantelant, de ses griffes, et ne désirant qu'un peu de silence et d'obscurité pour lécher ses blessures, voit la Murzec fondre sur lui en découvrant ses dents jaunes, dans l'intention évidente de le déchirer ?

— Monsieur, dit Mme Murzec à la stupéfaction générale, et alors que nous nous préparions tous à goûter un peu de paix après la scène pénible que nous a infligée Mme Edmonde, je pense qu'il est de mon devoir de vous demander si les faits révélés par cette personne sur vous sont exacts.

— Mais madame, dit Pacaud, écarlate et les yeux lui sortant de la tête, vous n'avez pas le droit de me poser une question pareille !

— Je remarque, en tout cas, que vous n'y répondez pas. Et que vous n'avez pas nié, non plus, les allégations de cette personne.

Ici, Mme Edmonde, deux fois désignée sous ce terme, se met à rire et se penchant vers son nouveau voisin Robbie, lui dit à mi-voix : « Quelle conne ! » Je note avec étonnement qu'elle s'est aussitôt réconciliée avec Robbie et qu'ils se font réciproquement du charme, avec un air de complicité ludique. Je suppose qu'ils doivent l'un et l'autre trouver quelque chose de sécurisant dans l'idée qu'ils ne coucheront jamais ensemble.

— En tout cas, dit Pacaud, cela ne vous regarde pas. Il s'agit de ma vie privée.

— Votre vie privée, monsieur, dit la Murzec avec un air de pompe, est devenue publique, et c'est à vous d'en tirer toutes les conséquences.

— Quelles conséquences ? dit Pacaud, stupéfait.

— Comment, « quelles conséquences » ? dit la Murzec, son regard bleu implacable attaché à Pacaud avec une dangereuse fixité. Mais elles sont bien évidentes ! S'il vous reste encore un soupçon de sens moral, vous devriez comprendre que votre place n'est plus avec nous.

Il y a des oh ! de stupeur, et tous les yeux convergent sur la Murzec.

— Comment ? Comment ? dit Pacaud. Vous êtes folle ? Où voulez-vous que j'aille ?

— Mais en classe économique, dit la Murzec.

— Allez-y vous-même, dit Pacaud avec fureur, si ma présence vous gêne !

— Mais bien sûr, elle me gêne, dit Mme Murzec, son œil bleu étincelant dans le contexte jaune de sa peau et de ses dents. Je le demande : qui ne gênerait-elle pas, après ce que nous avons appris ?

— Mais moi, par exemple, dit Mrs. Banister (née de Boitel) sur un ton tout à fait nonchalant, et regardant Mme Murzec d'un œil paresseux.

— *My dear !* dit Mrs. Boyd en levant les deux mains. *You don't want to argue with that woman ! She is the limit* [1] *!*

— Vous, madame ! dit la Murzec avec un air de reine de tragédie (car, en plus, elle joue faux, comme souvent les « méchants », qui n'ayant pas une « nature » sur laquelle s'appuyer, la remplacent par des artifices).

1. Ma chère ! Vous n'allez pas discuter avec cette femme ! Elle est insupportable !

71

Mrs. Banister se contente de faire oui de la tête, conservant, comme un athlète au repos, sa pose décontractée. La Murzec sent, ou plutôt flaire, ce qu'il y a de force contrôlée sous ce nonchaloir, et si brave qu'elle soit, elle hésite. Certes, elle a là devant elle un adversaire autrement redoutable que le pauvre Pacaud.

Dans le silence qui suit, Mrs. Banister lève au ciel ses beaux yeux obliques, et les redescend comme par hasard sur la Murzec. Aussi surprise que si elle trouvait dans les allées bien tenues du parc du château de son père un petit étron, elle sourit. Il a fallu des siècles de domination sociale absolue pour mettre au point le sourire des Boitel, mais le résultat ne laisse rien à désirer.

Il est vrai que Mrs. Banister a, en plus, le genre de visage qui paraît destiné à refléter la fierté, et notamment des yeux remontant, ainsi que les sourcils, vers les tempes, des prunelles d'un noir intense et des paupières presque bridées — héritées peut-être d'un lointain ancêtre qui s'était aventuré en Extrême-Orient. L'ensemble, qui évoque le masque d'un acteur japonais, lui donne un air naturellement hautain, dont elle joue, elle, en actrice consommée. Rien de commun ici avec la moue un peu mécanique de Caramans ; c'est bien plus subtil. Le sourire est méprisant, non en lui-même, mais par suite d'une contamination du visage tout entier, et en particulier des yeux.

L'effet de cette mimique — comme Mrs. Banister y compte bien — est de faire virer du jaune clair au jaune foncé le teint de la Murzec. Aussitôt, abandonnant toute prudence, et grattant le sol du pied, tête basse, elle s'élance.

— Vous avez sans doute vos raisons, dit-elle d'une voix sifflante, pour montrer de l'indulgence à l'égard de ce monsieur !

— Mais bien sûr, j'ai mes raisons, dit Mrs. Banister, en faisant à la ronde un sourire d'une charmante ingénuité. Et la principale, c'est que je n'ai pas bien compris ce qu'on lui reprochait. Par exemple, je ne sais pas ce que c'est qu'un « faux-poids ». Mais vous, madame, qui avez sans doute plus d'expérience que moi dans ce domaine, vous pourriez peut-être me renseigner ?

La Murzec se tait. Comment pourrait-elle admettre qu'elle a, « dans ce domaine », plus d'expérience que son adversaire ? Quant aux messieurs du demi-cercle droit, ils se taisent aussi, trouvant gênant de donner en présence de Pacaud (dont le crâne chauve ruisselle à nouveau de sueur) la définition du « faux-poids ». Mrs. Banister n'en continue pas moins à les regarder l'un après l'autre d'un air interrogateur et mutin, nous faisant sentir en même temps avec quelle gracieuse condescendance elle déploie pour nous toutes ses grâces.

Mais rien n'y fait. On continue à rester bouche cousue, ne voulant pas ajouter des flammes à celles qui rôtissent déjà Pacaud. C'est alors que Manzoni approche ses lèvres de l'oreille de Mrs. Banister (jusqu'à la toucher, je crois, car je la vois frémir — je parle de Mrs. Banister, non de l'oreille) et lui dit quelques mots à voix basse.

— Oh ! dit Mrs. Banister. C'est cela ?

Et dans son excitation, elle saisit comme par mégarde le poignet de Manzoni et le serre avec force, tandis qu'elle porte devant sa bouche, avec une confusion feinte, son autre main, dans un geste très bien imité de petite couventine.

— *What did he say ? What did he say*[1] ? dit Mrs. Boyd avec une avidité presque comique en se penchant vers Mrs. Banister.

Aussitôt, avec la mauvaise éducation pleine d'assurance des gens issus d'un excellent milieu, nos deux *viudas* se mettent à chuchoter avec volubilité, tout en dévisageant Pacaud comme s'il était un spécimen rare dans un musée.

C'est alors que Manzoni, au lieu de poursuivre l'avantage évident qu'il a pris du côté de sa voisine de droite — car enfin, ce n'est pas tous les jours qu'une Mrs. Banister condescend à vous encercler le poignet de sa main ducale —, commet, emporté par son narcissisme, une

1. Qu'a-t-il dit ? Qu'a-t-il dit ?

erreur qu'à mon sens il paiera très cher dans la suite. Il se lance dans une deuxième OPA sur Michou.

— Ah, vous lisez du Chevy ? dit-il en se penchant sur elle et en jouant de ses yeux veloutés, de sa voix et de son charmant zézaiement.

— Oui, dit-elle, et élevant le livre à sa hauteur avec sa simplicité coutumière, elle lui montre la couverture.

— *Treize pruneaux dans le citron,* lit Manzoni avec un petit rire.

Et il ajoute :

— Alors qu'un seul suffit.

Mais Michou ne sourit même pas. Notre beauté touchante doit être une de ces filles si absorbées dans leurs sentiments que toute forme d'humour leur demeure étrangère. Manzoni doit prendre bonne note qu'il ne réussira pas à l'amuser, car il poursuit dans la note sérieuse :

— Chevy, ça ne vous paraît pas un peu sadique ?

— Non, dit Michou, et elle se tait, car elle n'a rien d'autre à dire.

— Quand même, dit Manzoni, tous ces cadavres...

— Ben, dit Michou.

Ce qui veut dire, je suppose, qu'on ne peut pas s'attendre à autre chose dans un roman policier. A ce moment, Mrs. Banister, pivotant son cou élégant, tourne du côté de Manzoni un masque qui évoque plus que jamais le visage d'un guerrier japonais, et lui jette un bref et terrifiant coup d'œil. Il est heureux pour Manzoni qu'il vive au XXe siècle, et non quatre siècles plus tôt : une dague aurait mis fin, sur l'heure, à sa déloyauté.

— Mais c'est malgré tout assez horrible, tout ce sang, dit Manzoni.

— Assez, dit Michou.

Une photographie s'échappe de son livre, Manzoni avec promptitude la ramasse, y jette un rapide coup d'œil et, en la rendant à Michou, dit à mi-voix, avec une feinte générosité :

— Quel beau garçon.

— C'est Mike, dit Michou avec gratitude.

— Mike ? dit Manzoni d'un ton hypocritement interrogatif, comme si c'était la première fois que Michou prononçait ce nom.

— Vous savez bien, dit Michou.

Et elle ajoute, en faisant un petit geste du côté des *viudas* :

— Mike, c'est ce que ces dames appelleraient mon « fiancé ».

L'œil noir de Mrs. Banister étincelle, puis disparaît aussitôt dans la fente de ses paupières obliques. Bien que Michou, à coup sûr, n'y entende pas malice, elle vient, par implication, de la traiter de vieille et devant qui !

Cependant, quand Mrs. Banister répond à Michou, ses traits se sont remis en place et sa voix fait patte de velours. Elle ne va pas, elle, commettre l'erreur d'attaquer Michou, surtout au beau milieu d'une OPA.

— Oh, voyons, Michou, dit-elle sur le ton d'une grande sœur affectueuse, je ne suis pas aussi vieux jeu que vous le pensez ! Quand j'avais votre âge, je n'avais pas qu'un fiancé : j'en avais plusieurs.

Là-dessus, elle fait une pause et reprend avec nonchalance, en couchant sa tête sur son épaule, et en nous regardant avec des yeux brillants :

— Au sens où vous l'entendez.

— *My dear !* dit Mrs. Boyd en levant les deux mains.

C'est sur nous — le demi-cercle droit — que Mrs. Banister attache ses yeux japonais, mais nous ne sommes que le mur qui renvoie la balle à son véritable destinataire. Et sa trajectoire est bien calculée, avec audace, avec astuce. Mrs. Banister n'ignore pas que rien ne rend une femme plus attirante aux yeux des hommes que de confesser qu'elle les aime.

Même nous, le mur, nous commençons à regarder Mrs. Banister avec d'autres yeux.

Et c'est pourtant le moment précis qu'avec son génie de l'inopportunité, la Murzec choisit pour se relancer à l'attaque.

— Et vous vous en vantez ! dit-elle avec alacrité, croyant avoir trouvé le défaut de la cuirasse, alors que chez Mrs. Banister la cuirasse coïncide avec la peau.

75

Sûre de nous — qu'elle vient de séduire par l'aveu de ses faiblesses —, Mrs. Banister se met en garde avec nonchalance, et loin de pousser aussitôt sa pointe, se donne le luxe de céder du terrain.

— Je vais vous scandaliser, dit-elle en modulant sa voix, à l'heure actuelle, ce sont plutôt les occasions manquées que je regrette.

En disant cela, elle nous regarde en ployant le cou avec un air de mélancolie admirable, comme si les occasions manquées, c'était nous. Et nous, impressionnés par ses grands airs et séduits en même temps par ses petites mines, nous sommes déjà à ses pieds, Caramans compris, qui oublie à cet instant l'éducation des Frères. On est loin, bien loin, des séductions grossières de Mme Edmonde. Quant à l'efficacité érotique, la grande dame l'emporte de loin sur la putain.

— Quel cynisme ! dit avec indignation la Murzec, qui, bien sûr, a raison, mais sur un plan que nous désirons tous oublier.

— Je suppose, dit Mrs. Banister en utilisant aussitôt contre la Murzec la force dont elle se réclame, je suppose que vous comptez aussi la vertu au nombre de vos mérites.

Et nous sentons tous, à cette minute que la vertu n'est pas un sentiment de bon ton.

— J'ai, en effet, une morale, dit la Murzec avec sécheresse.

Et là, on attend, on espère presque que Mrs. Banister demande comment cette morale est compatible avec la méchanceté dont la Murzec vient de faire preuve à l'égard de Michou. Mais Mrs. Banister n'entend pas rappeler sa touchante rivale à notre attention, et encore moins attendrir Manzoni sur elle. Elle choisit un autre terrain pour pousser son attaque.

— Alors, dit-elle avec un tranquille aplomb, pas de flirt ? Pas la moindre faiblesse ? Pas de liaison ? Pas la plus petite minute d'abandon avec une amie d'enfance ?

Je remarque avec quelle perfidie et aussi peut-être avec quelle pénétration, Mrs. Banister présente la supposition saphique comme étant la plus vraisemblable.

— Ces hypothèses vous ressemblent, dit la Murzec.

Réponse, somme toute, assez efficace, mais qu'elle gâte en ajoutant :

— Je vais vous décevoir : il n'y a rien eu d'autre qu'un mari, mort prématurément.

C'est possible, après tout, qu'il n'y ait rien eu d'autre, mais pourquoi faut-il qu'elle fasse trembler sa voix sur « prématurément » ? Personne ne peut imaginer la Murzec en amoureuse, et encore moins en veuve éplorée.

Mrs. Banister le sent, lève au ciel ses yeux de geai, les ramène sur nous avec un air de complicité, pousse un petit soupir et dit à mi-voix sans regarder la Murzec :

— Bouffé.

— *My dear !* dit Mrs Boyd.

— Qu'est-ce que vous osez insinuer ? s'écrie la Murzec avec véhémence.

— Mais rien du tout, bien sûr, dit Mrs. Banister avec une complète impudence.

Et elle ajoute, ce qui est un comble, après toutes les questions qu'elle vient de poser à ce sujet :

— Votre vie privée ne me regarde pas.

— Vous voulez dire que vous êtes incapable de la comprendre, dit la Murzec. Et ça ne m'étonne guère, après ce que vous venez de nous apprendre de la vôtre.

Avantage à la Murzec. Avantage pas très brillant, ni très original, mais qui témoigne d'un métier solide. Malheureusement, là encore, la Murzec gâche tout en ajoutant avec un accent d'une fausseté insupportable :

— Je suis une personne, moi, vous comprenez, une personne avec une conscience et des aspirations. Et vous, vous devriez rougir de vous considérer comme un simple objet sexuel.

Très aidée par ses yeux brillants et obliques de samouraï, Mrs. Banister fait ici une série de petites mines ironiques et charmantes. Elle va frapper, je crois. Le combat de la vipère et du scorpion touche à sa fin.

— Chère madame, dit Mrs. Banister, vous avez une conception très irréaliste du rôle du sexe dans les rapports humains. Croyez-moi, ce qui est triste pour une femme, ce n'est pas d'être un objet sexuel, c'est de ne l'avoir jamais été...

La Murzec se tait, les lèvres serrées, le regard absent. Mais comme Mrs. Banister se tourne, ivre de son triomphe, vers Manzoni, elle ne rencontre pas son regard. Détourné, silencieux, il n'a d'yeux que pour Michou.

Les chandelles de la comédie s'éteignent alors d'un seul coup et, dans le silence qui suit, le visage de Mrs. Banister, après tant d'efforts, prend une expression de fatigue qui le vieillit. Bien qu'elle le tende au maximum pour rester impassible, la tristesse affleure dans ses yeux obliques. Elle doit penser au temps où elle n'avait pas à déployer tant de brio ; où elle pouvait, elle aussi, rester assise, un livre stupide sur les genoux, et faire à contrecœur des réponses idiotes, sans que cessent de palpiter autour d'elle les désirs des hommes.

Pour l'instant, personne ne pipe. Mais ça ne va pas durer. Le jeu des attirances et des antipathies est devenu en peu de temps si vif dans le cercle que je ne dois pas compter sur le silence. Je profite de celui-ci pour regarder les *viudas* et écouter avec indiscrétion leurs propos à mi-voix.

En Occident, les veuves prolifèrent, on ne fait plus attention à elles, tant il y en a. Elles constituent pourtant un phénomène psychosocial tout à fait digne d'étude. On devrait, me semble-t-il, s'attacher à percer le secret de la longévité des femmes, les racines de l'amour farouche qu'elles ont pour l'existence, leur aptitude à survivre à un destin solitaire. Ces deux *viudas* devant moi, tout occupées d'elles-mêmes, sont l'image même de la sérénité.

Il est vrai qu'elles y sont très aidées par le fric. Ce serait intéressant de savoir à quoi s'occupaient de leur vivant Mr. Boyd et Mr. Banister, et comment ils ont gagné tout l'argent qu'ils ont laissé à leurs épouses. A en juger par la vêture, les bijoux et les récits de voyage (toujours dans les palaces), les défunts ont dû leur léguer à chacune un fameux tas. Mais sur ces tas et sur leur origine — à croire qu'il émane quand même d'eux une odeur —, pas un mot.

Par contre, l'une et l'autre parlent volontiers de leur parentèle ; et des noms distingués — qu'elles échangent comme des mots de passe — parsèment leur conversation.

L'âge n'est pas le même. Mrs. Banister s'engage à peine, et en freinant tant qu'elle peut, sur le mauvais versant de la quarantaine. Mrs. Boyd est déjà dans les eaux du troisième âge, et elle y a trouvé, semble-t-il, un havre de tranquillité, à l'aide de petites aises, d'un grand confort et d'une gourmandise insatiable. Chez elle, la gourmandise est une passion. Robbie dirait que c'est une méthode que notre *viuda* a trouvé pour combler son vide.

Quand Mrs. Banister veut bien lui laisser la parole, Mrs. Boyd évoque en connaisseur, dans le plus grand détail, tous les bons repas qu'elle a faits. Il ne s'agit pas ici de la grande, mais de la petite bouffe mignarde, précieuse, consommée à petits coups de fourchette en argent dans des lieux sélects au milieu de la valetaille. Tous ces chers souvenirs font à Mrs. Boyd un caractère heureux, et avec ses beaux cheveux blancs coiffés en coques démodées, son visage rond et lisse, son teint frais, sa bouche charnue et son petit bedon, elle a l'air d'être en paix avec le monde. Et elle l'est, en effet. D'autant plus que « ne lisant jamais, ni livre, ni journal » (elle s'en vante), elle ne laisse pas les inquiétants événements de la planète parvenir jusqu'à son cocon.

Ses relations avec Mrs. Banister sont, me semble-t-il, très nuancées. Elle l'admire, mais en fait, malgré les apparences, elle la gouverne, tout en lui laissant la bride sur le cou. Elle professe du bout du cœur une morale conventionnelle, mais en fait, elle est enchantée que Mrs. Banister lui fournisse des sujets de conversation, son intérêt pour le sexe étant devenu, avec l'âge, verbal et cancanier.

Bien qu'ils soient compatriotes, Mrs. Boyd et Blavatski ne s'aiment pas, la première ayant témoigné au second, dès le début, une froideur marquée : affront implicite que Blavatski n'est pas homme à digérer.

En outre, les propos mondains de nos *viudas* l'agacent, et comme Mrs. Boyd évoque sur un certain ton ses origines bostoniennes, Blavatski l'interrompt pour dire avec un accent dont il exagère à dessein la vulgarité :

— Je sais, je sais. A Boston, les Lodges ne parlent qu'aux Cabots, et les Cabots ne parlent qu'à Dieu !

Mrs. Boyd essaie de traiter cette interruption par le mépris, mais personne, je crois, n'a jamais réussi à intimider Blavatski. Il interpelle à nouveau son vis-à-vis d'une voix traînante :

— Et vous, Mrs. Boyd, êtes-vous une Lodge ou une Cabot ?

— Ni l'une ni l'autre, dit Mrs. Boyd en s'efforçant de donner à son visage rond un air de hauteur. Après tout, il y a d'autres familles, à Boston, que les Lodges et les Cabots.

Blavatski se met à rire.

— Tu parles si j'en suis heureux ! dit-il. Ça me paraissait un peu cafardeux que le Seigneur n'ait qu'une seule famille à Boston pour lui tenir le crachoir !

Là-dessus, il s'esclaffe grossièrement. Blavatski, pourtant, est de ceux que l'ascendance de Mrs. Banister a le plus impressionnés. Il n'y a pas contradiction, je crois. Les ducs et les comtes, c'est parfait pour l'Europe. Mais aux USA, on ne va quand même pas se laisser snober par des gens qui ont eu le seul mérite d'arriver là avant vous.

Je ne donne pas tort à Blavatski. Moi-même, en Grande-Bretagne, je n'aime pas qu'on me fasse sentir que je ne suis britannique que de fraîche date.

Après ce petit accrochage entre Mrs. Boyd et Blavatski, temps mort, passage à vide. Puis, l'Hindou qui me fait face de l'autre côté du demi-cercle droit enlève son turban. Je ne veux pas dire qu'il le dénoue. Non, il le retire, sans le défaire. Tout à fait comme on ôte son chapeau. Sauf qu'il emploie les deux mains et qu'il penche sa tête en avant comme s'il manipulait un objet de poids. Puis il pose son couvre-chef avec précaution sur ses deux genoux rapprochés, la coiffe tournée de son côté. Je suis incapable de dire de quel tissu, ni même de quelle couleur est ce turban. Seuls me frappent son caractère volumineux, l'effort que l'Hindou a dû faire pour le retirer, et le soin minutieux qu'il en prend.

CHAPITRE V

L'instant d'après, l'Hindou et sa femme se lèvent avec une lenteur majestueuse (ils sont très grands tous les deux) et se placent derrière leurs sièges, nous faisant face, l'homme ayant abandonné son turban sur son fauteuil. Leurs visages sont nobles et graves et on pourrait croire qu'ils se préparent à chanter pour notre édification un cantique religieux.

Mrs. Boyd pousse un cri de terreur, et l'Hindou lui dit sur un ton poli et dans un anglais tout à fait raffiné :

— N'ayez pas peur, je vous prie. Je n'ai pas l'intention de tirer, du moins pas pour le moment. Je me propose de saisir l'avion.

Je m'aperçois alors que l'un et l'autre tiennent un revolver braqué sur nous. Mes mains se mettent à trembler légèrement, mes cheveux se hérissent. Pourtant, à cet instant, chose bizarre, je ne ressens encore aucun sentiment de peur : mon corps est en avance sur mon cerveau.

Non, ce que j'éprouve, ce serait, plutôt, de la curiosité. Tous mes sens sont en éveil. L'œil vigilant, l'oreille dressée, je suis à l'affût de tout. Apparemment, pourtant, rien ne distingue mon attitude de celle de mes compagnons. Je reste immobile, figé. Je regarde l'ouverture ronde des deux canons qui nous confrontent, et je ne dis rien, j'attends.

Nous attendons longtemps, car, de toute évidence, l'Hindou n'est pas pressé... On aurait pu croire qu'il allait se précipiter après sa déclaration vers le poste de pilotage, le verbe haut et le geste énergique. Pas du tout. Il reste, lui aussi, immobile, il nous considère en silence l'un après l'autre de ses grands yeux noirs et il a l'air de méditer. Il a du reste le genre de physionomie qui paraît fait davantage pour la méditation que pour l'action.

— Quoi ? Quoi ? Qu'est-ce qui se passe ? dit Pacaud en roulant des yeux ronds.

— Tu ne le vois pas, ce qui se passe ? dit en français Blavatski, qui a dû hanter jadis le quartier Latin et qui, sous le coup de son émotion, se souvient du tutoiement entre étudiants.

Il reprend :

— Ces mecs-là nous braquent. Ça te suffit pas ? Il te faut un dessin ?

— Mais c'est honteux ! Honteux, dit Mrs. Boyd en portant ses deux mains potelées à sa bouche et en parlant sur le ton de l'indignation morale. Ce genre de chose devrait être interdit !

— Mais *c'est* interdit, dit l'Hindou d'une voix douce et dans son anglais oxonien.

Il n'a pas eu l'ombre d'un sourire en disant cela, mais son œil s'est mis à pétiller.

— Puisque vous reconnaissez vous-même que c'est interdit, poursuit Mrs. Boyd avec une naïveté incroyable, alors, vous ne devriez pas le faire !

— Hélas, madame, dit l'Hindou, je n'ai pas le choix.

Le silence se referme et l'Hindou le fait durer, peut-être pour nous habituer à notre sort.

Le plus stupéfiant dans cette affaire, c'est combien ce couple est beau. Ils sont grands, majestueux, les traits racés. Ils sont aussi très élégants. L'homme est vêtu comme un Caramans britannique, non en gris anthracite, mais en flanelle gris clair. La femme, elle, se drape dans un sari chatoyant qui moule des formes très féminines. Elle est loin d'être mince, mais, comme on sait, l'embonpoint d'une femme de couleur n'offusque pas les Blancs. Bien au contraire.

Caramans tousse. Interprète-t-il l'inaction de l'Hindou comme une hésitation ? Je ne sais, mais je sens qu'il va essayer de prendre l'initiative. Je le regarde. En somme, Caramans, si on l'habillait comme l'Hindou, aurait l'air aussi très britannique. Sauf qu'il est tout à fait dénué d'humour.

— Je crois, dit-il de son air gourmé, qu'il est de mon devoir de vous avertir que le détournement d'un avion est puni de lourdes peines.

— Je sais, monsieur, merci, dit l'Hindou, l'air grave, mais dans l'œil la même petite lueur.

A la bonne heure. Si nous sommes occis, nous le serons du moins par un assassin parfaitement poli.

Mais moi, je dois le dire, c'est la femme surtout qui me terrifie. Dans les yeux de l'Hindou, on lit, outre une intelligence aiguë, un certain degré de sympathie humaine. Mais ceux de la femme, fixes, brillants et légèrement exorbités, me donnent froid dans le dos. Ils sont dardés sur nous avec une expression de haine fanatique. On a l'impression que pour elle vider sur nous le chargeur de son arme serait plus qu'un devoir : un plaisir.

— *My dear !* dit Mrs. Boyd d'une voix plaintive en se tournant vers Mrs. Banister, penser que c'est à moi qu'une telle chose arrive !

Ici, la Murzec ricane. La Murzec, j'ose l'affirmer, ne ressent aucune espèce de peur, tant elle est occupée à jouir de la nôtre.

— Mais voyons, Élisabeth, dit Mrs. Banister avec agacement, il n'y a pas qu'à vous que cette chose-là arrive ! Vous le voyez bien !

Ayant dit, elle sourit à l'Hindou. Elle ne tremble pas, notre grande dame. Peut-être le sang ducal lui interdit-il la lâcheté. Ou se croyant par son rang au-dessus de toute atteinte sérieuse, se distrait-elle de l'angoisse en imaginant les violences limitées que le bel Hindou pourrait lui faire ?

Ce sentiment me paraît, avec des nuances, assez général dans le demi-cercle gauche. Mme Edmonde multiplie les appels d'yeux et de bouche. Michou me paraît déjà à demi sous le charme. Robbie aussi.

— Eh bien, monsieur, dit Mrs. Boyd d'un air plaintif, mais sur le ton de la conversation mondaine, que faut-il faire ?

— Faire ? dit l'Hindou en levant les sourcils.

— Eh bien, je ne sais pas, moi, lever les mains ? dit Mrs. Boyd avec une bonne volonté pitoyable.

Et ayant dit, elle lève ses petits bras potelés. L'œil de l'Hindou se remet à pétiller et il dit d'un ton poli :

— Baissez les mains, je vous prie, madame, c'est une position si fatigante. Contentez-vous de les poser bien en vue sur les bras de votre fauteuil.

Il ajoute :

— Ceci vaut pour tout le monde.

Nous obéissons. Notre attente est finie, je crois, bien que je ne sache pas à quoi elle a servi. Peut-être à prendre la mesure de nos réactions. Dans ce cas, l'Hindou a de quoi être rassuré. Nous ne sommes guère combatifs. Même Blavatski, qui pourtant doit porter une arme ! Mais, justement, que Blavatski n'ait pas cru devoir intervenir montre combien ce couple est dangereux.

Bien que mes mains ne tremblent plus, je commence à éprouver un certain degré d'affolement. J'aime de moins en moins les yeux de cette femme. Elle nous considère avec une cruauté avide qui achève de me paralyser.

L'Hindou bouge enfin. D'un pas à la fois souple et majestueux, il s'approche de l'hôtesse et lui murmure quelques mots à l'oreille. L'hôtesse se lève et vient se placer à un mètre cinquante environ du rideau de la cambuse (ou du *galley,* comme elle dirait elle-même). La femme hindoue passe alors derrière elle, et lui entourant le cou de son bras, la tient plaquée contre son corps, non sans brutalité. L'Hindoue est si grande qu'elle domine l'hôtesse d'une tête et peut donc diriger sans aucune gêne son arme sur tous les passagers du cercle.

— Mon assistante, dit l'Hindou, ne connaît pas les langues européennes. Mais par contre, elle a une très bonne vue et elle tirera sans préavis sur toute personne qui aura l'imprudence de déplacer ses mains. Quant à moi, je vais me rendre maître de l'équipage.

Mais, pour l'instant, il n'en fait rien. Il ne bouge pas. Il hésite encore. On dirait qu'il éprouve une appréhension à nous laisser seuls avec sa redoutable compagne. Il doit craindre qu'elle n'ait, en son absence, la gâchette un peu trop facile. Il s'approche d'elle et lui parle à voix basse à l'oreille. Je ne comprends pas ce qu'il lui dit, mais il a l'air de lui donner des conseils de modération. Elle l'écoute impassiblement, sans que ses yeux perdent le moins du monde leur expression farouche.

Il pousse un léger soupir, hausse les épaules, puis il nous embrasse du regard et dit d'un ton aimable mais avec cet accent *high class* qui donne à ses propos un ton d'indéfinissable dérision :

— *Good luck*[1] !

Là-dessus, il passe derrière son « assistante », soulève le rideau de la cambuse et, se courbant, il disparaît. Je fais un mouvement sur mon fauteuil, et l'hôtesse dit d'une voix calme :

— Restez donc tranquille, Mr. Sergius. Personne ici n'est en danger. Il n'arrivera rien du tout.

Je la regarde, stupéfait. Je ne la reconnais plus. Je l'ai vue pâle, tremblante et contractée quand elle n'a pu répondre aux questions de la Murzec, et maintenant, elle sourit, elle paraît sereine et sûre d'elle-même. Je ne comprends pas non plus comment elle peut affirmer — sur le ton d'un adulte rassurant des enfants — qu'il n'arrivera rien du tout, alors qu'un couple de fanatiques armés nous ont pris pour otages.

Néanmoins, l'étonnement, les questions que je me pose, l'attitude de l'hôtesse, me redonnent un peu de sang-froid, et sans pour autant bouger mes mains — la réponse serait, j'en suis sûr, immédiate — je prends une initiative : je m'adresse à la femme en *hindi*.

— Dans quel but faites-vous cela ? dis-je aussi posément que je peux. Pour amener la libération de prisonniers politiques, ou pour toucher une rançon ?

La femme sursaute, puis fronce les sourcils, secoue la tête de droite et de gauche, et avec son revolver, sans desserrer les dents, elle m'intime l'ordre de me taire. Il y a dans son grand œil noir une telle puissance de haine que je me le tiens pour dit. Je ne sais d'ailleurs que penser de sa

1. Bonne chance !

dénégation. Elle paraît n'avoir aucun sens, puisqu'elle rejette en bloc les deux possibilités que je viens d'évoquer.

Je me dis, à la réflexion, que la mimique de l'Hindoue ne peut avoir qu'une seule signification : elle refuse le dialogue avec les personnes qu'elle peut être appelée à abattre. La sueur coule dans mon dos, sous mes aisselles. J'ai l'impression irraisonnée, mais à coup sûr terrifiante, que si, dans la suite, elle doit liquider un otage, elle me choisira.

Il me tarde que l'Hindou revienne et reprenne le contrôle de la situation. Ce sentiment est très partagé, je crois. La tension dans le cercle est devenue insupportable, depuis qu'il nous a laissés en tête à tête avec cette fanatique.

Le visage rond de Mrs. Boyd prend tout d'un coup une expression désespérée et elle dit d'une voix tremblante et enfantine :

— Mr. Sergius, puisque vous parlez la langue de ces gens-là, voulez-vous demander à cette... personne de couleur, si je peux déplacer une de mes mains pour me frotter le nez ?

L'Hindoue fronce les sourcils et regarde Mrs. Boyd et moi-même d'un air menaçant en pointant alternativement son arme sur elle et sur moi.

Je reste silencieux.

— Je vous en prie, Mr. Sergius, dit Mrs. Boyd. Le nez me démange terriblement.

— Je suis désolé, Mrs. Boyd. Comme vous voyez, l'Hindoue ne veut pas qu'on lui adresse la parole, ni même que nous parlions entre nous.

Le regard de l'Hindoue flambe à nouveau et elle émet une série de sons gutturaux qui ne paraissent pas appartenir au langage articulé. Mais plus que le son, c'est le regard qui m'effraie. Je n'ai jamais rien vu de pareil aux yeux de cette femme. Ils sont grands, liquides, d'un noir intense et il émane d'eux une malignité sans borne.

Un silence tombe et je crois l'incident clos quand Mrs. Boyd reprend, d'une voix angoissée de petite fille :

— Je vous en prie, Mr. Sergius, demandez-lui pour moi. La démangeaison devient intolérable et je sens que je ne vais pas pouvoir résister, ajoute-t-elle au bord des larmes ou d'une crise de nerfs.

Je jette un regard à l'Hindoue et je me tais.

— Je vous en prie, Mr. Sergius ! dit Mrs. Boyd, les larmes coulant sur ses joues et sa voix atteignant tout d'un coup des notes aiguës tout à fait anormales, je sens que je vais céder ! Je vais lever la main pour me frotter le nez ! Elle va tirer, et par votre lâcheté vous aurez causé ma mort !

— Madame, je ne suis pas lâche ! dis-je, outré que cette accusation soit portée contre moi, et en présence de l'hôtesse. Rien ne vous autorise à dire une chose pareille ! Votre égoïsme est insondable ! Il n'y a pas que votre nez au monde ! En ce qui me concerne, j'estime que ma vie vaut bien votre nez !

— Mr. Sergius, s'il vous plaît, dit-elle d'un ton si suppliant et si enfantin qu'aussitôt il me radoucit.

— La vérité, dis-je sur un ton plus calme (et je dois avouer que même dans un moment pareil cet aveu me coûte, car je tire vanité de mon excellente mémoire), la vérité c'est que je ne me rappelle plus comment se dit « frotter » en *hindi*.

A ce moment, l'Hindoue braque son arme sur moi. Elle la braque d'une façon si lente et si résolue que je crois véritablement qu'elle va tirer. Je me fige, paralysé par son regard, et la sueur ruisselle dans mon dos, entre mes omoplates.

Pourtant, au lieu de tirer, l'Hindoue dit d'une voix tranquille en *hindi* et avec une expression de hauteur :

— Que veut cette vieille truie ?

Je réponds, étonné de retrouver si vite le mot *hindi* qui m'a manqué jusque-là. (Mais je suppose que Freud aurait son mot à dire sur cet « oubli ».)

— Elle désire se frotter le nez.

— Qu'elle le fasse ! dit l'Hindoue avec un mépris écrasant.

— Mrs. Boyd, dis-je aussitôt, cette personne vous autorise à bouger la main.

— Ah, merci, merci ! dit Mrs. Boyd en s'adressant exclusivement à l'Hindoue.

On dirait que je n'ai joué aucun rôle dans l'affaire.

Mrs. Boyd ne me regarde même pas. Dans la suite, d'ailleurs, elle va me tenir inexplicablement rancune de mon intervention. A la lettre, je cesserai d'exister pour elle. Plus un mot. Plus un regard.

En même temps qu'elle égrène ses mercis répétés, et qui, à mes yeux, manquent un peu de dignité, Mrs. Boyd lève la main, qu'elle a blanche, petite, potelée, ornée de bagues, et se frotte longuement et voluptueusement le nez.

Je regarde l'hôtesse. Non seulement elle n'offre aucune résistance à son agresseur, mais il n'y a pas trace de raideur ni d'appréhension dans l'attitude abandonnée de son corps. Elle paraît s'en remettre à l'Hindoue avec une entière confiance, comme si cette prise du cou par-derrière — qui peut pourtant se muer très vite en étranglement — n'était qu'une étreinte joueuse de grande sœur. Aussi à l'aise que si elle était assise dans son fauteuil, et l'esprit aussi libre, elle trouve même le moyen de me sourire.

Le rideau du *galley* s'écarte et l'Hindou réapparaît, son visage brun fermé, le revolver pendant au bout du bras. Il dit quelques mots à voix basse à sa compagne. Celle-ci libère sa captive, et l'Hindou, poli et muet, fait un geste en direction de l'hôtesse pour l'inviter à s'asseoir. Après quoi, il s'assied lui-même à sa place, après avoir jeté à terre son turban sans aucun ménagement. Puis il pose sur son genou la main qui tient le revolver, mais sans viser personne en particulier.

Son assistante, elle, reste debout, l'arme braquée et continue à nous dévisager de ses yeux fanatiques, non pas tour à tour, mais tous en même temps, avec une ubiquité du regard tout à fait inquiétante.

La situation paraît se geler dans le silence et l'attente pendant quelques secondes. Puis l'Hindou, sur qui tous nos regards convergent, dit dans son anglais raffiné :

— Je suis heureux que tout se soit bien passé en mon absence. Connaissant les sentiments de mon assistante, j'avais quelque appréhension à vous laisser seuls avec elle.

Tout est réussi : l'anglais, l'accent, le texte, l'attitude mentale. L'Hindou présente une caricature parfaite de ce type quelque peu usé : le gentleman britannique. Mais on peut déceler en même temps, dans l'imitation qu'il en fait, une intention parodique.

Il laisse peser un assez long silence et reprend :

— *I am annoyed.*

Ce qui peut se traduire par « je suis très contrarié », encore que l'expression anglaise comporte assez souvent une connotation euphémique qui dépasse son sens littéral. Ce qui me frappe, c'est la façon royale dont l'Hindou prononce ce mot, comme si nous devions tous nous mettre à trembler parce qu'il est *annoyed.*

Il parcourt notre cercle du regard et reprend sans hâte en articulant avec soin et avec une sorte de détachement :

— Je vais être obligé de modifier mes plans du fait d'une circonstance imprévue : il n'y a personne dans le poste de pilotage.

Il y a dans notre cercle une commotion qui se traduit d'abord par un silence, puis par un flot de paroles qui jaillit de tous les côtés à la fois et qui traduit l'incrédulité, l'angoisse, la consternation. L'Hindou considère ce débordement en silence, avec un air de dédain qui me paraît assez hypocrite : il est resté, lui, deux bonnes minutes dans la cabine de pilotage : il a donc eu tout le temps de se remettre du choc que l'absence d'équipage a dû lui donner. C'est bien facile, dans ces conditions, de se dire seulement *annoyed* quand nous sommes, dans le cercle, bouleversés.

— Mais c'est incroyable ! dit Blavatski en parlant d'une voix si forte qu'il impose le silence. J'ai déjà vu des avions militaires téléguidés du sol, mais jamais des avions long-courriers dirigés de cette façon !

— Moi non plus, dit l'Hindou. Mais peut-être, gentle-men, désirez-vous déléguer l'un d'entre vous à l'inspection de la cabine de pilotage ?

— Je me propose, dit Pacaud. J'ai servi dans l'aviation pendant la guerre.

L'Hindou tourne la tête vers lui.

— En quelle capacité ?

— J'étais radio.

— Excellent. Allez-y, Mr. Pacaud. Je n'ai justement pas trouvé trace d'un poste de radio dans la cabine.

Pacaud, les mains toujours posées sur son fauteuil, regarde alternativement les deux pirates. L'Hindou dit quelques mots à voix basse à son assistante. Puis de la main, il fait signe à Pacaud qu'il peut se lever.

Pacaud disparaît derrière le rideau du *galley,* et l'Hindou demande en *hindi* à son assistante comment nous nous sommes comportés.

— Attention, dit-elle, ne parle pas *hindi.* Ce porc, poursuit-elle, en me désignant avec le canon de son arme, comprend tout.

Elle dit cela, bien sûr, en *hindi,* pour mon édification. Je suis donc un porc, et Mrs. Boyd, une vieille truie.

— Ah, dit l'Hindou en anglais avec un petit rire assez méchant. Le gentleman comprend l'*hindi ?*

Mais il met tant d'ironie dans le mot « gentleman » que le terme employé par sa compagne me paraît presque amical en comparaison.

L'Hindou poursuit sur un ton persifleur en me dévisageant de ses yeux sombres et avec une animosité qu'il ne songe même pas à dissimuler :

— Combien aimable à vous de vous être donné la peine d'apprendre la langue de personnes de couleur !

Il dit cela du bout des lèvres, en serrant les dents et sans aucune trace d'humour.

— Mais, dis-je, interloqué d'être si mal traité parce que je parle sa langue, je n'ai pas dit que les Hindous sont des personnes de couleur.

— Vous le pensez, dit-il d'un ton accusateur.

— Je pense qu'il y a une différence de coloris entre votre peau et la mienne, mais je n'y attache pas d'importance.

— Vous êtes bien bon, dit l'Hindou sur le ton de l'hostilité la plus déclarée, et il détourne les yeux de moi.

Je le regarde, stupéfait. Alors que l'Inde est, depuis la fin de la dernière guerre mondiale, un pays indépendant et respecté, je rencontre un Hindou, et un Hindou jeune, qui souffre des séquelles de la colonisation (qu'il n'a pas connue), au point d'avoir développé à l'égard des Européens un contre-racisme militant.

Là-dessus, Pacaud réapparaît, rouge du menton à l'occiput, regagne sa place et dit d'une voix essoufflée :

— Il n'y a personne dans la cabine, et je n'ai pas trouvé trace d'un appareil radio de type classique.

— Vous voulez dire, dit l'Hindou, qu'il y en a un, mais d'un type que vous ne connaissez pas ?

— A coup sûr, dit Pacaud, il faut bien qu'il y ait une liaison entre le sol et l'appareil, sans cela il ne volerait pas.

— Vous rejoignez mes conclusions, Mr. Pacaud, reprend l'Hindou. On dirait que le *Sol* — il souligne l'expression, et dans la suite, après lui, nous adopterons tous le mot pour désigner les gens qui nous dirigent de la terre —, on dirait que le *Sol* refuse tout dialogue avec nous, alors même qu'il entend, j'en suis certain, tout ce que nous disons.

L'Hindou, parle maintenant d'une façon tout à fait détendue, sans rien d'ironique ni de méprisant, absolument comme s'il était l'un de nous. On en arrive presque à oublier qu'il a une arme dans la main et que son assistante nous tient en joue.

— Je ne suis pas d'accord, dit Blavatski d'une voix tremblante, en endossant celle de ses deux personnalités linguistiques qu'il réserve aux conversations sérieuses. Rien ne prouve, poursuit-il dans un anglais traînant...

Il s'interrompt. Je remarque que ses yeux gris et perçants prennent derrière leurs verres épais une expression inquiète. Il avale sa salive et reprend avec effort :

— Rien ne prouve que le *Sol* entende nos propos.

J'ai l'impression, en écoutant Blavatski et en voyant son émotion, qu'il a décelé plus vite qu'aucun d'entre nous — en tout cas, plus vite que moi — où l'Hindou veut en venir. Et lui aussi, il dit « le *Sol* », à la manière de l'Hindou, bien qu'il me soit difficile de préciser la nuance que cette manière comporte.

— Rien ne le prouve pour le moment, dit l'Hindou sur le ton de la conversation courtoise. Mais nous n'allons pas tarder à en avoir le cœur net.

Blavatski tressaille et l'Hindou nous regarde d'une façon

entendue. Il y a eu un petit coup de fouet dans sa voix, mais, quant à moi, je ne comprends pas en quoi sa phrase paraît si menaçante à Blavatski. L'Hindou se tourne vers Pacaud.

— A part la radio, la cabine de pilotage vous a-t-elle paru normale ?

— Je ne sais pas, dit Pacaud, les gouttes de sueur recommençant à perler sur son crâne poli. Je ne sais pas ce que c'est qu'une cabine normale dans un avion téléguidé. Le tableau de bord m'est apparu très dépouillé, mais c'est naturel, après tout, puisque personne n'est supposé le lire. Par contre, ce que je ne m'explique pas, c'est cette petite lumière rouge allumée en permanence au centre du tableau de bord.

— Un voyant ? dit l'Hindou. Un signal d'alerte ?

— Mais l'alerte pour qui ? dit Pacaud. Puisqu'il n'y a pas de pilote.

— J'ai moi aussi remarqué cette petite lumière rouge, dit l'Hindou.

Et ses traits bruns, réguliers paraissent sortir de leur immobilité pour trahir un certain malaise. Mais c'est très fugitif, et il reprend aussitôt son flegme comme on remet un masque.

Un silence pèse qui, en se prolongeant, devient de plus en plus lourd. Ce n'est pas, je crois, que l'envie nous manque de commenter notre sort, mais les yeux de l'Hindou nous réduisent au mutisme. A la différence de sa compagne, dont la haine est donnée d'un seul coup à son maximum, il a la capacité d'augmenter à volonté la force de son regard, comme un rhéostat. Et encore ma comparaison n'est-elle qu'à demi exacte car, dans son cas, l'expression du regard se modifie en même temps que son intensité.

— Je ne suis pas dans les secrets du *Sol*, dit l'Hindou avec son accent anglais raffiné, et je ne sais donc pas où il a l'intention de vous conduire.

— Mais à Madrapour, dit Caramans.

Caramans est un peu pâle, comme moi-même je suppose, comme nous tous, à l'exception de Pacaud, dont le crâne est cramoisi. Mais il est toujours aussi bien composé, le cheveu bien en place, la cravate correcte, la moue active.

— Mon cher monsieur, dit l'Hindou, je suis né dans le Bhoutan. Je suis donc bien placé pour vous dire qu'il n'y a pas le moindre État à l'est du Bhoutan qui s'appelle Madrapour. Madrapour est un mythe, né dans la cervelle féconde d'un mystificateur. Le GPM n'existe pas. Il n'y a pas la plus petite trace de pétrole dans ce coin. Ni le plus petit début d'hôtel quatre étoiles au bord d'un lac, j'en suis désolé pour ces dames.

Et désolé, qui l'est, en effet, plus que ces dames ? Si absurde que cela paraisse, elles semblent plus affectées par la perte de leur hôtel que de l'État où il était supposé se trouver.

Je vois, dans l'œil japonais de Mrs. Banister, que la perspective de coucher dans une hutte de branchages et de « faire ses ablutions dans une flaque d'eau » perd tout à coup pour elle son caractère ludique et qu'elle se sent bien plus atteinte par ce dernier coup que par le détournement de l'avion.

— Mais ce n'est pas possible ! dit-elle en regardant l'Hindou d'un air suppliant, sans omettre pourtant de jouer de son charme aristocratique. On ne fait pas des farces pareilles aux gens ! C'est affreux ! Qu'allons-nous devenir ?

— Ce n'est pas moi, madame, qui vous ai fait cette farce, dit l'Hindou avec la politesse étudiée et méprisante dont il use à l'égard des femmes. Moi, je me borne à constater : pas de Madrapour, pas d'hôtel, c'est clair.

Mais Mrs. Boyd refuse de se laisser enfermer dans ce raisonnement. Son visage rond et gourmand rougit et elle s'écrie avec indignation :

— Mais j'ai vu des photos de l'hôtel sur un dépliant ! Je les ai vues comme je vous vois ! Y compris celles du Restaurant gastronomique !

— Vous avez vu les photos d'un hôtel, dit l'Hindou sans daigner la regarder, et vous avez cru que cet hôtel était à Madrapour sur la foi d'un dépliant touristique.

Ici, il y a une vive agitation parmi les passagers et

des exclamations incrédules, auxquelles l'Hindou coupe court en levant la main droite.

Mais l'attitude qui me frappe le plus alors est celle de l'hôtesse. Elle est immobile et muette, mais, en contraste avec la sérénité dont elle a fait preuve l'instant d'avant, son visage reflète le désarroi le plus profond. Ce que n'ont pu faire les armes braquées sur nous ni le bras musclé de l'Hindoue enserrant son cou fragile, une simple négation l'accomplit. Quand le pirate refuse toute existence géographique à l'État de Madrapour, c'est-à-dire bien avant qu'il réduise à l'état de mythe l'hôtel quatre étoiles, je la vois pâlir et ses traits se décomposer. J'avoue que je ne comprends pas plus le trouble qui s'empare d'elle à ce moment-là que la tranquillité qu'elle a montrée au moment de la saisie de l'avion. Il est bien naturel, certes, qu'elle attache foi à la destination de l'avion dont elle est l'hôtesse... Mais qu'un pirate — qui, de toute façon, ne se rend pas à Madrapour, puisqu'il en détourne l'avion — la plonge dans le désespoir par son scepticisme, c'est là une réaction démesurée ou du moins une réaction dont les motivations m'échappent.

L'agitation et les exclamations des passagers continuent, même après que l'Hindou a levé la main.

Il ne se presse pas de se faire obéir. Il considère avec un air sardonique le scandale qu'il a créé, et jouit sans doute de notre hypocrisie, car enfin des doutes très sérieux et très circonstanciés étaient déjà apparus parmi nous sur Madrapour, même avant son intervention...

— Gentlemen, gentlemen! dit-il enfin en levant de nouveau la main (il ne s'adresse pas aux femmes, bien qu'il affecte à leur égard une politesse cérémonieuse).

Dès que le silence se rétablit, il reprend sur un ton de persiflage glacé :

— Vous êtes libres, au demeurant, de ne pas partager mon opinion. Si cela vous console de croire à l'existence de Madrapour, je n'y vois pas d'inconvénient.

— Il me semble, dit Caramans, que votre point de vue n'est pas très différent, finalement, de celui du gouvernement de l'Inde, qui ne veut pas reconnaître l'existence politique de Madrapour.

L'Hindou fait de la main un geste gracieux de dénégation.

— Pas du tout. Je n'ai rien à voir avec le gouvernement de l'Inde (petit rire). Ma position est toute différente. Quant à moi, je nie l'existence *physique* de Madrapour.

— Et pourtant, dit Caramans avec une certaine véhémence, nous avons un récit de voyage, daté de l'année 1872, dont les auteurs — quatre frères du nom d'Abbersmith — affirment avoir séjourné à Madrapour sur l'invitation du maharadjah.

L'Hindou lève les sourcils.

— Oh, un récit de voyage ! dit-il avec dérision. Vieux d'un siècle ! Écrit par quatre Anglais mystificateurs ! Et assez snobs pour s'inventer des relations fictives avec un prince hindou ! J'ai lu ce texte, M. Caramans. Il est bourré de contradictions et de contre-vérités. C'est une œuvre de pure fiction.

— Ce n'est pas l'avis des spécialistes, dit Caramans d'un air pincé.

— Des spécialistes de quoi ? dit l'Hindou.

Ici, il braque ses yeux sur Caramans avec une telle intensité que Caramans se tait. Mais il se tait avec une certaine dignité diplomatique, comme s'il cédait à la contrainte. Et le coin supérieur de sa lèvre, même au repos, continue à tressaillir comme les pattes d'un poulet qu'on vient d'égorger. Lui aussi, comme Blavatski, paraît avoir compris, non sans épouvante, où la dialectique de l'Hindou nous conduit.

— Des spécialistes ! reprend l'Hindou, et, bien que son visage reste immobile, sa voix se met tout d'un coup à trembler de rage, des spécialistes qui étudient un témoignage douteux en dehors du contexte hindou !

Il reprend avec violence :

— En dehors du contexte hindou de légendes ! de mensonges ! de miracles ! de cordes qui tiennent debout dans l'air toutes seules ! ou de plantes qui poussent à vue d'œil !

Je sens sur ma droite une sorte de choc et, détournant les yeux de l'Hindou — ce qui m'est très difficile —, je vois que la main gauche de Blavatski s'est mise à trembler. Il doit s'apercevoir de la direction de mon regard, car il crispe ses doigts sur le bras de son fauteuil et il les crispe avec une telle force qu'ils se mettent à blanchir.

Je me sens un peu perdu. Je suis la conversation depuis le début avec la plus grande attention, et je n'arrive pas à comprendre *de quoi* il s'agit vraiment, ni pourquoi Blavatski a l'air si terrifié. En même temps, peut-être par un effet de contagion, j'éprouve un début de panique.

Dans le silence qui suit, Pacaud se manifeste par une série de « Euh, euh... », qui attire l'attention sur ses gros yeux globuleux et son crâne écarlate. L'émotion qu'il manifeste paraît pourtant très en deçà de la peur qui tenaille Caramans et Blavatski.

· — Vous pensez donc, dit-il en français en regardant l'Hindou, qu'il n'y a pas de bois de déroulage à Madrapour ?

Pacaud s'est exprimé en français, l'Hindou hausse les sourcils d'un air interrogateur, et je traduis, très étonné qu'un homme intelligent comme Pacaud puisse poser à un tel moment une question aussi risiblement égocentrique.

Et rire, c'est bien ce que fait l'Hindou, même si son ricanement ne dénote pas la moindre gaieté.

— Du bois de déroulage, ou de la drogue, ajoute-t-il en jetant un regard méprisant à Chrestopoulos, vous en trouverez partout dans l'Inde, M. Pacaud, mais vous n'en trouverez pas à Madrapour, puisque Madrapour n'existe pas. Franchement, je ne vous trouve pas très sérieux. Vous devriez renoncer une fois pour toutes à votre rêve de matière première importée pour une bouchée de pain de pays sous-développés — ou, ce qui revient au même, de fillettes hindoues louées à vil prix à des parents faméliques.

Bouchoix, à ce moment, sourit d'un air haineux et bien que rien n'autorise la supputation injurieuse de l'Hindou, sa crédibilité s'impose aussitôt à nous, et se serait imposée, même sans le perfide sourire du beau-frère.

L'effet sur Pacaud est dévastateur. Il se recroqueville comme une araignée prise sous le jet brûlant d'un robinet.

Mais l'Hindou ne le tient pas pour quitte. Il continue à tenir sans merci Pacaud sous le plein fouet de son regard, et il dit après une petite pause :

— Je ne comprends pas que vous vous intéressiez encore à des choses aussi futiles, M. Pacaud, alors que ce qui est en question ici, c'est votre vie ou votre mort.

— Ma mort ? dit Pacaud en reprenant un peu de vigueur et en roulant dans toutes les directions, sauf celle de l'Hindou, ses gros yeux effarés.

Il ajoute comiquement :

— Mais je suis bien portant ! Je jouis d'une parfaite santé !

— Mais bien sûr, de votre mort, dit l'Hindou d'un ton négligent.

Il reprend à mi-voix, avec un mince sourire, et cette fois, sans regarder personne :

— Et pas que de la vôtre.

Un silence tombe, et « tombe », ici, n'est pas une image, car je ressens bien l'impression d'une chute, d'une de ces chutes effrayantes, qu'on éprouve dans le sommeil quand le sol se dérobe sous vos pieds et que le cœur vous manque.

Je jette un coup d'œil à Caramans. Il est raide et pâle. Et à ma droite, les doigts de Blavatski se crispent toujours sur les bras du fauteuil. Chrestopoulos, béant et muet, aussi jaune que ses souliers, transpire par tous les pores. Pacaud se décompose sous nos yeux. Seul Bouchoix, décharné et cadavérique, mais tripotant toujours son jeu de cartes, paraît calme, peut-être parce que l'idée de la mort lui est trop habituelle pour qu'elle puisse beaucoup l'étonner.

Quant au demi-cercle gauche, à l'exception de Robbie et de l'hôtesse, il est encore très en retard sur nos réactions. Les femmes s'agitent d'une façon inquiète, et écoutent tout ce qui se dit, mais plutôt en spectatrices, en témoins silencieux, comme si le point débattu était une « affaire entre hommes », dont elles se sentent exclues.

Quant à Robbie, il m'étonne. Ses yeux vifs et pétillants fixés sur l'Hindou, il a tout suivi et tout compris, je crois, et, loin de témoigner la moindre appréhension, il rayonne d'une sorte de joie.

Éclatant de couleurs variées, le teint bronzé nuance abricot, les boucles blond doré retombant sur la nuque, le pantalon vert pâle, la chemise bleu clair ouvrant sur un foulard orange, et j'allais oublier un détail, les pieds nus dans des sandales rouges découvrant des ongles vernis du rose le plus fondant, il a l'air d'une prairie au mois de mai. Non seulement il n'a pas peur, c'est évident, mais il paraît se dilater de plaisir à l'idée de marcher au supplice. A un moment, il retire même de son cou son foulard orange et aplatit les pointes de col de sa chemise azur avec un geste de coquetterie et de bravade en regardant l'Hindou d'un air de défi. On dirait qu'il va, comme un jeune aristocrate français pendant la Terreur, porter en souriant sa tête charmante à la guillotine.

L'Hindou nous regarde et, à un petit frémissement de sa pupille, je sens qu'il va frapper. Bien qu'il s'exprime en anglais et dans cet anglais *high class* que dans sa bouche je trouve parodique et insupportable, son assistante paraît saisir à l'avance ce qu'il va dire, car une expression de contentement envahit ses yeux fanatiques.

— Je voudrais, dit l'Hindou, vous expliquer ma décision afin qu'elle ne vous paraisse pas arbitraire. Une fois que vous l'aurez bien comprise, reprend-il avec une sorte de sarcasme voilé, il me semble que vous reconnaîtrez sa logique et que vous l'accepterez alors plus volontiers, si pénible qu'elle soit pour vous.

Il prononce le mot « pénible » avec un demi-sourire courtois, comme un chirurgien qui va se livrer sur vous à une intervention mineure sans vous endormir. Il reprend :

— Je ne puis vous dire où le *Sol,* dont je ne pénètre pas les desseins, vous emmène sous prétexte de vous conduire à Madrapour. Je n'en sais rien. C'est là l'affaire du *Sol.* Et aussi, bien entendu, la vôtre.

Il dit cela sur un ton mi-ironique, mi-apitoyé (mais sa pitié elle-même est cruelle), comme s'il voulait nous faire appréhender tout le dérisoire de notre condition.

En ce qui me concerne il y réussit. Ébranlé par la façon

péremptoire dont il a nié, lui Hindou, l'existence de Madrapour, terrifié par la violence qu'il nous fait et plus encore peut-être par les violences subreptices qu'il exerce sur nos âmes, j'ai l'impression d'être ravalé au rang d'un insecte que le chasseur écrase, par inadvertance, sous sa botte. Je me sens happé par un processus d'abaissement vertigineux, dont je ne puis donner aucune idée, sinon que je me vois dériver à une vitesse folle vers une sorte de néant moral. On dirait que cette belle dignité de l'homme, qu'il a fallu tant de siècles pour construire — et peut-être, tant de fables pour consolider —, est en train de s'écrouler et que tout, dans nos vies, est frappé d'insignifiance.

— Vous comprenez, dans ces conditions, reprend l'Hindou, que je n'ai pas le dessein de m'intégrer à votre *cercle*. Mon intention, au contraire, est de quitter le plus vite possible la *roue* qui vous entraîne. Je n'accepte pas de signer un chèque en blanc au *Sol* ni de m'engager à l'aveuglette dans la destination de son choix, si tant est que cette destination existe et que votre voyage ait un sens.

Il nous regarde, atténuant ou adoucissant l'intensité de son regard, et nous considère avec un apitoiement qui cette fois, je crois, n'est pas feint.

— Gentlemen, reprend-il, quand j'étais seul dans la cabine de pilotage, j'ai sommé le *Sol* de nous déposer, moi et mon assistante, dans un aérodrome ami. Je dirais, pour que les choses soient tout à fait claires, que ma demande repose sur deux hypothèses : j'ai supposé, en effet, comme M. Pacaud, que le *Sol* m'entendait, bien qu'il n'y ait pas, dans la cabine, de poste de radio visible. Ma deuxième hypothèse, c'est que le *Sol* vous témoigne, à vous passagers, une certaine sollicitude, puisqu'il a organisé votre voyage...

— Mais rien, absolument rien, ne vous autorise à supposer cela ! dit Blavatski, l'œil terrifié derrière ses lunettes, les lèvres et le menton tremblants.

Il s'oublie jusqu'à décoller la main de son fauteuil, mais dès que l'Hindoue braque son arme sur lui, il remet ses doigts en place et s'immobilise, pétrifié.

Cependant, il reprend avec une véhémence que son immobilité rend peut-être plus frénétique :

— La sollicitude du *Sol* à notre égard est de votre part une supposition entièrement gratuite ! Et vous qui vous piquez de logique, vous devriez être le premier à l'admettre ! Si le *Sol* nous a trompés sur Madrapour, qui osera affirmer que ses intentions à notre égard sont bienveillantes ? Et comment pouvez-vous laisser entendre que le *Sol* nous protège, puisqu'il nous a menti !

On sent, à écouter sa voix rauque — que l'effort pour convaincre rend presque plaintive —, qu'il a le sentiment, tout en parlant, de mobiliser en vain toutes les ressources de sa dialectique. Je ne vois pas, ou du moins, je ne vois pas clairement où il veut en venir, mais j'ai la gorge affreusement serrée par le sentiment d'échec irrémédiable que sa tentative me donne.

Je ne sais si l'Hindou est embarrassé par l'objection de Blavatski. En tout cas, il ne répond rien, et qui peut dire combien de temps son mutisme se serait prolongé s'il n'avait trouvé un allié inattendu : Caramans se redresse sur son fauteuil ; de pâle qu'il était il devient cramoisi et, se penchant légèrement en avant pour apercevoir Blavatski — mon fauteuil les séparant —, il dit en anglais sur un ton coupant et avec la plus vive indignation :

— Je ne peux vous laisser dire une chose pareille, M. Blavatski ! Elle est indigne de vous et des fonctions officielles qui sont les vôtres ! Nous n'avons absolument pas la preuve que Madrapour n'existe pas, ni que le *Sol* nous ait menti, ni surtout qu'il fasse preuve à notre égard d'indifférence ou de négligence. Et c'est honteux de votre part de le suggérer !

— Taisez-vous donc, Caramans ! crie Blavatski avec la dernière violence et, dans sa fureur, décollant presque le corps de son fauteuil. Vous n'y comprenez rien ! Ne venez pas foutre votre nez là-dedans ! Laissez-moi jouer seul ! Vous gâchez tout avec vos interventions idiotes ! Et quant à votre loyalisme à l'égard du *Sol,* vous pouvez vous le foutre au cul !

— Je comprends très bien, au contraire, dit Caramans avec une colère glacée. Je comprends que vous êtes en train de renier cyniquement toute une société ! Toute une philosophie de la vie !

— Philosophie de mes fesses ! crie Blavatski en français.

— Gentlemen, gentlemen ! dit l'Hindou avec un geste gracieux et apaisant de la main. Bien que votre querelle soit pour moi du plus haut intérêt, et que j'en savoure toutes les implications, je vais vous demander, le temps me pressant un peu, de la remettre à plus tard et de me laisser terminer ma déclaration.

— Mais c'est inique ! dit Blavatski désespérément. Vous n'avez tenu aucun compte de mon objection ! Laissez-moi au moins le temps de la développer !

— J'en tiens au contraire le plus grand compte, dit l'Hindou. Vous allez le constater.

Il se tourne vers nous, embrasse le cercle du regard et dit avec son accent oxonien :

— Je vous rappelle ce que j'ai demandé au *Sol* : de nous déposer, mon assistante et moi, sur un aérodrome ami. J'ai donné au *Sol* un délai d'une heure pour accéder à ma demande. Ce délai passé, à mon très grand regret, je me verrai dans l'obligation d'exécuter un otage... Un instant, je vous prie, je n'ai pas terminé. Si, l'otage exécuté, une deuxième heure s'écoule sans que nous ayons atterri...

Il laisse la phrase en suspens, fait un geste négligent de la main, et les paupières recouvrant à demi ses yeux sombres, il nous regarde avec autant de froideur que si nous appartenions à une autre espèce que celle des hommes.

CHAPITRE VI

Sur moi, sur tous, le choc est terrible. Car, cette fois-ci, la mort n'est plus abstraite ni lointaine. Elle est à portée de la main.

Sans nous demander notre avis, avec la plus extrême violence, le corps réagit le premier : les cheveux qui se dressent, les battements de cœur, la sueur qui ruisselle, les mains qui tremblent, les jambes en coton, l'envie d'uriner.

Et tout de suite après, la réaction morale aveugle, mais salutaire : *on n'y croit pas*. On se dit : « Non, pas moi, ce n'est pas possible. Les autres, peut-être, mais pas moi. »

Et aussitôt une troisième phase ; je me replie sur moi. Je ne pense plus qu'à ma personne. Littéralement, je ne *vois* plus mes compagnons. J'oublie l'hôtesse. Et je suis là, recroquevillé sur mon fauteuil, réduit à moi-même, tout intérêt pour autrui disparu, tout lien humain anéanti par la terreur.

Je touche enfin le fond de l'abjection : je m'avise avec un vil espoir que j'ai, après tout, treize chances contre une de ne pas être choisi comme l'otage à abattre.

Ici, la honte me submerge : je m'aperçois que je viens de compter la mort de l'hôtesse parmi les treize chances que j'ai de survivre.

A partir de là, j'amorce ma remontée, mais elle ne se fait pas sans mal. Je dois bander ma volonté à l'extrême pour récupérer, en même temps que mon courage, mes réflexes sociaux. Oh, ce n'est pas encore bien fameux. Les progrès sont faibles — et dans le stoïcisme et dans le souci des autres.

Pourtant, j'émerge maintenant du trou, j'arrive à voir de

nouveau mes compagnons, à les entendre. Notamment Blavatski qui a déjà recouvré assez de vitalité pour engager le fer avec l'Hindou.

— Je ne vois pas bien ce qui vous fait agir, monsieur, si c'est un idéal révolutionnaire ou l'espoir d'une rançon.

— Ni l'un ni l'autre, dit l'Hindou.

C'est une réponse déconcertante, mais qui ne va pas arrêter Blavatski.

— De toute façon, poursuit-il, je ne vois rien qui justifie le meurtre de sang-froid d'une ou plusieurs personnes innocentes.

— Personne n'est jamais innocent, dit l'Hindou, les Blancs et les Américains moins que les autres. Songez à toutes les infamies perpétrées par les vôtres à l'égard des peuples de couleur.

Blavatski rougit :

— Si vous condamnez ces infamies, dit-il d'une voix tremblante, à plus forte raison devez-vous condamner celle que vous vous préparez à commettre.

L'Hindou fait entendre un petit rire sec.

— Il n'y a pas de commune mesure entre les deux ! Que pèse l'exécution d'une poignée de Blancs — si distingués qu'ils soient, ajoute-t-il avec sarcasme — à côté des génocides que les leurs ont perpétrés en Amérique, en Afrique, en Australie et dans l'Inde ?

— Mais ça, c'est du passé, dit Blavatski.

— Il est bien commode pour vous de l'oublier, dit l'Hindou mais chez nous, il a laissé des traces.

Blavatski crispe ses mains sur son fauteuil et dit avec indignation :

— Vous ne pouvez quand même pas nous tenir responsables des crimes du passé ! La culpabilité d'un homme est personnelle, elle n'est jamais collective !

L'Hindou regarde fixement Blavatski. Pour une fois, c'est un regard sans ironie et même sans hostilité.

— Voyons, Mr. Blavatski, dit-il d'une voix égale, soyez sincère. Est-ce qu'à l'heure actuelle vous exonérez complètement le peuple allemand du génocide commis contre le peuple juif il y a trente ans ? Et quand vous prononcez le mot « Allemagne », est-ce que vous ne sentez pas encore en vous un petit frémissement ?

— Nous nous égarons, dit Caramans en relevant le coin supérieur de sa lèvre. Et, dès qu'il ouvre la bouche, je sais que nous allons avoir droit à un discours à la française, clair, logique, bien articulé, et tout à fait à côté de la véritable question.

— Après tout, reprend-il, il ne s'agit ici ni des juifs, ni des Allemands, mais d'un avion appartenant à un charter français parti de Paris et transportant en majorité des citoyens français. Et je voudrais faire remarquer à notre inspecteur (ce fut le nom qu'il donna à l'Hindou) que la France, après deux guerres très douloureuses, a réussi sa décolonisation, qu'elle est partout dans le monde l'amie des pays sous-développés, et qu'elle n'est pas avare à leur égard de subventions.

L'Hindou sourit.

— Ni de ventes d'armes.

— Les pays sous-développés ont le droit d'assurer leur propre défense, dit Caramans d'un air piqué.

— Et la France, ses profits. Et qu'allez-vous nous dire, maintenant, M. Caramans, reprend l'Hindou avec une ironie écrasante : que le *Sol* lui-même est français ?

— Mais c'est très probable, dit Caramans sans sourciller.

L'Hindou a un petit rire.

— Si le *Sol* est français, alors il n'y a plus de problème et vous n'avez pas de mauvais sang à vous faire, M. Caramans ! Bien entendu, le *Sol* ne va pas laisser tomber ses « ressortissants » (il prononce le mot d'un air sardonique), et dans une heure, pardon (il regarde sa montre), dans trois quarts d'heure maintenant (et cette précision me fait froid dans le dos), dans trois quarts d'heure, nous aurons atterri.

— Il reste quand même l'hypothèse, dit Caramans, la lèvre frémissante, que la radio de bord, que M. Pacaud n'a pas pu trouver, reçoive mais n'émette pas. Dans ce cas, le *Sol* n'aura même pas entendu votre demande et le chantage inhumain qu'elle comporte : il ne pourra donc pas y faire droit.

Je trouve à part moi qu'en prononçant ces mots « *inhu-*

man blackmail », Caramans provoque, non sans courage, l'Hindou et court ainsi le risque d'être désigné comme la première victime. Mais l'Hindou ne sourcille pas. Il sourit. Il ne témoigne pas, en fait, à Caramans le quart de l'animosité qu'il a manifestée à Blavatski et à moi-même. Il paraît surtout s'amuser de ses réactions.

— Votre hypothèse n'est pas probable, dit-il, la main gauche posée avec légèreté sur son arme et celle-ci reposant en équilibre sur son genou.

— Elle n'est pourtant pas exclue.

— Hélas, non, dit l'Hindou avec flegme, et dans le cas où elle se vérifierait... (il regarde à nouveau sa montre). Mais vous connaissez la suite, M. Caramans, je n'éprouve pas le besoin de me répéter.

— Je ne puis croire que vous fassiez de sang-froid une chose pareille ! dit Caramans avec une émotion subite, mais je dois dire, sans trace de peur.

L'Hindou a un mince sourire et dit sèchement :

— Vous avez tort.

— Mais c'est abominable ! dit Caramans.

Et avec une rhétorique qui m'agace un peu, il poursuit :

— Exécuter des otages sans défense, c'est violer toutes les lois divines et humaines !

— Ah, les lois divines ! dit l'Hindou avec un mouvement de la main qui s'élève à la verticale et décrit un mouvement ample et convexe dans l'espace avant de revenir sur le bras du fauteuil. Vous avez bien dit : les lois divines ? Vous connaissez ces lois ?

— Mais comme tous ceux qui croient à une révélation, dit Caramans avec une fermeté que je trouve, quant à moi, assez estimable.

— Eh bien, dit l'Hindou, et une lueur de gaîté brille dans ses yeux, si vous les connaissez, vous devez le savoir : vous avez été créé mortel. Vous ne vivez que *pour* mourir.

— Mais pas du tout ! dit Caramans avec véhémence. Ce « pour » est un sophisme diabolique. Nous vivons. Et notre finalité, ce n'est pas la mort. C'est la vie.

Son interlocuteur a un petit rire. Petit par le volume, mais non par la longueur, car il me donne l'impression de ne jamais finir. L'Hindou paraît avoir un sens de l'humour particulièrement funèbre, car rien de ce qu'a pu dire Caramans auparavant ne le divertit davantage que son acte de foi dans la vie.

— Voyons, M. Caramans, reprend-il, vous ressemblez à un enfant qui se met derrière un tout petit tronc d'arbre pour se cacher ! Comment pouvez-vous vivre — ne serait-ce que la durée d'une heure, ajoute-t-il entre ses dents — en feignant d'ignorer votre aboutissement ?

Il prend un temps et décrivant un cercle avec son regard comme s'il s'adressait à chacun d'entre nous, il dit avec force et en détachant tous les mots :

— Ce n'est pas parce que vous évitez de penser à la mort que la mort va cesser de penser à vous.

Cette phrase, et la façon dont il la prononce, fait sur moi un effet extraordinaire. Je me sens glacé. Je suis peu enclin au romanesque, et pas du tout au surnaturel, mais on me dirait que la mort s'est tout d'un coup matérialisé devant moi sous les traits de l'Hindou, qu'à cet instant je le croirais. En tout cas, je suis persuadé que le sentiment de froid intense qui m'envahit alors est partagé par mes compagnons, tant ils paraissent tous se figer comme des figures de cire dans un musée.

En même temps, je m'aperçois que mes mains, comme celles de Blavatski, se sont mises à trembler. Je remarque avec chagrin que l'hôtesse, pâle et les yeux à terre, évite de me regarder, bien qu'elle doive sentir avec quel désespoir et quelle soif de réconfort j'essaye d'appeler son attention. Je parcours alors le cercle en quête d'un peu de sympathie et d'un regard humain, et je ne vois partout que des fronts baissés, des visages immobiles, des yeux détournés. Sauf, pourtant, Robbie.

Je reçois comme un choc quand nos regards se croisent. Il n'est pas figé, lui. Bien au contraire. Les sourcils levés, la pupille dilatée, le teint animé, il me regarde bien en face, comme s'il était heureux de rencontrer enfin un témoin. Et, dès que ses yeux se sont assurés des miens, il s'écrie avec exaltation :

— Ah, que j'aime cette phrase !

— Quelle phrase ? dis-je, stupéfait.

— Mais celle que nous venons d'entendre !

Et la tête haute, le col de la chemise bleu azur largement ouvert sur son cou bronzé, il récite avec un élan joyeux de tout son corps :

— Ce n'est pas parce que vous évitez de penser à la mort...

Il s'interrompt, et les yeux fixés sur moi avec une expression enthousiaste, il répète la formule en allemand avec lenteur, comme s'il s'en délectait, et comme s'il y trouvait, avec une surprise ravie, la maxime de son existence :

— *So sehr ihr vermeidet, an den Tod zu denken, denkt doch der Tod an euch.*

Je donne ici la version allemande, car c'est ainsi qu'elle me saisit le mieux, touchant à vif ma sensibilité et l'ébranlant d'une façon mystérieuse. Oui, c'est étrange, mais la même phrase, prononcée par Robbie dans sa propre langue, prend un tout autre sens que dans la bouche de l'Hindou. Chez celui-ci, elle sonne comme un glas, alors que chez Robbie elle se charge de stoïcisme et de l'écho des vertus héroïques.

Il y a en moi un instant de confusion tandis que j'hésite entre deux interprétations d'une même pensée, mais je ne suis plus assez jeune, je crois, ni assez gorgé de sève et d'illusions pour accepter celle de Robbie. Comment pourrais-je imaginer, comme Robbie, que la mort est cette étape joyeuse vers laquelle on galope avec de hardis compagnons dans la fraîcheur du soir ? Et, chez moi, c'est l'interprétation de l'Hindou qui finalement l'emporte. A mon tour, je me fige, je retire mes yeux du visage de Robbie, et je les fiche à terre.

Convaincus de l'inutilité de toute discussion avec l'Hindou, Blavatski et Caramans se sont tus, l'un avec une fureur contenue, l'autre avec une dignité gourmée. Et personne n'a envie de prendre la relève. Le silence retombe sur nous comme un couvercle de plomb.

Déjà, dans un avion, à la longue, on souffre de claustrophobie. Mais le couple hindou nous a enfermés dans une deuxième geôle à l'intérieur de la première, les mains liées sur les bras de nos fauteuils par la terreur et la pensée attachée au terme de son ultimatum.

Quand l'Hindou a dit — et sur quel ton — qu'il ne restait plus que trois quarts d'heure, j'ai regardé ma montre, et je la regarde à nouveau, pour constater avec stupéfaction que cinq minutes à peine se sont écoulées depuis. Nous avons donc encore à suer quarante mortelles minutes d'angoisse. Le temps me donne l'impression de ramper, j'ose à peine dire comme un monstre aveugle dans la vase, c'est pourtant l'image qui s'impose à plusieurs reprises à mon esprit.

Je m'en aperçois alors : dans la condition d'un captif menacé de mort, quand l'évasion et la révolte sont impossibles, ce qu'il y a de plus affreux à supporter, c'est la passivité : cet homme-là n'a littéralement rien à faire, rien à espérer, rien à dire, et à la limite, rien à penser, sauf que sa pensée va cesser avec son corps. C'est cet avant-goût du néant qui est atroce.

L'Hindou nous embrasse du regard et, bien que l'hypothèse paraisse, je m'en rends compte, tout à fait invraisemblable, j'ai le sentiment que notre apathie lui déplaît, et qu'il cherche à nous en faire sortir. Car son œil sombre n'est pas chiche en défis qu'il lance de tous les côtés dans l'espoir peut-être de nous aiguillonner et de ranimer la discussion. Mais tout est vain. Nous sommes si profondément abattus, et chacun si isolé des autres dans son désespoir que personne ne se soucie d'affronter notre bourreau, même sur le champ de la dialectique.

Une ou deux minutes s'écoulent ainsi dans un silence qui nous donne à tous, non une impression de froid, mais une sensation beaucoup plus pénible d'enlisement, quand l'Hindou se redresse sur son fauteuil et dit du ton le plus tranquille, comme s'il s'agissait de nous annoncer une simple opération de routine :

— Gentlemen, mon assistante va passer parmi vous et vous tendre un sac. Vous voudrez bien y déposer vos montres, alliances, chevalières et autres bijoux. Ceci, bien sûr, vaut aussi pour les dames.

Il y a un silence stupéfait et l'Hindou reprend :

— Y a-t-il une objection ?

— Vous me décevez, dit Blavatski. Je vous prenais pour un politique.

— Combien typique, dit l'Hindou. Et quelle hypocrisie. Je vous décevrais bien davantage si j'étais un politique hostile aux vues de votre gouvernement. Autre objection ?

Le silence tombe de nouveau, et tout le monde, je crois, est reconnaissant à Caramans de dire :

— Mais c'est un vol.

Comme toujours quand Caramans entre en lice, une lueur d'amusement brille dans les yeux de l'Hindou.

— Vous pouvez appeler cela ainsi. Ça ne me gêne pas. Mais vous pourriez aussi considérer qu'il s'agit d'un exercice de dépouillement spirituel. Surtout vous, M. Caramans, qui êtes chrétien...

Mais Caramans, la lèvre relevée, ne veut pas se placer sur ce terrain.

— Si vous n'êtes pas un politique, dit-il avec un certain aplomb (et la manie bien française de la définition), qui êtes-vous ?

L'Hindou ne se formalise pas. Il a l'air au contraire satisfait d'avoir une occasion de préciser son identité. Cependant, quand il apporte cette précision, il le fait avec une ironie si évidente et sur un ton si ambigu qu'on se demandera toujours par la suite s'il parlait sérieusement.

— *I am a highwayman* [1], dit-il d'un ton grave, mais avec un sourire dans ses yeux sombres.

— Comment ? Comment ? dit la Murzec.

Et dans un anglais très scolaire, elle ajoute :

— *I do not understand.*

J'ouvre la bouche pour traduire, mais l'Hindou lève la main, m'adresse un de ses regards paralysants, et tourné vers la Murzec, il répète avec lenteur, en articulant avec soin, et en détachant toutes les syllabes :

— *I am a highwayman.*

— *I see,* dit la Murzec et je ne sais ce qu'elle voit, en fait, car elle paraît profondément impressionnée et, à

1. Je suis un bandit de grand chemin.

110

partir de ce moment, elle regarde l'Hindou avec un respect nouveau.

Il y a tout à coup dans l'air comme une crispation. L'œil de l'Hindou durcit et se tourne à pleins feux sur Chrestopoulos avec une intensité aveuglante. Je m'aperçois alors que sa main gauche qui, l'instant d'avant, reposait avec grâce sur son arme, la braque sur le Grec. Je ne peux donner aucune idée de la rapidité de ce mouvement. J'ai l'impression qu'elle n'est pas mesurable, même en fractions de secondes.

— Restez donc tranquille, Mr. Chrestopoulos, dit l'Hindou.

Chrestopoulos, pâle et suant, le regarde, sa grosse moustache noire tremblant au-dessus de sa grosse lèvre.

— Mais je n'ai rien fait, dit-il plaintivement. Je n'ai même pas bougé les mains.

— Ne niez pas, dit l'Hindou sans hausser la voix, mais en concentrant à nouveau sur lui la force de son regard. Vous vous prépariez à bondir sur moi : est-ce vrai, oui ou non ?

L'effet que font sur Chrestopoulos les yeux de l'Hindou est terrifiant. On dirait qu'il est traversé au niveau du poumon par un rayon laser. Il se convulse de la tête aux pieds, et ouvre la bouche plusieurs fois de suite avec un horrible bruit de succion comme si l'air lui manquait.

— C'est vrai, dit-il dans un souffle.

L'Hindou laisse tomber ses paupières à mi-chemin de ses yeux, et Chrestopoulos respire, un peu de couleur revient à ses joues. Mais en même temps, son corps paraît se tasser sur son fauteuil comme une loque.

— Je n'ai pas bougé, plaide-t-il d'une voix faible et sur un ton d'excuse enfantin et pitoyable. Je n'ai même pas remué le petit doigt.

— Je le sais bien, dit l'Hindou en reprenant sans transition ses intonations ironiques et son air détaché. J'ai dû prévenir votre attaque — que je ne m'explique pas, d'ailleurs, ajoute-t-il en levant les sourcils d'un air interrogateur. Vous n'étiez pas menacé, Mr. Chrestopoulos. Je n'ai pas dit que je vous choisirais comme premier otage à abattre.

Chrestopoulos déglutit et sous sa grosse moustache noire humecte sa lippe. Quand il parle, d'une voix totalement détimbrée, je vois des petits filaments mi-liquides mi-solides suspendus entre ses deux lèvres — comme s'il avait de la peine à les décoller.

— Eh bien, dit-il d'un air non pas confus mais un peu égaré, je tiens beaucoup à mes bagues.

Tous les regards — et pas seulement ceux de l'Hindou — convergent sur ses mains. Chrestopoulos porte en effet une bague avec une grosse pierre noire et une énorme chevalière en or à la main gauche et une deuxième chevalière, moins massive, mais sertie, je crois bien, d'un diamant, à l'auriculaire de la main droite — sans compter une chaîne d'or avec une plaque d'identité à son poignet droit et un bracelet-montre, également en or, au poignet gauche — ces deux derniers ornements du plus gros calibre.

L'Hindou a un petit rire.

— L'espèce humaine, dit-il dans son anglais *high class*, me remplit d'étonnement. N'est-ce pas absurde, Mr. Chrestopoulos, que vous soyez prêt à prendre de tels risques pour sauver votre pacotille, alors que vous êtes resté passif quand il s'agissait de votre vie ?

Chrestopoulos, pâle et suant, ne réagit pas. Il trahit, tout au plus, une légère crispation de sa bouche quand l'Hindou qualifie ses bijoux de « pacotille ». J'entends à ce moment sur ma droite souffler Blavatski, comme si sa respiration était oppressée, mais connaissant son émotivité, je n'y attache pas d'importance.

— Voici comment nous allons procéder, reprend l'Hindou mais sans poser le revolver sur ses genoux. (Il le tient braqué, en fait, comme par mégarde, sur Blavatski.) Je vais passer derrière vous, et dès que vous sentirez le canon de mon arme contre votre nuque — mais, je le souligne, pas avant —, vous déposerez votre offrande dans le sac que je vous tendrai. Pendant cette opération, mon assistante tirera sur toute personne assez imprudente pour déplacer sans nécessité ses mains.

Fasciné par l'Hindou, j'ai oublié sa formidable compagne. Debout derrière le fauteuil de l'hôtesse, drapée dans son sari chatoyant, elle continue à nous dévisager sans ciller, immobile et statuesque, avec cette ubiquité du regard que j'ai notée. Elle ne bouge pas d'une ligne. On pourrait la croire en pierre — le visage figé pour l'éternité dans une expression de haine — si, par malheur, ses yeux sombres et luisants n'étaient pas si vivants. Le moins que je puisse dire, c'est que je n'ai pas envie de soulever une de mes mains, fût-ce pour me frotter le nez.

Je ne fais qu'entrevoir l' « assistante ». Mes yeux reviennent sur l'Hindou comme l'aiguille aimantée sur le Nord. Le mot « offrande » qu'il a employé m'est resté dans l'oreille, et je m'étonne rétrospectivement qu'il n'y ait mis aucune ironie. Mes prunelles attachées aux siennes, j'en suis là de mes pensées quand, subitement, il est debout. Qu'on m'entende bien. Je ne dis pas qu'il se lève. Bien que j'aie les yeux rivés sur lui, je ne vois aucun mouvement, aucun passage progressif entre la station assise et la station debout.

Je vois l'Hindou dans un premier temps assis sur son fauteuil, et dans un second temps, dressé, le revolver à la main (toujours braqué sur Blavatski), mais sans transition aucune, sans aucun intervalle perceptible entre les deux attitudes, comme si le film de cet instant avait été astucieusement découpé, et une trentaine d'images supprimées pour produire une impression de surgissement. En tout cas, l'effet sur moi, et plus encore, je suppose, sur Blavatski, toujours dans la ligne de mire, est assez saisissant. J'ai l'impression, que l'Hindou possède la faculté de se matérialiser à volonté dans n'importe quel coin de l'avion.

Quand il bouge à nouveau, et cette fois d'une façon lente et majestueuse, je m'attends à ce qu'il commence sa collecte par Chrestopoulos et la poursuive par Pacaud et Bouchoix, suivant ainsi l'ordre des fauteuils de l'avant à l'arrière dans le demi-cercle droit. Mais il passe les trois premiers, qui sont pourtant sur son chemin, et s'arrête derrière Blavatski.

— Mr. Blavatski, dit-il du ton le plus uni en appuyant le

canon de son arme contre sa nuque, gardez-vous bien de bouger, du moins jusqu'à ce que j'aie retiré de son étui le revolver que vous portez à la hauteur du cœur. Cela vous évitera de former à mon endroit des projets très aventurés.

Même à deux doigts de la mort, nous ne sommes pas très préparés au dépouillement. Dans le cercle règnent le mauvais gré, la consternation, les plaintes et même — côté féminin — les larmes. On dirait qu'en nous enlevant les objets plus ou moins précieux que nous portions sur nous, on nous ôtait une partie de nous-mêmes.

Je croyais être au-dessus de ce sentiment possessif. Je me trompais. J'éprouve une sensation de perte et — ce qui est plus anormal — une impression de diminution personnelle, en plaçant dans le sac en skaï de l'Hindou mon bracelet-montre : il n'a rien de précieux, pourtant, ni par la matière ni par le souvenir.

Ce qui ajoute à la détresse du cercle, c'est à chaque « offrande », les commentaires dépréciateurs de l'Hindou, généralement en sens inverse de la valeur du bijou. S'il ne dit rien de mon pauvre bracelet-montre, il traite, par contre, de « toc » le clip en diamant de Mrs. Banister, de « camelote » les bagues de Mrs. Boyd, et de « simili » les lourds bracelets d'or de Mme Edmonde. Et tenant son sac en skaï noir, usé, rayé, taché, du bout des doigts, il secoue son butin sans aucun ménagement, traitant nos richesses avec un tel mépris qu'on se demande si, en nous quittant, il ne va pas les jeter à la décharge publique.

— Allons, Mr. Chrestopoulos, dit-il en finissant par le Grec, mettez là-dedans votre grosse quincaillerie. Vous vous sentirez plus léger. Après tout, c'est par convention que l'or et le diamant valent si cher. En soi, ils n'ont rien d'extraordinaire.

Mais ces remarques ne consolent pas Chrestopoulos, dont les sécrétions malodorantes paraissent emplir l'avion. On dirait qu'il s'arrache de la poitrine une bonne livre de chair quand il dépose — il ne peut se résoudre à les jeter — ses deux bracelets en or dans le sac. Lorsqu'il arrive enfin à la bague ornée d'un gros diamant qui décore l'auriculaire de sa main droite, il pousse un sourd gémissement et dit d'une voix plaintive :

— Mon doigt a grossi. Je ne peux pas l'ôter.

— Je vous conseille de retirer votre bague, Mr. Chrestopoulos, dit l'Hindou d'un ton sévère. Vous-même. Et vite. Sans cela, mon assistante se fera un plaisir de vous couper le doigt.

Chrestopoulos fait apparemment des efforts désespérés pour se séparer de son bijou. Je dis « apparemment », car je ne suis pas bien convaincu qu'ils soient sincères. Et il faut l'intervention de l'hôtesse qui, avec le consentement de l'Hindou, apporte de la cambuse un peu de beurre fondu pour que la bague soit enfin libérée. A mon avis, ce n'est pas un bourrelet de graisse, mais la crispation plus ou moins consciente du petit doigt, qui faisait obstacle à son passage.

Quand son ultime sacrifice est accompli, Chrestopoulos s'affaisse, exsangue, sur son fauteuil, avec un soupir de désespoir, et des larmes se mettent à couler sur ses joues flasques. Il paraît non pas assis, mais écroulé sur son siège. En même temps, comme le putois forcé dans son terrier, il émet par tous les pores une odeur si répugnante que, même à la distance où je suis placé, je me sens incommodé. Je remarque qu'au bout de ses lourdes jambes ses deux chaussures d'un jaune brillant — le seul doré qu'il conserve sur lui — étincellent avec un air de dérision.

— Parfait, mademoiselle, dit l'Hindou. Jetez là cette petite verroterie, et puisque vous êtes debout, passez dans le *galley*. Mon assistante va vous fouiller.

Il lance lui-même avec un air de dégoût le revolver de Blavatski dans le sac — dont je m'attends à tout instant à voir tomber quelque bague, tant il est usé et, semble-t-il, troué, puis il tend le bagage à main à son assistante en lui disant quelques mots rapides dans une autre langue que l'*hindi*. L'Hindoue incline la tête et rejoint l'hôtesse dans la cambuse.

L'Hindou revient alors s'asseoir sur son fauteuil, ce qu'il fait avec une lenteur gracieuse et souveraine, puis il croise les jambes et il nous regarde avec un léger soupir, comme s'il était lui-même fatigué de l'épreuve qu'il nous a fait subir. Je voudrais lui demander pourquoi il estime nécessaire de fouiller l'hôtesse, mais je n'en ai pas le temps : elle reparaît, pâle, les yeux baissés. J'essaye de capter son regard, mais, à ma grande déception, elle refuse de nouveau tout contact.

A cet instant, ressaisi par la situation, je veux savoir combien de temps nous sépare encore du terme de l'ultimatum. Je reçois comme un choc : mon poignet est nu. Et j'en éprouve un sentiment tout à fait disproportionné de désarroi, comme si l'Hindou, en me retirant ma montre, m'avait enlevé, non pas un simple instrument de mesure, mais le tissu dont ma vie était faite.

A ce moment-là, le rideau du *galley* s'écarte et l'Hindoue apparaît à son tour, portant au bout du bras le vieux sac en skaï noir qui me semble beaucoup plus gonflé que lorsqu'elle est entrée dans la cambuse.

Je remarque aussi qu'au lieu d'être béant, il est clos. L'Hindoue a dû avoir du mal à tirer la fermeture Éclair, tant le skaï est froncé et tendu. Je me demande ce qu'elle a bien pu ajouter aux bijoux, et au revolver de Blavatski, pour arriver à un tel volume. Car ce n'est pas un petit bagage à main, loin de là, il doit même excéder les normes. L'Hindoue ne le pose pas, elle le jette sans ménagement au pied de son fauteuil, ce qui fait sursauter Chrestopoulos. Il fixe le sac avec un mélange de détresse et de concupiscence, et en particulier, je crois, les deux petits trous apparents dans sa partie médiane, comme s'il espérait que ses bagues et ses bracelets s'échappent eux-mêmes de leur prison pour venir rejoindre leur maître. Mais c'est là un vain espoir, car le butin de l'Hindou se trouve tout à fait au fond, et les objets ajoutés par son assistante au-dessus, et ceux-ci trop gros sans doute pour passer par des déchirures aussi étroites.

L'Hindoue reprend sa vigile, debout derrière son fauteuil, l'œil sombre au-dessus du revolver luisant.

Le silence pèse de nouveau. L'Hindou regarde sa

montre, geste qu'il est seul désormais à pouvoir faire à bord, et nous sommes tous si démoralisés par nos pertes et si remplis de terreur quant à ce que le temps, en s'écoulant, nous réserve, que personne d'entre nous n'ose lui demander l'heure.

L'Hindou sent toute l'étendue de notre affaissement et dit d'un ton provocant :

— Encore vingt minutes.

S'il a voulu par cette remarque nous fouetter un peu et déclencher nos réactions, il a pleinement réussi.

— Est-ce que je peux vous poser une question ? dit Mrs. Banister en ployant son cou élégant et avec une mimique des yeux et des lèvres des plus séductrices.

— Faites, dit l'Hindou, l'œil mi-clos.

— Vous me faites l'effet, dit-elle avec une coquetterie à la fois impudente et altière — comme si elle se roulait aux pieds de l'Hindou, mais avec dignité — d'être un homme très instruit et probablement aussi, très sensible (l'Hindou sourit). Et comment puis-je croire qu'un homme comme vous, monsieur, puisse dans vingt minutes assassiner l'un d'entre nous ?

— Je ne le ferai pas moi-même, dit l'Hindou avec une gravité parodique. Je le ferai faire par mon assistante. Comme vous avez pu remarquer, elle est beaucoup plus fruste.

— Votre assistante ou vous, cela revient au même, dit Mrs. Banister avec indignation et en oubliant tout à fait ses grâces.

— Hélas oui, dit l'Hindou. Mais le fait que ce soit elle qui tire ménagera un peu ma... sensibilité.

— Et vous avez le triste courage, en plus, de vous moquer de nous ! s'écrie Mrs. Banister qui passe sans transition, et avec une rapidité qui m'étonne, de la séduction à la colère.

— *My dear ! My dear !* dit Mrs. Boyd. Vous n'allez pas vous fâcher avec ce... gentleman !

Elle a hésité un quart de seconde avant de dire gentleman.

— Un gentleman de couleur, dit l'Hindou impassible.

Il y a un silence, et Mrs. Banister s'écrie d'une façon assez théâtrale :

— J'espère que vous aurez au moins à cœur d'épargner les femmes. Ici, la Murzec ricane, et l'Hindou dit entre ses dents :

— Nous y voilà.

Il braque ses yeux sur Mrs. Banister, mais au lieu de donner à son regard un maximum d'intensité, il l'arrête, si je puis dire, à mi-feux, et d'une façon lente, délibérée et incroyablement insolente, il parcourt son visage, son buste et ses jambes, exactement comme les passants détaillent les prostituées à l'étalage derrière les vitrines d'Amsterdam. Là-dessus, il détourne la tête, comme si son examen ne l'avait pas satisfait.

— Madame, dit-il avec le ton de politesse méticuleuse et moqueuse dont il use à l'égard du sexe, il n'y a pas de raison de privilégier les femmes puisqu'elles se veulent, à juste titre, les égales de l'homme. Quant à moi, je n'ai pas de préjugé sexuel quand il s'agit d'exécuter un otage ; homme ou femme, peu importe.

La Murzec fait entendre un deuxième petit ricanement et, fixant sur Mrs. Banister son œil bleu implacable, elle dit d'une voix sifflante :

— Bravo ! Ça vous a bien avancée de faire la putain !

Mrs. Banister ferme à demi ses yeux japonais, mais elle ne peut clore si hermétiquement son ouïe qu'elle n'entende la brusque et brutale attaque dont elle est l'objet de la part de Mme Edmonde.

Je renonce à reproduire cette algarade : elle est si ordurière. En gros, Mme Edmonde lui reproche d'avoir, par ses questions et ses provocations, maladroitement durci ou déterminé la position de l'Hindou à l'égard des femmes. Ceci est dit, ou plutôt, craché, sur le ton le plus véhément, les épaules frémissantes, la poitrine houleuse et les bouts de seins dressés.

Là-dessus Mrs. Boyd, son visage rond boursouflé par le désespoir, éclate en sanglots, non qu'elle soit atterrée par la façon dont on traite son amie, mais parce que le réalisme de langage de Mme Edmonde lui a fait toucher tout d'un coup du doigt, pour la première fois, la réalité de la situation.

Mrs. Banister se penche vers elle et entreprend de la consoler. Mais cette attitude de compassion me frappe comme étant chez elle mondaine et de surface. Car à l'expression que prend en même temps son masque de guerrier japonais, je vois combien elle méprise ces larmes, assez semblable, du moins en cela, à la Murzec.

Celle-ci atteint à force de méchanceté à une sorte de stoïcisme et ponctue la diatribe de Mme Edmonde de petits rires jubilants qui ne me portent pas moins sur les nerfs que le flot de remarques à voix haute et aiguë que fait continuellement Robbie, très excité par l'agitation du gynécée.

Seule reste tranquille dans le demi-cercle gauche — outre l'hôtesse, toujours monosyllabique — Michou. Mais le calme de l'hôtesse est celui d'une attention extrême, le calme de Michou, celui de l'absence. Aveugle et sourde à tout ce qui se passe dans l'avion, elle contemple sur ses genoux d'un air ravi la photo de Mike. J'ai beau connaître la force du rêve, en particulier chez les jeunes, je me sens stupéfait. Michou n'a donc rien retenu, ni la remarque venimeuse de la Murzec sur Mike, ni le scepticisme de l'Hindou sur Madrapour, ni l'annonce de la première exécution, ni le peu de temps qui nous en sépare.

Il y a une accalmie trompeuse, puis Mme Edmonde se reprend à invectiver de plus belle Mrs. Banister, Mrs. Boyd à sangloter, Mrs. Banister à hausser la voix pour la consoler, la Murzec à ricaner, Robbie à faire des commentaires criards à Manzoni par-dessus la tête de Michou ; et il y a tout d'un coup tant de bruit et d'agitation dans le demi-cercle gauche que l'Hindou, avec une exaspération qui m'étonne chez un homme aussi contrôlé, se redresse sur son fauteuil et crie d'une voix forte :

— Assez !

Le silence se rétablit par degrés et imparfaitement, Mrs. Boyd étouffant comme elle peut ses derniers sanglots. L'Hindou, sans transition, reprend son calme et sa pose détendue, et quand le silence revient enfin, il lève la main

119

droite et dit dans son anglais raffiné et avec une affectation de *fair play* britannique où il met comme toujours beaucoup d'ironie :

— Si le *Sol* n'accède pas à mes demandes, je pense qu'il serait équitable de recourir d'ores et déjà au tirage au sort pour décider qui, des femmes et des hommes ici présents...

Un long silence succède à cette phrase interrompue. Il y a entre nous un échange de regards furtifs et comme honteux, puis Caramans dit d'une voix détimbrée :

— Pas du tout. Je suis tout à fait opposé à ce genre de procédure. Mon avis, qui, j'espère, sera partagé par la majorité de mes compagnons, est de vous laisser l'entière responsabilité du choix de vos victimes.

— Vous dites cela, dit Blavatski en baissant la tête d'un air belliqueux (l'œil dur derrière ses lunettes, il dévisage Caramans), parce que vous comptez bien, en tant que Français, bénéficier d'un traitement de faveur de la part du pirate...

La remarque ne brille pas par un excès de générosité, mais après tout, c'est bien vrai que l'Hindou, peut-être avec l'arrière-pensée de nous diviser, a témoigné moins d'hostilité à Caramans qu'à Chrestopoulos, à Blavatski et à moi-même.

— Absolument pas ! s'écrie Caramans, outré.

Mais il y a, semble-t-il, deux niveaux dans son indignation, l'un officiel et diplomatique, l'autre pesonnel. Et ni l'un ni l'autre tout à fait convaincants.

— M. Blavatski, ajoute-t-il, vous me faites un procès d'intention tout à fait inadmissible !

Il parle avec flamme, comme s'il voulait se convaincre lui-même. Et il va poursuivre, dans le registre de l'indignation, quand Blavatski le coupe :

— En réalité, dit-il avec autorité en scandant ses syllabes, la procédure du tirage au sort est la seule qui soit démocratique et nous apporte une garantie contre le choix arbitraire dicté par le fanatisme.

Ici, l'Hindou sourit et ne dit rien. Et, bien que l'argumentation de Blavatski soit elle-même très critiquable — quel choix est plus arbitraire et moins démocratique que celui qui est dû au hasard ? —, elle rencontre des murmures d'assentiment qui, en fait, l'approuvent moins qu'ils ne désapprouvent Caramans.

Celui-ci le sent et, au lieu de réfuter le point de vue de Blavatski, il dit d'un ton piqué :

— Je proteste avec la dernière énergie, et une fois de plus, contre l'accusation dont j'ai été l'objet. Et sur cette question de tirage au sort, je demande un vote.

L'Hindou dit d'une voix sèche :

— Eh bien, votez, votez, mais dépêchez-vous. Il ne reste qu'un quart d'heure.

L'hôtesse lève alors la main d'un air timide et réclame la parole. Je me sens une fois de plus tout à fait incapable de la décrire, je la regarde trop. Je puis à peine exprimer le flot émotif violent qui m'envahit alors, et qui me redonne tout d'un coup pour elle, au centuple, l'amour véhément que j'ai éprouvé à son endroit au premier abord. Je conçois, croyez-moi bien, tout le ridicule qu'un homme se donne en parlant ainsi, et en particulier un homme de mon physique. Eh bien, je serai ridicule, voilà tout. Mais en même temps, j'aurai donné une voix au sentiment délicieux qui est le mien quand, au milieu de la terreur, qui comme tout un chacun me poigne, je sens sourdre à nouveau, irrépressible, l'élan qui me porte vers elle et qui, en même temps, m'éloigne de moi. Non que la peur disparaisse d'un seul coup, mais elle commence aussitôt à céder du terrain et, si elle va encore commander mon vote, ce sera sur moi sa dernière tyrannie.

Je voudrais immobiliser cet instant quand l'hôtesse, pâle, sereine, coiffée de ses cheveux d'or, ose lever la main. Ses yeux pleins de bonne foi posés sur l'Hindou, elle dit de cette voix douce, basse, un peu voilée, que je ne pourrai jamais plus entendre, je crois, sans tendresse :

— Je voudrais exprimer mon opinion.

— Faites, dit l'Hindou.

— Je partage, dit l'hôtesse, l'avis de M. Caramans. Je ne pense pas que nous devons tirer au sort, parmi nous, le nom de l'otage qui sera exécuté. Il me semble qu'en faisant cela, nous deviendrions complices de la violence que nous subissons.

L'hôtesse a jusque-là parlé si peu et d'une façon si évasive que je suis surpris de la voir prendre une position dont la netteté et la noblesse ne peuvent que me donner pour elle la plus vive estime.

— Très bien ! Très bien ! dit Caramans, son coin de lèvre triomphalement relevé. Et très bien dit aussi, mademoiselle, ajoute-t-il avec une galanterie gauche qui m'irrite au dernier degré, comme si personne d'autre que moi n'avait le droit d'admirer l'hôtesse.

— Il se peut, dit Blavatski, dont la vulgarité pour la première fois me donne de l'antipathie, que l'hôtesse estime que, s'il n'y a pas de tirage au sort, elle ne court aucun risque d'être choisie, puisqu'il faut bien quelqu'un pour continuer à servir nos repas...

— Vous n'avez pas le droit de dire une chose pareille ! dis-je avec indignation.

— Mais si, j'ai le droit, puisque j'en use, dit Blavatski avec un aplomb qui me stupéfie. D'ailleurs, le problème n'est pas là. Le problème qui se pose est celui d'un choix *démocratique*. Et avant que nous procédions au vote, enchaîne-t-il en faisant dévier la discussion avec une habileté consommée vers une question subsidiaire, il y a un point que je voudrais soulever. Nous sommes quatorze : qu'arrive-t-il si le vote donne sept voix pour le tirage au sort, et sept voix contre ?

— Je peux répondre à cela, dit l'Hindou, qui suit le débat avec la plus grande attention. S'il y a sept voix pour et sept voix contre, j'estimerais qu'une majorité ne s'est pas dégagée en faveur du tirage au sort, et je ferais moi-même mon choix.

— Eh bien, votons, dit Blavatski hâtivement.

On vote à main levée. Il y a sept voix en faveur du tirage au sort, six voix contre, une abstention : celle de Michou qui sort de son rêve pour dire qu'elle n'a pas suivi les débats, qu'elle n'a pas d'opinion, et que, d'ailleurs, elle s'en fout. Étant donné ce que l'Hindou vient de dire, c'est de toute évidence la carence de

Michou qui assure la victoire aux partisans du tirage au sort.

Se sont prononcés contre : Caramans, bien sûr, mais aussi l'hôtesse, Mme Edmonde, Mrs. Boyd, Mrs. Banister et Mme Murzec, c'est-à-dire toutes les femmes, sauf Michou. A mon avis, ce vote féminin massif n'est pas dû à un hasard et ne doit rien non plus à la position de principe exprimée par Caramans et par l'hôtesse. Les femmes ont dû penser, peut-être plus ou moins consciemment, que si l'Hindou devait lui-même choisir, son choix, en toute probabilité, ne se porterait pas sur une personne de leur sexe.

C'est évidemment pour la raison inverse que le suffrage des hommes s'est porté sur le tirage au sort. Si je me suis rangé à leur parti, alors que sur le fond j'étais d'accord avec le point de vue de l'hôtesse, c'est que je me suis rappelé au dernier moment la vive animosité que l'Hindou m'avait témoignée : ma motivation ne fut donc pas des plus nobles. Il est vrai que c'est souvent la peur qui dicte le vote, même dans de paisibles compétitions électorales.

Dans mon cas, dès que j'eus levé la main, je le regrettai. Et le scrutin à peine acquis, je me sentis mortifié d'avoir voté du mauvais côté.

— Vous tirerez donc au sort, dit l'Hindou sans voiler le mépris, pour une fois tout à fait justifié, que notre décision lui inspire. Mr. Sergius, enchaîne-t-il, vous avez sûrement du papier dans votre bagage à main. Voudriez-vous préparer quatorze bulletins nominaux ?

Je fais oui de la tête. L'esprit cotonneux, la sueur dans les paumes de mes mains, je commence à faire ce qu'il me demande. L'opération comporte le pliage et le découpage de plusieurs feuilles, et je suis obsédé par un souci : réprimer le tremblement de mes mains aux cours de ces manipulations. Ce n'est pas facile. Tous les yeux sont rivés sur moi. Il y a dans l'air une tension insupportable ; et, chez chacun d'entre nous, l'espoir muet et assez vil que le bulletin désigné par le sort porte un autre nom que le sien.

Je sens à cette minute toute la bassesse de ce tirage au

sort, et combien l'hôtesse avait raison d'y être opposée. Nous allons apporter l'un des nôtres au bourreau et acheter de son sang notre survie. Il n'y a là, hélas, rien de nouveau. la désignation de la personne à abattre n'est que l'aboutissement de l'abject égoïsme du cercle. Du bouc émissaire, nous sommes passés sans crier gare, et sans même nous en rendre compte, à la victime expiatoire.

Je suis arrivé au bout de ma tâche quand j'entends Robbie dire à l'Hindou non sans solennité et dans un anglais à peine guttural :

— Je voudrais dire quelque chose.

— Je vous écoute, dit l'Hindou.

Je lève les yeux. Les cheveux dorés moutonnant sur sa gracieuse encolure, et portant haut sa belle tête bronzée où brillent ses yeux vifs, Robbie paraît toucher à l'heure de son triomphe. Il dit d'une voix dont il réprime avec peine l'exultation :

— Je suis volontaire pour être le premier otage que vous exécuterez.

Un frémissemnt parcourt le cercle. Tous les regards se fixent sur Robbie, mais il s'en faut qu'à cet instant ils aient tous la même expression. Dans le demi-cercle gauche, l'admiration et la gratitude dominent, mais dans le demi-cercle droit, il s'y mêle de l'humiliation.

— Dans ce cas, dit l'Hindou de l'air de prendre Robbie en faute, pourquoi avez-vous voté pour le tirage au sort ?

— Mais bien entendu parce qu'à ce moment-là j'avais peur d'être choisi, dit Robbie d'un air tranquille.

— Et maintenant, vous dominez votre peur par une fuite en avant ? dit l'Hindou avec une cruauté qui me laisse pantelant.

— On peut présenter les choses ainsi, dit Robbie en cillant. Sauf que je n'ai pas l'impression de fuir.

L'Hindou, les yeux mi-clos, reste si longtemps silencieux que Robbie reprend :

— Ce serait un grand honneur pour moi, et peut-être aussi pour mon pays, si vous acceptiez.

L'Hindou le regarde et dit d'une voix brève :

— Non. Je n'accepte pas. Vous auriez dû voter contre le

tirage au sort. C'est trop tard, maintenant. Vous suivrez le sort commun.

Des murmures de déception s'élèvent alors dans le demi-cercle gauche, et l'Hindou dit sans hausser la voix :

— Par contre, je n'empêche aucune des personnes qui ont voté *contre* le tirage au sort de se porter volontaire.

Un silence terrifié tombe et personne de ce côté n'ose même respirer. Mais l'Hindou ne s'arrête pas là. Il poursuit avec une méchanceté implacable :

— Mme Murzec, êtes-vous volontaire ?

— Je ne vois pas pourquoi moi, commence la Murzec.

— Répondez oui ou non.

— Non.

— Mrs. Banister ?

— Non.

— Mrs. Boyd ?

— Non.

— Mme Edmonde ?

— Non.

— Mademoiselle ?

L'hôtesse fait non de la tête.

— M. Caramans ?

— Non.

Caramans ajoute aussitôt :

— Puis-je commenter d'une phrase ma réponse ?

— Non, vous ne pouvez pas, dit l'Hindou. De toute façon, votre commentaire n'améliorerait pas votre image.

Caramans pâlit et reste coi. L'Hindou dit quelques mots en *hindi* à son assistante, elle se baisse, saisit à terre le turban de son chef et, passant derrière Chrestopoulos, Pacaud, Bouchoix et Blavatski, elle se poste derrière mon fauteuil et me tend le couvre-chef. J'y dépose les quatorze bulletins nominaux, chacun plié en quatre.

— Je suppose, dit la Murzec à l'Hindou de sa voix éraillée et distinguée, que vous désirez procéder correctement à ce tirage au sort.

— Cela va de soi.

— Dans ce cas, reprend la Murzec, comptez les bulletins pour vous assurer qu'il y en a bien quatorze, et ouvrez ensuite chaque bulletin pour vous assurer qu'ils portent tous un nom.

— Madame ! dis-je, indigné.

— Vous parlez d'or, madame, dit l'Hindou. Je tiens beaucoup à la régularité de l'opération.

Il se lève, se place à la droite de son assistante et, plongeant la main droite dans son turban (sa main gauche tenant son arme mais sans la braquer sur nous), il saisit un bulletin, l'ouvre, le lit, et le passant dans la main qui tient l'arme, le coince entre la crosse et sa paume. Il répète l'opération jusqu'à l'épuisement des bulletins.

Quand il a fini, il me regarde de haut en bas et dit avec une sévérité où vibre, me semble-t-il, un élément parodique :

— Je n'aurais jamais cru qu'un gentleman britannique fût capable de tricher. Et pourtant, c'est un fait : Mr. Sergius a triché.

Je garde le silence.

— Désirez-vous vous expliquer, Mr. Sergius ? dit l'Hindou avec une petite lueur dans l'œil qui n'est nullement inamicale.

— Non.

— Vous reconnaissez donc avoir triché ?

— Oui.

— Et cependant, vous ne désirez expliquer ni comment ni pourquoi ?

— Non.

L'Hindou parcourt le cercle du regard.

— Eh bien, qu'en pensez-vous ? Mr. Sergius avoue avoir essayé de fausser le tirage au sort. Quelle sanction allez-vous prendre contre lui ?

Il y a un silence, et Chrestopoulos dit d'une voix tremblante d'espoir :

— Je propose que nous désignions Mr. Sergius comme le premier otage à exécuter.

— A la bonne heure ! dit l'Hindou en lui jetant un coup d'œil d'écrasant mépris.

Et il ajoute aussitôt :

— Qui est d'accord avec cette proposition ?

— Un instant ! dit Blavatski, l'œil combatif derrière ses grosses lunettes. Je ne veux pas d'un vote brusqué ! Je m'y oppose avec force, et je refuse d'y prendre part tant que je ne saurai pas *comment* Sergius a triché.

— Vous l'avez entendu vous-même, dit l'Hindou. Il ne désire pas vous le dire.

— Mais vous, vous le savez ! dit Blavatski en redéployant avec alacrité son agressivité. Qui vous empêche de nous le dire ?

— Rien ne m'en empêche, dit l'Hindou.

Et il ajoute avec une courtoisie pleine de dérision :

— A moins que Mr. Sergius ne s'y oppose.

Je regarde l'Hindou et je dis avec une rage contenue :

— Finissons-en avec cette comédie. Je n'ai lésé personne. Vous avez vos quatorze bulletins. Ça devrait vous suffire.

— Comment, quatorze ? dit la Murzec.

— Oui, madame ! dis-je en me tournant vers elle d'un air furieux. Quatorze ! Pas un de moins ! Et je vous remercie de vos généreuses insinuations !

— Si je comprends bien, dit Blavatski, Sergius n'a pas omis d'inscrire son nom sur un bulletin ?

L'Hindou sourit.

— Vous le connaissez mal. Mr. Sergius est très fier de son nom. Il ne lui a pas consacré moins de *deux* bulletins. C'est d'ailleurs ainsi que nous arrivons au chiffre qui étonne Mme Murzec.

— Mais voilà qui change complètement la situation ! dit Blavatski. Après tout, poursuit-il avec une vulgarité qui cache mal un certain degré d'émotion, c'est l'affaire de Sergius, s'il veut faire une fleur à quelqu'un.

L'Hindou secoue la tête.

— Ce n'est pas mon avis. Il faut quatorze noms, et non quatorze bulletins avec deux bulletins marqués du même nom. Je ne puis admettre qu'une personne, quelle qu'elle soit, soit privilégiée. Cela fausserait complètement la régularité de l'opération.

Il reprend :

— Je n'ai pas voulu du héros suicidaire. Ce n'est pas pour accepter l'amant sacrificiel. Si vous ne voulez pas prendre de sanction à l'égard de Mr. Sergius, le moins que Mr. Sergius puisse faire, c'est de corriger un des deux bulletins qui portent son nom.

Je reste silencieux.

— Finissons-en, dit Blavatski d'un air excédé. Allons, mon vieux, poursuit-il en se penchant vers moi, ne vous obstinez pas ! Vous bloquez le tirage au sort que nous avons tous démocratiquement décidé.

— Corrigez le deuxième bulletin vous-même ! dis-je avec véhémence. Je ne veux plus y toucher ! Et croyez-moi, je regrette d'avoir voté pour ce tirage au sort. C'est une damnée saloperie ! Et ça me dégoûte au premier degré d'avoir consenti à écrire tous ces noms !

Blavatski hausse les épaules et regarde l'Hindou d'une façon significative. Celui-ci fait un geste, et l'assistante, passant derrière les fauteuils, porte le bulletin à Blavatski. Il le pose sur son genou et le corrige avec sa pointe Bic. Celle-ci, sur la dernière lettre qu'il trace, fait un trou dans le papier et Blavatski jure avec une fureur que l'incident ne réclame pas. C'est à cet instant, je crois, en écrivant de sa main celui des quatorze noms qui manque, que Blavatski sent, comme moi-même je l'ai fait quelques minutes plus tôt, toute l'ignominie de notre décision.

L'assistante prend le bulletin corrigé des mains de Blavatski — en évitant de le frôler avec autant de soin que s'il était le dernier des intouchables —, puis revenant se placer à la droite de l'Hindou, elle le lui montre ouvert. Il fait oui de la tête, et son arme toujours braquée sur nous, elle plie le bulletin en quatre d'une seule main avec une habileté surprenante, et le jette dans le turban que l'Hindou tient dans sa dextre. Je remarque pour la première fois, du moins consciemment, qu'il est gaucher, puisque c'est de cette main qu'il tient son arme. Mais, à la différence de l'assistante, il la laisse pendre au bout de son bras, le long de son corps, sans viser personne.

Bien que mon regard ne les quitte pas, je ne les vois pas

bouger. Et pourtant, je m'aperçois qu'ils ont l'un et l'autre reculé. Ils sont maintenant hors du cercle, debout devant le rideau du *galley*, et sur le visage de l'Hindou, je lis cette gravité religieuse que j'y avais déjà notée au début du détournement. On dirait qu'il se dispose, l'arme au poing, non pas à tirer, mais à nous faire un sermon.

Toute sérieuse qu'elle soit, c'est une attitude qui ne va pas sans une énorme dérision : quelle leçon de morale ou de paramorale peut nous inculquer notre éventuel assassin ?

— Gentlemen, dit-il (omettant une fois de plus toute référence aux dames), dans quelques minutes, si l'avion n'atterrit pas, je serai, croyez-moi, navré d'avoir à supprimer une vie humaine. Mais je n'ai pas le choix. Je dois sortir d'ici coûte que coûte. Je ne puis m'associer plus longtemps à votre sort, ni à la façon dont vous l'acceptez. Je vois en vous les proies plus ou moins consentantes d'une mystification permanente. Vous ne savez pas où vous allez, ni qui vous y conduit, et à peine, peut-être, qui vous êtes. Je ne puis donc être des vôtres. Quitter au plus vite cet avion, rompre le cercle où vous tournez, m'arracher à la *roue* qui vous entraîne, est devenu pour moi une priorité absolue.

Il fait une pause pour laisser ses paroles nous pénétrer et, en ce qui me concerne du moins, la description visionnaire qu'il fait de notre état me donne, comme précédemment, une impression de honte et de déchéance.

L'Hindou paraît grandir de plusieurs pouces, ses yeux sombres s'élargissent démesurément et, quand il reprend la parole, sa voix me fait l'effet de sonner comme un glas.

— Je dois dire que vous m'avez déçu. Vous ne vous êtes pas conduits, dans cette affaire, comme une famille humaine, mais comme un troupeau de bêtes égoïstes, dont chacune essayait de sauver sa peau. Il ne vous échappe pas, j'espère, que ce tirage au sort que j'ai suggéré parce qu'il me sert et que vous avez décoré du mot trompeur de démocratie est, du point de vue qui devrait être le vôtre, une infamie. Et personne ici, absolument personne, n'a le droit de se réfugier dans sa bonne conscience. Ceux qui ont voté contre n'étaient pas eux-mêmes exempts d'arrière-pensées personnelles, et ceux que le processus final a révoltés ont réagi trop tard.

Il reprend d'une voix sourde :

— Les jeux sont faits. Il n'y a plus à y revenir. Ma victime — qui est aussi la vôtre — va sortir de l'urne.

Personne ne réplique. Personne, sans doute, n'a de voix pour parler. Je sens ma bouche se dessécher d'un seul coup, tant je crains que ne sorte mon nom, ou le nom que j'ai omis. L'Hindou tend le turban à son assistante et, dès qu'elle l'a saisi, il y plonge la main et en retire un bulletin. Mon cœur paraît s'arrêter pendant le temps infini qu'il met à le déplier.

Le bulletin ouvert, l'Hindou le regarde longuement avec incrédulité, puis avec une expression de dégoût. Quand il se décide enfin à parler, il s'humecte les lèvres, et les yeux baissés, il dit d'une voix basse et rauque :

— Michou.

CHAPITRE VII

La stupeur, le lâche soulagement, la honte, la pitié aussi, mais sur un fond de résignation un peu trop rapide : les « bons sentiments » sont là, pêle-mêle avec les autres.

Nous sommes tous atterrés, bien sûr. Mais notre compassion est un peu hypocrite, puisqu'elle tient lieu d'alibi à notre passivité. On se dit : pauvre petite Michou, si elle doit mourir maintenant, elle a bien peu vécu, et la vie ne lui a apporté que des leurres : ce Mike, ce Madrapour, ce vol... Bref, on la plaint. De tout cœur. De ce cœur maintenant plus léger.

Ce qui ajoute encore au désarroi général, c'est qu'on ne peut même pas haïr l'Hindou. Ce n'est pas lui qui a choisi. Et d'ailleurs, abandonnant son masque impassible à quelques minutes de l'immolation, l'Hindou contre toute attente s'humanise et trahit un sentiment d'écœurement. Sa première parole est pour dire à Michou, avec un mélange de reproche et de regret :

— Vous n'auriez pas dû être si indifférente. Si, au lieu de vous abstenir, vous aviez voté contre le tirage au sort, il y aurait eu sept voix contre et sept voix pour, et dans ce cas, comme je l'ai dit, au lieu de m'en remettre au sort, c'est moi qui aurais choisi.

Il n'en dit pas plus, mais l'implication est claire. Sur un coup d'œil impérieux, je traduis. Je ne sais pas si, même alors, Michou comprend tout à fait ce que son bourreau veut dire. Elle paraît aussi hagarde qu'un oisillon tombé du nid, et une mèche sur le front, son œil marron clair agrandi par la stupéfaction, elle dit à l'Hindou avec une totale incrédulité :

— Vous n'allez pas me tuer ?

Je traduis, et sans dire un mot, l'œil grave et le visage fermé, l'Hindou fait oui de la tête.

— Oh, non, non ! dit Michou sur le ton de la protestation la plus enfantine, et, cachant son visage dans ses mains, elle se met à sangloter.

— Monsieur, dit Blavatski, vous n'allez quand même pas, de sang-froid...

— Taisez-vous donc ! dit l'Hindou avec colère en braquant sur lui son arme. J'en ai assez de ce cliché. Gardez votre sang-froid pour vous. Vous allez en avoir besoin, si le *Sol* n'entend pas mes prières. A ce stade, je me refuse à toute discussion.

Il reprend :

— A moins que l'un d'entre vous soit disposé à remplacer Michou.

Il y a alors deux mouvements dans le cercle. Le premier est de détourner les yeux. Le second est de les porter sur Robbie. Celui-ci, sous l'impact de nos regards, a une sorte de haut-le-corps, puis il rejette la tête en arrière, promène son regard sur nous et dit d'un ton coupant :

— Si vous pensez à moi, n'y comptez pas. Mon moment héroïque est passé. On m'a dit de suivre le sort commun. Je le suis. Et Dieu sait si commun, il l'est.

Il y a un silence et Chrestopoulos intervient, non sans lourdeur :

— Mais vous avez déjà été volontaire...

— Justement, dit Robbie avec un narcissisme provocant. Comme tous les vrais artistes, je ne répète pas mes effets.

— Il s'agissait donc d'un « effet » ? dit la Murzec.

Mais Robbie ne craint pas ce genre d'attaque.

— Oui, dit-il d'une voix sèche, et d'un effet à la portée de tous : vous devriez l'essayer.

— Je comprends, bien entendu, vos motivations, reprend la Murzec avec un coup d'œil impudent à Manzoni et à Michou. Vous n'avez guère envie de sauver la vie d'une rivale heureuse.

— Madame, vous êtes ignoble ! dit Manzoni.

— Paix ! Paix ! s'écrie l'Hindou avec irritation. J'en ai

assez, de ces disputes sordides ! Si vous ne savez rien faire d'autre, ayez au moins la pudeur de vous taire !

Michou baisse ses mains et son délicat visage, déformé par les larmes et la terreur, apparaît. Elle pleure, sans vergogne aucune, sans respect humain, comme une enfant, les lèvres contractées en rectangle comme les masques des tragédies grecques, et laissant échapper une plainte continue qui nous déchire le cœur.

— Ne me regardez pas ! dit-elle en s'adressant au cercle d'une voix entrecoupée. Je ne veux pas qu'on me regarde ! C'est horrible ! Je sais ce que vous attendez !

Elle se cache de nouveau dans ses mains en sanglotant. Les yeux rivés sur elle, la gorgée serrée à me faire mal, ressentant une émotion profonde, je suis loin, pourtant, bien loin, de sauter le gouffre démesuré qui me sépare de l'autosacrifice.

— Je propose, dit Pacaud, la voix détimbrée et les larmes coulant de ses gros yeux saillants sur ses joues congestionnées, que nous procédions à un nouveau tirage au sort dont le nom de Michou serait exclu.

L'Hindou garde le silence et personne ne pipe. Personne ne regarde Pacaud. Pacaud reprend en s'adressant à l'Hindou :

— Eh bien, monsieur, que faisons-nous ?

— Mais rien, dit l'Hindou. Décidez de cela entre vous. Je ne m'en occupe plus.

Et, s'asseyant à côté de Chrestopoulos d'un air de dégoût, il tend le turban à Pacaud, qui le saisit dans ses mains tremblantes.

— Qui est d'accord pour recommencer le tirage au sort en excluant le nom de Michou ? dit Pacaud.

Muets, figés, les yeux fichés à terre, les passagers ont l'air de se changer en statues de pierre. Moi comme les autres. Toute cette grande compassion avorte dans le passage à l'acte. Personne, en réalité, ne se soucie de revivre les minutes affreuses qui ont précédé pour chacun le dépouillement du bulletin. Nous avons capitalisé notre immense soulagement et, sans aucune envie de le remettre en jeu, nous acceptons une deuxième fois, subrepticement, par notre seul silence, la mort de Michou.

Pacaud répète sa question d'un air désespéré et il se produit alors un fait nouveau. L'hôtesse lève la main. Je la regarde : pâle, les dents serrées et ses yeux verts fixés sur les miens avec une expression de gravité. Je lève la main à mon tour. Non, je ne porte pas ce geste à mon crédit, absolument pas. Je l'accomplis pour ne pas démériter aux yeux de l'hôtesse, car à vrai dire, à ce moment je ne ressens plus aucune compassion : la peur d'un nouveau tirage l'a tuée.

A ma très grande stupéfaction, car je ne lui aurais pas prêté tant de cœur, Blavatski lève la main à son tour. Pacaud, la sienne. Et c'est tout.

— Robbie ? dit Pacaud d'un air interrogatif.

— M. Pacaud, dit Caramans d'un air hautain, vous ne devez pas faire pression sur les gens pour qu'ils votent dans votre sens.

Robbie relève le menton, et les yeux durs, il regarde Pacaud bien en face et dit d'une voix nette et sur un ton provocant :

— Non !

La Murzec ricane.

— M. Manzoni ? dit Pacaud.

— Mais voyons, M. Pacaud, dit Caramans, c'est tout à fait inadmissible...

Manzoni, rougissant et troublé, fait de la tête un non discret, et Pacaud, se tournant vers Caramans, dit d'une voix rogue :

— Et vous ?

— M. Pacaud ! s'écrie Caramans, relevant son coin de lèvre avec indignation. Vous n'avez absolument pas le droit de racoler les votes ! En outre, je vous rappelle que, dès le début, j'ai été radicalement hostile au tirage au sort. Je ne vais donc pas voter pour qu'on le recommence. Ce serait tout à fait contraire à ma position de principe.

Il se tait, justifié. Et peut-être l'est-il, en effet, du moins sur le plan de la logique.

Pacaud, les larmes coulant toujours sur ses joues, parcourt le cercle du regard et dit d'une voix étranglée :

— Vous êtes des lâches.

Aussitôt, la Murzec relève le gant.

— Nous n'avons pas de leçon de morale à recevoir d'un vicieux de votre espèce, dit-elle d'une voix sifflante. Et puisque vous avez le cœur si tendre, pourquoi n'êtes-vous pas vous-même volontaire pour remplacer Michou ?

— Mais je... je ne peux pas, dit Pacaud, désarçonné. J'ai une femme, des enfants.

— Une femme que tu trompes avec des « faux-poids », dit Bouchoix d'un ton haineux.

— Puisque tu parles si bien, dit Pacaud avec un sursaut de rage en se tournant vers son beau-frère, pourquoi ne serais-tu pas, toi, volontaire ? Toi qui répètes toute la journée que tu n'as pas plus d'un an à vivre...

— Justement, dit Bouchoix.

Il dit cela avec un petit rire glaçant. Décharné, cadavérique, il est l'image même de la mort. Et nous venons d'apprendre qu'à échéance proche, en effet, il est à elle. Avec gêne, les yeux se détournent de lui, comme s'il appartenait à une autre espèce, et comme si nous n'étions pas mortels, nous aussi.

— D'ailleurs, tu retardes, Paul, reprend Bouchoix, qui paraît jouir de la peur qu'il nous inspire. Ce n'est plus un an, maintenant, c'est six mois. tu penses s'il me tarde d'arriver à Madrapour !

Il rit de nouveau, d'un petit rire grinçant qui, dans mon esprit, évoque, je ne sais pourquoi, la crécelle d'un lépreux.

A ce moment, les sanglots de Michou s'arrêtent, elle relève la tête, et le visage décomposé, mais les traits assez fermes, elle dit à l'Hindou d'une voix dont la netteté m'étonne :

— Combien de temps me reste-t-il ?

L'Hindou relève sur son poignet la manche de son veston, et dit après une hésitation perceptible :

— Dix minutes.

J'ai aussitôt la certitude qu'il ment, que l'ultimatum, en

135

fait, est déjà expiré, et qu'il accorde subrepticement un sursis à Michou. Il peut se le permettre, il est maintenant le maître absolu du temps à bord, puisqu'il est le seul à disposer d'une montre.

— Est-ce que je peux me retirer pendant ces dix minutes en classe économique? dit Michou, dont la voix ne tremble plus.

— Oui, dit l'Hindou aussitôt.

— Avec Manzoni?

L'Hindou lève les sourcils.

— Si le signor Manzoni est d'accord, dit-il avec un retour de sa politesse affectée.

Manzoni, son beau visage de statue romaine pâle et figée, fait oui de la tête. Il paraît incapable d'articuler un seul mot. Michou se lève avec vivacité, et prenant Manzoni par la main, elle l'entraîne à sa suite, comme une enfant avide d'aller jouer avec son camarade hors de la vue des adultes. Elle traverse rapidement le cercle, remorquant toujours Manzoni qui, dans son sillage, paraît absurdement plus grand. Le rideau de la classe économique retombe derrière eux. Et il ne reste plus rien de Michou, si ce n'est le roman policier que, dans sa précipitation, elle fait tomber à terre, et qu'elle laisse là, sans prendre le temps de le ramasser. Dans sa chute, le livre s'ouvre, la photo de Mike s'en échappe et, après une brève trajectoire, s'immobilise, la face contre le sol.

L'Hindou se lève et dit à voix basse quelques mots à son assistante qui, aussitôt, traverse le cercle et va se poster sur le seuil de la classe économique. Elle n'en tire pas le rideau, elle en écarte seulement un coin à hauteur de l'œil.

Le silence dans le cercle se prolonge, mais avec une nuance nouvelle. Nous sommes déconcertés. Personne ne comprend comment Michou a pu passer de ses sanglots désespérés à la décision qu'elle vient de prendre. L'intrusion d'un élément sensuel dans la gravité de l'heure nous déplaît et nous choque. Je vais dire quelque chose d'assez odieux, mais qui correspond bien à ce que nous sentons : il nous semble que Michou est sortie de son rôle.

Mais personne, pas même Caramans, n'est assez à l'aise

avec sa conscience pour se permettre ce genre de remarque. Et finalement, nous sommes presque reconnaissants à Robbie d'apporter une diversion.

— Est-ce que je peux ramasser le livre ? dit-il en anglais à l'Hindou.

— Vous pouvez, dit l'Hindou.

Robbie se baisse, saisit le roman policier d'une main, la photo de Mike de l'autre, place celle-ci dans les feuillets, dépose le tout sur le fauteuil vide de Michou et on peut presque croire qu'il a agi par délicatesse — pour éviter à Michou un certain embarras quand elle regagnera sa place —, quand soudain, se ravisant, il retire la photo du livre, et avec un complet sans-gêne et prenant tout son temps, il se met à la détailler.

— Mike vous plaît ? dit la Murzec avec un petit ricanement.

Robbie continue son examen sans sourciller, puis relevant la tête, il me regarde et dit :

— *Er ist ein schöner Mann, aber... « Ich fühle nicht die Spur von einem Geist »*[1]. Non, ne traduisez pas, Mr. Sergius, poursuit-il en allemand, c'est inutile. Traduire un vers de Goethe serait, en l'occurrence, jeter une perle à une truie. Il y a des gens tout à fait étrangers, nous le savons, aux nuances de la psychologie.

Il remet la photo dans le livre et d'un air quelque peu arrogant, comme si le fait d'avoir cité Goethe lui valait une étoile de plus sur la patte d'épaule d'un uniforme, il replace ses deux mains sur les accoudoirs et réunit en même temps ses deux pieds avec une sorte de zèle, et comme s'il se mettait dans un garde-à-vous moral pour affronter le destin.

Le silence tombe à nouveau, et l'œil combatif derrière ses lunettes, Blavatski dit d'une voix résolue :

— Voulez-vous me permettre une remarque ?

L'Hindou pousse un léger soupir. Depuis que le nom de Michou est sorti du turban, sa personnalité, son attitude,

---

1. C'est un bel homme mais... « Je ne sens pas là la trace d'un esprit ».

ou peut-être seulement sa situation à bord, ont subi une subtile modification. Il ne domine plus l'avion. Il semble lui-même jusqu'à un certain point dominé. Et bien qu'il reste toujours le maître de nos vies, de nos paroles, de nos biens et du moindre de nos mouvements, la distance entre lui et nous a décru, dans la mesure où, embarqué comme nous dans la même aventure, il devient évident qu'il n'en contrôle pas plus que nous la suite.

Au fur et à mesure que le temps s'écoule (le délai d'une heure qu'il a fixé au *Sol* pour atterrir étant, j'en suis sûr, déjà écoulé), la puissance qu'il garde sur nous ne l'empêche pas de sentir, je crois, son impuissance vis-à-vis du *Sol*. Ceci explique l'impression qu'il nous donne, après le tirage au sort, de subir une éclipse, de ne pas être autant présent, de ne plus utiliser autant que par le passé son pouvoir de domination.

— Parlez, Mr. Blavatski, dit-il avec une certaine lassitude.

— Supposons, dit Blavatski, l'œil brillant derrière ses lunettes, supposons que l'heure soit écoulée — si elle ne l'est déjà. Que se passe-t-il ? Vous tenez parole (ici il baisse la voix), vous exécutez cette jeune fille. Mais un avion, je vous le rappelle, est un lieu hermétiquement clos. Première question : que faites-vous du corps ?

— Je me refuse à discuter ce point, dit l'Hindou, mais sans âcreté et sans ôter la parole à Blavatski.

Il paraît même l'encourager à poursuivre.

— Eh bien, poussons plus loin l'étude prospective, reprend Blavatski. Après cette première exécution, vous renouvelez votre ultimatum au *Sol*. Et le *Sol,* soit qu'il ne vous entende pas, soit qu'il vous entende, mais ne désire pas accéder à vos demandes, ne fait pas davantage atterrir l'avion au bout de la deuxième heure. Alors, vous exécutez une deuxième personne et son corps ira rejoindre celui de cette jeune fille — disons, pour respecter un certain décorum, à côté, hors de notre vue. A ce moment-là, le *Sol* restant toujours sourd à vos prières, rien n'empêche le sinistre processus de se poursuivre, ni la classe économique de devenir une sorte de morgue pour les quatorze passagers du bord. Vous et votre assistante, vous serez pour finir les seules personnes en vie au milieu de ce charnier. Et à notre point d'arrivée, quel qu'il soit, vous serez immanquablement arrêtés et inculpés pour ce massacre.

L'Hindou, les jambes croisées, le revolver dans la main gauche, mais le canon incliné vers le sol, écoute le macabre scénario de Blavatski sans la moindre trace d'émotion. Puis il regarde à nouveau sa montre, mais comme précédemment, avec beaucoup de discrétion. Chose curieuse, l'analyse de Blavatski, loin de l'embarrasser, paraît le remettre d'aplomb. Et c'est sur un ton tout à fait tranquille qu'il dit :

— Votre étude prospective, Mr. Blavatski, pèche par la base. Elle repose sur deux présupposés : le premier, c'est que le *Sol* ne ressent aucune bienveillance à l'égard des passagers ; le second, c'est que mes demandes au *Sol* sont exorbitantes.

— Je suis tout prêt à débattre de ces présupposés, dit Blavatski, et en même temps il penche sa tête frisée en avant et carre sa mâchoire.

— Mais voyons, Mr. Blavatski ! dit l'Hindou avec un retour de sa mordante ironie ; il n'y a rien à débattre ! La bienveillance du *Sol* est, dans le problème, une inconnue ! Le sort ultime des passagers, aussi. D'ailleurs, ce mot même : les « *passagers* », comme il est ambigu ! Et comme il rend bien ce que votre condition a de précaire et de transitoire !

En disant cela, il parcourt le cercle des yeux, et, ce qu'il n'avait pas fait depuis longtemps, il donne tout d'un coup à son regard son maximum d'intensité. L'effet est immédiat. Je me sens envahi par une angoisse qui est peut-être pire que celle de la mort, car elle reste vague, diffuse, sans objet défini, et pourtant assez forte et assez insidieuse pour me faire frissonner de la tête aux pieds. C'est un moment abominable. Je ne peux définir que par ce qualificatif subjectif le sentiment que j'éprouve. Il ne tient, je le répète, à rien de précis sinon à la façon qu'a eue l'Hindou de prononcer le mot « *passager* » et à la valeur sémantique qu'il lui a donnée.

— Eh bien, dit Blavatski hâtivement, et je le vois ciller

derrière l'écran protecteur de ses lunettes, passons au deuxième présupposé : vous êtes sûrement mieux renseigné sur les demandes que vous avez adressées au *Sol*.

— Mes demandes, dit l'Hindou avec un petit rire, mais croyez-moi, elles n'ont rien d'excessif ! Contrairement à ce que vous avez pu supposer, elles n'impliquent pour le *Sol* aucun sacrifice ! Ni la libération de détenus politiques, ni le paiement d'une rançon.

Il ajoute avec un sourire étrange :

— En fait, je demande la réparation d'une erreur. Car c'est bien entendu par erreur que mon assistante et moi nous nous trouvons à votre bord.

— Par erreur ! s'écrie Caramans. Comment puis-je croire cela ?

— Mais oui, dit l'Hindou. Et vous qui êtes la logique même, M. Caramans, comment avez-vous pu penser un seul instant que je désirais me rendre là où vous croyez aller ? Moi qui suis bien convaincu de la non-existence de Madrapour !

— Là où nous croyons aller ? dit Caramans, la lèvre si tremblante que son tic labial ne réussit même pas à se former. Mais, jusqu'à nouvel ordre, nous allons à Madrapour ! Je me refuse à toute autre hypothèse !

L'Hindou hausse les sourcils et sourit sans dire un mot avec l'air amusé et patient d'un adulte devant un enfant têtu. Et je dois dire qu'à mes oreilles du moins, le ton très affirmatif de Caramans a sonné faux.

L'Hindou regarde à nouveau sa montre, mais d'un air qui n'est ni impatient ni fébrile, comme si le sursis tacite qu'il accorde à Michou pouvait maintenant se prolonger sans inconvénient. On dirait que la discussion avec Blavatski lui a, d'une façon parfaitement inintelligible pour moi, redonné confiance dans l'acquiescement du *Sol* à son ultimatum. Et pourtant, le seul élément nouveau que le bref débat a révélé — l'erreur de son embarquement, la modestie de ses demandes — n'est nouveau que pour nous. Pour lui, il n'y a là rien de neuf, et rien qui puisse non plus le rassurer vraiment sur le succès de sa tentative.

Son attitude confiante ne soulage pas pour autant la

tension qui règne dans le cercle. Le scénario prospectif de Blavatski, qui a laissé l'Hindou insensible, nous a tous glacés, et l'idée commence à se faire jour en nous — se frayant un chemin au milieu de nos remords et de notre honte — que le sacrifice de Michou pourrait bien, à long terme, sonner aussi notre glas.

Deux ou trois longues minutes se passent ainsi, sans un mot de part et d'autre, et sans *a parte* non plus entre nous. Puis l'Hindou lève la tête et dit en *hindi* à son assistante :

— Eh bien, où en sont-ils ?

Elle détache son œil du coin du rideau, tourne vers lui un visage contracté par le mépris, et prononce en *hindi* un mot, un seul, que je ne comprends pas, mais dont sa mimique rend évidente la signification.

Elle ajoute, toujours en *hindi* :

— Les Occidentales sont des chiennes.

Ceci déplaît à l'Hindou. Il fronce le sourcil avec hauteur et dit à son assistante avec l'air de lui rappeler une vérité bien établie :

— Toutes les femmes sont des chiennes.

— Je ne suis pas une chienne, dit l'assistante en se redressant avec majesté.

L'Hindou, l'œil luisant d'ironie, l'enveloppe du regard.

— Que ferais-tu si tu devais mourir dans quelques minutes ?

— Je méditerais.

— Sur quoi ?

— Sur la mort.

L'Hindou la regarde comme s'il était séparé d'elle par des siècles de sagesse et dit d'une voix grave :

— L'amour physique est aussi une méditation sur la mort.

A ce moment, l'assistante surprend, fixé sur elle, mon regard attentif, et dit avec colère :

— Prends garde, ce porc à visage de singe comprend l'*hindi*.

L'Hindou se tourne vers moi.

— Croyez bien, dit-il en anglais avec un pétillement

141

subit de ses yeux sombres, que je ne m'associe pas à la description que fait de vous mon assistante.

Son œil s'attarde sur moi avec un humour complice. Depuis qu'il m'a surpris en flagrant délit de tricherie, son attitude à mon égard a perdu son animosité. Son œil pétille à nouveau. Il poursuit en anglais, d'un air tout à fait serein, comme si les minutes qui passent ne comptaient plus et sur le ton — stupéfiant de sa part — de confidence d'homme à homme :

— Mon assistante est beaucoup trop passionnée : elle aime la haine.

— Ha ! crie alors l'assistante, soulevant son opulente poitrine, comme si l'air lui manquait.

Le bras tendu, le doigt pointé devant elle, l'œil exorbité, elle ouvre la bouche sans qu'aucun son ne sorte.

— Eh bien, dit l'Hindou d'un ton bref comme un coup de fouet.

Et c'est comme si la langue de l'assistante tout d'un coup se déliait. L'index toujours brandi droit devant, elle se met à crier en *hindi* sur le ton de l'excitation la plus folle :

— Regarde ! Regarde ! Il y a quelque chose ! Là ! Là !

L'Hindou se retourne et je lève les yeux. De chaque côté du rideau du *galley,* sur la cloison qui nous sépare d'elle, les voyants lumineux sont éclairés et annoncent en deux langues, le plus paisiblement du monde, comme s'il s'agissait d'une escale de routine :

ATTACHEZ VOS CEINTURES.
FASTEN YOUR BELTS.

Chose bizarre, cette annonce ne provoque pas chez nous le plus petit échange de paroles, et je ne lis pas le moindre soulagement sur les visages tendus de mes compagnons. Pour l'instant, nous n'arrivons pas encore à remonter la pente du drame, ni à nous arracher à notre résignation. Pourtant, l'Hindou n'ayant réclamé ni une rançon ni la libération de prisonniers, il est clair que son débarquement va se faire avec un minimum de problèmes, et que Michou, en tout état de cause, ne sera pas exécutée. Le vol va donc pouvoir reprendre son cours normal. Mais, bien que tout paraisse s'arranger pour le mieux, nous restons pleins de méfiance à l'égard du destin, ou ce qui revient peut-être au même, de notre destination.

L'hôtesse rompt la première le silence. Elle dit avec une impassibilité professionnelle, et comme si, la routine étant rétablie, elle reprenait ses droits dans l'avion :

— Attachez vos ceintures, s'il vous plaît.

Elle répète dans son anglais gazouillant :

— *Please, fasten your belts.*

J'obéis. J'enclenche l'une dans l'autre les deux parties métalliques de la boucle. Il y a un déclic, et ce déclic me donne tout d'un coup l'impression d'être en train de recoller au réel.

Mrs. Boyd doit éprouver le même sentiment, car son visage rond semble rosir, elle se penche vers Mrs. Banister, et elle dit à voix basse dans un soupir :

— Dieu merci, ce cauchemar est fini.

L'Hindou l'entend, et comme s'il était impatienté par cet optimisme, il dit d'un ton sévère :

— Il est fini pour moi. Mais pour vous qui restez attachés sur *la roue du temps*, il continue.

Il n'ajoute rien de plus, et personne — Mrs. Boyd moins qu'une autre — n'a envie de lui demander des explications. D'ailleurs, la durée qui s'écoule entre le moment où on boucle sa ceinture et celui où l'on prend contact avec le sol est une durée qu'en avion on tient pour nulle, tant elle est habitée par l'attente inquiète de l'atterrissage.

L'Hindou se penche et dit à son assistante, en *hindi*, de rappeler le couple. Ce qu'elle fait sans aucune discrétion, tirant le rideau de la classe économique avec violence et accompagnant ce geste impérieux de sons gutturaux.

Manzoni apparaît le premier (sans doute a-t-il moins à se rajuster). L'assistante, le revolver braqué sur lui, s'efface d'un air de dégoût comme si elle craignait d'être effleurée par lui. Mais Manzoni s'attarde sur le seuil, je dirais même qu'il s'y campe, grand, bien proportionné, absurdement élégant dans son complet blanc et rajustant sa cravate avec autant de soin que si l'avenir du monde était en jeu. Sans doute reste-t-il dressé là pour attendre Michou, ou pour faire écran entre elle et nous jusqu'à ce qu'elle ait remis de l'ordre dans sa toilette. Mais, tandis qu'il nous confronte avec ses yeux un peu vides d'enfant gâté (par sa mère d'abord, par tant de femmes ensuite), je lis sur son visage une contradiction : ses traits d'empereur romain sont virils, et pourtant, l'ensemble du visage paraît mou.

Il regarde l'Hindou et d'une façon assez théâtrale, un peu comme s'il se drapait dans une toge, il dit d'une voix très articulée mais dans un anglais zézayant ;

— Et maintenant, si vous devez exécuter quelqu'un, ce sera moi.

Peut-être parce que la tension qui a précédé a été si forte et si longue, mais cette annonce déclenche des sourires, et même, ici et là, des rires. La Murzec court à la curée.

— M. Manzoni, dit-elle d'une voix sifflante, il est dommage que vous ayez lu en classe économique, en lettres lumineuses, l'ordre d'attacher les ceintures. Sans cela, bien évidemment, vous seriez pour nous un héros !

— Mais je n'ai rien lu du tout ! dit Manzoni d'un air si peiné qu'il me paraît sincère.

Et pourtant, je m'en aperçus dans la suite, personne dans le cercle ne voulut jamais croire qu'il avait eu ce courage de s'offrir — avec son drapé, sa rhétorique et son zézaiement — à la place de Michou.

Une mèche sur l'œil, et l'œil baissé, Michou apparaît. Elle passe devant Manzoni comme si elle ne le voyait pas, traverse comme un automate le demi-cercle gauche, s'assied avec raideur sur son fauteuil, boucle sa ceinture, et sans un regard pour personne, sans un mot, elle ouvre son livre et le lit, ou feint de le lire, peu importe. De toute évidence, elle a vu, elle, l'annonce lumineuse en classe économique — ce qui paraît apporter, à tort, je crois, un démenti supplémentaire à Manzoni.

— Ne voulez-vous pas vous asseoir, madame ? dit l'hôtesse à l'Hindoue qui est restée debout devant le rideau de la classe économique. Les atterrissages sont parfois un peu brusques.

Je traduis. Pas de réponse. Si ce n'est un coup d'œil d'un mépris écrasant. A moi d'abord. A l'hôtesse ensuite.

— Vous voudrez bien excuser mon assistante, dit l'Hindou avec ce ton de politesse derrière lequel une sorte de moquerie paraît toujours se cacher. Elle a une tâche de surveillance à exercer. Mr. Chrestopoulos a l'âme déchirée par la perte de ses bagues, et Mr. Blavatski regrette beaucoup son revolver.

— Vous pourriez me le rendre au moment où vous quitterez l'avion, dit Blavatski avec un tranquille aplomb.

— Pas du tout.

— Le revolver seul, dit Blavatski. Sans le chargeur, si vous craignez que je vous tire dessus.

— Allons, pas de Western, Mr. Blavatski ! dit l'Hindou.

Il ajoute, avec un sourire assez charmant, mais sur un ton qui n'admet pas de réplique :

— Vous n'avez pas besoin d'une arme : vous avez votre dialectique.

Là-dessus, il boucle comme nous tous sa ceinture, et le sac en skaï noir gonflé de nos dépouilles à ses pieds, les jambes croisées, imperturbable et *gentlemanly,* il attend. En même temps, je ne sais comment, il prend un air d'infinie distance, comme si, n'étant déjà plus avec nous, il n'admettait pas qu'on lui adresse la parole.

Quant à nous, bien rassurés cette fois, nous nous enfonçons à chaque minute un peu plus dans le cocon du quotidien. Nous attendons, chacun en soi, chacun pour soi, sages, silencieux, bien élevés, bien liés à nos sièges, avalant notre salive et déglutissant pour déboucher nos oreilles, la petite angoisse de l'atterrissage nous cachant l'autre, celle qui tient à notre condition. Mrs. Boyd suce un bonbon, Mrs. Banister bâille derrière sa main. Chrestopoulos, sous sa grosse moustache, mâchonne un cure-dent. Bouchoix tripote son jeu de cartes. Michou, tournant le dos le plus glacial à Manzoni, relit son roman sanglant.

En somme, à nous voir, il est évident qu'il ne s'est rien passé. Il n'y a eu ni détournement d'avion, ni tirage au sort, et pas davantage de victime expiatoire apportée sur un plateau à la divinité. Nous sommes, certes, délestés d'une partie de nos biens, mais à part Mme Edmonde et Chrestopoulos, personnages frustes très attachés au clinquant de la réussite, pour tous les autres, heureux de s'en tirer à si bon compte, la ponction n'a pas été beaucoup plus douloureuse qu'un rappel d'impôt. Le cauchemar, comme a si bien dit Mrs. Boyd, est fini. Et je parierais que nos *viudas* — veuves aussi à un moment d'un hôtel quatre étoiles — le retrouvent intact dans leurs pensées d'avenir, avec ses chambres luxueuses ouvertes au midi et leurs terrasses privées donnant sur un lac.

Et pourtant, dans ce retour trompeur à la normale, il se passe un événement important. Mme Murzec provoque, une fois de plus, le cercle, et le cercle, définitivement, la rejette. Je prends ce verbe dans sa signification biologique la plus forte et la plus littérale, au sens où l'on dit qu'un organisme rejette un corps étranger.

Certes, nous avons tous des raisons d'en vouloir à la Murzec. Je ne peux, quant à moi, lui pardonner d'avoir insinué que j'avais omis mon nom dans l'élaboration des bulletins nominaux. Soyons francs : je la déteste. Je la déteste même physiquement. Je ne puis souffrir la vue de ses larges pommettes, de ses yeux bleus et de ce teint jaunâtre. Et je l'avoue ici sans détour, je fus de ceux qui, le moment venu, crièrent haro sur elle.

Malgré tout, je voudrais le souligner par souci de justice, dans ce qu'elle dénonce sans arrêt en nous, la Murzec, quant au fond, n'a presque jamais tort.

Je ne prendrai qu'un exemple : quand elle demande à Robbie, contemplant la photo du fiancé de Michou : Mike vous plaît ?, c'est une grossièreté, mais qui n'est pas gratuite, puisqu'elle punit une indélicatesse. D'où vient pourtant que ce que retient le cercle, ce n'est pas l'indiscrétion de Robbie, mais la remarque de la Murzec ?

De ceci peut-être : le cercle, en peu de temps, a sécrété ses règles tacites, dont la plus évidente est le silence. Ainsi, nous savons très bien que Mme Edmonde est ceci, Pacaud cela, Robbie ceci encore, mais nous avons pour ainsi dire gommé ces faits de notre mémoire, attendant pour nous-mêmes et nos propres erreurs, une amnésie réciproque.

Mme Murzec, elle, ne joue pas le jeu. Elle viole la règle. Il y a en elle quelque chose de fébrile et d'inquiet qui la pousse à remuer sans cesse la vase au fond de l'eau que nous buvons.

En y réfléchissant, je suis sûr qu'à cet instant, si proche de l'atterrissage, elle n'a pas pu supporter de nous voir, après le bouclage des ceintures, si bénins, si bien installés dans l'oubli et le confort moral. D'où son attaque brutale. Et contre qui ? Mais voyons, devinez ! Comme j'aurais dû le faire moi-même ! Qui la Murzec peut-elle à cet instant agresser pour nous choquer au maximum, pour mieux mettre nos nerfs à vif et pour nous faire grincer des dents ? Qui, sinon Michou ?

— Je dois dire, mademoiselle, dit-elle tout d'un coup d'une voix sifflante en dardant sur Michou ses yeux froids, que je suis stupéfaite de vous avoir vu saisir le premier prétexte venu pour aller vous fourrer dans les jambes d'un bellâtre de bas étage, surtout vous, qui prétendez aimer votre fiancé. Et cela, presque au vu de tous, sur un fauteuil de classe économique, qui est bien, en effet, le lieu qui convient pour ce genre d'amour au rabais, si du moins je peux salir le mot amour en désignant ainsi l'exercice auquel vous venez de vous livrer, en compagnie d'un homme que vous ne connaissiez même pas le matin !

Sous la violence de cette attaque, Michou frémit comme si on l'avait giflée, puis elle pâlit, ses lèvres s'affaissent et les larmes jaillissent de ses yeux. En même temps, elle ouvre la bouche pour répliquer, mais elle n'en a pas le temps. Pacaud, le crâne rouge, les yeux exorbités, s'est déjà jeté à son secours :

— Vous, la vipère, dit-il en jetant des regards furieux à la Murzec, vous allez foutre la paix à cette petite, et je ne le répéterai pas !

L'apostrophe de Pacaud agit sur le cercle comme un détonateur. De tous côtés fusent alors contre la Murzec de furieuses exclamations.

— Vous devriez comprendre, madame, dit enfin Blavatski dont la voix couvre le tumulte, que nous avons vraiment assez de vous et de vos interventions ! Taisez-vous donc ! C'est tout ce qu'on vous demande !

Par le geste, par la voix, par la mimique, tous l'approuvent, même l'hôtesse. Seul l'Hindou reste à l'écart de la scène, qu'il suit avec attention, mais de loin, comme si elle se passait dans un monde auquel il n'appartient plus.

Si à cet instant la Murzec s'était tue, l'affaire, je pense, n'aurait pas été plus loin. Mais la Murzec est courageuse, elle fait face à la meute, elle rend coup pour coup, et la querelle reprend son cours furieux, charriant dans son flot, comme souvent dans les plus graves disputes, des piques insignifiantes et des puérilités incroyables.

L'œil de la Murzec, braqué sur Blavatski, fulmine, et elle s'écrie d'une voix criarde mais tout à fait résolue :

— M. Blavatski, ce n'est pas parce que vous êtes américain que vous allez régenter cet avion ! J'ai le droit à mes opinions, et personne ne me fera taire.

— Oh, si, dit Pacaud hors de lui. Moi ! Au besoin en vous mettant une paire de claques !

— Vous n'êtes pas ici chez Mme Edmonde, dit la Murzec avec un bref ricanement. Et je ne suis pas un faux-poids !

— Madame ! rugit Pacaud.

— Oh, pas de hurlement, je vous prie ! Je suis clairvoyante, voilà ce qui vous gêne.

Avec une voix vengeresse, Robbie se jette dans la mêlée :

— Vous avez la clairvoyance des gens bornés. Ils comprennent tout, mais à moitié.

La Murzec ricane :

— Ça vous va bien, de parler de moitié, vous qui n'êtes qu'une moitié d'homme !

— Mais enfin, madame, dit Caramans s'adressant pour la première fois directement à Mme Murzec, vous pouvez penser ce que vous voulez de vos compagnons de voyage, mais vous n'êtes pas forcée de le leur dire.

— Qu'est-ce que vous voulez ? Je suis franche, moi. Je n'ai pas appris l'hypocrisie en récitant mes prières.

Caramans fait sa moue et se tait.

— Il n'est pas question de franchise, dit Blavatski, mais de bonne éducation minimale.

— Exemple de bonne éducation minimale, dit la Murzec avec un petit rire : fouiller dans le bagage à main d'un compagnon de voyage quand il est aux toilettes.

Chrestopoulos sursaute et jette un coup d'œil à la fois furieux et effrayé à Blavatski.

— Madame ! dit Blavatski avec indignation. Vous êtes méchante, voilà la vérité.

— La vérité des Westerns : les Bons et les Méchants. Et à la fin, les Bons, avec bonté, massacrent les Méchants. Si c'est là votre morale, gardez-la pour vous.

Ici, je vois sourire l'Hindou, mais c'est si rapide et si discret que je doute presque, après coup, avoir vu s'animer ses traits impassibles. D'ailleurs, je trouve moi aussi que Blavatski s'est montré un peu simpliste, et je décide d'intervenir, à mes risques et périls, car la Murzec, jaunâtre, déchaînée, et l'œil étincelant, lance ses griffes de droite et de gauche, sans épargner personne.

— Méchante ou pas, dis-je, vous ne paraissez pas beaucoup aimer vos semblables.

— Si, dit-elle, à condition que mes semblables soient vraiment mes semblables, et non des espèces de gorilles.

Il y a des oh ! indignés, et Mrs. Boyd s'écrie :

— *My dear ! She's the limit*[1] *!*

— C'est vous, *the limit*, crie la Murzec d'une voix furieuse. Vous, la goinfre ! Vous dont l'être se réduit à une bouche, un intestin et un anus !

— Mon Dieu ! dit Mrs. Boyd.

— Mais c'est affreux de parler ainsi à une vieille dame ! dit Manzoni, outré par le mot « anus ».

Et il ajoute avec sa mollesse de petit garçon bien élevé :

— Vous avez des manières épouvantables.

— Oh, vous, l'ustensile de ces dames, taisez-vous ! dit la Murzec avec le dernier mépris. Les phallus n'ont pas la parole !

1. Ma chère ! Elle dépasse les bornes !

— En tout cas, s'ils l'avaient, dit Robbie avec un petit rire, ils ne voteraient pas pour vous.

Mais lui, qui est si brave, il s'est exprimé à mi-voix, portant sa botte furtivement et comme en *a parte*. Ce qui permet à la Murzec de l'ignorer et de reprendre souffle, les naseaux dilatés par l'ardeur du combat.

Je profite de l'accalmie pour essayer de ramener la bataille sur un terrain un peu plus sérieux.

— Madame, permettez-moi une question : ne trouvez-vous pas que c'est un peu anormal de nous haïr et de nous mépriser tous à ce point ? Après tout, qu'est-ce qu'on vous a fait ? Et en quoi sommes-nous si différents de vous ?

— Mais, en tout ! Vous n'allez pas comparer ! crie la Murzec d'une voix si aiguë et si tremblante que je sens tout d'un coup en elle une sorte de fêlure. Dieu merci, je n'ai rien à voir avec ces produits peu ragoûtants de sous-humanité dont je suis ici entourée.

Ceci déclenche des protestations violentes. C'est un tollé général qui se poursuit crescendo pendant plusieurs secondes. Il est heureux que Mme Murzec soit une femme et que nous soyons tous attachés à nos fauteuils, car le premier mouvement du cercle est — presque — de la lyncher ; le deuxième est de la bannir. A l'appel d'ailleurs de Pacaud qui, les yeux hors de la tête et le crâne enflammé, s'écrie dans un aboiement furieux :

— Fourrons-la en classe économique, et qu'on n'en parle plus !

Blavatski élève la main, sans même s'apercevoir que l'assistante de l'Hindou braque sur lui son arme, et sa voix forte domine nos exclamations. Je lui connaissais jusqu'ici deux registres, l'accent d'une vulgarité affectée, et un anglais officiel et correct, celui de ses discussions avec Caramans. Je lui en découvre alors un troisième : la voix grave et nasale d'un prédicant.

— Madame, dit-il, si nous sommes des sous-hommes pour vous (il articule le mot « sous-hommes » avec une fureur contenue), ce que vous avez de mieux à faire, c'est de descendre de cet avion quand il atterrira !

Cette proposition est accueillie par des clameurs d'approbation assez semblables, j'ai honte de le dire, aux hurlements d'une meute qui force une bête. De tous les côtés, jaillit avec violence et en plusieurs langues la condamnation de la Murzec : Dehors ! *Out with you ! Raus !*

L'hôtesse objecte alors d'une voix douce :

— Mme Murzec a un billet pour Madrapour.

Phrase dite d'une manière à nous faire comprendre que son sens symbolique, peut-être, dépasse son sens littéral. Mais nous n'avons pas le cœur à observer ces nuances. Nous sommes délicieusement occupés à piétiner la Murzec.

— Au besoin, on vous jettera dehors, hurle Pacaud, le crâne cramoisi, les veines de ses tempes gonflées.

— Vous n'aurez pas à le faire, dit la Murzec.

Cette phrase, et le calme avec lequel elle est prononcée, rétablit le silence. Calme tout apparent, j'en suis sûr, car, si bravement que la Murzec se comporte, l'impact de notre haine sur elle a dû être terrifiant. Ses paupières cillent, son teint jaunâtre a pâli. Je remarque aussi qu'au mépris des instructions de l'Hindou, elle croise les bras sur sa poitrine et cache ses deux mains sous ses aisselles.

Elle ajoute d'une voix assez ferme :

— Je m'en irai dès que l'avion se sera posé.

Il y a un assez long silence et l'hôtesse dit d'une voix neutre et factuelle :

— Madame, votre titre de voyage vous donne le droit de garder votre place dans cet avion jusqu'à l'arrivée.

Autrement dit, elle ne prie la Murzec en aucune façon de rester. Elle lui rappelle, une fois de plus, qu'elle en a le droit. L'hôtesse fait son devoir, mais elle le fait sans chaleur.

La Murzec saisit aussitôt cette nuance, et son œil bleu flamboie.

— Et pouvez-vous m'assurer que cet avion va bien à Madrapour ?

— Oui, madame, dit l'hôtesse du même ton neutre et officiel.

— Oui, madame ! singe la Murzec avec un ricanement de mépris. En réalité, vous n'en savez rien. Et pourtant, vous

151

n'avez cessé depuis le début de nous bercer dans l'illusion d'une fausse sécurité.

— Moi, madame ? dit l'hôtesse.

— Oui ! Vous ! Je ne suis pas dupe, sachez-le ! Avec vos airs de sainte nitouche, vous êtes ici la pire de toutes ! Et je vous le dis comme je le pense : Une menteuse et une hypocrite ! Car vous n'allez pas prétendre, poursuit-elle en haussant la voix pour couvrir nos protestations, que vous ignoriez, vous, qu'il n'y avait personne dans le poste de pilotage ! Vous l'avez su dès le début ! Vous l'avez su dès le moment où je vous ai demandé de compléter votre annonce.

Le cercle se fige, submergé tout à coup par le sentiment que la Murzec dit vrai. Cela ne nous la rend pas plus aimable, bien au contraire. Mais nous sommes du moins réduits au silence. Et nos regards furieux se détournant d'elle se fixent sur l'hôtesse, et bien forcés de s'adoucir alors, mais dans le doute, car plus la réponse de l'hôtesse tarde et plus son contenu devient évident.

— C'est exact, dit l'hôtesse. C'est au moment où, sur votre demande, je suis entrée dans le poste de pilotage...

Elle laisse sa phrase en suspens. Et moi-même, qui tremble pour elle et voudrais tant la protéger, je ressens un certain malaise. Et de fait, immobiles, déconcertés, nous la regardons tous avec des sentiments mêlés, car si jusque-là tous les passagers ont apprécié sa gentillesse, ce qu'elle vient de dire fait naître en nous quelques soupçons. Je vois Blavatski froncer les sourcils, baisser la tête et j'appréhende de le voir passer à l'attaque.

A cet instant, si la Murzec s'était tue devant l'énorme lièvre qu'elle venait de soulever, elle se sauvait, je crois. Mais s'effacer est justement la seule chose au monde qu'elle ne sait pas faire. Elle se met à rire de la façon la plus odieuse, et frémissante à l'idée de prendre sa revanche sur l'un d'entre nous, elle s'écrie :

— Et vous n'avez trouvé personne ?

— Non, dit l'hôtesse, la tête droite, les deux mains croisées sagement sur ses genoux et si jolie et si modeste que mon cœur se gonfle.

Sans plus attendre ce qu'elle va dire, je décide de la croire et de l'aider.

— Eh bien, dans ce cas, dit la Murzec avec une voix pleine de fiel, votre devoir était de le dire aux passagers.

— Je me suis demandé si j'allais le faire, dit l'hôtesse. (Et me semble-t-il — mais je suis de nouveau tout à elle — avec une entière bonne foi.) Mais, reprend-elle après un instant de silence, j'ai préféré ne rien dire. Après tout, mon rôle à bord n'est pas d'inquiéter les passagers. Il consiste, au contraire, à les rassurer.

Il y a un silence et je dis :

— Eh bien, c'est là un point de vue qui me paraît tout à fait légitime.

La Murzec ricane :

— La bête au secours de la belle ! Eh bien, mademoiselle, poursuit-elle les dents serrées, rassurez ces gogos tout à fait ! Dites-leur que vous allez bien à Madrapour !

L'hôtesse garde le silence.

— Vous voyez ! Vous n'osez pas le répéter ! s'écrie la Murzec sur le ton le plus venimeux.

— Madame, dit l'hôtesse, le visage fermé, je ne vois pas en quoi mon opinion peut intéresser qui que ce soit. Elle n'a aucune importance. Ce n'est pas moi qui dirige l'avion. C'est le *Sol.*

Bien que ces paroles soient ambiguës, ou peut-être justement parce qu'elles le sont, personne n'éprouve le besoin de les mettre en question. Pas même la Murzec, qui perd tout intérêt pour l'hôtesse et ses réponses quand les aérofreins se déclenchent. Elle sursaute avec violence, et repliée sur elle-même elle paraît très ocupée à rassembler ses forces pour aller jusqu'au bout de sa décision.

Elle demande à l'Hindou d'une voix qui tremble un peu :

— Où atterrissons-nous ?

— Comment le saurais-je ? dit l'Hindou, sur un ton qui décourage le dialogue.

La descente, visiblement, s'accélère et personne n'a envie de parler jusqu'au moment où, dans la nuit la plus profonde, sans la moindre étoile au ciel, sans aucune lumière au sol qui annonce un aéroport ou un lieu habité, et même, comme je m'en assure en regardant par le hublot le plus proche, sans aucune balise visible, l'avion atterrit avec une brutalité qui nous laisse pantelants. L'Hindoue qui est restée debout devant le rideau de la classe économique, est projetée en avant avec force et serait à coup sûr tombée si son compagnon n'avait été assez heureux pour la saisir par le bras au passage.

Tandis que le charter roule cahin-caha sur une piste apparemment très cahoteuse, l'Hindou se dresse et dit au cercle sur le ton le plus courtois :

— Ne bougez pas, et ne débouclez pas vos ceintures. Au moment où l'*exit* s'ouvrira, toutes vos lumières vont s'éteindre. Ne vous effrayez pas. Cette obscurité fait partie de mes demandes. Elle ne durera pas plus de quelques minutes.

Et comme Mme Murzec, contrairement à l'ordre qu'il vient de donner, se lève déjà, pose son bagage à main sur son fauteuil et enfile une veste de daim, l'Hindou dit à mi-voix avec une discrétion pleine de tact, comme s'il parlait par acquit de conscience sans espoir de convaincre :

— Madame, il me semble que vous vous faites des illusions, si vous pensez que vous pouvez choisir d'aller ou de ne pas aller à Madrapour.

Cette phrase étonnante nous fait à tous dresser l'oreille. Mais la Murzec paraît ne pas l'entendre. Et l'Hindou n'ajoute rien. Avec des gestes lents, précautionneux, il se coiffe de son turban, et chaudement vêtu et même ganté et le revolver toujours au creux de la main gauche, il passe derrière son fauteuil et son assistante debout, à sa droite, et un peu en retrait, il nous regarde avec une expression dans ses yeux noirs et brillants que j'hésite à définir, tant l'ironie s'y mêle à la compassion.

Le charter s'immobilise et, dans le silence qui suit, j'entends, ou je crois entendre, l'escalier de coupée sortir de son ventre pour se mettre en place à l'extérieur devant l'*exit*. A ce moment, les lumières s'éteignent, et une des femmes, Mrs. Boyd, je pense, pousse un cri.

L'obscurité est d'un noir opaque, sans faille aucune, sans le moindre dégradé de gris. Je crois entendre autour de moi une série de frôlements, les paumes de mes mains deviennent humides, et je serre mes bras contre mon corps, comme pour me protéger.

A ce moment-là, la voix de l'Hindou claque derrière mon dos :

— Asseyez-vous, Mr. Chrestopoulos ! Et ne bougez plus. Vous avez failli poignarder Mme Murzec.

A ce moment, toujours derrière moi, le faisceau d'une lampe électrique jaillit, éclairant Chrestopoulos, debout devant son fauteuil, un couteau à cran d'arrêt à la main, et à quelques pas de lui, lui tournant le dos et se dirigeant vraisemblablement vers l'*exit* quand la voix de l'Hindou l'a immobilisée, Mme Murzec. Quant à l'Hindoue, confusément visible dans la marge du faisceau lumineux, elle se tient debout plus loin, à côté de l'*exit,* le sac en skaï pendant au bout du bras.

Chrestopoulos s'assied. Il y a un claquement sec : il vient de refermer son couteau. Le faisceau de la lampe se déplace sur ma droite, éclairant successivement Blavatski, Bouchoix, Pacaud, tous trois figés, puis s'immobilise sur la nuque du Grec. La main gantée de l'Hindou s'avance et sans un mot, le Grec lui tend son couteau refermé.

— Vous imaginez-vous ce qui se serait passé, Mr. Chrestopoulos, dit l'Hindou d'une voix dénuée de toute colère, si nous nous étions mis à tirailler contre vous dans le noir ? Combien de gens auraient été atteints... Et tout cela pour quelques petites bagues.

Il soupire, éteint la lampe électrique, l'obscurité nous recouvre, puis le silence. Je ne sais pas si j'entends la porte s'ouvrir ou si le bruit qu'elle fait se confond avec le souffle de ma respiration. Mais je sens un vent froid s'engouffrer dans l'avion, et je me recroqueville sur mon fauteuil, transi, le souffle coupé par la masse d'air glacé.

— Vous êtes sauvés, dit l'Hindou.

Sa voix grave vibre comme une cloche à l'intérieur de ma tête. Il reprend :

— Vous êtes sauvés. Pour le moment. Mais si j'étais vous, je ne me fierais pas entièrement à la bienveillance du *Sol.* Il n'est pas évident que le sort auquel il vous destine soit très différent de celui que j'avais envisagé pour vous si l'avion n'avait pas atterri. Il se peut, pour être plus clair, que le *Sol,* lui aussi, vous fasse l'un après l'autre disparaître. Après tout, sur terre, c'est bien ainsi que vous mourez, n'est-ce pas ? L'un après l'autre. La seule différence, c'est que les intervalles entre les décès étant un peu plus longs, ils vous donnent l'illusion que vous vivez.

Il fait une pause et reprend :

— Eh bien, gardez cette illusion, si elle diminue un peu votre angoisse. Et surtout, si vous aimez la vie, si vous ne considérez pas comme moi qu'elle est *inacceptable,* n'allez pas gâcher ces brefs moments dans des querelles. N'oubliez pas que, si longue que vous apparaisse votre existence, votre mort, elle, est éternelle.

Je tends l'oreille. Je n'entends aucun bruit de pas. Rien qui indique un départ. Rien, en fait, que nos respirations sifflantes, et les gémissements que le froid polaire nous arrache. Je répète dans ma tête, sans fin, les dernières paroles de l'Hindou, comme le leitmotiv d'un cauchemar. Je ne sais plus si c'est elles qui me paralysent ou le vent glacial, ou l'obscurité inhumaine. Mais l'idée me traverse l'esprit que je suis déjà au tombeau, enfermé dans la nuit et la terre gelée, et chose terrible, capable encore, étant mort, de sentir ma condition.

CHAPITRE VIII

L'*exit* verrouillé, l'impression d'avoir le corps traversé par un courant d'air sibérien cessa, mais non pour autant le froid glacial dont on se sentait pénétré. Au contraire, il parut s'intensifier. On eut l'impression que, loin de se réchauffer, l'avion achevait de perdre toutes ses calories.

C'est néanmoins à ce moment-là — quand la présence de l'Hindou ne se fit plus sentir parmi nous — qu'on osa bouger et qu'on pensa à se couvrir. Cela se fit dans la confusion la plus totale car sans s'être donné le mot, tous se levèrent en même temps, et les bras levés, les gestes gourds, tâtonnèrent à l'aveuglette à la recherche des manteaux.

Peu de paroles échangées, et celles-ci coupées de gémissements que l'air glacé nous arrache. Quelqu'un dans le demi-cercle gauche claque des dents et j'en ressens une vive irritation, comme si, par sa faute, j'allais me mettre à l'imiter.

Les jambes lourdes, la poitrine serrée dans un étau, je retrouve mon siège. Je me relève aussitôt avec l'idée absurde d'aller faire quelques mouvements de gymnastique en classe économique. Mais le rideau à peine soulevé, un froid si intense m'assaille que je reviens en titubant à ma place comme un homme ivre. Emmitouflé comme je le suis — j'ai même mis mon chapeau, tant la sensation de froid encerclant mon crâne est douloureuse —, je ne tire aucun réconfort du gros pardessus que je viens de revêtir. On dirait qu'il a refermé sur moi le froid qui m'habite.

Chose bizarre, je n'arrive ni à me rappeler avoir jamais eu chaud dans ma vie, ni à imaginer que je puisse à nouveau jouir de la tiédeur de l'air. Quand l'électricité reparaît, je pousse moi aussi un ah! de soulagement, mais c'est une réaction aussi peu réfléchie que le papillotement de mes paupières sous l'effet de la lumière. En fait, je ne parviens pas à croire vraiment que l'avion va se réchauffer.

Je regarde l'hôtesse. Elle est, non pas pâle, mais bleue. Elle n'a pas de manteau sur son uniforme, mais une couverture qu'elle a jetée sur ses épaules et qu'elle retire dès que l'électricité revient. Debout, se frottant les mains l'une contre l'autre, elle vacille sur ses jambes et elle dit d'une voix fêlée, à peine audible :

— Je vais faire du café.

Du cercle s'échappent alors des murmures de reconnaissance, mais à peine articulés tant nous économisons nos forces. Et Mrs. Banister dit dans un souffle :

— Je pourrais avoir du thé ?

— Moi aussi, dit Bouchoix d'une voix expirante.

Je le regarde. Affalé sur son fauteuil, tremblant de tous ses membres, le teint cireux, les yeux excavés, il paraît à demi mort.

— Oui, dit l'hôtesse, à qui même ce « oui » paraît coûter.

Et elle se dirige vers le *galley* en chancelant sur ses jambes comme si le froid avait bloqué les articulations du genou.

Dès qu'elle quitte sa place, Pacaud se dresse, traverse d'un pas hésitant le demi-cercle droit, saisit d'une main tremblante la couverture que l'hôtesse a abandonnée sur son fauteuil et sans un mot, avec des gestes mal assurés, la dispose sur les jambes de Bouchoix. Je crois d'abord que Bouchoix ne s'aperçoit de rien, car il ne regarde pas son beau-frère et ne lui dit pas merci. Cependant, au bout d'un moment, je vois sa main squelettique saisir la couverture et la remonter jusqu'à son cou.

J'abandonne mon chapeau sur mon fauteuil et me dresse à mon tour, non sans mal. A ma grande surprise, Blavatski, à ma droite, lève la tête et dit d'une voix faible, mais où perce un ton d'autorité :

— Où allez-vous ?

— Proposer à l'hôtesse de l'aider.

— Elle n'a pas besoin de votre aide.

— Ni moi de vos conseils, merci.

Si bref que soit cet échange, il me fatigue, et c'est la respiration courte et une sensation pénible d'ankylose dans tout le corps, que je gagne en titubant le *galley*. Je trouve l'hôtesse entourant de ses deux mains un pot en métal rempli d'eau, dans lequel elle a plongé une résistance. Elle fait en me voyant un pâle sourire de gratitude, mais elle n'a pas l'air d'être étonnée. Elle frissonne sans arrêt de la tête aux pieds et me dit d'une voix à peine audible pour expliquer ce qu'elle est en train de faire :

— L'eau n'était plus assez chaude.

Je regarde ses doigts fins et longs crispés sur le métal et je dis :

— Il faudra les retirer à temps. Vous pourriez vous brûler sans même vous en apercevoir.

Elle fait oui de la tête et je reprends :

— Il faudrait aussi donner une collation aux passagers. Ils ont besoin de manger pour se réchauffer.

Elle acquiesce de nouveau, et me désignant de la tête une porte derrière nous, elle dit : là, des lèvres, mais sans qu'aucun son ne sorte de sa bouche.

Ce n'est pas un placard, comme je croyais, mais une sorte de chambre froide, et je suis très surpris de la quantité importante de nourriture qu'elle contient : infiniment plus qu'il n'en faut pour nourrir une quinzaine de passagers pendant une quinzaine d'heures.

Je commence du mieux que je peux à préparer les plateaux et à les disposer sur le chariot, l'hôtesse me regardant de ses yeux verts, mais toujours frissonnante, sans parler et sans bouger, les mains collées au pot en métal. Je jette un coup d'œil à l'eau, elle commence à frémir. Je dis hâtivement :

— Enlevez vos mains. Vous allez vous brûler.

Elle n'en fait rien. A part ses yeux vivants et parlants, elle paraît prise dans un bloc de glace et vidée de toute volonté. Je me place derrière elle et saisissant ses deux poignets, je les écarte de force du métal. Il était temps : ses

159

paumes commençaient déjà à rosir. Elle pousse un léger soupir et se laissant aller contre moi, elle renverse la tête en arrière et l'appuie contre mon épaule dans une attitude d'abandon.

Si proche d'elle, mais hors d'état de la désirer, je ne sens que mieux ma tendresse. Je garde ses poignets dans les miens, je l'encercle de mes bras, je ne pense plus qu'à l'avoir là, sans aspirer à rien d'autre, sans cet appétit de l'avenir qui, d'ordinaire, vous gâche le présent. Le cerveau vide ou, en tout cas, avec tout juste assez de conscience pour sentir que je suis heureux, je regarde par-dessus ses cheveux d'or droit devant moi. En fait, je fixe d'un œil vague et pourtant attentif le pot en métal où l'eau commence à bouillir. Dans le flou où se trouve alors mon esprit, j'aperçois une contradiction entre ces bouillonnements et mon propre état d'âme, car je me sens, pour une fois, tout à fait en repos dans la possession du bonheur.

Je ne sais pourquoi, il faut toujours que les meilleurs moments finissent, le plus souvent de notre plein gré, comme si nous étions nos propres ennemis. L'hôtesse ne fait aucun mouvement pour se dégager de mes bras, c'est moi qui m'écarte d'elle. Je verse un peu d'eau bouillante sur du café en poudre dans une tasse, et je lui tends la tasse.

— Non, non, dit-elle d'une voix détimbrée. Je ne vais pas boire la première, avant les voyageurs.

— Buvez donc, dis-je avec autorité. Vous avez besoin de retrouver vos forces, ne serait-ce que pour les servir.

Elle est trop faible pour résister, et, dès qu'elle accepte, je dilue pour moi un peu de poudre de café dans l'eau bouillante. Côte à côte, nos hanches se touchant et nos visages tournés l'un vers l'autre, nous buvons, sans un mot, à petites gorgées, les deux mains enserrant avec délices la grosse tasse brûlante.

L'air conditionné a dû se remettre en marche, car je sens un courant tiède sur le sommet de la tête. J'ai mis trois morceaux de sucre dans ma tasse, et j'aspire le liquide chaud et sucré par un mince filet entre mes dents. En même temps, les yeux par-dessus le bord de la tasse, je regarde l'hôtesse et ses insondables yeux verts. D'un bout à l'autre

160

de mon corps, j'ai toujours le même élan fou vers elle, et aussi la même interrogation : pourquoi, chez l'hôtesse, tant de confiance et d'abandon envers moi qui suis si laid ? Oh, je ne lui poserai pas la question ! C'est inutile. Je la connais : Dans le vague, l'évasif et la non-réponse, elle est insurpassable.

Je pousse le chariot en première classe et je l'aide à servir. Au fur et à mesure que nous progressons, je m'aperçois avec étonnement qu'en notre absence, la configuration du cercle a subi des changements.

Chrestopoulos s'est installé à l'extrémité du demi-cercle droit, dans le fauteuil laissé libre par l'Hindoue, laissant libre à son tour une place à la droite de Pacaud, que Michou, probablement pour fuir Manzoni, a occupée. Robbie, que ce départ sert au mieux, s'est saisi du fauteuil de Michou sur le flanc gauche de l'Italien, et Mme Edmonde, attachée à Robbie par l'idylle paradoxale dont j'ai touché un mot, s'est décalée d'une place pour le suivre, laissant un fauteuil libre à la gauche de l'hôtesse.

Nous sommes accueillis partout avec gratitude, sauf par Mrs. Banister, qui me dit d'un ton hautain :

— Vous avez été promu aux fonctions de steward, Mr. Sergius ?

Je ne sais que penser de cette attaque et sauf par un coup d'œil sans aménité, je n'y réponds pas. Mais Robbie prend les armes, pas tellement pour moi que contre mon assaillante. Il se penche en avant et sur sa droite pour voir Mrs. Banister et dit :

— Je pensais que ce genre de remarque avait disparu avec le départ de Mme Murzec.

Et comme Mrs. Banister ne répond pas, il ajoute, avec autant de pénétration que de perfidie :

— Il faudra bien pourtant vous faire à l'idée que les hommes auxquels vous ne vous intéressez pas puissent s'intéresser à quelqu'un d'autre.

Le coup fait mouche.

— J'aime autant que vous sachiez, dit Mrs. Banister, ses longs cils battant furieusement sur ses yeux japonais, que je n'ai jamais rien attendu de vous dans ce domaine.

— N'ayez donc pas l'air si déçu, dit Robbie avec une complète mauvaise foi.

Il secoue ses boucles blondes, rajuste son écharpe orange et jette un coup d'œil de triomphe à Manzoni qui, pendant ce temps, porte haut au-dessus de la mêlée, comme si elle ne le concernait en rien, sa belle tête un peu molle d'empereur romain.

Mme Edmonde pose sur l'avant-bras de Robbie une main inutilement protectrice :

— Ah, laisse tomber, Robbie, dit-elle avec un accent d'une vulgarité à couper au couteau. Tu vois bien le genre de morue que c'est !

Que Mme Edmonde tutoie déjà Robbie avec un air d'affectueuse possession, alors que leurs affinités à tous points de vue sont si peu évidentes, dépasse l'imagination. Je vois que Caramans lui-même a l'air surpris.

Il n'y a pas d'autre échange au cours de la collation, sauf entre Pacaud et Bouchoix, le premier pressant le second de manger, mais sans succès. En fait, c'est à peine si Bouchoix, visiblement épuisé, réussit à boire la moitié de sa tasse de thé, et encore n'y parvient-il qu'avec l'aide de son beau-frère.

Tout en dévorant moi-même avec avidité et, chose étrange, en passant sans transition et sans presque m'en apercevoir des tremblements du froid au bien-être de la chaleur, je regarde les deux hommes. Je croyais jusque-là que leur haine était réciproque. Je me trompais : elle est unilatérale. Et j'admire la mansuétude de Pacaud qui, ses gros yeux exorbités par l'inquiétude, entoure de soins fraternels un homme qui, loin de l'en remercier, continue à le traiter avec une animosité implacable.

J'aide l'hôtesse à replacer les plateaux vides sur le chariot et je la suis dans la cambuse. Dès qu'elle a tiré le rideau qui nous sépare de la première classe, je dis d'une voix hésitante :

— Il y a maintenant en première classe un fauteuil vide à côté du vôtre. Est-ce que vous me permettez de m'y asseoir ?

— Mais bien sûr, si ça vous fait plaisir, dit-elle en me jetant un coup d'œil rapide.

Elle ajoute :

— Je ne pense pas que Mme Edmonde ait l'intention de le reprendre.

Le « si ça vous fait plaisir » est, comme toujours, ambigu. Le ton aussi. On dirait que ses sentiments à elle ne sont pas concernés.

Je décide de pousser plus loin.

— Croyez-vous que je doive demander à Mme Edmonde si elle n'a pas l'intention de retourner plus tard à son fauteuil ?

L'hôtesse secoue la tête.

— Ce n'est pas la peine. Mme Edmonde se sent très bien là où elle est.

Mais elle dit cela sans le sourire et le coup d'œil qui pourraient jeter un pont entre nous. En fait, ses yeux sont baissés et ne rencontrent pas les miens.

Je m'avance davantage.

— Ça ne vous paraît pas un peu indiscret de ma part d'aller m'asseoir à côté de vous ?

Ma question est elle-même indiscrète, mais personne ne pourrait adresser ce reproche à la réponse :

— Mais non, dit-elle d'une voix unie. C'est bien naturel.

Ce « bien naturel » n'est pas bien évident... Je me décide à faire un pas de plus.

— Vous savez, dis-je, je suis étonné de votre gentillesse à mon égard.

— Mais vous-même, dit-elle, et elle laisse sa phrase inachevée.

Veut-elle faire allusion au fait que j'ai, pour omettre le sien, écrit deux fois mon nom sur les bulletins nominaux ? Son attitude à mon égard s'explique-t-elle par la gratitude ? Je ne sais pas. Je ne crois pas. Avant même le tirage au sort, elle était déjà avec moi ce qu'elle est.

En tout cas, elle n'en dira pas plus. L'entretien est terminé — sur une note mineure. Je regarde ses cheveux d'or, ses traits menus et cette jolie, ronde et abondante poitrine soulignée par sa taille mince. L'image même de la douceur. Mais une douceur indéchiffrable.

Je me le tiens pour dit. Je me contente de ce qu'on m'accorde : une étreinte dans le *galley,* un fauteuil à côté d'elle. Mais quant aux paroles, comme toujours, évasive. Ou « *élusive* », comme je préfère dire en anglais. Non, rien qui sente la ruse — le donné et le retenu de la coquetterie. Peut-être a-t-elle seulement le sentiment que son affection pour moi est sans avenir, comme l'est notre condition dans le charter.

Quand on revient en première classe, les voyants lumineux sont allumés et les passagers — je n'emploie pas ce terme sans malaise — sont en train de boucler leurs ceintures. Je m'assieds à côté de l'hôtesse — ce qui donne lieu dans le cercle à quelques échanges de regards, mais à aucune remarque, même de bouche à oreille, même chez les *viudas :* preuve que la punition infligée à Mrs. Banister par Robbie a porté.

Le cercle, qui a pris cet air d'attente, à la fois patient et inquiet, qui précède le décollage, se prépare déjà à vivre un moment nul, sans se souvenir que c'est au cours de l'atterrissage, considéré lui aussi comme un temps mort, qu'a éclaté l'incident violent qui a abouti à l'éviction de la Murzec.

En fait, tant que le charter roule sur la piste cahoteuse dont nous avons déjà éprouvé la rudesse, il ne se passe rien et pas une parole n'est prononcée. Mais, dès qu'il se cabre pour prendre l'air — et j'admire une fois de plus dans cet avion le silence vraiment extraordinaire des moteurs — je sens que nous n'allons pas échapper à une contestation.

Cette fois l'agressivité se déplace du demi-cercle gauche au demi-cercle droit et c'est Blavatski qui attaque, visière du heaume baissée et lance au point.

— Mademoiselle, dit-il à l'hôtesse, ce vol est pour le moins insolite et je crois que le moment est venu de vous poser quelques questions.

— Je suis à votre disposition, monsieur, dit l'hôtesse poliment, mais du bout des lèvres et avec un air de fatigue.

On dirait qu'elle laisse entendre que toutes ces questions et aussi toutes les réponses qu'elle va faire ne déboucheront sur rien.

— Quand avez-vous appris que vous alliez participer à ce vol ?

— Hier, au début de l'après-midi. J'étais la première surprise.

— Pourquoi ?

— J'étais revenue de Hong Kong le matin même, et normalement, j'aurais dû avoir trois jours de repos.

— Comment vous a-t-on contactée ?

— Par téléphone. Chez moi.

— Est-ce que ce genre de contact est habituel ?

— Habituel, non ; mais c'est déjà arrivé.

— Et que vous a-t-on dit ?

— De réceptionner les voyageurs pour Madrapour à 18 heures à Roissy et de les accompagner.

— Eh bien, ça, déjà, c'était peu ordinaire. Une hôtesse d'accueil et une hôtesse navigante, ça fait deux.

— C'est exact, dit l'hôtesse.

— Qui vous a téléphoné ?

— Un directeur.

— Comment s'appelle-t-il ?

— Il a dit son nom, mais je n'ai pas saisi. La communication était très mauvaise.

— Vous ne lui avez pas demandé de répéter ?

— Je n'ai pas eu le temps. Il m'a donné ses instructions et il a raccroché.

— Et quelles étaient ces instructions ?

— Je vous l'ai déjà dit : être à Roissy à 18 heures...

— Ensuite ?

— Monter à bord cinq minutes avant le décollage.

— Est-ce normal pour une hôtesse de monter à bord si tardivement ?

— Non. D'habitude, nous sommes là une bonne heure avant les passagers pour tout préparer.

— Vous a-t-on dit de ne pas pénétrer dans le poste de pilotage ?

— Non.

— Alors, pourquoi ne l'avez-vous pas fait ?

Calme et cependant tendue, les deux mains sagement croisées sur ses genoux, mais la respiration par moments oppressée, l'hôtesse, bien que ses réponses soient toutes très plausibles, ne paraît pas très à l'aise. Mais peut-être cela est-il dû au ton agressif et soupçonneux de Blavatski. Après tout, le fait est bien connu : quand on traite les gens en coupables, au bout d'un moment, ils se sentent coupables.

L'hôtesse dit d'une voix atone, et comme si elle n'espérait pas convaincre son interlocuteur :

— J'estime qu'une hôtesse n'a pas à entrer dans le poste de pilotage, à moins d'y être appelée. Surtout quand elle ne connaît pas le commandant de bord.

— Et l'annonce ? dit Blavatski avec rudesse. Qui vous a communiqué l'annonce ?

— Personne. Je l'ai trouvée dans le *galley*.

— Qu'est-ce que vous entendez par le *galley* ? dit Caramans.

— La cambuse, dis-je. Les hôtesses françaises emploient le mot anglais.

— Ah, dit Caramans en faisant sa moue.

— Et cette annonce ne vous a pas frappée comme très incomplète ? reprend Blavatski, en montrant de l'impatience d'avoir été interrompu.

— Si.

— Et vous n'avez pas pensé à demander au commandant de bord de la compléter ?

— Je n'aurais pas fait ça de mon propre chef, dit l'hôtesse avec lassitude. J'aurais eu l'air de le critiquer.

Il y a un silence, et dans le silence Robbie se met à rire. Tous les yeux convergent vers lui et il dit :

— Excusez-moi, Mr. Blavatski, mais tout ceci est si absurde, si américain...

— Si américain ? dit Blavatski en fronçant les sourcils.

— Ne vous fâchez pas, je vous prie, dit Robbie, une petite lueur moqueuse dansant dans ses yeux vifs, mais une chose me frappe : vous êtes jusqu'au cou dans les stéréotypes américains, et vous ne vous en apercevez même pas !

— Et qu'est-ce qu'il y a d'américain, là-dedans ? dit Blavatski avec sécheresse.

— Mais tout ! dit Robbie avec gaîté. L'enquête ! La

cross-examination, la *detective story!* Rien ne manque ! Mais voyons, c'est... comique ! poursuit-il en riant. Il ne s'agit pas de cela du tout ! Vous considérez cette histoire à un niveau qui n'est absolument pas le sien ! Dans un moment, vous allez nous dire que l'Hindou était un gangster !

— Et qu'était-il donc ?

— Je n'en sais rien. En tout cas, pas un gangster.

— Il nous a quand même dépouillés ! dit Chrestopoulos avec indignation.

— Ça, dit Robbie, c'était une farce, ou une leçon. Peut-être les deux.

— Une farce ! crie Chrestopoulos, très soutenu, pour une fois, par les *viudas.* Une farce pour vous, peut-être !

Robbie rit à nouveau, mais, comme il ne poursuit pas, je décide de prendre le relais. Je me tourne vers Blavatski.

— Je trouve, moi aussi, passablement déplacé l'interrogatoire policier que vous faites subir à l'hôtesse. Vous avez l'air de la traiter en suspecte, voire en coupable.

— Mais pas du tout ! s'écrie Blavatski.

— Un peu, si, dit Caramans avec un air de fausse modération. Je n'irai pas jusqu'à dire qu'il y a quelque chose de policier dans vos questions, mais le ton inquisiteur dont vous usez n'est pas très agréable.

— L'hôtesse est très défendue par les messieurs, dit Mrs. Banister avec acidité, moins pour venir au secours de Blavatski que pour donner un avertissement à Manzoni.

Les regards de l'Italien s'attachent, en effet, depuis le début de l'interrogatoire, à l'hôtesse avec une insistance dont Mrs. Banister n'est pas la seule à s'irriter.

Là-dessus, il y a un silence. Blavatski se ramasse sur lui-même et dit sans aucun ménagement et en exagérant son accent traînant :

— Eh bien, que cela vous plaise ou non, je vais continuer mes questions. Cela vous est peut-être égal de ne rien comprendre et de baigner dans le mystère, mais moi, j'ai le souci de clarifier la situation. Mademoiselle, poursuit-il, mais sur un ton malgré tout plus courtois, encore quelques questions, s'il vous plaît : qui vous a demandé de recueillir, en plus des passeports, le numéraire et les chèques de voyage des passagers ?

— La personne qui m'a parlé au téléphone.

— C'est un procédé très inhabituel. Je dirais même choquant. Vous n'avez pas posé de questions ?

— Je l'ai déjà dit, répond l'hôtesse avec lassitude. Je n'ai pas eu le temps. Il a raccroché.

— Vous auriez dû retéléphoner.

— Retéléphoner à qui ? Je ne savais pas son nom.

Il y a un silence et Blavatski reprend :

— Je voudrais revenir sur l'annonce. Vous faites votre annonce, Mme Murzec la trouve incomplète et insiste auprès de vous pour que vous la complétiez auprès du commandant de bord. Vous entrez alors dans le poste de pilotage et vous constatez qu'il est vide. Bien sûr, pour vous, c'est un choc ?

— Bien sûr, dit l'hôtesse, mais sans développer.

— Et cependant, quand vous revenez en première classe, vous vous taisez. Pourquoi ?

Je dis avec irritation :

— Vous ne clarifiez rien du tout, Blavatski. Vous piétinez. Mme Murzec a déjà posé cette question à l'hôtesse et elle y a déjà répondu.

— Eh bien, laissez-la répéter sa réponse.

— Mon rôle, dit l'hôtesse, n'est pas d'inquiéter les passagers. Il consiste au contraire à les rassurer.

— Telle est en effet votre motivation professionnelle. En avez-vous une autre ?

— Quelle autre pourrais-je avoir ? dit l'hôtesse avec plus de vivacité que je n'aurais attendu. Après tout, l'avion volait, il avait décollé sans équipage. Il pouvait donc atterrir. Pourquoi affoler les passagers ?

— Passons à un autre point, dit Blavatski, avec une petite lueur au fond de son œil. Après nous avoir dépouillés de nos montres et de nos bijoux, l'Hindou vous a fait fouiller par son assistante. Pourquoi vous seule ? Pourquoi pas les autres ?

Je vois l'hôtesse pâlir et je vole à son secours.

— Mais c'est à l'Hindou qu'il aurait fallu poser cette question !

— Mais taisez-vous donc, Sergius ! crie Blavatski en levant en l'air avec colère ses bras courts boudinés. Vous brouillez tout avec vos interventions idiotes !

— Je ne permets à personne de me parler ainsi ! C'est vous, l'idiot, dis-je en débouclant ma ceinture et en me levant à moitié.

Caramans doit avoir l'impression que je vais me jeter sur Blavatski, car il se penche, les deux mains en avant, et dit d'une voix hâtive :

— Messieurs ! Messieurs ! Si nous essayions de dépassionner le débat !

L'hôtesse, au même moment, me saisit la main gauche, sans un mot, et me tire vivement en arrière. Je me rassieds.

— Il me semble, dit Caramans, la lèvre active et le sourcil relevé, et très ravi de jouer les arbitres entre deux « Anglo-Saxons », que Mr. Blavatski ne devrait pas se laisser emporter par son tempérament, et que Mr. Sergius, de son côté...

— Si Mr. Blavatski reconnaît l'avoir employé le premier, dis-je d'un ton pincé, je suis prêt à retirer le mot « idiot ».

— Ça va comme ça, mon vieux, dit Blavatski avec un toupet infernal, et exactement sur le ton d'un homme qui vient de recevoir des excuses : de mon côté, je ne vous en veux pas du tout.

— Eh bien, dans ce cas, je ne retire rien, dis-je, furieux, et sans la moindre ambition d'être drôle.

Mais le cercle prend ça pour de l'humour, et il y a un rire général, auquel Blavatski, avec une bonhomie vraie ou fausse, se joint. Je consens à mon tour à sourire, et là-dessus, l'incident s'éteint.

— Je dois dire, cependant, dit Caramans en se distribuant aussitôt avec alacrité dans le rôle du juge, que la question de Mr. Blavatski me paraît très pertinente. Mademoiselle, seriez-vous disposée à y répondre ? Il s'agit de savoir pour quelle raison vous avez été la seule d'entre nous à avoir été fouillée par les Hindous.

— Mais je n'ai jamais refusé de répondre, dit l'hôtesse

d'une voix douce. C'est plutôt que j'ai été surprise par la tournure que Mr. Blavatski a donnée à sa question. A entendre Mr. Blavatski, j'aurais dû savoir à l'avance la raison pour laquelle l'Hindou n'avait fait fouiller que moi.

— A l'avance, non, dit Caramans. Mais après ?

— Après, oui, naturellement, j'ai compris pourquoi il m'avait fait fouiller.

— Eh bien, dit Caramans avec un air de courtoisie méticuleuse, qui, s'agissant de l'hôtesse, m'agace presque autant que l'agressivité de Blavatski, ne voulez-vous pas nous dire, mademoiselle, ce que vous avez compris ?

— Mais c'est là justement la difficulté, dit l'hôtesse d'une voix anxieuse. Je ne sais pas si je dois le dire.

Caramans lève les sourcils.

— Pourquoi ? dit-il avec une petite aspérité dans la voix.

Tous les regards convergent alors vers l'hôtesse. Les mains croisées sur ses genoux, la tête haute, ses yeux verts fixés sans ciller sur Caramans, elle paraît calme, mais moi qui suis assis à côté d'elle, je peux voir ses narines palpiter.

— Si je le dis, reprend-elle, cela risque d'amener une découverte qui agitera beaucoup les... (je crois qu'elle va dire les « passagers », mot qui maintenant me fait froid dans le dos, mais après une hésitation elle préfère « voyageurs »).

Il y a un rire à la fois perlé et flûté : Mrs. Banister se rappelle à notre attention. Je ne sais comment ce rire peut prendre une modulation aussi précieuse, mais peut-être lui suffit-il pour cela de passer à travers ce long cou préraphaélite.

— Il me semble, mademoiselle, dit-elle en prenant une pose élégante et en paraissant mettre une distance immense entre l'hôtesse et elle, que vous exagérez beaucoup les soins que vous nous devez. Nous n'avons besoin ni d'une maman ni d'un mentor : tout au plus, d'une serveuse.

Je suis content de la réaction de l'hôtesse : pas un regard et pas un mot. Quant à Caramans, il a cet air de ne pas avoir écouté qui est une des impertinences voilées des diplomates.

— Mademoiselle, dit-il, vous en avez dit trop, ou trop

peu. Et maintenant, il n'y a plus à reculer, vous devez nous expliquer les faits.

— Eh bien, dit l'hôtesse avec un soupir, quand l'assistante m'a fouillée, elle m'a pris ma petite lampe électrique.

— La lampe dont l'Hindou s'est servi dans l'obscurité pour éclairer les... initiatives de Mr. Chrestopoulos ?

— Oui.

— Est-ce tout ?

L'hôtesse reste silencieuse.

— Est-ce tout ? répète Caramans.

— Non. Il m'a pris aussi la clef.

— Quelle clef ? rugit Blavatski avant que Caramans ait eu le temps d'ouvrir la bouche.

— La clef qui ferme le placard où j'avais enfermé les passeports et le numéraire...

— Nom de Dieu ! s'écrie Blavatski en débouchant sa ceinture et en se mettant sur pied avec une agilité surprenante. Venez, mademoiselle, venez ! Vous allez me montrer lequel !

Il se précipite vers le *galley,* suivi de l'hôtesse. Deux secondes plus tard, sa grosse main dodue écarte le rideau. Il réapparaît, l'éclat de la lumière frappant d'abord ses lunettes. Il nous fait face et nous dit d'un air sombre où perce pourtant le plaisir d'avoir marqué un point décisif :

— Le placard est vide. Ils ont tout emporté.

Le désarroi de tous est alors porté à son comble. Il y a des exclamations furieuses, des plaintes et en même temps beaucoup de confusion, car les transparents lumineux s'étant éteints et la température atteignant de nouveau un niveau normal, le désespoir et la colère échauffent tant les voyageurs qu'ils entreprennent d'ôter leurs manteaux. Par un effet de contagion, ils font cela tous en même temps et sans cesser pour autant leurs récriminations. Il y a alors dans le cercle une agitation incroyable, ponctuée de jurons et de remarques en plusieurs langues, et même, çà et là, de quelques disputes puériles sur la place respective des manteaux. Ces frictions qui, dans les heures qui suivent devaient se multiplier, sont évidemment le fruit de la fatigue, de l'insomnie, des variations extrêmes de température, et des épreuves morales, dont la dernière en date n'est pas la pire, mais qui est d'autant plus durement ressentie qu'elle vient après toutes les autres.

Pour moi, je me sens plus atterré par la perte de mon passeport, de mon numéraire et de mes chèques, que je n'aurais dû l'être raisonnablement. Car après tout, un passeport peut se refaire et je n'ai pas emporté sur moi une grosse somme. Comment expliquer alors qu'en perdant mes chèques de voyage et mes dix billets de cent francs français, j'ai le sentiment d'être dépouillé de mes biens ? Et comment expliquer surtout l'impression que je ressens — désolante et traumatisante à l'extrême — qu'en perdant mon passeport, j'ai perdu mon identité ?

Je ne m'explique pas cet état d'esprit. Je le constate. Et après tout, il n'est pas absurde, car à partir du moment où vous ne pouvez plus prouver aux autres qui vous êtes, vous devenez une unité parmi des millions d'autres. Anonymat qui, je ne sais pourquoi, vous rapproche vertigineusement de la mort, comme si vous étiez déjà semblable à tous ces défunts des vieux cimetières, dont les noms sur les pierres ont été effacés.

Pendant que je me fais ces réflexions, je note qu'il y a dans la direction du *galley* (comme dit l'hôtesse) un défilé absurde de gens qui vont constater de visu, après Blavatski, que le placard en question est bien vide et que nos passeports et notre argent ne se sont pas égarés ailleurs. Les plus acharnés dans cette recherche sont Chrestopoulos et Mme Edmonde qui, rouges de colère et de ressentiment, fouillent dans tous les coins et recoins de la petite cuisine. Je les entends parler entre eux continuellement à voix basse. Je ne saisis pas ce qu'ils disent, mais leur rage, après ces conciliabules, paraît atteindre un paroxysme : de retour à leur place, ils jettent à l'hôtesse de méchants regards, Chrestopoulos grommelant en grec dans son épaisse moustache noire, et Mme Edmonde éclatant tout d'un coup en invectives dont je ne fais ici que résumer la conclusion :

— Espèce de sale petite garce ! crie-t-elle dans son accent

grasseyant. Tu le savais dès le début, qu'ils nous avaient tout piqué !

— Dès le début de quoi ? dit Robbie en posant sa main fine sur le bras robuste de Mme Edmonde, tandis que je tourne vers elle des regards furieux.

Mais ma hure lui fait moins d'effet que l'intervention de Robbie vers qui, arrêtée net dans ses imprécations, elle tourne des yeux fascinés.

— Un instant ! Un instant ! dit aussitôt Blavatski, qui, ayant repris les choses en main, n'entend pas s'en dessaisir. Ce n'est pas le moment de nous énerver ! Nous allons procéder par ordre. Mademoiselle, quand l'Hindoue vous a pris la clef, a-t-elle ouvert devant vous le placard où vous aviez enfermé les passeports et le numéraire ?

— Non, dit l'hôtesse avec lassitude.

— Mais vous avez compris qu'elle allait le faire dès qu'elle vous aurait renvoyée à votre place ?

— Je l'ai pensé, oui, dit l'hôtesse. Sans cela, pourquoi aurait-elle pris la clef ?

Les mains croisées sur ses genoux, elle répond d'une voix claire, polie, mais, en même temps, elle témoigne d'un certain détachement, comme si elle trouvait éminemment futiles les questions qu'on lui pose.

— Vous avez donc conclu, en regagnant votre place, que l'Hindoue allait tout rafler ?

— Oui, c'est ce que j'ai conclu, dit l'hôtesse.

— Et cependant, vous n'avez rien dit ! dit Blavatski d'un ton accusateur.

L'hôtesse hausse légèrement les épaules, puis elle dénoue ses deux mains sur ses genoux, et les ouvre comme si elle offrait une évidence :

— A quoi cela aurait-il servi de vous prévenir ? Ils étaient armés.

Les yeux de Blavatski clignent derrière ses lunettes.

— Et après le départ de l'Hindou, vous n'avez pas pensé à vérifier le contenu du placard ?

— Non, dit l'hôtesse.

— Vous n'êtes pas curieuse, dit Blavatski d'un ton décisif.

L'hôtesse le regarde paisiblement de ses yeux verts.

— Mais c'est parce qu'à ce moment-là, je savais que le placard était vide.

— Ah, vous le saviez ! s'écrie Blavatski d'un air de triomphe, comme s'il l'avait fait tomber dans un piège. Et comment le saviez-vous ?

— Quand l'Hindoue est ressortie du *galley*, son sac en skaï était gonflé à craquer.

Il y a un silence, et Blavatski dit :

— Eh bien, les Hindous foutent le camp. Alors ? Pourquoi ne pas nous dire à ce moment-là qu'ils ont vidé le placard ?

L'hôtesse est un long moment avant de répondre et quand enfin elle s'y décide, elle le fait d'une manière que je trouve moi-même déconcertante.

— J'aurais pu, dit-elle. Mais cela aurait beaucoup agité les passagers, et ce n'était pas très important.

Il y a un tollé et Chrestopoulos s'écrie :

— Eh bien, qu'est-ce qu'il vous faut !

— Un instant ! s'écrie Blavatski d'un ton autoritaire. Mademoiselle, poursuit-il l'œil fulgurant derrière ses grosses lunettes, c'est parfaitement scandaleux ! Cet argent et ces passeports, c'est vous qui les aviez collectés et c'est vous qui en aviez la garde. Et vous venez de dire que leur disparition ne vous paraît pas « très importante » ?

— Je veux dire qu'à cet instant, il y avait quelque chose qui m'inquiétait davantage.

— Quoi ?

L'hôtesse hésite, puis son visage se ferme et elle dit d'une voix résolue :

— Je n'ai pas à le dire. Ce n'est pas mon rôle de répandre l'inquiétude parmi les passagers.

Là aussi, il y a des protestations, et Mme Edmonde s'écrie :

— C'est trop facile !

Blavatski lève la main et dit d'une voix claironnante :

— Mademoiselle, pouvez-vous apporter la preuve que l'ordre vous a bien été donné à Paris de collecter les passeports et le numéraire des passagers ?

174

— Comment, la preuve ? dit l'hôtesse. On m'a donné ces instructions par téléphone.

— Justement ! dit Blavatski victorieusement. Rien ne prouve que vous les avez reçues.

Je dis d'une voix tremblante de colère :

— Rien ne prouve non plus que l'hôtesse les ait inventées. Je vous rappelle un axiome de Droit, Blavatski. Ce n'est pas à l'hôtesse de prouver son innocence, c'est à vous de prouver sa complicité.

— Mais je n'ai jamais prétendu…, commence Blavatski.

Je le coupe.

— Mais si ! De toute évidence ! Mme Murzec ne vous suffit pas ! Vous avez fait choix d'un autre bouc émissaire et vous essayez de constituer l'hôtesse en coupable.

Robbie sourit.

— Sergius a raison, Blavatski, même s'il a ses raisons à lui de défendre l'innocence. Je vous le répète, tout ceci est absurde, vous menez une pseudo-enquête ! Il y a pourtant un fait qui réduit à néant vos petites idées sur la complicité de l'hôtesse ! Elle est là. Elle n'a pas suivi l'Hindou. Elle est avec nous, embarquée dans le même bateau et soumise au même destin.

Il prononce « destin » avec un accent de fatalisme résigné que le mot français, bien rarement, appelle et qui aurait semblé plus naturel s'il avait dit « *Schicksal* » dans sa propre langue. Malgré ce petit décalage entre son intonation et le mot, sa phrase fait sur tous un effet plutôt glaçant, même, je crois, sur Blavatski qui doit bien se rendre compte de la fragilité des données sur lesquelles il mène son « enquête ».

Caramans fait alors une remarque très caractéristique, et non pas exactement malheureuse, car ce qu'il dit n'est pas faux, mais tout à fait à côté de la véritable question.

— Mr. Blavatski, dit-il en relevant sa lèvre, je voudrais attirer votre attention sur le fait suivant : rien ne vous habilite à jouer les juges d'instruction à l'égard d'une Française dans un avion français. Et rien ne vous autorise non plus à assumer ici de votre propre autorité un *leadership* que personne ne vous reconnaît.

175

— J'ai le droit comme tout le monde de poser des questions ! dit Blavatski l'œil étincelant de colère mais se contrôlant admirablement et réussissant même à assumer une sorte de bonhomie.

— Vous avez ce droit, mais vous en abusez, dit Caramans, heureux de régler de vieux comptes, mais sans le laisser non plus trop paraître. Je vous le dis amicalement, Mr. Blavatski, vous souffrez d'une maladie bien américaine : l'interventionnisme.

— C'est-à-dire ?

— Eh bien, vous intervenez sans arrêt. Comme la CIA. Et comme elle, d'ailleurs, à tort et à travers. Exemple : vous faites un coup à Athènes et vous y installez les colonels. Et puis, quelques années plus tard, vous faites un coup à Chypre. Résultat : colère à Athènes et vos colonels grecs sont vidés. Votre deuxième coup a annulé le premier.

— A quoi riment ces stupides considérations ? s'écrie Blavatski avec rudesse. Je n'ai rien à voir avec Chypre, ni avec Athènes !

— Et vous n'avez rien à voir avec nous non plus, dit Caramans en pinçant les lèvres.

Et il se tait d'un air distant et gourmé, comme un chat qui décide de s'isoler du monde en enveloppant ses pattes de sa queue.

— Tout cela ne nous mène nulle part ! s'écrie Blavatski en rebondissant de plus belle, et plus agressif que jamais. Revenons à l'hôtesse, puisque c'est là la véritable question. Je n'affirme pas qu'elle est complice de l'Hindou. Cependant, si elle l'était...

— Mais vous n'avez même pas le droit d'examiner en public ce genre d'hypothèse ! dis-je avec colère. Vous jetez le soupçon sur l'hôtesse et vous lui faites le plus grand tort !

— Mr. Sergius, dit alors l'hôtesse, la voix calme et les yeux sereins, je ne me sens aucunement atteinte par ces suppositions. Laissez Mr. Blavatski imaginer qu'il exerce encore sa profession, puisque cela lui fait plaisir.

Bien que l'hôtesse ne mette aucune perfidie dans sa remarque, elle fait beaucoup plus d'effet sur Blavatski que mes protestations. Il cille derrière ses gros verres et, quand il reprend son attaque, c'est sans beaucoup d'élan et, semble-t-il, par l'effet de la vitesse acquise.

— Admettons, dit-il d'une voix terne, que l'hôtesse soit complice de l'Hindou. Elle est ici, c'est vrai. Mais qui l'empêche, arrivée à destination, de retrouver l'Hindou pour avoir sa part du butin ?

Comme s'il entendait une énormité du plus franc comique, Robbie se met alors à rire aux éclats et tous les yeux se tournent vers lui.

De toute façon, il attire le regard, ne serait-ce que par sa vêture. Son pantalon vert pâle, sa chemise bleu azur et son foulard orange font de lui sans contredit l'élément le plus coloré du cercle. Et ses mimiques, surtout quand il s'amuse, ont quelque chose de paroxystique qui retient l'attention. Il ne se contente pas de rire. Il se tortille et se trémousse sur son fauteuil, ses jambes interminables emmêlées l'une dans l'autre, et ses doigts longs et fuselés comprimant ses joues, comme s'il avait peur que sa tête éclate au summum de son ébaudissement. Il n'arrive d'ailleurs pas à parler, tant il est secoué par ses rires qui fusent par saccades sur des notes très aiguës, bien que parfois il tente de les retenir en appliquant sa main devant sa bouche comme une écolière. Cependant, quand il réussit à retrouver sa voix, il s'exprime avec le plus grand sérieux :

— Voyons, Blavatski, dit-il, les larmes de gaîté brillant encore dans ses yeux vifs. Vous êtes pourtant un homme très intelligent. Comment pouvez-vous dire une chose pareille ! Vous n'avez donc pas écouté ? Pour l'Hindou, qui est bouddhiste, la vie est une chose absolument inacceptable. Vous comprenez, Blavatski ? *in-acceptable*. En quittant l'avion, vous l'avez entendu comme moi, il est sorti à jamais de *la roue du temps* où nous sommes tous ici cloués, Et il est évident — même pour un enfant, c'est évident ! — que l'Hindou a quitté le monde qui est le nôtre, et que nous ne le reverrons jamais plus ! Ni lui, ni le sac en skaï !

— Pourquoi l'a-t-il emporté, dans ce cas ? rugit Chrestopoulos.

— Pas pour s'enrichir, bien sûr, dit Robbie. Mais pour nous dépouiller !

— Exactement, dit Chrestopoulos c'est bien ce que j'ai dit ! Il nous a dépouillés !

— Pardon, coupe Robbie en regardant fixement le Grec et en parlant avec une courtoisie sèche, mais je crois que nous ne donnons pas le même sens au mot « dépouiller ».

Un silence tombe et Blavatski, levant les bras, s'écrie avec véhémence :

— *La roue du temps !* Vous n'allez pas me dire que vous prenez au sérieux toutes ces...

Je crois qu'il va dire le mot qui dans son esprit s'impose, mais la présence des *viudas* doit le retenir, car il dit seulement « foutaises », expression qui paraît faible, étant donné l'énergie de sa protestation. A en juger d'ailleurs par les murmures qui l'approuvent, il fait dans le cercle la quasi-unanimité. L'interprétation de Robbie ne paraît recueillir aucun suffrage, sauf peut-être le mien parce qu'il innocente l'hôtesse en totalité.

Mais de ce côté-là, je suis tout à fait rassuré. Il est bien vrai que l'hôtesse, à voir les choses de sang-froid (ce qui m'est presque impossible, surtout depuis que je suis assis auprès d'elle), a pu prêter le flanc aux soupçons par ses silences, l'ambiguïté de son attitude et le caractère déconcertant de certaines de ses réponses. Mais finalement, on s'en est pris à elle comme on s'en prend à un fonctionnaire du fisc quand on paye trop d'impôts : ce n'est pas elle, c'est ce qui est derrière elle qu'on met en cause. En fait, personne dans le cercle ne croit vraiment à sa culpabilité. Pas même Blavatski. Pour lui, la « complicité » de l'hôtesse, comme l'hôtesse l'a si bien deviné, n'a été qu'une hypothèse séduisante qui lui a permis de retomber dans ses catégories familières, en même temps qu'une tentative presque désespérée pour expliquer l'inexplicable.

La preuve, c'est qu'après l'intervention de Robbie, qu'il a pourtant rejetée avec mépris, Blavatski se tait, renonçant tacitement à voir dans l'événement un « complot » où il pourrait impliquer l'hôtesse. A ses yeux, aux yeux de tous, je crois, y compris Mme Edmonde, cette fausse piste se perd dans les sables.

Il s'ensuit un silence qui dure quelques instants parce que personne n'a intérêt à le rompre. Moi, parce que je suis assis à côté de l'hôtesse. Caramans, parce que l'effacement de Blavatski lui donne satisfaction. Pacaud, parce qu'il est pris entre l'inquiétude que lui donne l'état de santé de Bouchoix et la présence, sur sa droite, de Michou qui, avec un abandon filial, a posé sa main sur la sienne. Mrs. Boyd, parce que le « cauchemar » fini, elle peut penser à ses aises retrouvées. Et Mrs. Banister parce que, sans jamais le regarder, elle ne voit que Manzoni.

Ce qui rompt le silence, c'est justement la difficulté qu'éprouve Manzoni à jouer le rôle où il a été distribué. Il devrait ne s'occuper que de Mrs. Banister, mais l'interrogatoire fini, il n'a d'yeux, de nouveau, que pour Michou. Dès l'instant où la jeune fille l'a quitté pour Pacaud, elle a cessé d'être un numéro dans une série, pour devenir pour lui un incompréhensible échec. Car enfin, Pacaud, avec son crâne chauve, ses gros yeux saillants, son petit bedon et son complet informe, ne devrait pas inspirer à Michou tant de tendresse, en particulier après les révélations de Mme Edmonde sur ses habitudes. Et pourtant, l'oiselle a volé se mettre sous l'aile du gros oiseau déplumé, comme pour demander protection, contre lui, Manzoni, qui lui a pourtant prodigué ses meilleures consolations à l'article de la mort.

Ici, n'aimant pas les hommes beaux, comme je l'ai dit, j'oublie l'angoisse du moment et je m'amuse un peu. Manzoni est si démoralisé par l'ingratitude de Michou qu'il ne prend même pas garde aux regards en coups de rasoir que lui lancent de côté les yeux japonais de Mrs. Banister. Avec un peu d'imagination, pourtant, on pourrait presque voir les estafilades zébrer son profil droit et le sang perler peu à peu sur ses joues.

Le malheureux ne sent rien. Il ne sait pas quels terribles arriérés de ressentiment s'accumulent sur son flanc, et quelle note il va avoir à payer quand enfin il se décidera à tourner ses hommages vers les collines où, dès le début, on les attendait.

De ce côté, on est en plein pot au noir. L'ouragan dévaste le paysage intérieur de Mrs. Banister, il déracine les arbres comme des carottes, écroule les toitures, écrase Michou, en passant, sur l'asphalte. Quand on pense à toutes les supériorités que Mrs. Banister, née de Boitel, détient sur cette lamentable Michou, plate comme une limande, vautrée, jetée, sans culture et sans consistance : pas seulement la naissance, l'élégance, la connaissance du monde, mais un corps magnifique, inattaqué par les ans, des fesses qui sont des fesses et non un petit quelque chose d'osseux pour s'asseoir, des seins qui sont des seins et non des petits sacs vides et pendants, enfin un ventre doux et suave comme le coussin du monde et non cette collection maigrichonne d'organes constipés...

Tandis que le couteau de Mrs. Banister pique de sa pointe cette épluchure de fille et la jette à la poubelle, l'hôtesse me quitte pour aller ranger le *galley,* son absence me laissant dans un désert insupportable, mais me redonnant en même temps des yeux pour voir mes vis-à-vis.

J'aperçois du premier coup d'œil que nous vivons nos dernières minutes de silence. Mrs. Banister, le visage impassible mais les doigts légèrement crispés sur sa jupe, darde des yeux cruels de samouraï non seulement sur Manzoni mais sur tous les hommes présents, puisqu'ils devraient être comme lui à genoux, au bas de son trône en train de lécher ses pieds adorables.

J'admire tant de passion concentrée sur un point unique. J'admire aussi la mienne, profitant pour être lucide de ce que l'hôtesse n'est pas là. A bien voir, c'est tout simplement incroyable. Nous sommes tous occupés en ce moment de nos amours et de nos petites histoires. Caramans, un dossier-prétexte ouvert devant lui, feint de repenser à son pétrole et à ses ventes d'armes ; Pacaud rêve à son bois de déroulage et à Michou ; Chrestopoulos et Blavatski, à la drogue ; Mrs. Boyd, à l'hôtel quatre étoiles : tous, unanimes à oublier que nous ne savons pas qui dirige cet avion, quelle destination est la sienne, ni même s'il en a une.

Mrs. Banister, elle, n'a pas besoin de faire tant d'efforts pour s'abstraire de la situation. Elle est tout à l'outrage que ses manants lui ont fait en la négligeant. Et, au moment où j'entends le rideau du *galley* s'ouvrir et retomber derrière moi, attendant sans oser me retourner que l'hôtesse revienne prendre sa place dans son fauteuil, à cette seconde même, ployant sur le côté son long cou élégant, et faisant de petits mouvements de torse pour faire valoir sa poitrine, Mrs. Banister dit d'une voix acerbe sans regarder Manzoni :

— Puisque je suis entourée d'hommes si attentifs et si intelligents, je voudrais leur poser une question : comment expliquent-ils le froid glacial dans l'avion quand l'Hindou et sa compagne sont descendus ?

J'entends à côté de moi l'hôtesse reprendre son souffle. Puis le rythme de sa respiration change et, en lui jetant un coup d'œil de côté, je vois que la question de Mrs. Banister lui donne de l'appréhension et qu'elle craint de voir une discussion s'engager sur ce point. Mais à vrai dire, aucun homme (Mrs. Banister ne s'est adressée qu'à eux) ne songe à répondre, l'agressivité spécifique de l'intéressée étant si évidente. Il est clair, d'ailleurs, que Mrs. Banister n'attend pas de réponse ; elle n'a vraiment posé une question, elle a lancé un défi — avec la première idée qui lui est venue à l'esprit — aux hommes qui l' « entourent » : expression révélatrice, car Mrs. Banister s'exprime comme si elle était assise au centre du cercle et nous, autour d'elle, alors que son fauteuil se situe sur le même plan que les nôtres.

Le premier à réagir, mais il le fait sans parler, c'est Caramans qui, ne voulant ni vraiment s'engager, ni laisser deux fois sans réponse la fille du duc de Boitel, a un sourire d'homme du monde, et élevant les sourcils, regarde Manzoni avec un air de courtoise complicité.

Ce rappel à ses devoirs laisse Manzoni insensible. Il s'est replongé dans sa stupeur, et regarde fixement la petite main fine de Michou que Pacaud tient dans sa grosse patte velue. Certes, il n'y a pas la moindre équivoque, ce n'est que tendresse, mais une tendresse qu'on lui vole, à lui, Manzoni, et peut-être la première à lui faire défaut depuis qu'une mère idolâtre l'a bercé contre sa poitrine.

Là-dessus, Pacaud répond à Mrs. Banister, mais d'une

manière peu satisfaisante pour elle, ne serait-ce que parce qu'il soulève un point qui éloigne d'elle l'attention.

— C'est vrai, dit-il, il faisait un froid épouvantable. Et mon cœur s'est serré quand j'ai vu Mme Murzec partir dans la nuit glacée avec sa petite veste de daim.

Il y a un silence gêné. Preuve que nous avons presque tous eu le même sentiment que Pacaud, mais sans avoir comme lui la franchise de l'exprimer. Cependant, dans les échanges de regards qui suivent, Manzoni, toujours absorbé par l'injustice qui lui est faite, refuse de participer, et Mrs. Banister, faisant retomber sur Pacaud la fureur que lui donne l'indifférence de son voisin, dit d'une voix coupante :

— Si vous avez le cœur si tendre, M. Pacaud, il ne fallait pas menacer Mme Murzec de la « foutre dehors » !

— *My dear !* dit Mrs. Boyd qui vient de se réveiller.

— Mais je n'ai jamais dit ça ! s'écrie Pacaud avec une indignation sincère. Je lui ai conseillé de se retirer en classe économique. C'est Blavatski qui lui a suggéré de quitter l'avion !

— Exact, dit Blavatski, l'œil froid derrière ses lunettes. C'est moi. Mais un peu plus tard, vous avez bel et bien prononcé les paroles que Mrs. Banister a citées.

— Absolument pas ! s'écrie Pacaud avec toute la bonne foi de l'oubli semi-volontaire.

— Mais si ! dit Mrs. Banister. Vous l'avez dit ! A un autre moment, vous l'avez même menacée de lui mettre une paire de claques ! Étrange menace à adresser à une dame !

Mme Edmonde ne peut pas supporter l'air triomphant de Mrs. Banister. Elle dit en se penchant sur sa droite, d'une voix grasseyante :

— La Murzec n'est pas plus une dame que vous.

Mrs. Banister ignore cette remarque, et Robbie dit d'un air sérieux en secouant ses boucles :

— Mais peu importe, au fond, qui a dit quoi ! Nous avons tous poussé à la roue pour qu'elle s'en aille ! Et nous en portons tous la responsabilité !

J'interviens :

— Tous, sauf l'hôtesse.

— C'est vrai, dit Robbie.

— Non, dit l'hôtesse d'un air troublé. Ce n'est pas tout à fait vrai. Je me suis bornée à dire à Mme Murzec qu'elle avait le droit de rester. Je n'ai pas insisté pour qu'elle le fasse.

Ici, Blavatski me surprend. Pourtant, étonné, je ne devrais pas l'être, car Blavatski, en votant avec Pacaud, l'hôtesse et moi pour qu'il y ait un deuxième tirage au sort dont le nom de Michou serait exclu, a déjà montré une certaine aptitude à la compassion. Mais cette qualité, j'ai encore du mal à la lui reconnaître, en raison, peut-être de sa manie inquisitoriale.

Il dit d'une voix sourde :

— Je regrette d'avoir suggéré que Mrs. Murzec quitte l'avion. Pour moi, c'était une façon de faire pression sur elle pour qu'elle se taise ! J'ai été stupéfait qu'elle prenne cela au pied de la lettre ! Car enfin, débarquer seule, dans la nuit, par ce froid, sans savoir même où elle était ! C'est pour moi une décision tout à fait incompréhensible !

Caramans, qui se sent la conscience pure, étant très peu intervenu contre la Murzec, ne suit pas Blavatski dans son autocritique :

— En fait, vous savez, elle avait l'air fasciné par cet Hindou. Elle a pu vouloir le suivre — ici, un petit coup d'œil et une moue en direction de Robbie — et sortir avec lui... de *la roue du temps*.

Cette interprétation n'est pas invraisemblable, mais à ma grande surprise, Robbie ne lui donne pas son appui. Il se tait, l'œil fixé sur Blavatski avec un air d'extrême attention.

— Non, non, dit Blavatski, les yeux invisibles derrière ses gros verres, c'est nous qui l'avons poussé dehors par notre exécration !

Un silence tombe.

— Vous avez raison, Mr. Blavatstki, nous aurions dû la retenir, dit tout d'un coup Mrs. Banister d'un air bénin et d'une petite voix douce. Je ne veux pas dire au moment où elle est partie. Non. Avant. On aurait dû réagir autrement à ses sarcasmes.

Là-dessus, elle pousse un petit soupir.

— *That was difficult, my dear,* dit Mrs. Boyd. *The woman was the limit*[1] *!*

— C'est vrai, dit Mrs. Banister avec un air angélique, et une auréole des plus seyantes autour de ses cheveux noirs.

Elle soupire derechef :

— Mais on n'aurait pas dû entrer dans son jeu et lui rendre coup pour coup. En réalité, il faut bien le dire : nous l'avons aidée à se déchaîner.

Ce discours plein de sensibilité étonne, mais étant donné l'humeur évangélique du cercle à ce moment-là, il produit un certain effet. Et je crois que je m'y serais moi-même laissé prendre, si entre les fentes de ses paupières le regard de geai de Mrs. Banister ne s'était pas glissé du côté de Manzoni pour épier ses réactions.

Soit innocemment, soit volontairement (car elle n'est peut-être pas si simplette qu'elle en a l'air), Mrs. Boyd casse le numéro de son amie en se levant de son fauteuil.

— Je crois, dit-elle avec un petit air mutin, que je vais aller me poudrer le nez.

Elle fait un petit rire puéril, et son sac en croco pendant au bout de son bras droit, elle traverse en trottinant le demi-cercle gauche, soulève le rideau et s'engage en classe économique.

On entend un cri terrifié. Je me précipite, je traverse le cercle, le rideau s'ouvre à nouveau. Mrs. Boyd apparaît, pâle et défaillante, la main gauche pressée contre son cœur. Elle chancelle, je n'ai que le temps de la recevoir dans mes bras. Elle me regarde, l'œil agrandi, et dit d'une voix entrecoupée :

— C'est abominable. Je viens de voir un fantôme.

— Mais non, madame, dis-je avec assurance. Il n'y a pas de fantôme.

— Je l'ai vu comme je vous vois, dit Mrs. Boyd en bégayant.

Mrs. Banister se lève et accourt, ainsi que l'hôtesse.

— Laissez-la, je vais m'occuper d'elle, Mr Sergius, dit Mrs Banister en battant du cil.

1. C'était difficile, ma chère. Cette femme dépassait les bornes !

— Merci, dis-je. Pendant ce temps, je vais voir ce qui l'a effrayée.

Je soulève le rideau et passe dans la classe économique. Je n'ai pas le temps de faire un deuxième pas. Je me fige. Assise au troisième rang à droite, sur le fauteuil le plus proche du hublot, Mme Murzec m'apparaît de profil, les deux mains sur son sac, les yeux clos, la peau tirée sur les os comme une momie.

— Madame! dis-je d'une voix étranglée.

Il n'y a pas de réponse. Elle ne bouge pas. Suis-je donc, moi aussi, la dupe d'une ombre? Je m'approche, avance la main droite et du bout des doigts lui touche le gras de l'épaule.

La réaction est foudroyante. Mme Murzec se tourne d'une pièce et avec la dernière violence, elle me donne un coup sec sur la main du tranchant de la sienne. Puis elle s'écrie d'une voix furieuse:

— Eh bien, quelles sont ces manières? Qu'est-ce qui vous prend? Que me voulez-vous?

J'entends un petit rire derrière moi. Je me retourne. C'est Blavatski.

— Pas d'erreur! dit-il avec son accent le plus traînant. C'est bien elle!

CHAPITRE IX

Tous derrière nous accourent et se pressent, stupéfaits, à l'exception de Pacaud, qui n'ose quitter Bouchoix.

— Madame, dit Blavatski, les yeux brillants derrière ses gros verres, vous allez nous expliquer...

— Je vous demande pardon, Mr. Blavatski, dit l'hôtesse. Il n'est pas question que Mme Murzec ouvre la bouche avant de revenir en première classe et de boire quelque chose de chaud.

Nous l'approuvons. Nous sommes tous là à nous presser dans l'allée centrale et les travées de la classe économique, devant et derrière la Murzec, muets, figés.

Le coup qu'elle m'a donné sur la main n'a dû être qu'un réflexe de surprise — ou l'effet d'horreur qu'a produit sur elle, après tant d'années, le contact d'un homme —, car, dès qu'elle a rassemblé ses forces pour répondre à l'hôtesse, la Murzec n'est que lait et que miel.

— Je vous remercie mille fois de votre gentillesse, mademoiselle, dit-elle sur le ton le plus suave, mais je n'ai pas l'intention de remettre en question la décision qu'ont prise mes compagnons de voyage de me chasser. Elle était largement méritée. Je m'y tiendrai. Et à tous, je veux demander humblement pardon de toutes les méchancetés que j'ai dites. Je ne serais jamais d'ailleurs revenue ici, fût-ce en classe économique, si dès mes premiers pas à terre (ici, un frisson la parcourt et ses yeux se révulsent), je ne m'étais pas sentie repoussée. En somme, poursuit-elle d'une voix tremblante et détim-

187

brée tandis qu'un désespoir poignant creuse son visage jaunâtre, je ne me suis sentie acceptée nulle part, ni dans le charter, ni sur le sol. (Elle cache la tête dans ses mains en prononçant ce mot.)

— Mais enfin, madame, dit l'hôtesse, vous ne pouvez rester ici. Il fait trop froid.

— Quand j'étais à terre, reprend la Murzec en relevant la tête et en frissonnant — et je ne souhaite pas à mon pire ennemi de vivre ce que j'y ai vécu — , je me suis tout d'un coup rappelée que vous aviez proposé, dans un premier temps, de me reléguer en classe économique. C'est ce qui m'a donné le courage de remonter à bord. Et j'espère que vous voudrez bien me permettre de subir, là où je me trouve, la punition que vous m'avez infligée.

Tout cela est peut-être un peu trop bien dit, et dans un style un peu trop soutenu. Je la regarde. Je ne sais d'abord que penser. Ou plutôt, la pensée me vient que la Murzec nous fait un numéro étourdissant d'hypocrisie et qu'à l'abri de ce masque nouveau, elle garde intact son visage grimaçant. A la réflexion, je ne crois pas. Ce langage apprêté, c'est le sien. L'articulation soignée, la formulation élégante, c'est son genre, même dans la vacherie. Et puis, c'est une femme incapable d'humour ou de distance. Un bloc, la Murzec. Tout d'une pièce. Un monolithe. Et maintenant, le monolithe a basculé d'un seul coup du côté des anges.

Les deux genoux rassemblés, les deux mains reposant symétriquement sur son sac, les épaules carrées, la nuque raide, elle parle d'une voix basse, étouffée, son œil bleu attaché sur nous, je ne dirais pas avec douceur, mais avec une sorte d'humilité inflexible. Elle doit être habitée par un froid intense, car je remarque que dans les pauses entre ses phrases, ses lèvres sèches, gercées et décolorées se mettent à trembler.

La stupeur nous laisse sans voix. Il y a peu de place entre les rangées de fauteuils, nous sommes très serrés les uns contre les autres. Quand la parole nous revient, il y a, à voix basse, ou à mi-voix, un brouhaha de commentaires qui paraît d'autant plus confus qu'on ne peut savoir qui parle, tant la presse est grande autour de la Murzec.

Je découvre avec surprise que Mrs. Banister est à droite ma voisine. En fait, elle appuie sa poitrine contre mon bras droit et, quand je deviens conscient du caractère de cette pression, tournant la tête je lui jette un coup d'œil par-dessus mon épaule, sa belle tête brune arrivant au niveau de mon deltoïde. A ce moment-là, elle fléchit son cou en arrière, son regard glissant sur moi par les fentes de ses yeux japonais, revient aussitôt se poser sur la Murzec avec une expression moqueuse et méprisante. Je ressens alors une brusque fureur, peut-être en raison de cette expression, peut-être aussi parce que le contact doux et mouvant de ses seins me trouble, et ce trouble me paraît presque profaner mes sentiments pour l'hôtesse. Je me penche non pas vers, mais au-dessus de Mrs. Banister et, les dents serrées, je dis d'une voix basse et menaçante :

— Si vous articulez un seul mot contre cette femme, je vous écrase.

— Mais qui vous dit que cela me déplairait ? dit-elle, elle aussi, à voix basse, ses yeux rétrécis détaillant ma carrure avec une extraordinaire impudence.

En même temps, et cette fois-ci tout à fait de son plein gré, me semble-t-il, elle accentue sur mon bras sa pression. Je suis en pleine confusion, mon inconscient me donnant des sujets de remords : il ne m'échappe pas — et il ne lui a pas échappé — que le mot « écraser » était ambigu. Oh, je ne me fais pas d'illusion ! Ni solution de rechange, ni roue de secours. Je ne l'intéresse — en passant — que parce que je m'intéresse à l'hôtesse. Simple jeu de chatte qui mordille un tapis.

La voix de Blavatski s'élève, dominant comme d'ordinaire le tumulte :

— Mais enfin, madame, peut-être allez-vous nous expliquer...

L'hôtesse le coupe aussitôt :

— Non, Mr. Blavatski, dit-elle avec une raideur polie. Je le répète : je ne vous laisserai poser aucune question à

Mme Murzec avant qu'elle ait réintégré la première classe et qu'elle ait bu une boisson chaude.

Il y a un concert de vives approbations, accompagné en direction de Blavatski de regards de reproches.

— Je vous remercie encore une fois, mademoiselle, mais je resterai ici, dit la Murzec, aussi inflexible dans la vertu qu'elle le fut autrefois dans la férocité.

Elle ajoute, les yeux baissés :

— Je ne serais pas à ma place parmi vous.

En chœur, le cercle proteste. D'ailleurs, c'est ce que le cercle est devenu : un chœur de tragédie, prodiguant l'affection et l'encouragement au malheureux protagoniste. Les réactions individuelles se sont estompées : même Mrs. Banister, de lionne devenue agneau, bêle avec nous. Nous mettons en somme le même acharnement à faire revenir la Murzec dans le cercle que nous en avons mis à l'en expulser. L'entourant comme des abeilles leur reine, très serrés dans les étroites travées, et pressés non sans plaisir les uns contre les autres — car toute cohue, même quand nous protestons contre elle, satisfait notre profond besoin de contact —, nous sommes en train de jouir intensément du courant de pardon et de bonté qui, passant d'un cœur à l'autre, s'intensifie en se multipliant et ruisselle sur la Murzec.

Nous sommes unanimes : elle ne peut pas demeurer où elle est. Les sièges sont incommodes, la place pour les jambes, restreinte, la lumière, mal distribuée, le chauffage, insuffisant. En outre, elle a besoin, après ses épreuves, de réconfort moral, aucun de nous ne peut accepter de la voir rester là, clouée sur le rocher du repentir, son foie, qui n'est déjà pas bien fameux, dévoré par les vautours.

Sous cette pluie chaude et fraternelle, la Murzec se détend. Elle s'accroche pourtant à son roc, tournant vers nous à tour de rôle des regards reconnaissants et disant merci à chacun, et en particulier à Mme Edmonde qui, son bras vigoureux enserrant la taille fine de Robbie, répète à la malheureuse d'une voix grasseyante *qu'elle peut pas rester là à se geler les fesses quand tout le monde lui demande de revenir crécher avec nous.*

Mais ce qui finalement arrache le morceau, c'est, il faut bien le dire, la casuistique de Caramans. Correct, léché, la moue active, la paupière à mi-chemin de l'œil (et apparemment insensible au fait que Michou se trouve collée contre lui, mais c'est vrai aussi que Michou a très peu de rondeurs), Caramans est allé se chercher une voix dans les notes les plus graves et les mieux timbrées pour remarquer d'abord qu'il n'a jamais, pour sa part, demandé la relégation de Mme Murzec en classe économique (coup d'œil à Blavatski), et qu'il estime peu souhaitable qu'elle y demeure. Si Mme Murzec désire se repentir des remarques peut-être un peu vives qu'elle nous a adressées (dans l'état d'esprit où nous sommes, ce rappel, si discret qu'il soit, nous paraît déplacé), elle peut tout aussi bien le faire en première classe, au coude à coude avec ses semblables, son *mea culpa* étant d'autant plus méritoire qu'il sera plus public. Et enfin, dans l'hypothèse contraire, serait-il vraiment charitable d'obliger l'hôtesse, à chaque collation, d'aller servir Mme Murzec en classe économique, ce qui compliquerait beaucoup son service ?

On sent bien, à écouter ces propos, que Caramans doit être dans l'Église le pilier portant à sa base le bénitier dont la Murzec a été la grenouille. En somme, pour se comprendre entre êtres humains, il n'est pas suffisant, mais il est à coup sûr nécessaire, d'user du même langage. Je sens que Caramans va gagner la partie quand il emploie pour finir l'épithète « douloureuse », qualifiant ainsi la situation qui serait créée dans l'avion par la ségrégation d'un des passagers. Le mot, avec son énorme charge émotionnelle et son parfum de sacristie, se fraie un chemin jusqu'au cœur de bronze de la Murzec, et l'ouvre en deux comme un fruit. Ses traits mollissent, ses lèvres se décompriment. Elle cède.

C'est pour le cercle un moment de triomphe et d'amour. Précédée, soutenue, escortée, la Murzec franchit le rideau qui la sépare de la première classe et avec un soupir s'assied à la place qui fut la sienne. Nous regagnons nos fauteuils, gorgés de bonne conscience. Nous contemplons la Murzec. Nous n'avons d'yeux que pour elle.

Un frisson parcourt le cercle. De l'un à l'autre se propage

une émotion intense dont la qualité n'échappe à personne et qui réclame, pour être savourée, un silence recueilli. Nous sentons tout le poids de ce silence. Une page est tournée. Le cercle se reconstitue : notre bouc est revenu dans nos murs.

Quelques instants coulent au milieu de la suavité générale. La Murzec reçoit un plateau des mains de l'hôtesse. Elle boit aussitôt le café brûlant, mais comme ses mains tremblent, sa voisine de gauche, Mrs. Boyd, se lève avec empressement, et le visage rond et angélique sous ses coques, elle lui beurre ses toasts.

Et elle le fait avec des mines si gourmandes qu'on peut craindre un moment qu'elle ne les enfourne. Mais je la calomnie. Le moment venu, elle les remet l'un après l'autre d'un air affectueux à l'intéressée qui, chaque fois levant vers elle ses yeux bleus pleins d'humilité, la remercie. Personne sauf moi n'a, je pense, le mauvais goût de se rappeler que la Murzec, au cours de l'atterrissage, a défini Mrs. Boyd comme une goinfre se réduisant à « une bouche, un intestin et un anus ». Comme dirait si bien Caramans, ce n'était là, après tout qu'une « remarque un peu vive », et je ne peux moi-même qu'éprouver de la honte à surprendre en moi un souvenir aussi peu à l'unisson des sentiments du cercle.

Je lis d'ailleurs au même instant dans les yeux japonais de Mrs. Banister — beaux et luisants, mais pas spécialement faits pour exprimer la douceur — un effort méritoire pour oublier de son côté les commentaires de la Murzec sur ses jupes aristocratiques et ceux qu'elle y accroche.

Bref, il y a en nous et autour de nous un débordement de bonne volonté et une ivresse de vertu qui, je suppose, rachètent à nos yeux la lâcheté dont nous avons fait preuve au moment du tirage au sort. Mais ce qui me frappe encore davantage, c'est le peu d'impatience que nous mettons à connaître l'épreuve que la Murzec a subie à terre, et la manière inexplicable dont elle est remontée à bord. Plus je réfléchis à l'incuriosité que nous avons alors témoignée, et plus elle me paraît révélatrice.

Révélatrice de quoi ? Eh bien, je vais le dire, même si je

dois prêter ici le flanc à la critique. Il y a chez nous tous, je crois, un instinct qui nous donne une connaissance de ce que nous allons vivre. Je n'ai aucun doute là-dessus. Les devins d'autrefois *voyaient* l'avenir, parce que la clairvoyance n'était pas chez eux, comme chez nous, obscurcie par le refus de l'homme de connaître à l'avance son propre sort. Je répète ma conviction : la vision du destin qui nous attend est enclose en chacun de nous. Nous en jouirions — mais peut-on jouir d'une prescience qui débouche tôt ou tard sur la mort ? — si nous n'avions élevé entre elle et nous le mur de notre aveuglement.

En tout cas, c'est flagrant et nos effusions mêmes, j'y insiste, le révèlent. Nous ne sommes pas si pressés d'écouter la Murzec. Nous pressentons que ce qu'elle va nous dire redoublera notre angoisse. Et après toutes ces épreuves, nous ne demandons qu'à la laisser s'engourdir. Oui, tel est en ce moment notre plus vif désir. Oublier ce métier fiévreux de la vie, et glisser dans une torpeur heureuse, comme nous y invitent la chaleur et la lumière, le bien-être revenu, un estomac plein et les moteurs de l'avion ronronnant autour de nous avec une douceur rassurante.

A la surface de notre conscience, oubliant les Cassandre des profondeurs, voici ce que cela donne : puisque le charter est parti, il arrivera bien quelque part. Et pourquoi pas à Madrapour ? Détournement d'avion, prise d'otages, menaces de mort sur Michou, expulsion de la Murzec, « péripéties » que tout cela, comme dirait Caramans. Les pirates partis, Michou saine et sauve, la Murzec parmi nous, le charter continue sa course.

Après tout, nous vivons dans un monde civilisé — le nôtre, celui de l'Occident — qui, même dans les airs, continue à nous protéger. Il n'y a pas à se mettre outre mesure martel en tête. Tout s'arrangera plutôt bien, pour finir, à part les pertes que nous avons subies, mais il s'agit là de ces accidents désagréables auxquels n'importe quel touriste n'importe où s'expose. Ce qu'il nous faut, maintenant, la nuit étant déjà avancée, et notre bonne conscience apaisée par l'accueil fait à la Murzec, c'est quelques heures de bon sommeil. Au lever du jour, tout nous paraîtra plus léger et plus clair.

Le silence se prolonge, chacun retournant en lui-même, déjà assoupi. Je vois d'un œil vague la Murzec de ses longues dents jaunes broyer la dernière croûte du dernier toast. Mais mon intérêt devient plus vif quand l'hôtesse se lève. J'aime suivre des yeux, avec une joie qui n'en finit pas, tous les déplacements de son joli corps.

Avec un sourire strictement de fonction et sans entrer du tout dans la surenchère d'affection du cercle à l'égard de la Murzec, l'hôtesse prend le plateau de ses mains et disparaît dans le *galley* en jetant derrière elle un regard d'appréhension à Blavatski, comme si elle craignait qu'en son absence il ne commence son interrogatoire. Mais Blavatski lui-même — probablement pour les mêmes raisons que nous tous — n'est plus si pressé. Affectant d'être piqué par notre rebuffade (lui dont la peau, pourtant, est à l'épreuve des balles), il s'affale dans son fauteuil, ses jambes grosses et courtes jetées droit devant lui, et dans cette pose vautrée qui manifeste le dédain où il nous tient, les yeux clos, il fait semblant de dormir. Quand l'hôtesse regagne sa place, elle saisit d'un coup d'œil la situation, et d'une voix enjouée, un peu avec l'intonation d'une gouvernante dans une nursery et employant comme elle un « nous » beaucoup plus sécurisant que le « vous », elle dit avec une douce autorité :

— Et maintenant, si nous baissions un peu la lumière et si nous dormions ?

Bien sûr, je le sens — et nous tous aussi — elle joue à cet instant le rôle qu'elle a assumé depuis le début dans l'avion : elle « rassure » les passagers. Et, si elle ne peut pas éviter tout à fait les révélations de la Murzec, elle les retarde du moins jusqu'au jour. Un silence tombe et on le laisse peser, parce que son poids est fait de notre accord tacite. Je regarde Blavatski : piqué ou endormi, il ne bronche pas.

C'est alors que la Murzec prend la parole. Un peu de jaune est revenu sur ses larges pommettes, ses lèvres ne tremblent plus. Je crois d'abord qu'elle a senti l'aspiration à l'oubli qui s'est fait jour dans le cercle et qu'elle s'ingénie à la contrarier par un retour sournois de sa malignité. Mais non : la vérité est plus simple. Je le lis clairement dans son œil bleu : la Murzec s'est donné un devoir, et comme toujours, impitoyablement, elle s'y soumet.

— M. Blavatski, dit-elle d'une voix nette, maintenant que j'ai repris quelques forces, je suis prête à répondre de mon mieux à vos questions.

— Eh bien, dit Blavatski avec un sursaut, exactement comme un cheval endormi qui, recevant un coup de cravache sur la croupe, se remet à trotter en vertu des réflexes acquis mais sans se réveiller tout à fait. Eh bien, répète-t-il en se rasseyant droit sur son fauteuil avec effort, ses yeux papillotant derrière ses gros verres de myope, eh bien, madame, si vous êtes en état de répondre, nous pourrions peut-être...

— Oui, monsieur.

Un silence.

— Première question, reprend Blavatski sans aucun entrain, êtes-vous sortie de l'avion devant ou derrière les Hindous ?

— Autant que je puisse le savoir, dit la Murzec, je ne suis sortie ni devant eux ni derrière eux.

Ceci réveille Blavatski tout à fait.

— Madame ! dit-il d'une voix acerbe, êtes-vous en train de nous dire que les Hindous sont restés dans l'avion ?

Le cercle se gèle. Il y a entre nous un échange de regards.

— Mais pas du tout, dit la Murzec. En fait, je les ai vus plus tard marcher devant moi et s'éloigner du charter. Mais au moment où je me suis engagée sur la passerelle, j'étais seule. Je suis formelle.

— Comment pouvez-vous être si formelle ? dit Blavatski avec un retour à son ton accusateur. Il faisait nuit noire !

— Oui, mais j'aurais alors entendu leurs pas résonner sur les marches métalliques de la passerelle comme j'entendais les miens.

— Voyons, dit Blavatski, revenons en arrière. Le charter

atterrit, la lumière s'éteint, l'Hindou, qui se trouve derrière Sergius, braque une lampe électrique sur Chrestopoulos, debout, un couteau à la main, et où êtes-vous à ce moment-là, Mme Murzec ?

— Je me dirige vers l'*exit*.

— Où est l'Hindoue ?

— A droite du rideau de la cambuse, le revolver braqué sur Chrestopoulos.

— Que se passe-t-il ensuite ?

— Quelqu'un, l'hôtesse, je crois, ouvre l'*exit*.

— Oui, c'est moi, dit l'hôtesse.

— Et vous, bien sûr, vous êtes partie dès que l'*exit* s'est ouvert ?

— Non, justement, dit la Murzec. L'Hindou parlait, je voulais écouter ce qu'il disait.

— En effet, dit Blavatski avec rancune. Il parlait. Je me rappelle ce discours ridicule.

Robbie dit d'un ton irrité :

— Il n'était pas ridicule. Vous n'avez pas beaucoup d'imagination, Blavatski.

— Peu importe, dit Blavatski avec un geste de mépris. Mme Murzec, vous avez écouté cette tirade (il met des guillemets à : tirade) jusqu'au bout ?

— Oui, je me souviens même de ses dernières paroles : Si longue que vous paraisse votre existence, votre mort, elle, est éternelle.

— C'est exact, dit Robbie. C'est bien là-dessus que l'Hindou a conclu. C'est d'ailleurs, ajoute-t-il avec un soupçon de pédanterie, une citation de Lucrèce.

— Eh bien, qu'avez-vous fait à ce moment-là ? reprend Blavatski.

— Je me suis engagée sur la passerelle.

— Et les Hindous n'étaient pas derrière vous ?

— Non. J'en suis sûre.

— Comment pouvez-vous être si sûre ?

— Arrivée au pied de la passerelle, je les ai attendus.

— Pourquoi ?

— J'éprouvais un sentiment de terreur.

Mme Murzec a prononcé ces paroles sans aucune

emphase, d'une voix basse et les yeux à terre. Personne, pas même Blavatski, ne les relève.

— Eh bien, enchaîne-t-il presque aussitôt, ses yeux invisibles derrière ses lunettes, que se passe-t-il ensuite ?

— J'ai vu tout d'un coup les Hindous à dix mètres de la queue de l'appareil.

— Vous les avez vus ? s'écrie Blavatski avec un air de triomphe, comme s'il prenait la Murzec en défaut. Et il faisait nuit noire !

— L'Hindou avait allumé sa lampe électrique pour éclairer son chemin. Je le vis de dos, ainsi que sa compagne. Ils cheminaient sans aucune hâte. Leurs silhouettes se détachaient en noir sur le halo de la lumière. Je distinguais le turban de l'Hindou et le sac en skaï qu'il portait au bout de son bras. Il le balançait en marchant.

— Mais voyons, dit Blavatski en haussant la voix d'un ton autoritaire : ou bien les Hindous ont descendu la passerelle avant vous, ou bien ils l'ont descendue après.

— Il y a une troisième possibilité, dit l'hôtesse d'une voix douce.

Mais Blavatski ne tient aucun compte de son interruption. L'œil fixé sur la Murzec, il dit avec colère :

— Voyons, madame, répondez !

— Mais je ne fais que ça, dit la Murzec avec une aspérité dans la voix qui me fait penser que l'ancienne Murzec n'est peut-être pas tout à fait morte. Je suis formelle, monsieur : les Hindous n'ont pu descendre la passerelle après moi. Je les attendais au bas de l'échelle. J'aurais entendu leur pas sur les degrés. Placée comme je l'étais, ils m'auraient touchée, frôlée. Et quant à s'engager avant moi, non. M. Blavatski, je dis non, c'est impossible. Quand l'Hindou a prononcé ce discours que vous avez si sottement qualifié de ridicule...

Il y a un moment de stupeur. Mme Murzec se fige, baisse les yeux, avale sa salive et joignant les mains sur ses genoux, elle dit, les larmes aux yeux et sur un ton de contrition :

— Pardon, monsieur. Je n'aurais pas dû dire « sottement ». Je retire le mot. Et je vous prie d'accepter mes excuses.

Un silence tombe.

— Mais voyez-vous, reprend-elle d'un ton vibrant de ferveur, je trouve que l'Hindou a prononcé des paroles *admirables* quand nous avions le privilège de l'avoir parmi nous.

— Le privilège ! s'écria Mme Edmonde en se donnant une tape sur la cuisse. Eh ben, merde ! Nous l'avons payé cher, le privilège !

Elle aurait continué sans doute dans cette veine si Robbie, avec une grâce câline, n'avait étendu son long bras et posé ses doigts fins sur sa bouche.

Blavatski regarde la Murzec.

— Vous en faites pas pour les excuses, dit-il en cachant sa gêne sous une rondeur à la fois réelle et jouée. Moi-même, j' suis peut-être allé un peu fort. De toute façon, reprend-il hâtivement, je respecte vos convictions.

La Murzec sort de son sac un mouchoir, se tamponne les yeux dont les larmes ont rendu le bleu plus intense.

— Reprenons, dit Blavatski…

— Eh bien, dit la Murzec d'une petite voix douce mais avec une indomptable obstination, voyez-vous, je suis absolument sûre de ce que j'avance. Quand l'Hindou a prononcé son discours, il était derrière M. Chrestopoulos. Moi, j'étais à côté de la porte, transie par le froid et le vent glacial. Sur son dernier mot, je suis sortie. Il est donc impossible qu'il soit passé devant moi.

— Admettons, dit Blavatski, l'œil perçant derrière ses lunettes.

Il avance son menton en avant et écarte de son torse bombé ses bras courts.

— Admettons que deux et deux ne font pas quatre ! Admettons que les Hindous ne soient descendus ni avant ni après vous ! Et pourtant, qu'ils soient dehors ! Après tout, quand on a la prétention de s'arracher à « la roue du temps » (petit rire de dérision), on peut passer à travers le fuselage !

— Mais il y a une troisième possibilité, dit l'hôtesse.

Et, de nouveau, Blavatski balaye du geste son interruption.

— Mme Murzec, reprenons. Vous êtes au bas de la
passerelle : que se passe-t-il ?

— Je l'ai déjà dit, répète la Murzec en frissonnant et
en baissant les yeux. J'ai éprouvé un sentiment de terreur.

Le silence revient, et je crois que Blavatski, s'appuyant
sur la complicité générale, va de nouveau glisser sur la
terreur. Mais à ma grande surprise, il ne le fait point.

— Après tout, dit-il avec une sorte de jovialité condescendante qui paraît sonner faux, c'est bien normal ! il
faisait nuit noire, vous grelottiez et vous ne saviez pas où
vous étiez !

La Murzec redresse la tête et fixe sur Blavatski un œil
bleu qui, même dans la nouvelle version de sa personnalité, n'est pas facile à soutenir.

— Non, monsieur, dit-elle d'une voix nette. Ce n'est
pas normal. Je ne suis pas une femmelette. Je n'ai peur
ni du froid ni de la nuit. Et en marchant, je serais bien
arrivée quelque part.

Blavatski se tait, visiblement peu enclin à s'engager
dans la voie que la Murzec ouvre devant lui.

Robbie dit d'une voix grave :

— A quoi attribuez-vous ce sentiment de terreur ?

La Murzec le regarde avec une gratitude qui, chez une
telle femme, me paraît assez poignante. J'ai l'impression
que ce qu'elle a vécu dans la solitude a été trop affreux
pour qu'elle ne soit pas soulagée à l'idée de le partager.
Et elle ouvre déjà la bouche quand Blavatski dit d'une
voix brutale :

— Peu importent les sentiments ! Venons-en aux faits !

— Avec votre permission, dit la Murzec avec une
dignité froide et sans réplique, je vais d'abord répondre à
la question qu'on vient de me poser.

Blavatski se tait. De toute façon, on ne questionne pas
la Murzec comme on interroge l'hôtesse.

— C'est difficile à expliquer, dit la Murzec en se tournant avec un mouvement affectueux vers Robbie (la

pensée m'effleure qu'elle l'a traité autrefois de « moitié d'homme »).

Elle s'interrompit et serre ses deux mains l'une contre l'autre — je suppose, pour les empêcher de trembler.

— Rien de précis. Je me suis sentie repoussée.

— Vous voulez dire physiquement ? dit Robbie.

— Physiquement aussi. Quand j'ai vu les Hindous à une dizaine de mètres devant moi, j'ai voulu courir pour les rattraper. Ce fut horrible. Vous savez, on ressent parfois cette sensation dans les cauchemars : on s'élance, on lève les jambes et on n'avance pas, bien que l'effort vous fasse battre le cœur. Voilà ce que j'ai éprouvé. Une force terrifiante me repoussait.

— Le vent, dit Blavatski avec un petit rire sec.

— Non, le vent était dans mon dos.

La Murzec se tait, déçue de ne pouvoir rendre compte de son horrible expérience qu'en termes aussi vagues et aussi peu dramatiques.

— Voilà deux fois que vous employez le mot terreur, reprend Robbie. Quelle différence faites-vous entre la *terreur* et la *peur* ?

— Énorme, dit la Murzec. La peur, c'est une chose contre laquelle on peut lutter, et la terreur se rend maître de vous.

— S'est-elle emparée de vous d'un seul coup, ou par degrés ?

— Elle m'a saisie dès que j'ai posé le pied sur le sol, mais elle n'a pas atteint tout de suite son paroxysme.

Robbie hoche la tête et regarde la Murzec de ses yeux marron clair aussi frais et brillants que les gouttelettes d'un jet d'eau. Il est toujours aussi agité par ses maniérismes, ses mines et ses entortillements. Mais il ne perd pas de vue l'essentiel : aider la Murzec à traduire en termes explicites ce qu'elle a vécu.

— Eh bien, dit-il, pouvez-vous nous dire à quel moment votre terreur a atteint son paroxysme ?

— Quand les Hindous ont disparu...

— Disparu ? dit Blavatski avec sarcasme.

— Voyons, Blavatski ! dit Robbie avec impatience. Laissez parler Mme Murzec !

Mais la Murzec, les sourcils froncés, les yeux baissés, se tait, interdite.

— Voyons, dit Robbie. Vous en étiez au moment où vous couriez sans réussir à avancer derrière les Hindous. A ce moment, vous voyez nettement dans l'obscurité leurs silhouettes se détacher de dos en noir sur le halo de lumière créé par la lampe électrique. Vous distinguez nettement, avez-vous dit, le turban de l'Hindou et le sac en skaï qu'il balance au bout de son bras. Est-ce là tout ce que vous avez vu ?

— Non, dit la Murzec.

Et le visage tendu, les lèvres crispées, la tête penchée en avant, et un effort de tout son corps pour se concentrer.

— A un moment donné, reprend-elle, l'Hindou a promené sa lampe électrique sur sa droite et j'ai vu de l'eau.

— Une flaque d'eau ?

— Non, non, dit la Murzec, quelque chose de beaucoup plus étendu : un lac.

— Un lac sur un aérodrome ! dit Blavatski avec dérision.

— Mais taisez-vous donc, Blavatski ! s'écrie Robbie d'une voix aiguë. Vous sabotez ! vous empêchez Mme Murzec de se souvenir ! On dirait que vous le faites exprès !

Blavatski empoigne les deux accoudoirs de son fauteuil et dit d'une voix coupante :

— Mme Murzec a la mémoire courte, si elle ne peut pas se rappeler ce qui s'est passé il y a une heure !

— Et quoi d'étonnant à cela ! crie Robbie avec véhémence. Elle était sous le coup d'une terreur folle !

Blavatski ouvre les deux bras.

— Mais enfin, un lac sur un aérodrome ? A côté d'une piste d'atterrissage ! A qui fera-t-on croire cela ?

Un silence tombe et la Murzec dit d'une voix douce :

— Une piste ? Vous voulez dire une piste en ciment ? Mais il n'y avait pas de piste, M. Blavatski. Le sol était revêtu d'une épaisse couche de poussière sous laquelle de temps en temps on sentait des pierres.

— Et voilà qui explique la brutalité de l'atterrissage ! dit Robbie victorieusement.

Personne dans le cercle n'ouvre la bouche, pas même Blavatski. Inexplicablement, j'ai la gorge serrée.

— Reprenons, dit Robbie. L'Hindou éclaire sur sa droite de sa lampe électrique une étendue d'eau, lac ou étang, peu importe, et aussitôt après sa compagne et lui disparaissent.

— Non, non, dit la Murzec. Entre le moment où l'Hindou a éclairé le lac et le moment où j'ai cessé de le voir, il s'est passé quelque chose d'important, de significatif...

— Eh bien ? dit Robbie.

Nous sommes tous suspendus aux lèvres de la Murzec, mais sa réponse nous déçoit.

— Je ne saurais dire ce que c'était, dit-elle enfin d'une voix angoissée et en se passant les deux mains sur les joues. Il y a à cet endroit un trou dans mes souvenirs. Tout a été englouti par le degré que ma terreur a atteint quand les Hindous se sont évanouis.

— Ah ! Parce qu'ils se sont « évanouis » ! dit Blavatski avec sarcasme. Comme des diables ! Comme des anges ! Comme des fantômes !

— Blavatski, s'écrie Robbie avec colère, vos manières de flic sont odieuses !

— Du moins sont-elles masculines, dit Blavatski.

L'œil de Robbie étincelle, mais il garde le silence.

— Messieurs, dit Caramans, ces remarques personnelles sont tout à fait déplacées.

La Murzec se tourne vers Robbie et dit d'une voix unie :

— Je dis « évanouis », mais bien sûr c'est une impression subjective. Peut-être l'Hindou a-t-il tout simplement éteint la lampe électrique ? En tout cas, j'ai cessé de les voir.

Nous en sommes tous conscients, y compris Blavatski : rien ne pourrait donner plus de crédibilité au récit de la Murzec que le caractère de cette remarque et le ton raisonnable sur lequel elle est prononcée.

— Et c'est à ce moment-là, reprend Robbie, que votre terreur est parvenue à son paroxysme ?

— Oui.

Ses lèvres frémissent, mais elle n'ajoute rien.

— Pouvez-vous décrire ce paroxysme ?

Blavatski lève les bras au ciel.

— Toute cette psychologie ne nous mène à rien ! Nous ne sommes pas ici pour analyser des états d'âme ! Venons-en aux faits !

— Mais les états d'âmes sont aussi des faits, dit Caramans qui se croit peut-être obligé de défendre les « états d'âme » parce qu'il y a « âme » dedans.

La Murzec ne paraît pas avoir entendu cet échange.

— J'ai eu le sentiment, reprend-elle d'une voix basse, que quelque chose d'abominable me menaçait. J'ai été d'abord sans voix, paralysée, puis je me suis mise à hurler et j'ai fui.

— Dans quelle direction ? dit Blavatski. Puisque vous ne pouviez pas avancer...

— J'ai tourné en rond, je crois. J'étais en pleine panique. Je ne savais pas ce que je faisais. Je suis tombée dans la poussière, je me suis relevée, je suis retombée. Finalement, j'ai trouvé sous mes pieds une marche, j'ai compris que l'avion était là et je suis remontée pour m'y réfugier. Mais ce n'était pas la passerelle. C'était l'escalier-trappe dans la queue de l'appareil.

— L'escalier-trappe ! s'écrie Blavatski. Il était donc ouvert ?

— Mais oui, il l'était, dit l'hôtesse. Et probablement par l'Hindou.

— Et comment le savez-vous ? dit Blavatski en se tournant vers elle.

L'hôtesse le regarde de ses yeux verts et dit avec sa douceur habituelle :

— Mais parce que c'est moi qui l'ai refermé. J'ai d'ailleurs essayé deux fois de vous le dire, M. Blavatski, mais vous n'avez pas eu la patience de m'écouter.

— Vous l'avez refermé ? dit Blavatski. Mais alors, vous avez donc pu voir Mme Murzec assise en classe économique ?

— Non, monsieur, dit l'hôtesse avec calme. Je ne pouvais rien voir. La lumière n'était pas encore revenue.

Ici le cercle atteint — mais moi-même qui fais ici le lucide, je ne m'en suis pas aperçu sur l'heure — le sommet de la mauvaise foi. Parce que nous savons maintenant par où sont sortis les Hindous et par où Mme Murzec a réintégré l'avion, nous feignons de croire qu'il n'y a plus de problème et que nous pouvons, les choses étant redevenues normales, glisser dans le sommeil. Et cette fois, en effet, sans rien demander à personne, l'hôtesse baisse les lumières, il y a un mouvement général pour basculer les fauteuils en arrière, deux ou trois toux en écho, Chrestopoulos se mouche avec bruit, et chacun, soit seul, soit par couple, paraît s'abstraire du cercle et le vider de la vie sociale intense qui l'a jusqu'alors animé.

Le silence ne s'établit pas d'un seul coup. Il se fait annoncer par des chuchotements qui meurent par degrés entre Pacaud et Michou, Mrs. Boyd et Mrs. Banister, Mme Edmonde et Robbie, l'hôtesse et moi.

— Chut ! me dit l'hôtesse. Dormez, maintenant.

Pour adoucir son ordre, elle me donne ses doigts fins à garder dans ma patte et un regard maternel qui me fait l'effet, revenant quarante ans en arrière, d'être un petit garçon dans un lit de cuivre. Et c'est bien ce que je suis, d'ailleurs, malgré mon âge, mon physique et ma grande carcasse ! Un enfant qu'une main douce et de gentils yeux suffisent à sécuriser. Mentalement, je me pelotonne contre l'hôtesse, je me referme sur elle comme sur un petit ours en peluche, et je me prépare à perdre la conscience des choses. Curieux qu'une moitié de notre vie soit faite de sommeil et que dans la moitié qui reste, la moitié encore soit faite d'oubli ou d'aveuglement sur l'avenir.

C'est ainsi que l'on parvient par degrés insensibles à la mort : en rêvant la plupart du temps qu'on est en train de vivre. Évidemment, c'est un bon truc, puisque nous l'employons tous. On peut aussi s'arranger pour croire, comme moi, à un Au-delà. Mais ça ne marche pas aussi bien. La pensée qu'on survivra un jour à son propre corps n'est pas, il faut le dire, très adoucissante. Surtout au moment de s'endormir.

Finalement, il est peut-être heureux que nous ayons eu ces quelques heures de sommeil — même Bouchoix, qui dans la pénombre au moment où je m'endors, me paraît plus blême et plus cadavérique que jamais. Sa respiration est courte et sifflante et, sur la couverture dont il a les jambes enveloppées, ses mains vides, squelettiques, font encore le geste de manipuler le jeu de cartes que son beau-frère a dû ranger dans une de ses poches quand l'hôtesse a baissé les lumières. Mrs. Boyd dort déjà, les traits détendus sous ses coques, je n'ai jamais rien vu de plus douillet ni de plus inhabité que ce visage. Je le dis avec la nuance d'envie que j'éprouve à ce moment-là. Parce que moi, dans le même moment, malgré la main de l'hôtesse dans la mienne et un début d'assoupissement, j'ai encore à refouler en dernière minute quelques pensées inquiétantes.

Je les retrouve avec le réveil et le jour, dans le même coin du cerveau où je les ai rangées la veille. Par le hublot le plus proche, il n'y a rien à voir qu'une mer de nuages blanchâtres et cotonneux dans laquelle on a l'impression qu'on va pouvoir se vautrer avec délices sous le beau soleil, comme si l'air avait la densité de l'eau et comme si la « température extérieure », comme disent les hôtesses, n'était pas de « moins 50 degrés centigrades ».

Il y a dans ma tête comme un déclic et je retrouve le récit de la Murzec et ses étrangetés : cet aérodrome qui n'en est pas un, ce lac qui n'est pas gelé, ce sol couvert de poussière et non de neige ou de glace — comme on s'y serait attendu avec le froid sibérien que nous avons subi. Il est vrai que nous avons vécu à notre insu dans un courant d'air violent puisque l'Hindou avait ouvert l'escalier-trappe dans la queue de l'appareil — sans qu'on puisse expliquer au nom de quelle logique il avait préféré cette sortie à l'autre.

Je m'aperçois que l'hôtesse n'est plus à mes côtés. Elle a dû gagner le *galley* pour préparer le petit déjeuner. Je balance pour savoir si je vais aller l'aider, mais, ne voulant pas me laisser voir d'elle avec ma barbe de la nuit, égoïstement, j'aime mieux me rendre aux toilettes avec ma trousse.

Je pense bien y être le premier. Mais non, en classe économique, je croise Caramans qui en revient, coiffé, rasé, léché, l'air ineffablement officiel et correct. A ma grande surprise, lui, si discret, il ne se contente pas de me saluer : il m'arrête comme un quelconque Pacaud :

— Il règne dans cette classe économique un froid inexplicable, dit-il en levant les sourcils, comme s'il était péniblement surpris qu'un avion français puisse avoir un défaut. D'après Blavatski, la trappe du plancher qui mène à la soute aux bagages doit être mal fermée. Il va essayer de tirer ça au clair. D'ailleurs, ajoute-t-il avec un fin sourire, c'est sa spécialité, de tirer les choses au clair...

Je fais à mon tour le sourire approprié, mais je ne dis rien. Je me doute qu'un dialogue avec Caramans ne peut être qu'un monologue. Il enchaîne en effet :

— Qu'en pensez-vous ? Les résultats de l'interrogatoire de cette pauvre femme n'ont pas été très lumineux. J'en ai reparlé ce matin à Blavatski. Franchement, ces terreurs « paroxystiques », ces « forces hostiles » qui la « repoussent »... je me demande si on doit les prendre pour argent comptant. Cette pauvre dame a peut-être l'esprit un peu dérangé. Après tout, quand on quitte un avion en cours de route, en y abandonnant ses bagages, on est fondé à s'interroger sur l'état mental de l'intéressé.

Ce « on » doit être tous les gens qui, dans le vaste monde, voient les choses avec le bon sens cartésien de Caramans et ils doivent être très nombreux, à en juger par son ton de tranquille certitude. Là non plus, je ne fais d'autre réponse qu'un sourire évasif, ne désirant pas entamer une discussion sur un estomac creux et une vessie pleine.

— Mais je vous retiens, excusez-moi, dit Caramans en relevant sa lèvre, et avec une courtoisie d'autant plus appuyée qu'elle est plus tardive.

Ce n'est pas facile de réfléchir en se grattant la peau avec un rasoir électrique, et encore moins dans les toilettes minuscules d'un avion, où j'ai à peine la place de me tenir debout. Il me semble quand même que Caramans vient de marquer un point. Après tout, notre pression morale sur le bouc n'était pas si forte qu'il n'ait pu lui résister, et quand même, interrompre son voyage et descendre elle ne savait où, en laissant ses valises dans l'avion, c'était chez la Murzec une conduite un peu étrange.

Pourtant, son témoignage sur ce qui s'est passé au sol n'est ni absurde ni incohérent, bien que Blavatski ait essayé de son mieux de le discréditer. Finalement, quand la Murzec a dit que les Hindous n'étaient descendus par la passerelle ni devant ni derrière elle, c'est bien elle qui avait raison. Et non Blavatski qui, je me souviens, s'esclaffait : Deux et deux ne font plus quatre ! Ils sont passés à travers le fuselage !, etc.

Il y a une certaine façon policière d'interroger les gens, dont on dirait qu'elle a pour but de *ne pas* découvrir la vérité. Oh, je sais bien, les forces hostiles qui ont assailli la Murzec au sol, la course qui n'avance pas, la terreur qui la saisit, c'est difficile à admettre, et dans un monde normal ça ressemblerait davantage à un rêve qu'à du vécu. Mais, justement, les circonstances de ce vol ne sont guère normales — j'espère que je peux dire cela sans pessimisme — et quand une femme, qui n'a pas l'air du tout de délirer, vient vous dire d'une voix posée : j'ai vécu ce cauchemar, que faut-il en penser ? voilà un point où le « on » de Caramans avec ses gros sabots ne nous est d'aucun secours.

Je reviens des toilettes, ma trousse sous le bras, et considérablement rafraîchi bien qu'ayant économisé l'eau (je ne sais pourquoi, en avion, j'obéis toujours à ce réflexe), quand, à mon immense stupéfaction, je vois dans l'allée centrale la tête de Blavatski émerger du sol. Je dis émerger : je devrais dire plutôt s'enfoncer, car c'est ce qu'il fait tandis que j'approche. Et je ne vois bientôt plus que le sommet du chapeau dont, bizarrement, elle est coiffée.

Je crie :

— Blavatski !

La tête réapparaît, et une partie des épaules. Blavatski porte son manteau. Il dit à voix basse :

— Taisez-vous donc, Sergius. N'attirez pas l'attention de l'hôtesse. Je profite qu'elle est occupée dans le *galley* pour visiter la soute aux bagages. Il y a quelque chose que je désire tirer au clair.

— Mais vous n'avez pas le droit...

— Je le prends, dit Blavatski avec rudesse. D'ailleurs, la trappe dans le plancher était mal fermée. C'est de là que venait l'air qui refroidissait la classe économique.

Et je vois, en effet, que la moquette de l'allée centrale a été soulevée et le couvercle carré de la trappe, retiré.

— Mais c'est très dangereux ! dis-je. Quelqu'un de distrait ou de mal réveillé peut tomber dans ce trou en allant aux toilettes ! Il est juste dans le passage.

— Eh bien, restez à côté pour prévenir les accidents, dit Blavatski avec impatience. Moi, j'y vais.

Et, allumant un briquet, il disparaît. Je n'ai aucunement envie de le suivre, surtout sans manteau. Debout, ma trousse sous le bras, je surplombe le trou que je ne puis mieux décrire qu'en le comparant à une de ces ouvertures sur les trottoirs par lesquelles on accède aux égouts. La différence, c'est qu'en se penchant, on reçoit ici au visage un air glacial. Je me recule, frissonnant et passablement perplexe. Je suppose que Blavatski est hanté par le souvenir de ce Boeing qui s'écrasa au sol avec ces malheureux Japonais près de Roissy-en-France parce que la porte extérieure de la soute aux bagages fermait mal. Mais si tel avait été le cas pour nous, je ne vois pas très bien ce qu'il aurait pu y faire. Ce Blavatski, avec toute son intelligence, il me déconcerte. Tantôt, il s'inquiète trop, et tantôt, pas assez.

Le chapeau de Blavatski réapparaît, puis son visage, tout à fait impassible. Puis ses épaules, qu'il place de côté pour franchir l'étroite ouverture carrée, puis ses hanches, qui passent encore plus difficilement. Après quoi, il remet en place avec soin le couvercle de la trappe, rajuste la moquette, se relève et dit d'un air indifférent :

— Tout est OK, sauf...

Il me tourne le dos et se dirige sur ses grosses jambes courtes vers la première classe.

— Sauf ? dis-je en le suivant.

— Sauf, dit-il en me jetant un coup d'œil acéré par-dessus son épaule, qu'il n'y a pas dans la soute la plus petite trace de bagages. Nos valises sont restées à Roissy.

CHAPITRE X

Je suis sans voix. Ma valise contient, ou plutôt, contenait, les dictionnaires et les ouvrages de référence qui sont indispensables à l'étude que j'ai en vue (curieux que, seul avec moi-même, je n'ose même plus prononcer le mot de Madrapour). Mais, sur l'instant, ce n'est pas cela qui me frappe, c'est un autre aspect des choses.

— Blavatski, dis-je en le rattrapant et en le saisissant par le bras (il s'arrête aussitôt et me regarde par-dessus son épaule en levant les sourcils), ne dites rien à vos compagnons. Vous allez à nouveau les bouleverser. Ils sauront bien assez tôt qu'ils sont partis sans leurs bagages.

Blavatski me fait face avec lourdeur, mais aussi avec agilité, comme un tonneau qui pivote sur son axe. Il me fixe de ses yeux gris perçants. Je ne sais si cela est dû aux verres épais qu'il porte mais ses yeux paraissent vraiment très petits, réduits à deux pointes, et ces pointes donnent à son regard quelque chose de très aigu. Il ne dit rien, pas un mot, mais, à l'air de supériorité dont il me considère, je comprends aussitôt que ma suggestion va être repoussée — avec un petit sermon ruisselant de moralisme. A tout prendre, je crois que je préfère encore chez Blavatski la vulgarité argotique, bien qu'elle me paraisse tout aussi affectée, ou même le troisième de ses registres — l'enjouement bon enfant —, à ce ton prédicant auquel il recourt dans les grandes occasions. D'autant plus que ce prêchi-prêcha couvre d'ordinaire une motivation égoïste. En l'occurrence, elle est bien claire : ayant découvert que nos valises sont restées à Roissy, Blavatski ne va pas manquer de se faire gloire auprès de nos compagnons de sa découverte, affirmant ainsi son droit au leadership qu'il a dès le début assumé dans l'avion.

Pour l'instant, il me laisse cuire dans le jus de mon indignité. De paroles, pas la moindre. Le silence. La désapprobation taciturne. La pointe du regard qui m'ouvre comme un scalpel. Les grosses dents blanches découvertes dans un demi-sourire méprisant. Le menton carré lancé belliqueusement vers moi, et la fossette qui le partage en deux se creusant en même temps de la façon la plus dramatique. Même ses cheveux drus paraissent impénétrables à une idée qui, venant de moi, n'est jamais qu'une idée de Slave — ondoyante et peu sûre — et non pas une solide idée « saxonne » comme la sienne. Car lui, au moins, il agit, il fait front, il se bat, il avance de découverte en découverte, il intervient dans les événements...

— Mais voyons, Sergius, j'espère que vous ne parlez pas sérieusement, dit-il enfin d'une voix grave. (Mais bien sûr, ne suis-je pas, moi, un irresponsable ?) Il est tout à fait hors de question que je cache à nos compagnons ce que je viens de découvrir. Je me fais une autre idée de mes responsabilités (nous y voilà !) ; nos compagnons ont le droit de savoir exactement où ils en sont, et je manquerais à mes devoirs si je ne le leur disais pas.

— Je ne vois pas très bien ce que ça change, dis-je. De toute façon, à l'arrivée, ils seront bien obligés de s'apercevoir que leurs affaires sont restées à Roissy ! Pourquoi devancer l'événement ? Ce voyage a déjà été pour eux si pénible !

— Libre à vous, dit Blavatski sur le ton de l'indignation morale, et brandissant sous mon nez son gros index boudiné, de mépriser vos compagnons au point de penser à leur mentir ou à les traiter comme des enfants qu'on protège de la vérité... Comme d'ailleurs, je le rappelle en passant, n'a cessé de faire l'hôtesse depuis le début. (Ceci, sur le ton de l'insinuation malveillante.) Moi, par contre, je tiens mes compagnons de voyage pour des adultes et je n'ai pas l'intention de leur cacher les faits.

— Bien, dis-je, irrité par son allusion à l'hôtesse. (Car son air le disait assez : non content d'être sottement tombé amoureux d'elle, je l'imite servilement.) Vous annoncez à nos compagnons de voyage (je baisse la voix) que leurs bagages ne sont pas dans la soute. Et alors ? Que se passe-t-il ? Rien ! Exactement rien !

— Comment, « rien » ? dit Blavatski d'un air outré. Mais ils sauront, c'est déjà ça !

— Et à quoi cela leur servira-t-il, de savoir ? Est-ce qu'ils peuvent retourner chercher leurs valises à Roissy ? Faire une réclamation ? Prier le *Sol* d'acheminer leurs petites affaires à Madrapour par le prochain avion ? Alerter dès maintenant leur compagnie d'assurances ? C'est vous qui n'êtes pas sérieux, Blavatski.

Et, emporté par mon exaspération, j'ajoute :

— Vous avez l'air de penser que ce voyage est un voyage comme les autres. En êtes-vous sûr ? Et croyez-vous, parce que nous sommes partis, que nous sommes certains d'arriver ?

Blavatski me considère, interdit, et je suis le premier étonné de lui avoir tenu de tels propos, car je n'étais pas conscient que mes réflexions m'aient porté si loin.

Le regard de Blavatski semble s'émousser puis disparaître derrière ses gros verres et le bloc cylindrique que forme son corps (absolument dépourvu de taille, et le ventre aussi rond et bombé que le torse) paraît vaciller.

Ce n'est que la défaillance d'un moment. La seconde d'après, il est là de nouveau, bien planté sur ses grosses jambes, le menton agressif, les yeux aigus.

— Vous déraisonnez, Sergius ! dit-il avec véhémence.

Et il ajoute, comme si ceci expliquait cela :

— D'ailleurs, vous avez une fichue mine, ce matin. Vous êtes malade, ou quoi ?

— Non, non, dis-je hâtivement. Je me sens très bien, merci.

Mais, en même temps que j'articule ces mots mensongers, il me tarde que cet entretien finisse, tant j'éprouve le besoin de m'asseoir.

Blavatski reprend avec force, et aussi avec une certaine hâte, comme s'il ne voulait pas laisser à mon scepticisme le temps d'occuper le terrain :

— Mais certainement, nous arriverons, Sergius ! Vous n'imaginez pas que nous allons continuer à voler dans les airs pendant cent sept ans ! Ça n'aurait pas de sens !

Peut-être est-ce simplement la fatigue, mes jambes tremblant sous moi continuellement, mais la confiance de Blavatski dans la logique des choses me donne tout d'un coup la nausée et je m'écrie d'une voix détimbrée :

— Et notre vie sur terre, elle a un sens ?

— Comment ? C'est vous qui dites ça, Sergius ? Vous, un croyant ! dit Blavatski, qui lui, bien sûr, ne l'est pas, mais qui pour rien au monde n'oserait confesser son athéisme, du moins dans son pays, de peur de passer pour un rouge.

Là-dessus, il me tourne le dos, et regagne la première classe — moi, chancelant, à sa suite, et très soulagé de me laisser tomber sur mon fauteuil.

J'ai gardé ma trousse de toilette sous le bras, la serrant à mon insu contre moi comme mon bien le plus précieux (et à vrai dire, le seul qui me reste). Et je n'ai même pas la force de sourire quand l'hôtesse se penche sur moi avec ses doux yeux inquiets et me dépossède de ma trousse pour la ranger elle-même dans mon bagage à main. Cependant, je me sens mieux dès que j'ai bu mon thé et mangé les deux biscottes qu'elle me beurre, mais toujours avec un sentiment de faiblesse, et comment dire ? de distance avec ce qui se passe autour de moi.

Car Blavatski réclame impérieusement le silence et relate d'un air important sa « découverte » au milieu de la stupeur et de la consternation de tous, la vieille Mrs. Boyd éclatant même en sanglots comme une petite fille en se lamentant sur les robes qu'elle ne pourra pas porter à l'hôtel quatre étoiles de Madrapour.

Moi aussi, je suis atterré. Mais je ne suis pas autrement surpris. Je me rappelle mes appréhensions quand, ayant par erreur apporté mes valises au niveau 1 à Roissy, l'hôtesse les a fait redescendre seules par l'ascenseur en pressant un bouton qui, me dit-elle, devait avertir les bagagistes de les prendre en charge : les bagagistes dont je n'avais pas vu en bas la moindre trace, et dont elle m'affirmait, elle, péremptoirement la présence.

S'est-elle trompée ? M'a-t-elle trompé ? Mais si oui, dans quelle intention ? Et comment puis-je, moi, la soupçonner de « complot » alors que je l'ai vue monter à bord sans le moindre sac à main, et qu'elle est là, assise à mes côtés, partageant notre sort ultime, quel qu'il soit. Je regarde son profil délicat, le dessin de sa bouche enfantine. Non, je n'aurais jamais le cœur de lui poser là-dessus la moindre question, bien que la perte de mes bagages, toute prévisible qu'elle ait été, me frappe à un point inimaginable.

Pourtant, si l'on se fie, comme Blavatski, à la logique des choses, elle n'est pas irréparable. Si mes valises n'ont pas quitté Roissy, je les y retrouverai au retour. Et, à supposer que nous allons vraiment à Madrapour, mon voyage ne se trouve même pas gâché pour autant. Dans l'étude que je comptais faire du madrapouree, je regretterai, certes, l'absence de mes dictionnaires, de mes ouvrages de référence, de mon magnétophone, mais je pourrai du moins écouter, prendre des notes, m'efforcer de rattacher cette langue inconnue à une famille connue.

Je ne me dis rien de tout cela. Assis sur mon fauteuil, faible et défait, je me livre au désespoir. J'ai l'impression affreuse que mon métier de linguiste — auquel je suis si passionnément attaché que j'ai accumulé les langues toute ma vie comme le capitaliste, les profits — m'a quitté pour toujours avec mes dictionnaires.

Comme s'il ne m'était pas possible de les racheter, une fois à terre ! C'est absurde, je le sens bien, mais on dirait que ma pensée n'émerge plus de l'irrationnel. Bizarrement, j'établis même un lien entre le moment où Blavatski m'a signalé le vide de la soute aux bagages et le moment où j'ai senti m'envahir la faiblesse physique qui, depuis, ne me quitte pas.

Dans le cercle c'est, le rituel en moins, le mur des lamentations. Un concert de plaintes d'où s'élèvent, un octave plus haut, les cris d'affliction des pleureurs les plus véhéments, Mrs. Boyd, Mme Edmonde, Chrestopoulos. Le Grec fait peine à voir. Transpirant, larmoyant, plus malodorant que jamais, il paraît emporté dans une fureur d'autodestruction. Il se donne de grandes tapes des deux mains de chaque côté de la tête en s'injuriant, lui et son ascendance, d'une façon affreuse.

Mme Edmonde, la poitrine houleuse, l'œil en feu, oscille de la colère au chagrin. Mais elle est peut-être moins à plaindre que Chrestopoulos, car elle a, à côté d'elle, Robbie pour la consoler, tandis que le Grec, isolé par son odeur et par sa réputation — peut-être injustifiée — de trafiquant de drogue, ne trouve personne pour le plaindre, et à peine pour lui parler.

Quant à Mrs. Boyd, ses bonnes manières de bourgeoise de Boston se sont évanouies. Elle pleurniche sans aucune retenue, en décrivant une à une les robes qu'elle a perdues, sous l'œil froid, méprisant de Mrs. Banister qui lui offre, du bout des lèvres, des consolations agacées. Car il va sans dire que la fille du duc de Boitel, si mortifiée qu'elle soit elle-même d'avoir perdu ses atours, se juge très au-dessus de ce genre d'incidents. Et, tout en égrenant des phrases polies à l'adresse de Mrs. Boyd, elle jette sur sa gauche à Manzoni des coups d'œil de complicité ironique, comme pour le prendre à témoin qu'aucune toilette au monde ne pourrait jamais amender la petite taille, le petit ventre et les petits seins en forme de sac de sa compagne. Cependant, comme celle-ci persévère dans la douleur, Mrs. Banister finit par lui dire d'un ton à la fois aimable et hautain :

— Mais voyons, Margaret, cessez de vous désespérer ! Vous n'êtes pas la seule à avoir perdu vos affaires ! Et cette perte n'est pas irrémédiable.

— Vous trouvez ? dit Mrs. Boyd en reniflant sans pudeur au milieu de ses larmes. Mon argent ! Mes bijoux ! Mes robes ! On m'a dépouillée de tout !

— Mais non, voyons, dit Mrs. Banister d'une voix rieuse, ses yeux japonais glissant un regard de connivence du côté de Manzoni. Vous n'êtes pas, comme vous dites, dépouillée ! Je connais bien des gens qui s'accommoderaient de ce qui vous reste ! A votre arrivée à Madrapour, vous téléphonez à votre banquier à Boston, et le lendemain au plus tard vous recevez un petit virement télégraphique (ce « petit » est dit avec une petite moue).

— Pour acheter quoi ? Dans ce pays de sauvages ! dit

Mrs. Boyd toujours pleurnichante, mais avec un mouvement d'humeur, comme si elle commençait à percevoir, sous l'amabilité de façade, le persiflage dont elle est l'objet.

— Mais comme moi-même ! dit Mrs. Banister. Des saris ! Ils sont tout à fait ravissants, vous savez, et si féminins. Je suis sûre, poursuit-elle avec un sourire à Manzoni, qui entrant dans le jeu, lui sourit à son tour, que les saris vous iront fort bien. Ils sont à la fois sexy et majestueux, poursuit-elle en se tournant vers Manzoni et utilisant son ironie à deux fins : pour ridiculiser son amie et pour imposer à son voisin l'image de son joli corps mûrissant drapé dans les plis d'une soie indienne.

Mrs. Boyd lui jette un coup d'œil pointu, ses pleurs cessent, et son petit visage rond se durcit.

— Je suppose, dit-elle d'une voix gonflée de rancune, qu'un sari vous sera surtout utile au moment où vous l'enlèverez.

Pas si sotte que ça, après tout, Mrs. Boyd, et capable à l'occasion, malgré son indolence, de manier le tomahawk. Je m'attends à ce que Mrs. Banister lui fasse une réponse écrasante, mais pas du tout, elle se tait, soit qu'elle ait ses raisons de ménager Mrs. Boyd, soit qu'elle préfère utiliser son propre scalp pour poursuivre son OPA sur Manzoni, à qui en effet elle continue à sourire de la façon la plus offerte — avec ou sans sari.

Du côté des Français — Bouchoix, épuisé et cadavérique, n'étant plus dans la course —, tout se passe entre Pacaud et Caramans, et sur le ton, qui me paraît si français, de la *récrimination,* rageuse chez Pacaud, modérée chez Caramans. Et ne visant pas, d'ailleurs, la même cible. Caramans, gourmé et décisoire, juge « inadmissible » qu'Air France, mettant les facilités de son aéroport à la disposition d'une société de charter, n'assume pas, par voie de conséquence, la sécurité des bagages. Pacaud, le crâne rouge et les yeux exorbités, s'en prend, lui, aux bagagistes de Roissy-en-France. Aux ordres d'un syndicat rouge, ils ont probablement déclenché une grève surprise au mépris de la législation du travail et des droits élémentaires des voyageurs. Pessimistes comme le sont les Français à partir d'un certain niveau de revenu, Pacaud en conclut qu'en France, c'est la « chienlit » et que le pays va « à vau-l'eau ».

— Mais vous les retrouverez, vos valises ! s'écrie Blavatski en regardant de haut l'agitation des Français. Ou vous serez remboursés ! Ne vous mettez donc pas tant martel en tête ! Tout cela n'est pas si important !

— C'est important à titre de symptôme, dit Robbie. Ça cadre tellement bien avec tout le reste.

Blavatski lui jette un coup d'œil perçant.

— Vous voulez dire que c'est voulu ?

— C'est évident, dit Robbie. C'est évident, que c'est voulu. La perte de nos bagages fait partie de notre mise en condition.

Blavatski hausse les épaules, et Caramans, les yeux mi-clos et la lèvre relevée, dit en regardant Robbie d'un air mécontent :

— C'est là de votre part un exercice de pure fiction. Votre hypothèse est incontrôlable.

A ce moment, jaune, maigre, les cheveux tirés, la Murzec se lève, traverse d'un pas raide le demi-cercle gauche, se penche et dit quelques mots à voix basse d'un air pressant à l'oreille de l'hôtesse. Celle-ci a l'air surpris, réfléchit, et finit par dire d'un air hésitant :

— Oui, mais à condition de ne rien toucher.

— Je vous le promets, dit la Murzec.

La Murzec se relève et disparaît derrière le rideau du *galley*.

— Mais où va-t-elle ? dis-je, stupéfait.

L'hôtesse dit en levant les sourcils :

— Elle m'a demandé de s'isoler quelques instants dans le poste de pilotage.

— Et vous avez accepté ! s'écrie Blavatski, les yeux étincelants derrière ses verres.

— Mais bien sûr. Où est le mal ? dit l'hôtesse d'une voix douce. Elle ne gênera personne.

— J'y vais, dit Blavatski en se mettant debout avec une légèreté lourde, comme une grosse balle qui rebondit.

— Mais laissez donc tranquille Mme Murzec ! s'écrie Robbie avec une subite véhémence. Elle a assez souffert !

Blavatski, vous êtes incorrigible ! Vous retombez dans votre manie interventionniste ! Toujours à espionner les gens, à les manipuler, à les mettre en accusation ou à exercer des pressions sur eux ! Mais foutez-leur donc la paix, une fois pour toutes !

Il y a un murmure général d'assentiment, et Blavatski, jouant à merveille la bonhomie, dit avec une fausse douceur en découvrant ses grosses dents :

— Mais je ne vais pas la déranger. Je veux seulement voir ce qu'elle fabrique. Après tout, notre sécurité est en jeu.

Il disparaît à son tour derrière le rideau de la cambuse, marchant sans aucun bruit sur ses grosses semelles de crêpe.

Quand il revient, quelques secondes plus tard, il s'assied, l'air impénétrable et, sans un mot, joint le bout de ses doigts et ferme les yeux comme s'il allait se mettre à dormir. Pour quelqu'un qui conseille volontiers à ses semblables de « se conduire en adultes », je trouve sa petite mise en scène assez puérile. Elle vise à punir notre désapprobation en frustrant notre curiosité. Mais Blavatski va être déçu. Car personne ne lui pose la moindre question. Et, au bout d'un moment, poussé à bout par notre réserve, notre flic se met lui-même à table.

— Eh bien, dit-il en promenant à la ronde ses petits yeux pleins d'ironie, me voilà tout à fait rassuré. Ce genre d'activité ne pose aucun problème. Mme Murzec est à genoux sur la moquette du poste de pilotage. Elle garde les yeux fixés sur la petite lumière rouge du tableau de bord...

Ici, il s'arrête, comme s'il en avait déjà trop dit, et Caramans demande d'un ton impatient :

— Et que fait-elle ?

— Elle prie.

— Ah, dit Caramans, et les deux hommes échangent des regards satisfaits.

Il est clair que si Mme Murzec est atteinte de folie mystique, la version qu'elle a donnée de son bref séjour au *Sol* devient suspecte.

— A voix basse ou à voix haute ? dit Robbie d'un air tendu.

Blavatski, l'œil acéré derrière ses gros verres, la mâchoire en avant, le regarde sans aménité : ce petit pédé se permet de lui poser des questions après avoir eu le culot de le rabrouer. Blavatski répond pourtant, mais sans regarder Robbie : le désir d'informer, presque irrésistible chez lui, l'emporte sur la rancune.

— A voix haute, dit-il les yeux pétillants. Pas du tout en bredouillant. Bien posément, au contraire. En articulant avec soin et tous les mots bien détachés.

Visiblement, il s'amuse, mais Robbie ne sourit pas. Il dit :

— Quel genre de prière fait-elle ?

— Oh, vous savez bien, dit Blavatski avec un petit geste détaché et dédaigneux de la main.

Et Mme Murzec étant française, il reprend en français :

— Notre Père qui êtes aux cieux, etc.

— Ah, dit Robbie, elle aurait mieux fait de dire : notre Père qui êtes au *Sol*...

Je m'attends à ce qu'il fasse suivre cette remarque d'un de ces rires aigus et esclaffés qui lui sont habituels. Il n'en fait rien. Son visage reste grave et tendu. Et comme personne ne se soucie après lui de dire quoi que ce soit sur un sujet aussi tabou que la religion, le cercle s'enferme dans le silence.

Je laisse retomber mes paupières. Sans avoir mal nulle part, sans déceler en moi le moindre symptôme de maladie, je me sens aussi faible que si on m'avait retiré la moitié de mon sang. Je sais aussi que je n'ai pas de fièvre et, pourtant, je me sens l'esprit enfiévré bien qu'étrangement lucide. Je tourne et retourne sans fin dans ma tête la phrase de Robbie : Notre Père qui êtes au *Sol*. Non, ce n'est pas une plaisanterie. Je saisis l'inquiétude sous la légèreté du propos.

Depuis le moment où le *Sol* a fait atterrir l'avion, une évidence s'impose à moi : tout ce que nous disons et faisons dans le cercle lui est aussitôt connu. Peu importe comment, par quels micros ou gadgets, je ne sais. Mais nos paroles, nos actes, nos jeux de physionomie, peut-être même nos pensées, le *Sol* sait tout. Il assume donc à notre minuscule échelle dans l'avion pour Madrapour (mais lui seul sait où nous allons vraiment) la position d'un Dieu invisible et omniscient.

Pour un croyant comme moi, c'est une pensée infiniment troublante. Car le Dieu que je prie depuis l'enfance n'utilise pas la technologie, la télévision, l'écoute à longue distance. Il n'emploie pas l'ordinateur pour mettre en fiches — et ultérieurement rétribuer — quatre milliards d'êtres humains. En outre, il s'est fait clairement connaître par ses prophètes et par son fils. Nous savons par eux qu'Il nous aime et qu'Il nous sauvera pour peu que nous Lui obéissions. Mais nous qui sommes ici, assis en cercle et peut-être à jamais prisonniers, dans l'avion pour Madrapour, que savons-nous du *Sol* et de ses intentions à notre égard, puisque le *Sol*, lui, ne s'est jamais *révélé ?*

Certes, on peut supposer que si le *Sol* a permis aux pirates de débarquer ce fut pour sauver la vie de Michou. Mais l'Hindou nous a lui-même mis en garde contre cette interprétation rassurante. En quittant l'avion, il nous a expressément recommandé de ne pas trop nous fier à la « bienveillance » du *Sol*. Et il se peut, en effet, que le *Sol* les ait débarqués, lui et sa compagne, non pour sauver Michou, mais parce qu'Il s'était rendu compte que la présence du couple hindou dans l'avion, comme l'Hindou lui-même l'a souligné, constituait une « erreur ».

Quoi qu'il en soit, le point à mes yeux le plus important, et j'y insiste, le plus terrifiant, c'est qu'il n'y a pas eu du *Sol* à nous une *révélation.*

C'est pourtant par la révélation que tout commence. Dieu se fait d'abord connaître à l'homme et passe ensuite un contrat loyal avec lui. C'est ainsi que nous pouvons nous conformer à ses désirs, le craindre et bien sûr aussi, l'aimer. Mais le *Sol,* après nous avoir attirés dans cet avion, sous le prétexte de moins en moins plausible d'un voyage à Madrapour, reste obstinément silencieux.

Ne sachant ni s'Il nous aime, ni s'Il nous hait, ni s'Il nous

221

destine à survivre, et pas davantage s'Il nous voue tous à la mort, nous sentons peser sur nous à chaque instant sa tyrannie taciturne.

Le prier, comme la Murzec ? Mais Le prier pour quoi ? Puisque nous ne savons pas le destin qu'Il nous prépare. Et, dans nos prières, pouvons-nous même nous remettre en toute humilité à Ses volontés, puisque nous ne savons pas ce qu'Il veut ?

Je me demande, d'ailleurs, si nous devons, comme la Murzec, diviniser le *Sol* pour la seule raison qu'il est tout-puissant, omniscient et invisible. Si le *Sol* ne veut pas le bien, mais le mal, il me semble que nous tomberions tous dans une hérésie abominable en le donnant comme rival au Dieu que nous avons toujours vénéré.

A ce moment de mes pensées, l'hôtesse se penche sur moi, me prend la main et me regarde de ses yeux verts. Je m'aperçois que j'ai oublié de dire quelque chose d'important à leur sujet. Selon ce qu'ils expriment, ses yeux deviennent tantôt plus clairs, tantôt plus foncés, comme si les sentiments qu'elle éprouve avaient à tout moment le pouvoir de faire varier l'intensité de leur lumière. A cet instant, bien que le soleil brille par les hublots, ils me paraissent presque noirs.

— Vous sentez-vous mieux ? dit-elle d'une voix basse et inquiète. Où avez-vous mal ?

— Je n'ai mal nulle part. Je me sens faible. C'est tout.

— Mais étiez-vous malade avant d'embarquer ?

— Pas du tout. J'ai une très bonne santé. De ma vie, je n'ai jamais rien eu, sauf, comme tout le monde, des grippes.

Elle me sourit avec une douceur maternelle, son sourire ayant pour but, je suppose, de cacher son anxiété. Elle reprend d'un air enjoué :

— Je n'ai rien à vous donner, sauf de l'aspirine. En voulez-vous ?

— Non, dis-je en m'efforçant de sourire. Ça va aller mieux, merci.

Mais je sais déjà qu'il n'en sera rien. L'hôtesse

détourne la tête. Elle a senti que cette conversation, si courte qu'elle fût, m'a fatigué.

Je suis la direction de son regard : elle observe Bouchoix qui, couché plutôt qu'assis sur son fauteuil, garde les yeux clos. Son visage d'une maigreur affreuse a pris une teinte curieuse, cadavérique, et ses mains surtout m'impressionnent. Décharnées et jaunâtres, elles se crispent sur la couverture, non pas parce que Bouchoix souffre — son visage paraît paisible — mais en vertu d'un réflexe qui échappe déjà à sa conscience.

L'hôtesse rencontre mon regard et se penchant vers moi à me toucher, elle me dit dans un souffle :

— Je me fais du mauvais sang pour ce malheureux. Il me paraît au bout de son rouleau.

Dans un geste familier, je dégage mon poignet gauche de ma manche et me rappelle au même moment que, comme tous ici, je suis sans montre. Bien que l'hôtesse se soit exprimée avec pudeur, employant cette expression ambiguë « il paraît au bout de son rouleau », elle craint manifestement que Bouchoix ne meure à bord.

— Ne vous inquiétez pas, dis-je. D'après la hauteur du soleil, nous ne pouvons pas être loin de notre destination. Quatre ou cinq heures, pas plus.

— Vous croyez cela ? dit-elle en levant les sourcils.

Mais elle doit regretter aussitôt de s'être laissée aller à trahir à ce point le fond de sa pensée, car elle cille, rougit, et se levant avec vivacité, elle disparaît dans le *galley*. Je tourne la tête — au prix d'un gros effort — et je la suis des yeux, éprouvant comme toujours une pénible sensation de froid dès qu'elle s'éloigne de moi.

Des yeux, je parcours le cercle. Bien que je sente maintenant entre mes compagnons de voyage et moi une sorte de distance, l'intérêt intense que j'éprouve à les regarder vivre n'a pas disparu, loin de là. Il s'y mêle même une sorte d'avidité, comme si rien que d'observer leur vitalité, leurs disputes, leurs amours, me faisait boire le sang que j'ai perdu.

Pour certains d'entre eux, j'ai éprouvé de l'hostilité. C'est bien fini. Et les jugements de valeur, aussi. Ah, la morale ! la morale ! Comme il faut s'en méfier ! C'est la meilleure méthode qu'on ait trouvée pour ne jamais rien comprendre à l'être humain.

Par exemple, Mme Edmonde : je regarde sur ma droite ce splendide animal humain dont les formes vigoureuses font craquer la robe verte aux grands ramages noirs. Eh bien, je la trouve de plus en plus sympathique malgré son affreux métier — et très touchante aussi, sa passion pour Robbie. Au début, elle ne s'est peut-être intéressée à lui parce qu'après Michou il était, dans l'avion, ce qui ressemblait le plus à une jeune fille. Elle le couve sans arrêt de ses yeux bleus intenses, comme si elle allait d'un moment à l'autre l'emporter en classe économique, lui arracher son pantalon et le violer. Mais au-delà du désir, je suis bien sûr qu'elle commence à l'aimer, avec rudesse, avec force, sans le moindre détour. Et lui, le fin et délicat Robbie, tout débordant des raffinements de la culture par lesquels il a autrefois cru justifier son homosexualité, il est fasciné et comme aspiré hors de son narcissisme par cet amour fruste, pour lui paradoxalement pervers, et vers lequel il se laisse glisser peu à peu.

A ma grande stupéfaction, Bouchoix soulève ses paupières. Son œil noir, d'abord vague, devient plus vif, et sa main droite, crispée le moment d'avant sur sa couverture, commence un long voyage hésitant et tâtonnant jusqu'à la poche de sa veste. Il en sort, non sans mal, son jeu de cartes. Une expression de contentement envahit alors son visage décharné, un peu de couleur revient sur ses joues et, se tournant sur sa droite, il dit à Pacaud d'une voix extraordinairement faible :

— Si nous... faisions... un poker ?

— Mais tu vas mieux, Émile ? dit Pacaud, son crâne virant aussitôt au rouge et ses gros yeux saillant de l'orbite sous l'effet d'un absurde espoir.

— Assez... pour faire... un poker, dit Bouchoix de sa voie ténue, hachée, et qui semble venir de très loin.

Dans le cercle, toutes les conversations se taisent. On dirait qu'on respire même avec précaution, tant la voix de Bouchoix paraît prête à se casser.

— Mais tu sais bien que je n'aime pas le poker, Émile, dit Pacaud d'un air gêné. D'ailleurs, je n'ai pas de chance. Je perds toujours.

— Tu perds... parce que... tu joues mal, dit Bouchoix.

— Je ne sais pas mentir, dit Pacaud, toujours aussi rouge et avec un effort — qui ne réussit pas tout à fait — pour atteindre la jovialité.

— Sauf... dans ta vie... privée, dit Bouchoix.

Silence. Nous regardons tous Bouchoix, stupéfaits devant une rancune qu'il a l'air de vouloir emporter dans sa tombe. Pacaud se tait, stoïquement, le front pourpre, la main de Michou serrée dans la sienne.

— Ce que vous êtes vache, dit Michou, mais sans regarder Bouchoix, et comme si sa remarque s'adressait en général à l'humanité des adultes.

Le silence retombe, et Bouchoix dit d'une voix exténuée où perce cependant l'impatience :

— Alors ?

— Mais c'est que nous n'avons pas d'argent ! dit Pacaud.

Et, parce que la gêne le rend volubile, il reprend :

— Curieux, d'ailleurs, comme j'ai l'impression d'être nu quand je ne sens pas la présence de mon portefeuille dans la poche intérieure de mon veston. Oui, nu. Et comment dire ? (il cherche ses mots) atteint dans ma puissance virile.

— Comme c'est intéressant ! dit Robbie. Vous voulez dire que le frottement de votre portefeuille contre votre poitrine vous donnait l'impression d'être un homme ?

— Exactement, dit Pacaud, soulagé d'être si bien compris.

Robbie a un rire flûté.

— Comme c'est étrange ! N'est-ce pas plutôt le poids de vos testicules dans votre entrejambe qui aurait dû vous donner ce sentiment !

— Mon minet ! s'écrie Mme Edmonde qui, depuis qu'elle est amoureuse, redevient pudique.

— M. Pacaud, dit tout d'un coup Chrestopoulos, l'œil noir brillant et la lèvre gourmande sous sa grosse moustache : il n'est pas nécessaire d'avoir des billets pour jouer au poker. « Vous prenez n'importe quel bout de papier, vous écrivez dessus « bon pour 1 000 dollars » et vous signez.

— Mademoiselle, avez-vous du papier ? demande Pacaud à l'hôtesse, qui revient à cet instant du *galley*.

— Non, monsieur, dit l'hôtesse.

— Qui a du papier ? dit Pacaud d'un air qu'il s'efforce de rendre enjoué et en promenant son regard sur le cercle.

Personne, apparemment, ne s'en est muni, sauf Caramans qui a dans sa serviette, je l'ai vu, un bloc-notes vierge mêlé à ses dossiers. Mais Caramans, la paupière à mi-course, la lèvre relevée, ne bronche pas, soit que la fourmi ne soit pas prêteuse, soit qu'il désapprouve — comme moi — les jeux d'argent.

— Mais n'importe quel papier fera aussi bien l'affaire, poursuit Chrestopoulos avec élan, et un geste rond et enthousiaste de son bras court. Mademoiselle, avez-vous dans vos réserves du papier hygiénique ? En feuilles. Pas en rouleau.

— Je suppose, dit l'hôtesse, et elle se dirige vers le *galley*.

Pacaud se met à rire d'un air mi-jovial mi-gêné, et Bouchoix lui-même sourit, mais, comme il lui reste très peu de peau sur le visage — et celle-ci, d'une couleur de cire —, son sourire a pour effet de souligner sinistrement le dessin osseux de la mâchoire. Le plaisir qu'il va trouver à cette partie de cartes — probablement la dernière — me donne un sentiment d'horreur.

L'hôtesse revient du *galley* et, le visage tout à fait neutre, elle tend un paquet de papier hygiénique à Pacaud.

— Vous allez jouer avec ça ? dit Mrs. Banister du bout des lèvres.

— *My dear,* dit Mrs. Boyd, *don't talk to these men* [1] *!*

— Bien forcé, dit Pacaud. Eh bien, qu'est-ce que je fais, maintenant ? dit-il en sortant une pointe Bic de sa poche.

— Mademoiselle, dit Chrestopoulos à Michou avec une politesse huileuse, vous voulez me permettre de m'asseoir à côté de M. Pacaud ?

1. Ma chère, ne parlez pas à ces hommes-là !

— S'il vous plaît, Michou, dit Pacaud.

— S'il vous plaît, Michou, parodie Michou, la mèche sur l'œil, sans chercher à cacher sa vive contrariété. D'ailleurs moi, ajoute-t-elle avec un dépit puéril en allant prendre place sur le fauteuil occupé précédemment par l'Hindou et laissant tomber dans sa colère son roman policier (et la photo de Mike dont elle mâchonne tout un coin en lisant), moi, je me fous pas mal à côté de qui je suis assise !

— Mais ce n'est que pour un tout petit moment, mon petit ange, dit Pacaud à la fois touché et inquiet par la mini-scène qu'on lui fait.

— Je ne suis pas votre petit ange, espèce de gros patapouf, dit Michou, et à son ton je m'attends presque à ce qu'elle lui tire la langue. Mais elle met le nez et la mèche dans son livre, et le coin de la photo de Mike calé entre ses dents, elle se tait.

— Si vous permettez, M. Pacaud, dit Chrestopoulos en se penchant vers lui — et Pacaud aussitôt recule en retenant son souffle —, vous écrivez sur chaque feuille : « bon pour 1 000 dollars », vous datez et vous signez.

— Non, dit Pacaud en riant et en jetant un coup d'œil à Blavatski. Pas des dollars ! Ça ne fait pas sérieux ! Des francs suisses ou des marks ! Combien je fais de feuilles ?

— Trente, pour commencer, dit Chrestopoulos avec un petit rire complaisant, mais le regard fuyant et l'air incroyablement faux.

Il ajoute avec une amabilité volubile :

— Vous serez notre banquier, M. Pacaud. Vous nous donnez dix billets à chacun et, à la fin de la partie, nous vous rembourserons, selon nos gains ou nos pertes.

— « Bon pour 1 000 francs suisses », dit Pacaud en commençant à écrire, la main ronde et le ton léger.

Il y a un silence et Caramans dit avec froideur, mais sans élever la voix :

— Si j'étais vous, M. Pacaud, je ne mettrais pas ma signature sur ce genre de billet.

— Mais c'est du papier hygiénique ! dit Pacaud avec un petit rire.

— Le papier ne fait rien à l'affaire, dit Blavatski.

227

Les gros yeux saillants de Pacaud vont de Caramans à Blavatski. Les voir l'un et l'autre d'accord pour la première fois paraît l'impressionner. Mais, à cet instant, Bouchoix dit d'une voix grêle, impatiente, et vibrante de reproches :

— Eh bien... qu'est-ce que tu attends?...

Le ton dit assez que son beau-frère le prive, par égoïsme, du dernier plaisir de sa vie.

— Mais allez-y donc, M. Pacaud! Que craignez-vous? dit tout d'un coup Robbie d'une voix chargée, comme à l'ordinaire, de sous-entendus. Écrivez ce que vous voulez! Datez! Signez! Cela n'a aucune importance! Bien que M. Chrestopoulos soit, comme ces messieurs, convaincu du contraire.

Et ce qu'il veut dire par là, Pacaud, je crois, n'en a aucune idée. Mais pressé par Bouchoix, rassuré par Robbie (qui, depuis le moment où Mme Edmonde a dénoncé ses habitudes, n'a jamais cessé d'être amical avec lui), Pacaud se décide à écrire à la diable les trente billets, les signe, en donne dix à Bouchoix, dix à Chrestopoulos et garde le reste pour lui.

Je ferme les yeux. Je ne tiens pas à suivre cette partie de cartes. Je la trouve absurde, déplacée et en fin de compte, humiliante pour tous — y compris pour ceux qui en sont, malgré eux, les spectateurs. A ce moment du voyage de Bouchoix, du mien, du nôtre, j'aurais voulu moins de futilité. D'ailleurs, il n'y a pas, comme on dit dans la langue du tiercé, le moindre « suspense » à cette partie : le résultat est couru d'avance.

Il y a tout d'un coup une brève diversion qui m'amène à rouvrir les yeux. Manzoni dit de sa voix zézayante et veloutée :

— Il y a un fauteuil vide entre M. Chrestopoulos et vous : me permettez-vous de l'occuper?

— Non, dit Michou en jetant à Manzoni un regard sévère à travers sa mèche.

Et elle ajoute avec une cruauté dont on peut supposer qu'elle n'est qu'à demi consciente :

— Je n'ai plus besoin de vous, merci.

— Mon petit ange! dit Pacaud avec reproche.

— Appellation à l'instant très peu méritée, dit Robbie.

— Vous ! dit Michou en regardant Pacaud avec une rancune puérile, occupez-vous de vos sales cartes, et fichez-moi la paix !

Le visage de Manzoni, bien qu'un peu pâle, reste impassible, mais ses doigts se crispent sur les accoudoirs. Il pâlirait davantage s'il pouvait voir le regard que sa voisine lui jette au même instant à travers les fentes de ses paupières — ces fentes dont la parenté avec des meurtrières une fois de plus me frappe. Même destination, me paraît-il : voir sans être vu, tirer sans être atteint...

Au même instant, Robbie étend son bras gracile, pose sa main délicate sur le genou de Manzoni, et la laisse là, comme oubliée. Ce geste, qui se veut consolateur, ressemble fort à une caresse et Manzoni le tolère, peut-être en raison de l'ambiguïté de sa nature, peut-être parce qu'étant bon et sensible — qualité qui, au moins autant que sa beauté, explique ses succès féminins —, il répugne à faire de la peine à son ami. Mais Mme Edmonde aussitôt réagit. Elle se penche vers Robbie, l'apostrophe d'une voix basse et furieuse. Je crois entendre qu'elle le menace de lui « balancer une paire de baffes », et comme, tout en parlant, elle lui serre avec férocité l'avant-bras gauche, Robbie fait une petite grimace de douleur et retire du genou de Manzoni la main coupable. Brutalisé, morigéné, vaincu, il ne paraît pas en fin de compte tellement mécontent de l'être, mais bien sûr n'abandonnant en rien pour autant, bien logés dans les plis et les replis de ses méninges, les rêves délicieux qu'il nourrit sur l'Italien.

A cet instant, et alors que la partie de poker dans le demi-cercle droit s'anime, Bouchoix ayant à peine la force de tenir ses cartes, mais l'œil brillant dans une physionomie inerte, le rideau orange du *galley* s'écarte et Mme Murzec réapparaît, la paupière baissée, le visage jaune détendu, très sécurisée par ses dévotions. Elle assoit son corps anguleux et raide avec modestie dans un fauteuil et, quand elle lève enfin les yeux qui, même adoucis par les oraisons, brillent d'un éclat bleu acier insoutenable, elle observe avec stupéfaction la partie de cartes qui se déroule sur sa droite.

— Comment ! dit-elle d'une voix basse et indignée. Ils ont entraîné ce malheureux, malgré son état, à jouer avec eux ?

— Non, non, dit Mrs. Banister, c'est tout le contraire.

Et elle ajoute *sotto voce* avec une ironie sournoise :

— C'est ce malheureux qui les a entraînés.

Il y a un silence et la Murzec dit d'une voix étouffée :

— Mais avec quoi misent-ils, puisqu'ils n'ont pas d'argent ? A quoi riment ces feuillets ?

Ni Mrs. Banister, ni Mrs. Boyd ne consentent à répondre à cette question et, au bout d'un instant, Robbie, l'air grave mais l'œil allumé, se penche en avant de façon à voir la Murzec et dit sur le ton le plus factuel :

— Ces feuillets, grâce à une inscription manuscrite, valent mille francs suisses chacun. Ce sont des feuilles de papier hygiénique.

— Mais c'est répugnant ! dit la Murzec sans cependant hausser la voix.

— Oh, vous savez, dit Robbie, l'argent n'a pas d'odeur.

Et il ajoute :

— C'est même la critique la plus forte qu'on puisse adresser au capitalisme.

Cette attaque, pourtant bénigne, contre les valeurs de l'Occident lui vaut un coup d'œil soupçonneux de Blavatski. Ce qu'il y a d'agréable avec un flic, même très intelligent, c'est qu'on peut presque voir son cerveau fonctionner. A cette minute, je sais presque à coup sûr ce que pense Blavatski de Robbie. A tort, d'ailleurs, car Robbie est trop centré sur lui-même pour adhérer, sinon d'une façon velléitaire et passagère, à une idéologie politique.

A condition de ne pas bouger, je ne sens pas trop mon état de faiblesse, sauf cependant dans les jambes. L'impression qu'elles me donnent d'être en coton, je l'ai déjà éprouvée. Mais, justement, toute la différence est là : je ne suis pas en train de sortir d'une grippe avec l'espoir de voir s'améliorer peu à peu mon état. J'entre avec une anxiété grandissante dans une maladie dont j'ignore tout, et qui ne m'amène ni fièvre, ni douleur, ni même à proprement parler de malaise, sinon une sensation de profonde asthénie et d'irrémédiable fatigue. Je suppose que les grands anémiés et les très vieilles personnes doivent éprouver vingt-quatre heures sur vingt-quatre ce sentiment accablant d'être vidés progressivement de leurs forces.

J'éprouve en même temps, en raison peut-être de mon épuisement, une irritabilité que j'arrive difficilement à contrôler. Tout m'agace, tout me vrille les nerfs, et par-dessus tout cette partie de poker qui se joue dans le demi-cercle droit entre ce mourant, ce trafiquant et cet amateur de « faux-poids ». Je peux à peine supporter leurs visages graves, leurs silences, la manipulation maniaque des cartes, leurs annonces dramatiques, le froissement des feuillets qui leur servent d'argent. Je ferme les yeux, mais je continue à les voir, prisonniers de leur rituel, anxieux, tendus vers l'appât de leur gain dérisoire. Et je peux presque sentir en moi l'accélération subite de leur rythme cardiaque quand l'un d'eux, avec un accent solennel, demande « à voir » et qu'une pleine seconde s'écoule avant que l'adversaire abatte ses cartes. Bien que d'un naturel tolérant, je suis rempli de dégoût. Il me semble que le cœur humain, surtout dans les moments que nous vivons, devrait battre pour autre chose que pour du papier-cul.

Plus cette partie se prolonge, plus je sens la nausée m'envahir devant la fausseté fondamentale de ce culte stupide rendu publiquement au hasard, au mensonge et à l'argent.

— C'est dommage, que vous ayez perdu vos bagues, M. Chrestopoulos, dit tout à coup Blavatski tandis que Pacaud, dont le tas de feuillets diminue, bat longuement les cartes. Vous auriez pu les miser !

— Je ne mise jamais mes bagues ! dit Chrestopoulos, comme si elles ornaient encore ses doigts.

— Mais oui, bien sûr, dit Blavatski, ça ne doit pas être nécessaire ! Vous ne devez pas perdre souvent !

— En effet, dit Chrestopoulos avec un tranquille

aplomb. Je gagne. Et je ne gagne pas parce que je triche, comme vous l'insinuez, M. Blavatski. Je gagne parce que je sais jouer.

Il passe la main sur son front pour en balayer la sueur et reprend non sans dignité :

— Je déplore, étant un citoyen grec, le caractère raciste de votre insinuation.

Blavatski ne répond pas un mot, ni pour se défendre, ni pour s'excuser. Il reste assis, comme un bloc, les lèvres serrées et les yeux invisibles derrière ses verres.

Là-dessus, la Murzec soupire et dit avec tristesse :

— L'Hindou a pris le grand chemin, et nous, nous prenons le petit.

Cette déclaration cryptique serait tombée dans l'indifférence si Robbie ne l'avait pas relevée.

— Qu'est-ce que vous entendez par : le grand chemin, madame ? dit-il avec une déférence vraie ou jouée (je ne saurais dire). Et qu'est-ce qui vous fait croire que c'est celui-là que l'Hindou a pris ?

— Mais il l'a dit lui-même, dit la Murzec : « Je suis un homme du grand chemin. »

Son erreur est si évidente et pour moi, linguiste, si intolérable, que je me crois obligé d'intervenir :

— Pardonnez-moi, madame, dis-je en français. Vous faites une petite faute de traduction. L'Hindou a bien dit : « *I am a highwayman* », mais l'expression a, en anglais, un tout autre sens que celui auquel vous vous êtes arrêtée. En fait, la phrase veut dire : « Je suis un bandit de grand chemin. »

— Et croyez-vous vraiment que l'Hindou ait été un bandit ? demande Mme Murzec en me regardant avec indignation.

Je n'ai pas le temps de répondre. Mme Edmonde me devance.

— Et comment, que je le crois ! crie-t-elle d'une voix forte. Il nous a tout piqué, le truand, même nos montres ! Et faudrait quand même se rappeler qu'il nous a braqués et qu'il a failli cloquer la petite. Pas vrai, mon minet ? poursuit-elle en posant sa forte pogne sur les doigts fins de Robbie.

Mais de ce côté, elle ne reçoit aucun encouragement. Robbie lui fait un sourire ensorcelant, mais secoue la tête.

— Mais enfin, mon minet, dit Mme Edmonde avec une véhémence qui agite beaucoup sa poitrine, tu peux pas nier ! Je le revois encore, le mec, il a tout emporté dans son sac en skaï !

La Murzec pousse un cri et tous les yeux se tournent vers elle.

— Ah, je me souviens ! dit-elle.

Et comme elle garde le silence, les yeux fermés, et le visage contracté, Robbie dit avec douceur :

— De quoi vous souvenez-vous ?

Elle ouvre les yeux et dit :

— Des Hindous marchant le long du lac.

Elle se tait.

— Mais oui, dit Robbie avec douceur.

Il regarde Blavatski et lève la main, la paume tournée vers lui comme pour prévenir ses interruptions. Puis il poursuit à voix basse et précautionneuse, comme s'il avait peur de rompre le fil qui rattache la Murzec à ses souvenirs.

— Ils marchent devant vous. Vous les voyez de dos, n'est-ce pas ? Leurs silhouettes se détachent en noir sur le halo de lumière créé par leur lampe électrique ? Vous distinguez nettement le turban de l'Hindou et le sac en skaï qu'il balance au bout de son bras ? Il longe le bord du lac.

— Mais ce n'est pas un bord ordinaire, dit la Murzec, le visage jaunâtre complètement figé. C'est un quai.

— Et à un moment donné, l'Hindou a promené sa lampe électrique sur sa droite et vous avez vu l'eau ?

— J'ai vu l'eau et le quai, dit la Murzec. L'eau était noire.

Elle se tait de nouveau et Robbie dit doucement :

— Alors ?

— Il marchait très près du bord.

— Sur la margelle ?

— Oui, sur la margelle. Il balançait le sac en skaï au-dessus de l'eau.

Un silence de nouveau. Chrestopoulos, ses cartes en main, lève la tête et s'immobilise.

— Ensuite ? dit Robbie.

— Ensuite, il a tendu le bras. Il a ouvert les doigts. Le sac est tombé.

— Dans l'eau ?

— Oui, dans l'eau.

— C'est faux ! C'est faux ! hurle Chrestopoulos en se dressant, les cartes à la main. Vous mentez ! Vous venez d'inventer tout ça !

CHAPITRE XI

Le premier à réagir ne fut pas Blavatski comme on aurait pu s'y attendre, mais Caramans. La lèvre relevée, il dit de son ton gourmé qui me paraît toujours être sa propre parodie :

— Vous manquez à la courtoisie, monsieur. Rasseyez-vous, je vous prie.

Et Chrestopoulos, qui paraît avoir décidé une fois pour toutes qu'il a intérêt à ménager Caramans, loin de piper, se rassied, s'enfonce dans ses cartes et disparaît totalement du débat où il est entré d'une façon si fracassante. Mais la querelle continue sans lui, avec une logique de surface d'autant plus surprenante que sa finalité ne se laisse pas du tout discerner. Car, après tout, à quoi peut bien rimer cette dispute ? Où mène-t-elle ? Quel est son enjeu ? Et est-ce bien de cela qu'à ce moment précis (ou imprécis) de votre voyage il faudrait discuter ?

— Madame, dit Caramans en se tournant vers la Murzec, je ne reprends pas à mon compte les accusations qu'on vient de lancer contre vous. Mais votre récit m'étonne.

La Murzec tourne la tête vers lui, mais ne répond rien. Certes, son visage maigre et jaunâtre paraît fatigué. Elle vient de faire un gros effort pour retrouver dans sa mémoire un détail que l'effroi du moment ne lui avait pas permis de noter. Mais comment expliquer qu'elle devienne tout d'un coup passive et pacifique au point de laisser passer sans la relever l'insinuation de Caramans ? Car enfin, quand un diplomate vous dit « votre récit m'étonne », cela revient, en termes courtois, à mettre en doute la crédibilité de vos propos. Le « vous mentez » de

Chrestopoulos n'est donc pas loin. C'est dit avec plus de tact, c'est tout.

— Ce récit vous étonne ? dit tout d'un coup Robbie sur le ton du défi le plus abrupt.

Et il ajoute avec une sorte de panache, comme s'il tirait l'épée dans un grand froissement de fer pour défendre Mme Murzec :

— Pourquoi ?

Caramans cille, la paupière à mi-course. Il ne se soucie guère d'engager une polémique avec Robbie — sur lequel il doit faire « quelques réserves ». Mais, d'un autre côté, il a l'air de tenir beaucoup et à mes yeux, inexplicablement, à faire prédominer son point de vue au sujet du sac en skaï. Il dit en regardant la Murzec comme si c'était elle qui avait lancé le « pourquoi ? » :

— Eh bien, madame, parce que votre récit est un peu tardif, avouez-le.

Mme Murzec n'a pas le temps de répliquer. Son champion se jette dans la bataille, l'épée haute.

— Tardif ! dit Robbie. Je ne vois pas que ce soit une raison pour le suspecter. Après tout, Mme Murzec a vécu à l'atterrissage une expérience effroyable. Elle a elle-même fait état de sa terreur. Or, rappelez-vous, je vous prie, quand Mme Murzec, pour la première fois, a essayé de nous raconter comment les choses se sont passées à terre, elle s'est heurtée de la part de certains d'entre nous à l'incrédulité la plus déplaisante. Son récit a été littéralement haché par les interventions (ceci est dit sans regarder Blavatski, mais avec un ton chargé de rancune). Bref, tout a été mis en œuvre pour refouler une vérité jugée indésirable et pour réduire Mme Murzec au silence. Il n'est pas étonnant, dans ces conditions, qu'un souvenir, même un souvenir important comme celui-là, lui ait alors échappé.

La thèse de Robbie est forte et vengeresse, et je m'attends à ce que Caramans abandonne la partie, d'autant plus que son scepticisme, en persistant, devient manifestement injurieux pour Mme Murzec. Mais sans que je puisse encore comprendre ce qui est pour lui le véritable enjeu de la discussion, Caramans s'accroche avec la dernière fermeté à son point de vue. La situation a quelque chose d'insolite parce que la Murzec se contente de le regarder de ses yeux bleus — dont je ne discerne pas l'expression car je ne la vois que de profil —, et comme elle ne dit toujours rien et refuse le combat, Caramans pour révoquer en doute son récit, doit se résigner à croiser le fer avec Robbie — ce qu'il fait sans entrain aucun, craignant sans doute à tout instant une botte secrète ou un coup de Jarnac de la part d'un individu habitué sans doute à violer toutes les règles, puisqu'il viole déjà celles qui président au choix des partenaires sexuels de l'homme adulte.

La moue active et les paupières presque closes pour filtrer le regard bleu intense qu'attache sur lui la Murzec, Caramans, assis dans son fauteuil mais non certes vautré la tête haute, un cheveu ne passant l'autre, dit, tourné avec courtoisie vers la Murzec, mais sans la regarder vraiment — sauf peut-être au niveau de ses genoux osseux — et sans s'adresser non plus à Robbie alors même qu'il lui répond :

— Il va sans dire que je n'ai mis à aucun moment en doute la sincérité de Mme Murzec. Mais elle a pu faire erreur. La nuit était noire, elle l'a elle-même noté. Les Hindous, distants d'elle d'une vingtaine de mètres, faiblement éclairés par une lampe électrique, Mme Murzec n'a vu en fin de compte que des silhouettes. Elle a pu être trompée par un jeu d'ombres, et d'autant plus facilement qu'elle était à cet instant précis en pleine panique.

Caramans cède ainsi du terrain du côté du mensonge, mais il regagne ce qu'il a perdu du côté de l'erreur.

Robbie sent bien que la seule réponse possible à cet insidieux scepticisme devrait venir de l'intéressée elle-même. Il jette un coup d'œil à la Murzec pour l'inviter à prendre la parole. Peine perdue. La Murzec ne voit rien. Elle garde les yeux immuablement fixés sur le visage de Caramans.

— Eh bien, madame, mais qu'en pensez-vous ? dit Robbie avec un mélange de déférence et d'impatience, comme s'il était agacé que la personne qu'il défend collabore si mal à sa propre défense.

— Mais rien, dit la Murzec sans changer le moins du monde la direction de son regard.

Elle reprend :

— Si M. Caramans ne veut pas me croire, c'est son affaire.

Ni par le ton, ni par le contenu, cette remarque n'est agressive, et pourtant, Mme Murzec n'aurait rien pu dire qui piquât davantage Caramans.

— Madame ! dit-il en se redressant, le regard sévère. Ce n'est pas que je *ne veux pas* vous croire ! C'est que votre version des faits est tout à fait invraisemblable. Comment ! Voilà un homme qui se définit lui-même comme « un bandit de grand chemin », qui nous dépouille de nos passeports, de notre numéraire, de nos chèques de voyage, de nos bijoux, et même de nos montres ! Il réussit, en menaçant d'exécuter une passagère, à obtenir l'atterrissage de l'avion, il s'enfuit avec son butin, et vous venez nous dire que ce butin, au sortir de l'avion, il l'a jeté à l'eau ! Qui peut le croire ?

Ce discours véhément, ou du moins aussi véhément qu'un discours de Caramans peut l'être, est approuvé bruyamment par Chrestopoulos, émergeant une seconde de ses cartes, par Mme Edmonde et, plus discrètement, par la plupart des passagers, à l'exception pourtant de Robbie, de l'hôtesse, de la Murzec et de moi-même, très agacé par le tour rhétorique que Caramans a donné à son intervention et qui, à mon avis, cache mal la pétition de principes sur laquelle il s'appuie. Sans la relever, sans vouloir non plus me substituer à Robbie, je veux néanmoins jeter une petite pierre dans les jambes du diplomate.

— C'est vrai, dis-je d'une voix détimbrée dont la faiblesse m'étonne (car mon esprit reste agile), c'est vrai que l'Hindou a déclaré : *I am a highwayman*. Mais si j'étais vous, M. Caramans, je ne verrais pas dans cette phrase un aveu. L'Hindou pratiquait une forme d'humour très particulière, la plupart de ses déclarations étaient ironiques, et ce serait une grave erreur de les prendre pour argent comptant.

— Même quand il y a eu vol ? dit Caramans. Un vol qui

justifie amplement la définition de lui-même que l'Hindou a donnée ! Avec ou sans humour, ajoute-t-il d'un ton sec en me jetant un regard sans aménité.

À ses yeux, cette réplique m'a mis hors de combat, il carre les épaules, et assez content de m'avoir si vite terrassé, il se tourne vers Robbie et il est tout surpris de le trouver souriant.

— M. Caramans, dit Robbie de sa voix de flûte, en lui faisant un charme éhonté, vous avez commis dans votre petit discours une énorme faute de raisonnement. Vous avez commencé par admettre comme allant de soi la proposition que vous vouliez démontrer.

Caramans a un haut-le-corps, piqué au vif dans sa foi cartésienne.

— Mais si, mais si ! dit Robbie. Votre raisonnement est le suivant : l'Hindou nous a pris notre argent, nos bijoux, nos montres, donc c'est un voleur. Et s'il est un voleur, il n'a pas pu jeter à l'eau le sac en skaï contenant son butin. Donc, Mme Murzec, en affirmant qu'il l'a fait, nous ment.

— Ou se trompe, dit Caramans.

— Ou se trompe, comme vous voulez, dit Robbie avec un petit rire. C'est plus poli. De toute façon, vous partez de l'interprétation que vous donnez à un fait (notre dépouillement par l'Hindou) pour nier un autre fait, affirmé pourtant par un témoin. Mais supposez que ce fait-là soit vrai, que l'Hindou, comme l'affirme Mme Murzec, ait réellement jeté le sac en skaï dans le lac, alors votre interprétation de la personnalité de l'Hindou est frappée de nullité. L'Hindou nous a bien dépouillés, mais ce n'est pas pour autant un voleur, puisqu'il méprise nos dépouilles au point de les jeter dans l'eau dès qu'il nous a quittés. Et cela, notez bien, sans aucune nécessité, puisqu'il n'est même pas poursuivi.

Un silence tombe. Caramans, paupière à mi-course, reste immobile et n'était le mouvement de son pouce droit massant sans arrêt son pouce gauche, de la racine de l'ongle jusqu'à la base du métacarpien, on pourrait le croire résigné à sa défaite.

Mais ce serait beaucoup sous-estimer ce brillant élève

des Frères. Au bout d'un instant, il souffle dans son nez avec un certain dédain, et la lèvre relevée, de nouveau très sûr de lui, il dit sans élever la voix :

— Il y a un point que je vous concède. J'ai, en effet, interprété le personnage de l'Hindou. Mais mon interprétation est, du point de vue du simple bon sens, la plus évidente. L'Hindou nous a volés. Donc, c'est un voleur. Cependant, Mme Murzec, je voudrais le souligner, a elle aussi une interprétation du personnage de l'Hindou. L'Hindou nous a volés. Mais ce n'est pas pour autant un voleur. Pas du tout. C'est un sage, un prophète, un saint...

— Ni un prophète, ni un saint, dit la Murzec d'une voix tout à fait ferme. Mais un sage, oui. Ou si vous préférez, un maître à penser.

— Très bien ! dit Caramans avec un accent de triomphe. Et, quand il quitte l'avion, vous le suivez comme le disciple suit son maître. Un disciple pour qui il est, bien entendu, impensable que son maître vénéré soit un vulgaire voleur. Il faut donc que l'Hindou, si je puis dire, se dépouille de nos dépouilles — et c'est ce que vous avez cru voir...

La pause est brève. Mme Murzec, qui garde toujours les yeux fixés sur Caramans, dit d'une voix nette :

— Malheureusement pour votre thèse, monsieur — une thèse très sécurisante pour vous —, je n'ai pas *cru* voir l'Hindou jeter dans l'eau le sac en skaï : je l'ai vu.

Dans la façon dont ces mots sont prononcés, dans le regard bleu fulgurant qui les accompagne, il y a comme un retour en force de l'ancienne Murzec qui nous coupe le souffle.

— Sécurisante ! s'écrie Caramans en se redressant et en rougissant profondément. Et en quoi cette thèse est-elle sécurisante pour moi, pouvez-vous me le dire ?

Un seuil vient d'être franchi : celui de l'impassibilité chez un diplomate. Mais plus surprenante encore est la transformation à vue de la Murzec. A peine l'air a-t-il retenti de l'indignation de Caramans qu'aussitôt elle paraît s'affaisser, saisie par la contrition. Elle pose ses deux mains à plat sur ses genoux, baisse les yeux, courbe le dos en ramenant les épaules en avant, et dit d'une voix pénétrée :

— Monsieur, si mes propos vous ont offensé, je les retire et je vous en demande sincèrement pardon.

Et, comme Caramans se tait, elle ajoute dans un soupir :

— Il faut bien le dire, les gens qui, comme moi, ont été méchants toute leur vie, ne se défont pas si vite d'un certain automatisme. La malveillance, c'est si facile. Voyez-vous, ajoute-t-elle avec une bouffée de poésie qui m'étonne tout autant que la sincérité de son accent, le venin chez moi est toujours si près du cœur ; les mots qui blessent, si près des lèvres...

Elle ajoute à voix basse :

— Encore une fois, monsieur, je vous prie humblement de me pardonner.

Il y a un profond silence — si du moins on met entre parenthèses les annonces des joueurs de poker. Je regarde avec des sentiments mêlés cette petite dévote française se vautrer dans les délices amers de l'auto-accusation.

Quant à Caramans, il se mord sa moue. Lorsqu'on a été tout au long d'une existence — des Frères de Saint-Jean-Baptiste au Quai d'Orsay — le plus brillant de sa promotion, on ne peut évidemment pas se laisser dépasser en quoi que ce soit, par qui que ce soit, fût-ce en humilité.

— Madame, dit-il dans les notes graves et avec une componction admirablement imitée, c'est moi qui vous dois des excuses, puisque je me suis permis de mettre en doute la fidélité, sinon la sincérité de votre récit.

Je le regarde. La « *fidélité, sinon la sincérité de votre récit* » ! Cher Caramans ! Chère vieille rhétorique ! Chère vieille France aussi, où nul ne peut espérer se hausser aux premières places de l'administration ou du gouvernement s'il n'a pas eu, au lycée, le premier prix de version latine.

— Non, non, dit la Murzec en secouant la tête avec un remords tout à fait résolu. Vous aviez toutes les raisons du monde de mettre en doute mon récit et de me prendre pour une vieille folle.

Caramans, l'air inquiet, me jette un coup d'œil vif comme pour me demander si j'ai répété à la Murzec nôtre conversation du matin. Je fais non de la tête, il se rassérène, regarde Mme Murzec d'un air modeste, et,

241

toujours aussi décidé à être des deux le plus pénitent, il dit en baissant encore la voix dans les notes graves :

— Je ne vous ai jamais prise... pour ce que vous dites, madame, mais j'ai eu le grand tort de contester votre témoignage au point où ma contestation a pu vous paraître injurieuse.

Ici, Robbie se met à s'esclaffer, la main sur la bouche comme une petite fille, secouant son bassin d'arrière en avant, et entortillant ses longues jambes l'une dans l'autre. On le regarde de toute part avec sévérité et reprenant petit à petit son sérieux, il dit en réprimant un dernier gloussement :

— Si ce petit assaut de charité entre deux bons chrétiens est terminé, nous pourrions peut-être revenir au fond du problème...

Il ne peut aller plus loin, Blavatski, visière baissée, entre en lice avec fracas :

— Mme Murzec, dit-il en français avec un grasseyement très exagéré, d'après votre version des faits, l'Hindou marchait en balançant son sac en skaï noir au-dessus de l'eau. Puis tout d'un coup, il a tendu le bras et il a ouvert les doigts. C'est exact ?

— Oui, dit la Murzec. C'est bien ainsi que les choses se sont passées.

— Merci. Et pouvez-vous me dire quelle tête avait l'Hindou quand il a fait ce geste ?

— Je n'ai pas pu le voir, puisqu'il me tournait le dos, dit la Murzec avec simplicité.

Robbie, de nouveau, se met à glousser.

— Mais voyons, Blavatski, dit-il, quel piège puéril ! *Once a cop, always a cop* [1] ! Et pourquoi tendre un piège à Mme Murzec ? Vous avez donc tellement envie qu'elle mente ou qu'elle se trompe ? Vous tenez tant que ça, vous aussi, à la thèse sécurisante de l'Hindou voleur ?

Caramans, la lèvre relevée, dit d'une voix vibrante d'agacement contenu, mais en jetant à Robbie marginalement le plus bref des regards :

1. Quand on a été flic, on le reste toute sa vie !

242

— Mais enfin, pourriez-vous me dire ce que vous entendez par ce « sécurisant » ? A moins, ajoute-t-il avec un fin sourire, que ce soit là un de ces mots magiques du jargon contemporain. Auquel cas, bien entendu, il n'est pas nécessaire qu'il signifie quoi que ce soit.

— Mais je suis tout prêt à vous l'expliquer, dit Robbie avec une douceur un peu sifflante et une petite lueur dans ses yeux marron clair. Et d'abord, une constatation : vous voudrez bien admettre, M. Caramans, que, pour les passagers, il n'y a pas une différence bien appréciable entre le fait que l'Hindou ait emporté le sac en skaï ou qu'il l'ait jeté dans l'eau. Dans les deux cas, nous ne reverrons jamais son contenu. Alors ? (Il fait un geste gracieux et interrogatif de son long bras.) Pourquoi tant de passion ? Pourquoi tant d'efforts pour convaincre Mme Murzec d'erreur ou de mensonge ? Je vais vous le dire : si l'Hindou a bien jeté le sac en skaï à l'eau, sa personnalité devient infiniment troublante. Ce n'est ni un pirate, ni un bandit. C'est quelqu'un d'autre. Un sage ou un maître à penser, dit Mme Murzec. Et qui sait alors si son antagonisme avec le *Sol* n'était pas qu'une apparence ? Qui sait s'il n'a pas été en fait délégué par le *Sol* tout exprès pour nous apprendre le dépouillement ? (Il détache le mot avec force.)

— Pfeu ! dit Blavatski.

— Mais c'est là du roman ! s'exclame Caramans.

Ces réactions méprisantes ne troublent aucunement Robbie. On dirait qu'il les attendait. Il secoue ses boucles longues et ployant le cou, son œil marron clair scintillant de malice, il sourit de la façon la plus acidement angélique. Je ne suis pas dupe. Je commence à bien le connaître : ses maniérismes font partie de l'agressivité adolescente qu'il n'a jamais pu dépasser. Mais dessous, il y a, la plupart du temps, une pensée sérieuse.

— Par contre, reprend-il de sa voix flûtée vibrante de sarcasme, supposez que Mme Murzec se trompe. Oh, alors, tout va bien ! Nous sommes sauvés ! Nous avons été victimes d'un holp-up banal ! L'Hindou est un simple truand ! Tout rentre dans l'ordre ! Ce voyage, malgré un

petit incident de parcours, est un voyage comme les autres !
Nous pouvons même espérer atterrir un jour quelque part !

Il hausse la voix :

— Qui sait même, à Madrapour ! Dans un hôtel quatre étoiles au bord d'un lac !...

Il rit.

— Et c'est pour cela, M. Caramans, que la thèse de l'Hindou voleur est pour vous si sécurisante.

Caramans a un petit mouvement des épaules, qui sans aller jusqu'au haussement, indique le désintérêt. Puis regardant le long de son nez, les jambes rassemblées, il se replie sur lui-même dans un quant-à-soi distant, qui une fois de plus, me fait penser à un chat. Évidemment, en tant que haut fonctionnaire, il doit être rompu dans l'art d'enterrer un dossier gênant, rien qu'en s'asseyant dessus, la queue enroulée autour de ses pattes.

— *Balls*[1] ! dit Blavatski, qui n'a pas bénéficié d'une éducation aussi soignée.

J'attends, mais il ne dit rien d'autre. Il ne prend pas le relais. Lui aussi, il se dérobe.

Je ferme les yeux, fatigué de l'attention que je viens d'accorder à cette scène. Je découvre un élément nouveau : il y a désormais dans le cercle une majorité et une minorité, définies l'une et l'autre par l'image qu'elles se font chacune de l'Hindou et par voie de conséquence, de la signification de ce voyage.

Dans cette minorité, composée de la Murzec, de Robbie et de moi-même (bien que je n'aie pris parti, à la manière anglaise, qu'implicitement), je range aussi l'hôtesse, malgré le silence qu'elle a gardé au cours de la dispute. A vrai dire, elle ne m'a jamais confié son sentiment sur la personnalité du « pirate », mais je sais, par contre, ce qu'elle pense du vol de ce charter. J'ai là-dessus un souvenir précis : comme je lui disais au réveil de ne pas s'inquiéter pour Bouchoix, que nous ne pouvions plus être

1. Conneries !

très loin de notre destination, quatre ou cinq heures pas plus, elle a répondu d'un ton dubitatif en levant les sourcils : « Vous croyez cela ? »

Oh, certes, je pourrais toujours l'interroger et essayer de savoir ce qu'elle a dans l'esprit au juste quand elle manifeste un tel scepticisme. Je m'en garderai bien. Je sais trop bien les réponses évasives qu'elle me ferait. Je ne crois pas d'ailleurs qu'elle en sache plus que nous sur ce vol. Mais, du fait de son expérience professionnelle d'hôtesse de l'air, elle a dû remarquer des détails qui nous échappent et dont elle tire des conclusions pessimistes.

Dans la minorité, le plus « avancé », le plus en pointe, on l'a vu, c'est Robbie. Je sais bien d'où lui vient ce courage de voir clair et de rejeter les illusions de la majorité. Dans les grandes communautés militaires, c'est l'homosexuel, latent ou avéré, qui le plus souvent, j'imagine, se désigne pour les missions-suicides. Il est de l'étoffe dont le héros est fait. Détaché par la nature des cycles de la transmission de la vie, il est davantage disponible pour la mort.

Un homme comme Caramans aura dans l'action le souci de sa descendance : une femme, des enfants, autant d'otages qu'il a donnés à l'avenir. Autant de liens qu'il a forgés lui-même pour mieux s'attacher à *la roue du temps*. Par ces chaînes, l'existence le tient, et le voilà forcé de tenir à elle, et de se rassurer, par l'optimisme et par la cécité, quant aux dangers qui l'environnent.

Je voudrais le rappeler : volontaire pour l'au-delà, Robbie l'a été tout de suite. Quand l'Hindou, prenant possession du charter, a annoncé son intention d'exécuter un otage au cas où ses conditions ne seraient pas acceptées par le *Sol,* Robbie, sans hésiter, s'est proposé.

Je suis surpris de l'importance que Robbie a fini par prendre dans le cercle. Au début, avec ses nu-pieds rouges et ses orteils vernis en camaïeu, son pantalon vert pâle, sa chemise bleu azur et son foulard orange, il me paraissait sympathique, scandaleux et ornemental. Mais dans une note mineure.

Ce préjugé n'a pas tenu. Maintenant, dès que Robbie

ouvre la bouche, le silence se fait et tous l'écoutent, même Caramans qui affecte de ne le regarder qu'en passant et de parler à la cantonade quand il discute avec lui. Mais cette affectation ne va pas elle-même tenir bien longtemps. De peur qu'on pense que je surestime Robbie après l'avoir mésestimé, je voudrais faire remarquer que Robbie a une position malgré tout très en flèche, même par rapport à la minorité dont il est le porte-parole. Ni moi, ni probablement l'hôtesse, ne sommes prêts, sur l'avenir des passagers du charter, à adopter comme lui une attitude de complet désespoir. Quant à Mme Murzec, le fait même qu'elle prie à genoux dans le poste de pilotage prouve qu'elle attend encore une heureuse issue, soit de l'intervention d'En-Haut, soit de la bienveillance du *Sol*.

Un point que personne, pas même Robbie, n'a encore soulevé, et c'est bien le plus stupéfiant, c'est la question du carburant.

Il est évidemment impossible de dire à quelle heure de la nuit l'avion a atterri, puisque l'Hindou, peu avant l'atterrissage, nous a privés de nos montres. Mais même à supposer que l'escale du froid ait pris place peu avant le lever du jour, le soleil est maintenant à son zénith, et la durée du vol depuis hier soir paraît de beaucoup dépasser l'autonomie d'un long-courrier. On peut, à la rigueur, imaginer que le *Sol* a profité de l'atterrissage impromptu pour faire à nouveau le plein, mais cela paraît bien peu probable. Nous n'avons rien entendu, et nous n'avons rien vu, pas même les phares d'un wagon-citerne.

Puisque nous en sommes aux conjectures, la solution la plus simple est de penser que l'avion dans lequel nous avons pris place et que personne d'entre nous n'a réussi à identifier, est un prototype bénéficiant de la propulsion atomique. Auquel cas il pourrait voler des mois et des mois sur la première charge de son réacteur.

J'en touche un mot à Robbie, alors que très gentiment

il est venu s'asseoir à côté de moi pour s'inquiéter de ma santé, l'hôtesse étant occupée à préparer les plateaux pour la collation de midi.

Robbie a un petit sourire ironique, secoue ses boucles blondes et dit d'un ton allègre, que paraissent après coup démentir ses paroles :

— Oui, oui, M. Sergius, tout cela est très angoissant. Nous avons devant nous un sacré problème. Mais ce problème, croyez-moi, ne se situe absolument pas au niveau de la science-fiction...

Je mange du bout des lèvres la moitié du repas que nous sert l'hôtesse. Mon état me plonge dans le désarroi le plus complet, surtout parce qu'il ne comporte aucun précédent. Je n'ai, en effet, jamais connu cette extrême faiblesse qui m'est tombée dessus sans symptôme, sans douleur et sans fièvre. Le plus affolant, c'est que je n'ai pas l'impression de suivre une courbe descendante dont la descente même pourrait laisser espérer qu'il y aurait ensuite une remontée. Je me retrouve d'emblée au plus bas de l'échelle, sans l'avoir descendue. C'est subit, inexplicable, effrayant. Quand mon attention n'est plus sollicitée par le cercle, la peur me gagne, et j'éprouve un sentiment de folle panique, accompagné d'une sueur abondante et moite. L'envie désespérée me prend d'être ailleurs, de quitter mon siège, de me jeter hors de l'avion et de me cacher dans cette mer de nuages blancs et ensoleillés que je regarde par le hublot à ma droite. Mais c'est là du délire et, qui pis est, du délire qui n'a même pas la justification d'un état fébrile.

Ces moments d'épouvante sont courts, mais ils m'épuisent, car tout mon corps, alors, est comme tétanisé par un désir éperdu de sortir coûte que coûte de cette carlingue qui m'emprisonne. Je sais, c'est d'une absurdité criante. En réalité, c'est l'ennemi intérieur — celui qui, comme un ver, ronge mes forces — que j'aspire désespérément à quitter.

Je connais tour à tour deux sortes d'angoisse : celle, diffuse, vrillant les nerfs, fiévreuse, mais somme toute supportable, où l'attente (et le refus) d'un événement redouté me fait vivre ; et le spasme d'angoisse, celui que je viens de décrire, état bref et paroxystique, que la transpiration annonce : elle ne perle pas, elle coule. Je la sens sur ma poitrine, sous mes aisselles, le long de mon cou, dans les paumes de mes mains, et dans mon dos, entre les omoplates. Tout mon corps se met alors à vibrer et à trembler d'une envie irrésistible de fuir, et je sens monter en moi, terrifiante et incontrôlable, l'absolue certitude que je vais mourir.

Quand j'émerge de cette crise, essuyant la sueur de mon visage avec mon mouchoir que je tire à grand-peine de ma manche de veste (tant le moindre geste me coûte), Chrestopoulos m'aide, à son insu, à recouvrer mon état normal — si je puis appeler « normale » l'angoisse diffuse dont j'ai parlé et que je partage avec tous les « passagers », même ceux de la majorité.

Le Grec absorbe, en effet, sa nourriture d'une façon bien particulière. Et la raison pour laquelle, à cet instant, je remarque ses « table manners », c'est qu'au moment du repas, il a rendu sa place à Michou — sur l'injonction brutale et puérile de celle-ci (Dites donc, vous, le moustachu, décanillez de ma place, elle s'appelle « reviens » !) — et s'est assis à l'extrémité du demi-cercle droit à la place où se tenait la compagne de l'Hindou avant le détournement. A cette place, il n'est séparé de moi que par l'allée entre les deux demi-cercles et le fauteuil vide de l'hôtesse. Je le vois donc de très près, et qui plus est, je le sens, car sa forte odeur de patchouli, de sueur et d'ail flotte par bouffées jusqu'à moi.

Il ne mange pas, il dévore. Il ne mâche pas, il engloutit. Il se jette sur son insipide tranche de gigot gelé comme un loup affamé sur les entrailles fumantes d'un lièvre. C'est à peine s'il consent à se servir de son couvert. Quand il sent qu'il n'enfourne pas assez rapidement, il pousse avec ses doigts. Il mange si vite que ses joues sont distendues comme celles d'un hamster et j'ai toujours l'impression que la grosse boule de mangeaille qu'il malaxe à peine avant de l'avaler va lui rester dans le gosier. Mais non, il y ajoute une bonne lampée de vin, sans doute pour l'amollir, et elle passe, elle passe à tous les coups, gonflant son cou dans sa progression, absolument comme un lapin qu'un boa vient d'avaler. En même temps, il souffle par les naseaux comme un porc qui pousse du groin dans sa pâtée, grogne, soupire, et émet de profondes éructations qu'il étouffe à peine et qui paraissent remonter de ses tripes jusqu'à ses lèvres. Ces lèvres molles, goulues et préhensiles comme celles d'un cheval, happent la nourriture, ce qui rend bien inutile l'usage de la fourchette. Un miracle, que rien ne soit encore tombé sur la belle cravate jaune qui s'étale sur son torse gras. Mais non, tout cela est à la fois goulu et détendu. Et, tandis que Chrestopoulos se goinfre, il se carre et s'étale à l'aise sur son fauteuil, vautré, euphorique, le pantalon tendu à craquer sur son gros ventre et sur l'énorme paquet de l'appareil génital qui le force à garder en permanence les jambes larges ouvertes. Ses chaussures d'un jaune doré, dans le même ton que sa cravate, reposent par leurs talons sur la moquette, et de temps en temps, pivotant de droite ou de gauche, ses larges pieds s'agitent rythmiquement pour ponctuer ses engloutissements.

Chrestopoulos a fini le premier, et dès que l'hôtesse a enlevé son plateau, il allume un cigare long, noirâtre et puant, puis avec un air de satisfaction il tire de la poche intérieure de son veston une liasse de feuilles de papier hygiénique, les compte avec soin, en détache un petit paquet et le tend à Pacaud au bout de son bras court.

— M. Pacaud, dit-il, son long cigare brun coincé dans l'angle droit de sa bouche sous sa moustache, je vous rends les 10 000 francs suisses que vous m'aviez avancés.

— Merci, dit Pacaud en acceptant machinalement les feuillets qu'on lui tend, et ses yeux globuleux saillant davantage sous l'effet de la surprise. Ce n'était pas nécessaire, voyez-vous. Je ne crois pas qu'Émile veuille faire une autre partie.

Et comme Bouchoix, plus que jamais semblable à un cadavre, garde les yeux fermés, Pacaud ajoute à voix basse avec un demi-sourire :

— Vous savez, il n'aime pas perdre. Et vous l'avez

ratissé. Moi aussi. Visiblement, nous ne sommes pas de force.

— Eh bien, dit Chrestopoulos, il serait temps de faire nos comptes.

Et, étalant dans ses deux mains comme un jeu de cartes les feuilles de papier hygiénique qui lui restent, il dit :

— J'ai là des billets pour 18 000 francs suisses, M. Pacaud, réglables à l'arrivée à votre plus proche convenance en monnaie suisse ou française, comme vous voudrez.

— Quoi ! s'écrie Pacaud, son crâne chauve devenant d'un seul coup cramoisi et le rouge envahissant ensuite ses yeux et son cou. Vous me réclamez le paiement de cette monnaie de singe ! Vous ne manquez pas de toupet !

Il y a un silence et Blavatski dit d'un ton vengeur :

— *I told you so, Mr. Pacaud*[1] !

Caramans a l'air satisfait du juste à qui l'événement a donné raison, mais il garde le silence, car le juste, surtout quand il appartient à une bonne tradition française, a trop de tact pour triompher après coup en public.

— Ce n'est pas de la monnaie de singe, dit Chrestopoulos d'un air indigné et vertueux en rejetant avec force la fumée malodorante de son cigare, ce sont des billets datés et signés par vous...

— Sur du papier-cul ! crie Pacaud.

— *My dear !* dit Mrs. Boyd qui, sans savoir beaucoup de français, connaît du moins ce mot-là.

— Le papier n'a rien à voir ! dit Chrestopoulos avec une véhémence qui fait trembler son cigare et sa moustache. Nous avons pris ce que nous avons trouvé. Ce qui compte, c'est ce que vous avez écrit dessus, M. Pacaud. Vous n'allez pas renier votre signature !

— Mais c'était un jeu ! s'écrie Pacaud, le souffle court et les yeux hors de la tête.

1. Je vous l'avais dit, M. Pacaud !

Il reprend, après un instant de suffocation :

— Une farce ! Rien de plus ! Voyons, M. Chrestopoulos, rien que l'idée de faire des billets de banque sur du papier-cul enlevait tout sérieux à l'affaire ! Et l'apparentait d'emblée à un canular !

— Pas du tout, dit Chrestopoulos, son long et noirâtre cigare toujours vissé sous sa moustache. D'ailleurs, ajoute-t-il avec une finesse qui, chez ce gros homme, je ne sais pourquoi, me surprend : ces messieurs (il désigne de son bras court Caramans et Blavatski) vous ont averti. Et, si vous avez donné votre signature en pensant qu'elle ne tirerait pas à conséquence, ce qui m'étonne chez un homme d'affaires, tant pis pour vous. Mais de mon côté, je suis dans mon droit en vous réclamant le remboursement d'une dette de jeu !

— Une dette de jeu ! s'écrie Pacaud tout à fait hors de lui. Et qui me dit que vous n'avez pas triché !

— M. Pacaud ! hurle Chrestopoulos en retirant son cigare de sa bouche et en se levant comme s'il allait se jeter sur son interlocuteur. Vous m'insultez, et vous insultez mon pays ! J'en ai assez de ce racisme ! Pour vous, un Grec c'est un tricheur ! C'est inadmissible ! Vous allez vous excuser tout de suite, ou je vous mets la main sur la figure !

— M'excuser ! dit Pacaud, les mains crispées sur l'accoudoir et prêt, lui aussi, à bondir. M'excuser parce que vous essayez de m'escroquer 18 000 francs suisses !

— Si vous le touchez, sale type ! dit tout d'un coup Michou en se dressant devant le Grec, je vous arrache les yeux.

Et ce disant, sans aucune logique et contre toute attente, elle lui décoche un coup de pied dans le tibia. Chrestopoulos hurle de douleur :

— Mais elle est folle, cette gamine, crie-t-il. Je vais la gifler ! C'est tout ce qu'elle mérite !

Cependant, il ne s'y décide pas, peut-être simplement parce qu'il est gêné par son cigare qu'il tient dans la main droite. Il y a alors un moment de confusion pendant lequel la situation paraît flotter, incertaine, entre la violence et la comédie, Pacaud debout, tirant Michou par la main pour la faire rasseoir. Michou se débattant contre lui mais regardant en même temps le Grec d'un air de défi, et le Grec, surpris de voir deux adversaires se dresser devant lui, quand il n'en attendait qu'un.

Blavatski, l'œil brillant derrière ses gros verres, agit alors avec un sens remarquable de l'opportunité. Il crie :

— Asseyez-vous tous ! C'est un ordre !

Et tel est le miracle d'une voix forte dominant une conjoncture indécise : tous trois obéissent, sans se demander si Blavatski a, ou non, le droit de les commander.

— Et maintenant, nous allons nous expliquer, dit Blavatski le menton en avant, et tout à la joie de retrouver son *leadership*.

J'avoue que son air de triomphe, à cet instant, me donne un sentiment d'ironie. Comment un homme intelligent peut-il imaginer une seconde, à ce moment de notre vol, qu'il contrôle quoi que ce soit, sinon, marginalement, une querelle sordide ?

— M. Pacaud, reprend Blavatski, accusez-vous M. Chrestopoulos d'avoir triché ?

— Je n'en ai pas la preuve, dit Pacaud, mais ça me paraît probable.

— Parce que je suis Grec ! dit Chrestopoulos, la moustache frémissante, levant les yeux au ciel, hésitant entre l'indignation et le gémissement. Mais à mon avis, tout bon comédien qu'il est, il exploite avec un peu trop d'impudence à son profit nos sentiments antiracistes.

Il va poursuivre, appuyer encore sur la chanterelle, quand Bouchoix lève sa main décharnée ; ses yeux s'ouvrent dans des orbites excavées, et il dit d'une voix extraordinairement ténue :

— Il... n'a pas... triché. Je l'ai... surveillé... de près. Et c'est... mon jeu... de cartes..., pas n'importe quel... jeu.

Là-dessus, il tourne lentement la tête, regarde Pacaud avec un demi-sourire empreint de la malignité la plus noire, et ferme les yeux, son sourire restant figé en une sorte de rictus sur sa tête de mort. C'est saisissant. Un silence d'un genre particulier se met à peser sur nous, comme si nous avions tous senti passer sur nos visages le souffle de l'enfer.

Non que je croie que l'enfer soit extérieur à l'homme. Je suis bien sûr, au contraire, que dans le cas de Bouchoix, il est très intériorisé — sa haine destructrice pour son beau-frère l'ayant autodétruit et consumant peu à peu sa vitalité.

— Si M. Chrestopoulos n'a pas triché, M. Pacaud, vous lui devez des excuses, dit Blavatski oubliant qu'il avait lui-même suspecté la bonne foi du Grec au début de la partie.

— Moi, faire des excuses à ce... ce..., dit Pacaud, les yeux plus saillants que jamais, et le crâne cramoisi, mais il laisse sa phrase en suspens, peu désireux, malgré sa colère, de se mettre à nouveau dans son tort.

— Je me passerai des excuses de M. Pacaud, dit Chresto-poulos en s'adressant non à Pacaud, ni même à Blavatski, mais à nous tous.

Il parle avec un air de dignité que nous ne lui avons jamais vu et qui est né en lui à l'instant où Bouchoix lui a décerné un brevet d'honnêteté.

— Ce que je désire, par contre, reprend-il en rassem-blant dans une seule main les feuilles de papier hygiénique et en les brandissant à la hauteur de sa moustache, c'est que M. Pacaud reconnaisse publiquement sa dette envers moi : 10 000 francs suisses, que je lui ai gagnés au cours d'une partie loyale et 8 000 francs que j'ai gagnés à M. Bouchoix ! En tout, comme je l'ai dit : 18 000.

— Mais pourquoi M. Pacaud doit-il payer les dettes de M. Bouchoix ? demande Mrs. Banister en tournant avec grâce son long cou et en posant la main par mégarde sur celle de Manzoni.

En même temps, elle le regarde d'un air interrogatif et désarmé, comme si les graves affaires des hommes dépas-saient son faible entendement féminin.

— Mais parce que c'est M. Pacaud qui a signé les billets, dit Manzoni avec un sourire de fatuité protectrice, qui m'inspire un peu de pitié pour son avenir.

Il ajoute sans trop de tact :

— Il va sans dire que M. Pacaud peut toujours recouvrer sa créance sur M. Bouchoix.

On regarde Bouchoix, et on est tout saisi de voir sa tête de mort une deuxième fois s'animer. Il reste sur elle juste assez de peau et de muscles pour qu'il puisse sourire avec méchanceté, et c'est ce qu'il fait à nouveau. J'ai dit que sa haine pour son beau-frère l'avait consumé : il est évident qu'à ce stade, elle le maintient en vie, puisque son cadavre trouve encore la force de s'égayer à l'idée de la perte que Pacaud va subir de son fait. Car l'horrible de l'affaire, bien sûr, c'est que Pacaud n'aime pas les cartes et qu'il n'a consenti à cette stupide partie que par bonté.

— Alors, là, monsieur, n'y comptez pas ! dit Pacaud en haussant la voix avec un geste ample du bras et de la main comme s'il repoussait dans le néant les feuilles de papier hygiénique que lui tend son adversaire. S'il y a une chose dont vous pouvez être sûr, c'est que je ne me laisserai pas rouler par vous, M. Chrestopoulos ! Vous n'aurez rien de moi ! Rien ! Pas un sou ! Pas un cent ! Pas un penny ! Et quant à ces feuilles, vous pouvez vous les mettre où je pense !

— Ça, c'est génial ! dit Michou en riant.

Mais son rire s'arrête net, car personne ne lui fait écho.

— Ce n'est pas la peine d'être grossier, dit Chrestopoulos avec cet air de dignité qui, en se prolongeant, devient de moins en moins convaincant. Vous me devez 18 000 francs suisses, M. Pacaud, et si vous ne me les payez pas, je vous traînerai devant les tribunaux !

En disant ceci, il plie avec soin les feuillets et avec un geste rond et important, il les glisse dans la poche intérieure de son veston.

— Les tribunaux ! s'écrient en même temps Robbie et Blavatski.

Mais, si l'exclamation est la même, il s'en faut de beaucoup que sa signification soit, dans les deux cas, identique. Car elle s'accompagne, chez Robbie, d'un rire de dérision, suivi des mimiques habituelles (main devant la bouche, bassin tressautant, jambes entortillées) qui, toutes, indiquent que l'éventualité d'un recours à la justice est hautement absurde chez un passager du charter. Pour Blavatski, par contre, ce recours n'est pas en soi exclu, mais paraît très improbable de la part de Chrestopoulos.

— Et à quel tribunal ferez-vous appel, M. Chrestopoulos ? dit Blavatski, l'œil glacé derrière ses lunettes. Français ou grec ?

— Français, bien sûr, dit Chrestopoulos avec une gêne perceptible.

— Et pourquoi français ?

— Mais parce que M. Pacaud est français.

— Et pourquoi pas grec, puisque vous êtes grec ? Avez-vous une raison, M. Chrestopoulos, pour ne pas désirer comparaître devant un tribunal grec ?

— Aucune, dit Chrestopoulos en faisant assez bonne figure, mais trahi par la sueur qui se met à perler sur son front et roule le long de son nez.

En même temps, je ne sais si c'est l'effet d'autres sécrétions, mais l'odeur qu'il dégage devient insupportable.

— Mais si, voyons, dit Blavatski en poussant en avant son menton carré. N'avez-vous pas eu quelques difficultés avec la justice de votre pays, M. Chrestopoulos, quand le régime des colonels est tombé ?

— Pas du tout ! s'écrie Chrestopoulos en écrasant sans nécessité aucune son cigare malodorant dans le cendrier de son fauteuil.

Peut-être fait-il ceci pour se donner une contenance et avoir l'occasion de baisser les yeux. Mais c'est un mauvais calcul, les regards du cercle se portent sur ses doigts, et tous s'aperçoivent qu'ils tremblent. Il s'en avise lui-même, car il abandonne son cigare à demi éteint dans le cendrier et met les mains dans ses poches, ce qui ne se fait pas sans peine, vu la façon dont son pantalon colle à son ventre.

Il y a un silence et, comme le silence se prolonge, Chrestopoulos souffle dans sa moustache et ajoute d'un air vertueux :

— Je n'ai jamais fait de politique.

— Exact, dit Blavatski.

— Et je n'ai jamais été inculpé.

— C'est vrai aussi, dit Blavatski. Mais vous avez été cité comme témoin dans le procès d'un officier qui commandait un camp de prisonniers politiques sous le régime des colonels. Cet officier se serait livré avec vous à un fructueux trafic portant sur le ravitaillement du camp...

— C'était une affaire parfaitement légale, dit Chrestopoulos, sans paraître se douter que cet adjectif est, à lui seul, un aveu.

— Peut-être, dit Blavatski d'un ton coupant. Si l'on tient compte des lois de l'époque. En tout cas, vous avez préféré quitter la Grèce, plutôt que d'apporter votre témoignage à ce tribunal. Ce qui ne plaide pas en faveur de votre innocence.

— J'ai quitté la Grèce pour des raisons personnelles, dit Chrestopoulos avec une flambée d'indignation dont on sent d'avance qu'elle ne va être qu'un feu de paille.

— Mais bien sûr, dit Blavatski, l'œil dur et la voix sèche. Et c'est aussi pour des raisons personnelles que vous vous rendez à Madrapour ?

— J'ai déjà répondu à ces insinuations comme elles le méritent, s'écrie Chrestopoulos avec une véhémence qui ne trompe personne.

Simple rideau de fumée pour couvrir sa déroute, car sa déroute est complète et sa perte de face nous laisse un sentiment pénible qui n'est nullement allégé quand la Murzec dit à mi-voix d'un ton pénétré :

— Je prierai pour vous, monsieur.

— Je n'ai rien à foutre de vos prières ! hurle Chrestopoulos avec violence et en haussant les épaules, mais ses mains restent au fond de ses poches, comme si des menottes invisibles les y attachaient.

A cet instant, quel que soit le dégoût que son passé m'inspire, je le plains presque ou, plutôt, je le plaindrais, si son long cigare noirâtre ne continuait à fumer seul dans le cendrier. Je ne puis pourtant me décider à lui adresser la parole, même pour lui demander de l'éteindre. J'éprouve à voir aussi près de moi cet homme qui affamait des prisonniers politiques un sentiment de honte et presque de culpabilité, comme si l'humanité, en moi comme en lui, avait été diminuée par son crime.

Nous pensions en avoir fini avec ce repas mouvementé et pouvoir goûter en paix le café médiocre, mais réconfortant, que l'hôtesse nous sert. Mais c'était compter sans le zèle de la Murzec. Elle se penche en avant et sur la droite pour voir Blavatski et dit d'une voix douce et des yeux qu'aucune force au monde, fût-elle divine, ne pourraient rendre évangéliques :

— Monsieur, vous manquez une fois de plus de charité à l'égard de M. Chrestopoulos. Vous lui faites au sujet de son voyage à Madrapour un procès d'intention. Et un procès d'intention d'autant plus absurde qu'il est tout à fait exclu maintenant que nous atteignions jamais Madrapour.

— C'est exclu ? dit Blavatski avec une lourde ironie et un agacement qu'il ne se donne même pas la peine de cacher. C'est tout à fait exclu ? Madame, voilà une nouvelle importante ! Il faudrait que vous nous disiez comment vous l'avez apprise !

— En réfléchissant, dit la Murzec.

Elle prend son sac à main et, après l'avoir fouillé, non pas comme l'aurait fait Michou de façon brouillonne, mais de façon à déranger le moins possible l'ordre des objets, elle en retire un petit calepin recouvert de daim et dit après l'avoir feuilleté (mais, là aussi, pas n'importe comment) :

— J'ai là l'horaire de la ligne régulière pour New Delhi. Il y a un vol qui part de Paris à 11 h 30. Première escale : Athènes, 15 h 30. Départ d'Athènes : 16 h 30. Deuxième escale : Abu Dhabi. Dans le golfe Persique, ajoute-t-elle après une seconde de réflexion.

— Merci, je sais, dit Caramans d'un air gourmé.

Mais la Murzec ne prend pas garde à l'interruption. Elle est toute à son affaire.

— Arrivée Abu Dhabi : 22 h 35. Départ d'Abu Dhabi : 23 h 50. Et enfin, arrivée à New Delhi : 4 h 20, le lendemain matin.

— Qu'est-ce que vous en concluez ? dit Blavatski d'un ton acerbe.

— Eh bien, mais faites le calcul vous-même, dit la Murzec. Il faut quatre heures de vol de Paris à Athènes. Six heures de vol d'Athènes à Abu Dhabi. Et quatre heures et demie, d'Abu Dhabi à New Delhi.

— Eh bien ? dit Blavatski avec impatience.

La Murzec le fixe de ses yeux bleus intenses et dit avec calme :

— Nous n'avons fait escale ni à Athènes ni à Abu Dhabi, et si le charter suit le même horaire et le même itinéraire que l'avion régulier, ce qui est probable, nous devrions être déjà à New Delhi. Est-ce exact, mademoiselle, dit-elle en se tournant tout d'un coup vers l'hôtesse. Vous devriez pouvoir nous le dire, puisque vous avez fait cette ligne.

— C'est exact, dit l'hôtesse.

Les mains croisées bien sagement sur ses genoux, l'hôtesse n'ajoute pas un mot de plus. Mais elle fait un léger soupir et, attachant ses yeux verts sur le visage de la Murzec, elle la regarde avec reproche.

CHAPITRE XII

Mme Murzec aurait pu ajouter que lorsque le charter s'était posé, la nuit précédente, il n'avait certainement pas atterri à l'aérodrome d'Athènes ; qu'il s'agissait d'un terrain de fortune au bord d'un lac ; et qu'en Grèce ne règne jamais le froid sibérien qui nous paralysa dès que l'*exit* fut ouvert. En fait, rien de ce qu'elle aurait pu ajouter n'eût fait mouche. Ses remarques, si pertinentes qu'elles fussent, tombèrent dans le vide. Personne dans la majorité ne les releva, ni ne fit mine de s'y intéresser.

Je surprends tout au plus de Caramans à Blavatski un échange de regards qui veut dire aussi clairement que des paroles : cette vieille toquée ferait mieux d'aller faire ses dévotions dans le poste de pilotage plutôt que d'essayer de nous donner des leçons. Bref, fidèle à sa stratégie de l'édredon, la majorité laisse les coups de la minorité s'enfoncer dans le silence.

Le système repose sur une commode astuce. Rien de ce que nous pouvons dire sur la situation n'a d'importance, nos observations étant discréditées d'avance par leurs auteurs : Robbie est un scandaleux minet aux orteils vernis, tout entier livré à la pédérastie et au paradoxe (deux aspects, à bien voir, de la même perversion) ; la Murzec, une névropathe avérée atteinte de mythomanie et de folie mystique ; Sergius, un original, et il faut l'être pour s'amouracher à vue de nez d'une fille de trente ans plus jeune que lui ; et quant à l'hôtesse, ôtez l'uniforme et vous avez une simple serveuse de restaurant, elle en a le niveau mental et si elle ne dit rien c'est qu'elle ne pense pas.

Cette attitude de non-intérêt de la majorité est très

surprenante, surtout chez Blavatski. Car Caramans, lui, a dès le début voulu faire l'autruche. Il n'a jamais mis en doute que nous arriverions un jour à destination et que cette destination fût Madrapour. Pour lui, haut fonctionnaire, la vérité officielle, même quand elle varie, coïncide en toutes circonstances avec la vérité tout court. Il a fallu toute une éducation pour dresser Caramans à cette flexibilité de la croyance, mais elle lui vient maintenant sans effort. A l'heure actuelle, il croit ce qu'il estime convenable de croire. Il y a une bonne filière et une bonne ornière, et tout le reste est frappé d'hérésie.

Mais Blavatski, lui, a été à une autre école. Il ne croit rien sans preuve, il cherche, il furète, il se tuyaute, il fouille dans le sac du Grec, descend dans la soute aux bagages, inflige à l'hôtesse un interrogatoire policier ; et c'est lui le premier, bien avant l'Hindou, qui a semé le doute sur l'existence de Madrapour.

Preuve qu'il a bien changé ! La Murzec lui jette maintenant à la face des faits irréfutables : un itinéraire, un horaire, des escales... Il ne pipe pas un mot ! Mieux : l'hôtesse vient d'avouer, au moins par implication, qu'elle a remarqué dès le début que le charter ne suivait en rien la route des Indes, et Blavatski ne lui saute pas dessus aussitôt. Loin de la mettre sur le gril, il se cantonne dans une réserve dédaigneuse. On dirait qu'il a peur d'en savoir plus.

Le silence pèse longtemps après que Mme Murzec a fini de parler, et, si celle-ci ne s'était pas tenue dans une disposition d'esprit implacablement évangélique, je pense qu'elle aurait relevé le gant et poursuivi la majorité dans ses derniers retranchements. Au lieu de cela, elle accepte avec humilité que ses remarques soient méprisées, et elle se tait, ses yeux durs baissés avec douceur sur ses genoux osseux.

L'hôtesse débarrasse les plateaux, et Robbie, profitant de son absence, vient s'asseoir à côté de moi et s'enquiert de ma santé avec beaucoup de tact et de gentillesse. C'est alors que je lui fais part de mes observations sur le carburant du charter et qu'il me fait la réponse que j'ai rapportée plus haut : « Ce problème ne se situe pas au niveau de la science-fiction. »

Mais la conversation avec lui ne s'arrête pas là. Et, quoique je ne sois pas sûr de bien saisir ce qu'il vient de dire, je suis certain aussi qu'il ne l'a pas dit sans raison. J'ai la plus grande confiance dans ses dons de perception et de finesse. Et je lui dis d'une voix que je m'efforce de rendre moins faible :

— Chaque fois que j'essaye de comprendre la situation, je me heurte à un mur. C'est très angoissant. Je ne peux répondre à aucune des questions que je me pose. Par exemple, pourquoi l'avion ne comporte-t-il pas de pilote ?

Gracieusement posé sur le fauteuil de l'hôtesse, ses longues jambes emmêlées l'une dans l'autre comme des tiges de jonquilles dans un vase, Robbie me regarde avec sérieux :

— Vous posez la question de la finalité de ce vol sans équipage, Sergius ? Mais peut-être n'en a-t-il pas... La vie elle-même a-t-elle une finalité ? Ah, oui, c'est vrai, ajoute-t-il aussitôt avec un éclair de malice dans sa prunelle, vous pensez qu'elle en a une, puisque vous êtes chrétien. Eh bien, essayons d'en découvrir une, ici aussi... Qu'en pensez-vous ? Quelle est la raison de ce vol automatique ?

— Mais, justement, je viens de vous dire que je n'en vois pas, dis-je en réprimant un mouvement de nervosité qui est dû à mon état de faiblesse.

— Mais si, mais si, dit Robbie. Par exemple, on pourrait dire qu'aucun équipage n'aurait accepté à la longue ce genre de vol.

— Ce genre de vol ?

— Vous voyez bien ce que j'entends par là, dit Robbie en baissant la voix. Un vol, comment dire ? si indéterminé...

Je lui sais gré de sa discrétion, car le cercle nous écoute avec une désapprobation croissante.

Je reprends au bout d'un moment :

— Vous suggérez qu'un équipage navigant aurait pu se révolter contre ce vol non directionnel et décider de se poser ?

— Oui, dit Robbie, c'est tout à fait ça. Un équipage humain comportait un aléa que supprime en totalité le pilotage automatique.

Il prend un temps et il ajoute :

— Celui-ci nous soumet entièrement à l'arbitraire du *Sol*...

Un silence tombe et, bien que notre conversation, poursuivie à mi-voix, ait un caractère privé, elle excite dans le cercle deux réactions bien différentes, mais l'une et l'autre extrêmement vives.

— Je vous en prie ! s'exclame la Murzec sur le ton le plus douloureux en attachant sur Robbie ses yeux chargés de reproches. Ne parlez pas comme vous venez de le faire de « l'arbitraire » du *Sol !* Ce que vous appelez arbitraire, c'est tout simplement une volonté que nous ne sommes pas capables de comprendre.

Cette intervention me surprend, car elle veut dire que la minorité, dont la Murzec, au même titre que nous, fait partie, est elle-même divisée dans ses interprétations. Mais je n'ai pas le temps de m'appesantir sur ces nuances. Caramans à son tour intervient, sur le ton le plus officiel :

— Messieurs, dit-il, la paupière à mi-course et la lèvre relevée — il ne regarde pas Robbie, et c'est à moi seul qu'il s'adresse —, je ne veux pas vous cacher que je fais les plus expresses réserves sur les hypothèses fantaisistes que je viens d'entendre. Il se peut que ce charter ne suive ni le même itinéraire, ni le même horaire que l'avion de ligne, mais, pour moi, il n'y a aucune raison sérieuse de penser qu'il n'arrivera pas à destination.

Il se répète, Caramans. Il a déjà dit ça, sauf en ce qui concerne sa petite phrase sur « l'itinéraire et l'horaire » : argument qu'il vient à peine de trouver pour faire pièce aux remarques de la Murzec. Trouvaille tardive et peu heureuse, car à moins de changer la géographie, il n'y a pas un tel choix de routes de Paris aux Indes.

Caramans s'est exprimé sur un ton sévère, et le cercle, Blavatski compris, l'approuve avec plus de chaleur qu'il ne l'a jamais fait. Et Robbie se met brusquement à rire, de son rire aigu et flûté qui, je le concède, a de quoi exaspérer les gens. Pour ma part, je trouve presque gênant, vu de si près, le spectacle des mimiques, des soubresauts et des entortillements dont il l'accompagne. Quand il a fini de pouffer, Robbie ajoute encore à mon embarras en approchant son visage si près du mien que je crois qu'il va m'embrasser. Il n'en fait rien, Dieu merci, et il me dit dans l'oreille à voix basse sur le ton de la dérision :

— Ce bon vieux mythe de Madrapour, comme ils y tiennent !

Cette phrase me déplaît, je ne sais pourquoi. J'ai l'impression que moi aussi, elle m'atteint dans mes convictions, bien que je sois maintenant à peu près certain que nous n'atterrirons jamais à Madrapour.

Je veux ramener la conversation à des considérations moins dangereuses et je dis à voix très basse, tant je crains de déchaîner à nouveau l'hostilité du cercle :

— Mais à votre avis, quelle est la raison d'être de notre présence ici ? A quoi servons-nous ? Sommes-nous les cobayes d'une expérience ?

— Ah, M. Sergius ! dit Robbie d'un ton apitoyé. Vous retombez dans la science-fiction !

Mon état me rend sans doute irritable, car je dis d'un ton acerbe :

— Écoutez, Robbie, ne le prenez pas sur ce ton. Mon hypothèse n'est pas si absurde. Après tout, ce n'est pas niable : nous sommes dans un certain rapport avec le *Sol !* Il nous entend, il nous observe, il nous dirige.

— Oui, dit Robbie avec une extrême vivacité, comme s'il attendait depuis le début cette remarque et se précipitait aussitôt sur elle pour la détruire : mais ça ne veut pas dire que ce rapport soit humain ! Pas d'anthropomorphisme, Sergius ! Le *Sol* n'est pas nécessairement une entité malveillante — ou bienveillante, comme le croit notre amie (il fait un signe de tête dans la direction de la Murzec)... D'ailleurs, l'Hindou nous a mis lui-même en garde contre ces interprétations.

— Mais alors, dis-je exaspéré, que faisons-nous ici ?

Robbie me regarde longuement d'un air réfléchi et dit de sa voix étrangement flûtée :

— Vous voulez dire avec si peu de temps derrière nous et si peu de temps devant nous ?

Je suis stupéfait par la façon dont il a interprété ma question. Et en même temps, si paralysé par la peur que la salive sèche instantanément dans ma bouche. Ce n'est pas, certes, ce que je voulais consciemment demander et, cependant, je ne sais quelle force me pousse à acquiescer sans prononcer un seul mot mais en inclinant la tête comme si je disais : oui, Robbie, que faisons-nous ici, avec si peu de temps derrière nous et si peu devant nous ? Mais comment puis-je être aussi sûr, tout d'un coup, que les moments qui nous rapprochent de la fin coulent si vite ?

Robbie me regarde avec une ironie à laquelle se mêle beaucoup de gentillesse, et dit doucement :

— Mais cette question, Sergius, vous auriez pu vous la poser aussi bien sur terre.

Je suis si saisi par la justesse de cette remarque, que je ne note pas tout de suite que Robbie ne m'a pas répondu. Mais, à vrai dire, comment l'aurait-il pu ? Stupidement, j'attends de lui une réponse, comme s'il en savait plus que moi sur la raison d'être de la vie. Et lui, pendant ce temps-là, fixant sur moi d'un air bon et grave ses prunelles marron clair, il ne dit rien, il ne fait rien, sans aucun des maniérismes (boucles secouées, jambes entortillées, mouvements arachnéens des bras) qui irritent tant, semble-t-il, la majorité.

Puis son regard s'adoucit encore, comme si, du fond de ses yeux, me regardait la femme qui vit emprisonnée en lui sous cette enveloppe mâle qu'elle n'a jamais tout à fait réussi à transformer de l'intérieur. C'est là de toute évidence un être qui a dû beaucoup pâtir socialement de sa nature bifide, puisque le monde est fait en majeure partie non de cigales, mais de Caramans.

— Vous êtes très anxieux, Sergius, dit-il enfin en se penchant vers moi avec un air affectueux. Il faudrait vous détendre, penser à autre chose. Par exemple, ajoute-t-il avec une générosité touchante, à votre petite voisine, quand elle reviendra. Ou encore, à des idées consolantes (il met des guillemets à « consolantes » et fait suivre le mot d'un petit rire) ; moi, par exemple, depuis que j'ai compris que nous sommes (ici il baisse la voix) prisonniers dans cet avion, je me récite un proverbe allemand : Voulez-vous l'entendre ?

Schön ist's vielleicht anderswo
Doch hier sind wir sowieso.

Vous remarquerez, ajoute-t-il, que, comme presque tous les proverbes populaires, il implique une maxime stoïque. Et la concision de l'allemand lui ajoute beaucoup de force. Comment traduiriez-vous cela en français sans trop diluer, Sergius ? J'ai pensé à quelque chose comme :

Il y a peut-être un ailleurs où on serait bien,
Mais en attendant, c'est ici que nous sommes.

— Non, non, dis-je aussitôt repris par mon métier, je ne suis pas d'accord. « Un ailleurs » est beaucoup trop moderne. Ce n'est pas dans le ton. Et votre « en attendant » est un commentaire. Je vous propose quelque chose de plus simple :

Un endroit où nous serions bien existe peut-être,
Mais malgré tout c'est ici que nous sommes.

— Vous préférez « *un endroit* » à « *un ailleurs* » ? dit Robbie d'un air de doute.

— Oh, oui, dis-je, absolument.

Je me tais, surpris d'avoir pu discuter avec un vif intérêt ce petit, tout petit point de traduction, après toutes les questions angoissantes que nous avons soulevées. A ce moment, mon regard tombe sur Bouchoix et, me penchant à mon tour vers Robbie (non sans mal, car tout mouvement, même de faible amplitude, me demande trop de force), je lui dis à l'oreille :

— Pensez-vous que cet homme va mourir ?

Robbie incline la tête en haussant les sourcils comme s'il s'étonnait que je puisse me poser la question. A ce moment — coïncidence ou télépathie —, Bouchoix ouvre les yeux et les fixe sur moi. Son fauteuil incliné en arrière au maximum, il est non pas assis mais allongé, la couverture dont

Pacaud l'a enveloppé remontée jusqu'au cou, les doigts squelettiques joints sur sa poitrine, si pareil dans son attitude et son immobilité au gisant d'un tombeau. Comme ses traits se sont altérés ! La veille au soir, quand je suis entré dans l'avion, j'ai noté à peine ce compagnon de voyage un peu plus maigre que les autres, mais dont les gestes et la voix n'annonçaient pas nécessairement un malade. Et maintenant, son corps a la rigidité d'un cadavre et rien d'autre ne vit dans son masque mortuaire que ses yeux d'un noir intense posés sur moi avec une malignité incroyable. J'essaye de détourner la tête, je n'y arrive pas. Je suis agrippé par son regard. Et ce que je lis, c'est la haine qu'il me voue pour avoir osé demander à Robbie, fût-ce dans un souffle : cet homme va-t-il mourir ? J'ai sa réponse. Elle étincelle dans ses yeux noirs. Ces yeux disent, non pas une fois, mais sans fin, avec une itération hideuse et lancinante : Toi aussi.

Je ne peux supporter ce regard. Je ferme mes paupières, et, quand je les rouvre, Robbie n'est plus à mes côtés. Il a dû penser que notre conversation me fatiguait et il est revenu à sa place, aussitôt amarré en couple par la forte pogne de sa voisine qui, le grappin jeté sur son avant-bras fragile et penchée sur lui comme la lionne sur la gazelle qu'elle va dépecer, lui fait répéter à mi-voix tout notre entretien.

L'hôtesse ayant fini, revient s'asseoir à mes côtés, et, comme s'il s'agissait d'une habitude vieille de plusieurs années, elle remet dans la mienne sa petite main. Peut-être parce que l'hôtesse a dû les laver après avoir débarrassé, celle-ci est fraîche. Sa fraîcheur me paraît ajouter à sa douceur et même, chose étrange, à sa petitesse. Ses doigts fins, d'ailleurs, ne restent pas dans ma paume inertes comme des objets délicats mais sans vie. Au contraire, ils sont sans cesse en mouvement comme de petites bêtes amicales, s'insérant dans les miens, en ressortant, les frôlant comme une soie, m'enserrant le pouce et le massant avec légèreté. Aucune femme ne m'a jamais donné tant de plaisir rien qu'en me caressant la main, ni réussi à introduire dans ce geste à la fois tant de tendresse et tant de complicité.

A cet instant où je suis si faible, où j'ai l'impression que ma vie fuit par tous les pores, et où je me pose tant de questions anxieuses sur la finalité de notre voyage, je me sens fondre de gratitude et presque jusqu'aux larmes pour l'attention que l'hôtesse continue si fidèlement à m'accorder. Au fond, quand les autres vous aiment, c'est toujours, peu ou prou, immérité. Bien sûr, je ne sais pas vraiment si l'hôtesse m'aime — ce doute étant peut-être justement la substance dont l'amour est fait. Je ne suis d'ailleurs pas sûr de savoir ce que ce mot « aimer » veut dire, s'agissant d'elle qui est si belle et de moi qui le suis si peu. D'un autre côté, je le répète, quel intérêt aurait l'hôtesse à jouer la comédie avec un « passager » ? (Ma gorge se serre en prononçant ce mot.) Le fait est là : elle me donne beaucoup, et avec un parfait naturel, comme si la chose allait de soi, comme si elle récompensait des mérites exceptionnels — alors que je n'en ai aucun, sauf peut-être la sensibilité qui me permet de mesurer l'immensité de son don.

Je me demande toujours si j'ai suffisamment décrit l'hôtesse. Je ne voudrais pas qu'on la voie avec les yeux d'un Caramans, d'un Blavatski — ou par ceux de Mrs. Banister, si radicalement malveillante quand il s'agit d'une femme. L'hôtesse, en réalité, est exquisement belle, dans la catégorie du petit, du mignon, du presque enfantin, de l'attendrissant, mais non pas du mièvre. Car il émane d'elle une dignité faite de ses regards et de ses silences. Bien qu'elle se contrôle assez, son visage vit. Je sais déjà l'instant où ses yeux verts vont devenir plus foncés, où ses narines palpitent imperceptiblement. Au début, je lui trouvais la bouche trop petite. Mais cette petitesse est, si je puis dire, démentie par ses seins qui sont gros et voluptueux. Au-dessous, la taille est mince, la fesse petite, les jambes en fuseau. Ses gestes sont toujours très gracieux et je suis à peu près sûr que Mrs. Banister les interpréterait en disant que l'hôtesse « minaude » ou quelque verbe dépréciatif de cette farine. Naturellement, c'est faux, Je dirais, moi qui l'aime et qui, par conséquent, la vois comme elle est, que l'hôtesse, par ses gestes et par ses attitudes, cherche à rester chaque minute en harmonie avec sa propre joliesse.

Comme personne ne parle dans le cercle — la majorité continuant à jeter des pelletées de silence sur les remarques de la Murzec et sur la conversation hérétique que je viens d'avoir avec Robbie — j'ai tout le loisir, le visage tourné vers l'hôtesse, de m'imprégner de sa présence, et je ne sais pourquoi, à cet instant, l'œil à demi clos et rêvassant, je la vois, non pas assise à côté de moi dans toutes ses courbes, mais cheminant à ma rencontre dans une rue de Paris et apparaissant tout d'un coup au coin du boulevard qui la coupe, la plus petite et la plus gracieuse de tous les passants, ses cheveux d'or très fins et très légers brillant dans le soleil tandis qu'elle s'avance vers moi, mince et ronde, la tête un peu inclinée sur le côté.

En attendant, c'est bien ici que nous sommes, et c'est bien ici que je suis cloîtré, avec, comme seules consolations, la main caressante de l'hôtesse emmêlée dans la mienne, et le proverbe dont Robbie vient de me faire cadeau. Je me le répète dans les deux langues : dans sa simplicité bon enfant, c'est un bon résumé de la vie. Toutes les larmes y sont, à peine refoulées.

J'ouvre les yeux plus grands, je m'assieds plus droit sur mon fauteuil, et, dans les minutes qui vont suivre, j'oublie presque mon état. Le cercle n'est plus inerte. Il s'y passe quelque chose : Manzoni vient à peine de commencer, tant attendue et tant différée, son OPA sur Mrs. Banister.

A moins qu'elle soit le fruit d'un donjuanisme tout à fait machinal, c'est évidemment là une entreprise qui suppose cette vue optimiste de l'avenir qui ne se rencontre plus que dans les rangs de la majorité.

Je n'ai pas saisi le début du dialogue. Je devais somnoler. Ce qui m'a donné l'éveil, c'est le branle-bas de combat de Mrs. Banister quand l'ennemi s'est avancé, confiant et à découvert, au pied de ses murs. S'il se figure qu'on va tout de go lui ouvrir les portes et l'accueillir avec des fleurs brandies et des bannières au vent, il se trompe. Mrs. Banister s'est assise plus droite, rejetant les épaules en arrière, les seins en proue, les deux mains reposant sur les accoudoirs, dans une attitude de dignité ducale, et ses yeux japonais rétrécis comme de minces meurtrières. Au-dessous de son petit nez, pointu et redoutable, elle sourit avec un charme trompeur, montrant ses petites dents carnassières, la tête tournée vers son voisin avec une condescendance qui, d'emblée, lui assure un immense avantage puisque c'est de haut que vont tomber sur le bel Italien toutes les remarques acerbes dont elle a fait provision sur ses remparts. Et lui, bien sûr, il ne se doute de rien, avançant, large et bien découplé, dans son costume presque blanc, la cravate si bien nouée, fier de ses beaux traits d'empereur romain, à la fois mâles et mous. Comment, d'ailleurs, ne serait-il pas sûr de lui, après toutes les ouvertures qu'on lui a faites, les coups d'œil, les frôlements, les pressions de main, les fausses confusions ?

Je ne sais comment Manzoni a engagé la première escarmouche, mais je vois comment elle va tourner : plutôt mal. On contre-attaque sur sa parentèle, c'est un trait qu'on a dû fourbir à loisir avant de le lui expédier.

— Descendez-vous, dit Mrs. Banister, du fameux Alessandro Manzoni ?

Ceci est dit du bout des lèvres, avec hauteur, comme s'il était évident pour Mrs. Banister que son interlocuteur ne peut en aucun cas se prévaloir d'une ascendance aussi poétique et de surcroît, aussi noble. Manzoni, pris sans vert, commet sa première faute : il n'ose ni revendiquer l'honneur qu'on lui dénie, ni tout à fait y renoncer.

— Peut-être, dit-il d'un ton incertain. C'est bien possible.

C'est une réponse assez malheureuse, puisqu'elle nous convainc tous qu'il s'agit en fait d'une homonymie. Là-dessus, Mrs. Banister fait donner ses forces.

— Voyons, dit-elle en redoublant de hauteur. Il n'y a pas de « peut-être », ni de « c'est bien possible » ! Si vous

269

descendiez du célèbre Manzoni qui appartenait à une vieille famille noble de Turin et qui écrivit de si beaux vers (qu'elle n'a pas lus, j'en suis sûr), vous le sauriez ! Le doute ne serait pas permis !

— Eh bien, disons que j'en descends pas, dit Manzoni.

— Alors, dit Mrs. Banister, vous n'auriez pas dû suggérer le contraire (ici, elle se permet un petit rire). Vous savez, moi, enchaîne-t-elle, je ne suis pas snob. (Manzoni la regarde, béant.) Vous pouvez être un homme tout à fait honorable et ne pas descendre de Manzoni. Il est inutile de se vanter.

— Mais je ne me suis pas vanté ! dit Manzoni, indigné par tant d'injustice. C'est vous qui avez mis le sujet sur le tapis, pas moi.

— C'est moi, mais vous avez entretenu le doute par une réponse ambiguë, dit Mrs. Banister avec un sourire qui trouve le moyen d'être à la fois railleur et plein de coquetterie.

— J'ai répondu n'importe quoi, dit Manzoni en pleine confusion. Je n'attachais pas d'importance à la question.

— Comment, signor Manzoni, dit Mrs. Banister avec une fausse indignation, vous n'attachez pas d'importance à ce que je dis ? Alors, pourquoi m'adressez-vous la parole ?

Ici, Manzoni, rouge et désolé, commence plusieurs phrases, sans pouvoir en terminer une seule, jusqu'au moment où Robbie vient à son secours. Il se penche et dit à Mrs. Banister du ton le plus bénin :

— Puisque vous connaissez bien la biographie d'Alessandro Manzoni, vous savez bien entendu, madame, qu'il est né à Milan, et non, comme vous l'avez dit, à Turin.

C'est un peu pédant, mais ça porte : Mrs. Banister met un terme à son offensive. D'ailleurs, elle réfléchit. Elle a devant elle un délicat problème. Après cette rebuffade, il lui faut rester « au contact » avec l'assaillant. Il s'agit de le punir et de l'assouplir, et non pas de le repousser.

Elle se tourne alors vers lui et fléchissant avec grâce son cou préraphaélite, avec une torsion du torse qui a pour effet de faire saillir ses seins et en même temps de les rapprocher l'un de l'autre de la façon la plus douillette, elle adresse à Manzoni son sourire le plus ouvert en répandant sur lui en même temps la lumière noire et prometteuse de ses yeux. Je note que Mme Edmonde regarde ce numéro silencieux avec considération. Elle doit penser que, lorsqu'il s'agit de se mettre en vitrine, la grande dame l'emporte sur la professionnelle. D'autant que l'offre, si parlante qu'elle soit, est faite sans que Mrs. Banister se départe un seul instant de ses grands airs.

Tout ce chaud lui soufflant dessus après tant de froid, Manzoni reprend courage, mais n'ose encore se dilater ni s'épanouir. Il dit avec circonspection et aussi avec cette politesse fade de petit garçon bien élevé qui me surprend chez un homme de son gabarit :

— J'avoue que vous me déconcertez.

— Moi ? dit Mrs. Banister.

En même temps, elle pose sa main droite qui, même dépouillée de ses bagues, est très jolie, sur son sein gauche, et l'une faisant valoir l'autre, maintient la pause le temps qu'il faut avant de poursuivre de sa voix musicale :

— Vous voulez dire que vous me trouvez mystérieuse ?

Robbie pousse Manzoni du coude, une seconde trop tard. Manzoni tombe dans le piège, tête baissée : le malheureux croit connaître l'âme féminine.

— Mais oui, dit-il avec empressement et la certitude qu'il va plaire. Vous êtes une énigme pour moi.

Mrs. Banister a un petit frémissement de plaisir. Elle se redresse et dit d'une voix roide et froide comme un couperet :

— En somme, vous ne vous renouvelez pas.

— Moi ? dit Manzoni.

— Le coup du mystère, vous l'avez déjà fait à Michou.

— Mais permettez, dit Manzoni très mal à l'aise. Ce n'est pas du tout pareil.

— C'est la même chose, dit Mrs. Banister en le coupant sans aucun ménagement. Vous me décevez beaucoup, signor Manzoni. J'ai cru que vous alliez faire quelques frais pour moi. Mais non, vous utilisez le même truc avec toutes les femmes. C'est du tout fait. De la séduction de très grande série. Franchement, j'attendais mieux.

— Laissez donc tomber, dit Robbie à mi-voix en poussant de nouveau Manzoni qui s'obstine, nous le sentons tous, à se disculper, alors qu'il lui suffirait de décrocher et de se taire pour reprendre l'avantage.

— Vous ne m'avez pas compris, dit Manzoni avec cette courtoisie qui commence à me faire un peu de peine pour lui, tant elle va le gêner dans le combat avec une femme qui est cyniquement mal élevée sous le vernis des bonnes manières. Il reprend :

— Ce qui m'intriguait chez Michou, c'est de la voir lire et relire le même roman policier.

De l'autre côté du cercle, Michou le regarde à travers sa mèche avec un complet mépris, mais ne dit rien.

— Vous êtes un affreux menteur, signor Manzoni, dit Mrs. Banister avec un sourire hautain. Michou vous plaisait. Elle était la première sur votre liste, et vous avez essayé de la draguer. Sans succès aucun.

— Enfin, sans succès aucun, dit Robbie, doux et perfide, c'est une façon de parler...

Il marque un point pour Manzoni. Mais Manzoni le reperd aussitôt par sa littéralité.

— La première sur ma liste ? dit-il en levant les sourcils.

— Mais oui, dit Mrs. Banister d'un air négligent et léger qui n'augure rien de bon. Quand vous vous êtes installé dans cet avion, vous avez regardé autour de vous et vous avez jeté à Michou, à l'hôtesse et à moi, l'une après l'autre, et dans cet ordre, un coup d'œil de propriétaire. C'était très amusant ! (Elle rit.) Remarquez, je suis assez flattée. Vous auriez pu ne pas m'apercevoir. Mais, d'un autre côté, poursuit-elle avec un dédain écrasant, comment pourrais-je jamais me consoler de ne pas avoir été la première ?

— Mais je ne suis pas en train de faire la cour à Michou, dit Manzoni plutôt platement. Michou, c'est fini pour moi.

— C'est fini ? dit Mrs. Banister, qui pendant une brève seconde oublie son rôle et regarde Manzoni, la respiration rapide et les cils battants.

Elle n'était donc pas si sûre d'elle, après tout.

Et il n'était pas si gauche.

Mais si, il l'est ! Puisqu'il se croit obligé d'ajouter :

272

— En réalité, je me suis trompé. Michou est une fille absolument pas mûre qui s'est prise d'une passion d'adolescente pour un gringalet.

Un silence. Nous sommes tous étonnés de cette petite goujaterie — de surcroît, inutile.

— Quel con, ce mec! dit tranquillement Michou, à qui son voisin de gauche, aussitôt, reproche sa grossièreté.

Michou, sa mèche sur l'œil, se tait, l'air satisfait. Elle vient de se donner un double plaisir : celui d'insulter Manzoni, et celui de se faire gronder par Pacaud.

— Vous mentez encore, bien entendu, dit Mrs. Banister avec hauteur. Michou a vingt ans. Vous la préférez à moi.

— Pas du tout, dit Manzoni, qui sent combien il est important de nier ce point, mais qui ne sait trop comment s'y prendre pour rendre sa négation crédible. Mrs. Banister le regarde et il se sent poussé dans ses derniers retranchements par ces prunelles noires brillant dans les fentes cruelles des paupières. Il dit en bégayant presque :

— Ce n'est pas le même attrait. Michou est acide. Elle vous agace les dents.

— Tandis que moi, on en a plein la bouche? dit Mrs. Banister d'un ton à vous donner froid dans le dos.

Mais en même temps, elle sourit avec hauteur, elle se contrôle admirablement.

— Eh bien, poursuit-elle, puisque nous sommes des aliments pour vous, si vous passiez mon tour, si vous alliez tout de suite goûter à l'hôtesse? C'est vrai, ajoute-t-elle aussitôt avec un petit rire insultant, que l'hôtesse est déjà en main et qu'elle est, semble-t-il, très bien défendue.

Robbie enfonce de nouveau son coude pointu dans les côtes de Manzoni, et cette fois-ci, celui-ci comprend : il se tait, attendant la suite, et rassemblant autour de lui, comme il peut, les lambeaux de son amour-propre.

Cette conversation m'a distrait et même amusé pendant le temps qu'elle se déroulait. Mais maintenant qu'elle est finie, je suis envahi par un sentiment d'incrédulité, tant elle me paraît, après coup, fantastiquement hors contexte, sans relation aucune avec la situation qui est la nôtre dans cet avion.

Oh, je sais bien, cette scène, c'est peut-être une façon pour Mrs. Banister de se rassurer, de se convaincre que les choses sont normales et que cette aventure un peu longue va bien finir dans un hôtel quatre étoiles au bord d'un lac à Madrapour. Car nos *viudas,* depuis le début, soupirent à voix basse après leurs commodités. Mrs. Banister parle sans cesse du bain voluptueux qu'elle va prendre en arrivant, et Mrs. Boyd, des déjeuners sur la terrasse du restaurant panoramique. Quelque part, dans le programme implicite de Mrs. Banister, il y a aussi un coup discret frappé à la porte de sa chambre donnant sur le lac, et la porte s'ouvrant, Manzoni : une commodité de plus. Il sera là, pense-t-elle, tous les soirs, ce grand beau benêt, docile, « à la botte ». D'où la nécessité, dès l'avion, de ce dressage en férocité.

Pour nos *viudas,* et plus encore pour Mrs. Banister, dont les droits sont au surplus anciens et seigneuriaux, cet heureux dénouement va de soi. Madrapour est un dû. En aucun lieu du monde, à aucun moment de sa vie, rien ne peut arriver de vraiment fâcheux à Mrs. Banister. Son père et son mari défunts l'ont placée si haut dans la catégorie des touristes de luxe que rien ne peut l'atteindre et qu'à peine se conçoit-elle encore comme une « passagère ». J'éprouve quelque pitié pour elle. Je ne sais vraiment pas pourquoi, car elle n'est pas spécialement à plaindre. En tout cas, pas plus et pas moins que nous tous.

Après le marivaudage cruel de Mrs. Banister et le divertissement qu'il nous a apporté, le cercle, s'immergeant dans le mutisme et l'immobilité de l'attente, connaît un passage à vide qui dure assez longtemps et qui est presque plus pénible à supporter que les moments dramatiques que nous avons vécus. Nous avons tous de bonnes raisons, bien qu'elles soient différentes, pour ne pas ouvrir la bouche. Le débourrage sévère auquel Mrs. Banister vient de se livrer sur son étalon implique un pronostic si optimiste sur l'avenir que même les leaders de la majorité n'osent pas abonder dans ce sens. Et quant à nous, *the unhappy few* : la Murzec, l'hôtesse, Robbie et moi, déjà si mal vus pour avoir eu raison trop tôt, nous n'avons guère envie de plonger à nouveau nos compagnons dans le trouble et l'inquiétude en répétant ce que nous pensons de la situation.

C'est au milieu de ce silence tendu et malheureux et tandis qu'on peut voir par les hublots le soleil décliner sur la mer des nuages, que la respiration de Bouchoix commence à changer. Elle a été jusque-là, comme les nôtres, inaudible. Elle devient tout d'un coup bruyante, rauque, entrecoupée et accompagnée d'une crispation spasmodique des mains et d'un ballottement continuel du cou à droite puis à gauche, comme si l'air lui manquant d'un côté, le malade essayait l'autre dans l'espoir toujours trompé de remplir ses poumons. Le râle qui paraît sortir du fond de la gorge, comme si le malade devait à chaque instant l'en arracher, se poursuit comme une interminable crécelle, mais dans les notes basses. Ce bruit a quelque chose de si peu humain et de si odieusement mécanique qu'il nous glace, et pourtant, quand par moments il cesse, laissant la place à un sifflement brutal analogue à un pneu qui se dégonfle, l'impression qu'on ressent est abominable. Le visage décharné et jaunâtre de Bouchoix se couvre en même temps de sueur, et, quand ses lèvres sans chair et décolorées ne laissent échapper ni cette crécelle ni ces expirations, elles exhalent des gémissements déchirants. On a beau se dire que Bouchoix est probablement déjà dans le coma et que sa conscience n'enregistre pas les souffrances que ses plaintes paraissent exprimer, l'effet que leur répétition fait sur nos nerfs est à peine supportable. Pacaud, les yeux saillant presque des orbites et la sueur ruisselant sur son crâne chauve, est penché sur son beau-frère et le presse de questions anxieuses qui restent sans réponse, et sans même que les yeux noirs de Bouchoix, fixes et largement ouverts, trahissent le moindre signe de vie.

— Mais vous voyez bien que votre beau-frère est hors d'état de parler, dit Blavatski d'un ton agressif qui contraste avec l'expression apitoyée de ses yeux myopes.

Il poursuit en anglais d'une voix brutale et vulgaire et avec un haussement d'épaules, comme si l'événement le laissait tout à fait froid :

— Ce type-là est en train de claquer.

En même temps, en homme habitué à agir, il se lève de son fauteuil avec une lourde agilité, et une fois debout, reste à se balancer d'une jambe sur l'autre, les deux pouces dans la ceinture de son pantalon, la mâchoire en avant.

— Il faudrait quand même se décider à faire quelque chose pour ce type, reprend-il avec colère en promenant un regard accusateur sur le cercle, comme s'il nous reprochait notre impuissance.

Personne ne répond, tant ce reproche paraît absurde, et Blavatski reste là, planté devant son fauteuil, l'air toujours aussi résolu, mais sans rien proposer et sans rien faire d'autre que de se balancer latéralement comme un ours et avec une régularité à vous donner la nausée.

— Si j'avais de l'eau de Cologne, je lui en passerais sur le front, dit l'hôtesse, ses sourcils fins presque incolores levés avec anxiété.

— De l'eau de Cologne ! dit Blavatski avec dérision. Vous voulez le soigner avec de l'eau de Cologne !

— Le soigner, non, dit l'hôtesse avec un vif mouvement d'humeur, le premier que je surprends chez elle. Mais peut-être le soulager.

Blavatski aussitôt change ses batteries, reprend à son compte l'idée qu'il vient de mépriser, et, comme s'il dominait à nouveau la situation, il reprend d'une voix forte et décisoire :

— Qui a de l'eau de Cologne dans son bagage à main ?

Ayant dit, il parcourt le cercle des yeux, ses verres épais étincelant chaque fois qu'il tourne la tête. Il n'y a pas de réponse et, après une pleine minute de silence, la Murzec regarde Mrs. Boyd et dit avec douceur :

— Excusez mon indiscrétion, madame, mais n'en avez-vous pas un flacon dans votre sac ?

Le visage rond de Mrs. Boyd rougit et je remarque pour la première fois que les coques de sa mise en plis n'ont pas bougé depuis la veille et conservent leur aspect apprêté et rigide, comme si elles avaient été faites non en cheveux, mais en métal.

— Mais ce n'est pas de l'eau de Cologne ! dit-elle en anglais avec une voix de petite fille et un mélange de peur et d'indignation. C'est de l'eau de toilette de Guerlain !

— Madame, dit Blavatski d'une voix forte et en se balançant d'avant en arrière comme s'il allait se catapulter sur Mrs. Boyd, vous n'allez pas refuser de l'eau de Cologne à un mourant !

— Comment ? Comment ? s'écrie Mrs. Boyd d'une voix aiguë en levant en l'air avec agitation ses petites mains potelées. Cet homme-là est mourant ! Mais je ne le savais pas ! On ne me l'avait pas dit ! Mademoiselle, poursuit-elle, l'air offusqué, en s'adressant à l'hôtesse, le charter ne peut pas infliger aux passagers un spectacle pareil ! C'est indécent ! Il faut tout de suite mettre cet homme en classe économique !

Un silence atterré suit cette proposition. Pacaud, étouffant de rage, ouvre la bouche sans pouvoir articuler un seul son et tous les yeux convergent sur Mrs. Boyd. Mais Mrs. Boyd, retranchée dans son bon droit, ne regarde personne. De ses deux bras courts, elle serre contre son petit ventre son sac en croco.

Mrs. Banister pose sa main sur l'avant-bras de son amie et se penchant, lui murmure à l'oreille quelques mots en anglais dont je ne puis, tant elle parle bas, percevoir le sens, mais qui paraissent avoir le caractère d'une exhortation. Du moins, c'est ce que je pense, car Mrs. Banister prend en chuchotant cet air angélique que nous lui avons déjà vu au moment de notre autocritique sur la Murzec avant que celle-ci ne réapparaisse dans l'avion.

Évidemment, je trouve plutôt difficile de décider si, en l'occurrence, elle est sincère ou non, le souci de son image restant très vif en elle, et la pitié n'apparaissant pas comme sa qualité dominante. Elle n'en plaide pas moins, je crois, dans le bon sens. Et d'ailleurs tout à fait en vain. Car plus elle insiste et plus le visage rond, mou et bonasse de Mrs. Boyd prend la consistance de la pierre, en même temps que le recouvre comme une sorte de vernis protecteur une expression étonnante de bonne conscience outragée.

— Non, ma chère, dit-elle enfin, les lèvres serrées, les dents laissant à peine passer les sons, ce qui m'appartient m'appartient, et j'en dispose comme je l'entends. J'ai été assez dépouillée comme ça par ces deux gangsters. Cela me suffit.

Ayant dit, ses yeux ronds et un peu sots regardant droit devant elle avec un air de résolution, elle continue à serrer contre elle avec force son sac de croco. Mrs. Banister dit d'un air poli et un peu pincé :

— Je n'insiste pas.

Puis elle esquisse à l'usage du cercle un haussement d'épaules suivi d'un ploiement de cou très gracieux en direction de Manzoni. Après quoi, comme si elle établissait d'elle à lui la complicité de deux cœurs d'élite, elle lui adresse, le prenant à témoin de son échec, un sourire plein de mélancolie.

— Mrs. Boyd, dit Blavatski d'une voix tonnante, votre égoïsme dépasse les bornes ! Si vous ne remettez pas de votre plein gré le flacon d'eau de Cologne à l'hôtesse...

— D'eau de toilette, dit Mrs. Boyd.

— Peu importe ! Si vous ne remettez pas à l'hôtesse ce flacon, je vous le prends de vive force !

— Oh ! M. Blavatski ! dit Caramans en faisant sa moue et en levant vers Blavatski debout la paume de sa main droite en signe de protestation. Je ne suis pas d'accord avec cette procédure. Vous allez beaucoup trop loin ! Cet objet appartient à Mrs. Boyd ! Et vous ne pouvez pas le lui prendre.

— Et qui m'en empêcherait ? dit Blavatski belliqueusement en se campant sur ses grosses jambes.

— Mais moi ! dit Chrestopoulos en se levant à son tour et en faisant face à Blavatski.

Il est cramoisi, il souffle et sue, mais dans ses petits yeux brille la joie de la revanche. Ce défi est un choc pour la majorité, non en lui-même, mais pour ses implications. Car, enfin, l'affaire est claire : si Chrestopoulos n'a plus peur de Blavatski, s'il ose même se dresser contre lui et l'inviter au combat, c'est que l'ordre normal des choses a changé.

Rien de tout cela n'échappe à Blavatski. Et pour lui le choc est double, car il remet aussi en jeu sa position dans l'avion et la hiérarchie qu'il a établie entre les passagers. Jusque-là, il a nourri pour le Grec un mépris infini, qui n'est pas seulement celui du flic pour le trafiquant de drogue, mais qui condamne en même temps son apparence physique, ses vêtements, ses manières, son parfum et peut-être, plus inconsciemment, sa race et son appartenance à un pays pauvre. Et maintenant, ce rat, ce métèque, ose le défier. Blavatski, le menton en avant, le torse bombé, les jambes écartées, conserve par une sorte de vitesse acquise son attitude de domination. Mais on le sent profondément ébranlé dans l'idée qu'il se fait de lui-même et de son rôle dans le cercle. Je pense qu'à ce moment-là, pendant les quelques secondes qui suivent l'interpellation du Grec, il ressent une humiliation si insupportable qu'il aurait peut-être abattu son vis-à-vis si l'Hindou n'avait pas pensé, en partant, à lui confisquer son arme. Je le pense, parce que je le vois porter la main sous son aisselle gauche. Mais ce n'est qu'une esquisse et la main retombe le long de son flanc. Puis, au bout d'une seconde, elle remonte se poser sur la hanche. L'autre main symétriquement, l'imite, et Blavatski reste dans cette attitude héroïque, l'air toujours aussi résolu, et ne décidant rien, pas même de relever le défi du Grec.

Il reçoit du secours du seul côté dont il ne l'aurait jamais attendu. De son œil rond, si semblable à celui d'une poule, Mrs. Boyd regarde Chrestopoulos. Elle considère avec stupeur ce champion douteux. Qu'il ait eu l'audace de prendre son parti la scandalise plus encore que les menaces de Blavatski.

— Je n'ai pas demandé votre aide, dit-elle enfin d'une voix aigre. Et je n'ai besoin de personne.

— Mais, mais..., dit Chrestopoulos, révolté par tant

d'ingratitude et oubliant dans sa fureur qu'il s'est levé pour défendre Mrs. Boyd. Mais je ne vous ai pas demandé votre avis, espèce de vieille taupe !

— Monsieur ! Monsieur ! dit Caramans, les deux mains levées dans un geste sacerdotal.

— Taisez-vous donc tous ! crie presque en même temps Pacaud, ses gros yeux rougis par les larmes qu'il verse sans aucune honte.

Il ajoute :

— Laissez au moins mon beau-frère mourir tranquillement, si vous ne pouvez rien faire pour lui !

L'incident se termine alors aussi stupidement qu'il a surgi. Blavatski se rassied sans un mot, et avec une seconde de retard, rouge, suant et dégageant une forte odeur, Chrestopoulos l'imite.

Bien que cet accrochage ait été très pénible et nous ait tous remplis de honte, le silence qui suit est mille fois pire. Car on entend de nouveau le bruit de crécelle, les sifflements et les gémissements émis par Bouchoix. Le tapage de l'altercation les avait couverts, notre mutisme nous les rend, non pas plus intenses, mais plus terrifiants qu'auparavant.

Ce qu'il y a d'affreux dans cette agonie, c'est qu'on s'identifie à elle, moi surtout, qui me sens plus faible d'heure en heure. Mais je crois que cette identification est ressentie à différents niveaux par tous, sauf peut-être par Mrs. Boyd qui, les yeux fermés, serre toujours contre elle son sac de croco comme un bouclier qui la protégerait de la mort. Mrs. Banister, sans clore les paupières, s'arrange pour ne pas voir Bouchoix en gardant constamment la tête tournée vers Manzoni.

Il va sans dire qu'elle joue aussi de son propre désarroi pour avancer ses affaires. Elle a livré une de ses mains à celles de Manzoni avec un air de gratitude, comme si elle se sentait, d'être ainsi tenue, plus petite et plus enveloppée. Mais la peur qu'elle ressent n'est que trop apparente. Je le vois à sa pâleur et au tremblement de ses lèvres. Quant à Michou, elle ressent deux fois, je crois, le côté atroce de la situation, d'abord parce qu'elle a elle-même éprouvé les affres de la condamnation à mort et aussi parce qu'à l'instant où elle en a le plus besoin, l'appui de Pacaud lui manque.

Il n'est plus disponible pour elle, son ange chauve. Il lui tourne le dos. Penché sur son beau-frère, il lui essuie sans arrêt le front et les lèvres de son mouchoir, tandis que Bouchoix continue à ballotter sa tête de gauche et de droite sur le dossier du fauteuil, ses lèvres émettant en même temps cet affreux bruit de succion qui donne l'impression que la bouffée d'air qu'il aspire va être la dernière.

Mrs. Boyd redresse son sac de croco, l'ouvre d'un geste décisoire, en tire une petite boîte en plastique et, avant de l'ouvrir, la tend à Mrs. Banister.

— Qu'est-ce que c'est ?

— Des boules pour les oreilles, dit Mrs. Boyd.

Mrs. Banister hésite, mais elle craint sans doute de s'enlaidir ou de se rendre ridicule aux yeux de Manzoni, car elle dit à mi-voix :

— Non merci, je n'en ai pas l'usage.

— A votre aise, dit Mrs. Boyd d'un ton sec et, semble-t-il, très froissée qu'on repousse sa générosité.

Elle prend deux boules dans la boîte, les épluche méthodiquement du coton qui les entoure, puis les pétrissant entre le pouce et l'index, elle leur donne une forme allongée et les introduit dans ses oreilles. Après quoi, croisant ses bras courts sur son sac et le serrant sur son ventre, elle ferme les yeux.

Pour moi, je me contente de détourner les miens, les fixant sur un hublot à ma droite. Moi non plus, je ne peux plus souffrir la vue de Bouchoix. Je me vois si facilement à sa place. Pour être exact, ce que je ne peux plus supporter, ce n'est pas sur lui les marques de la mort, le regard fixe, l'œil excavé, le teint cadavérique, mais justement ce qui lui reste de vie ou ce qui n'en est plus que la caricature : les crispations spasmodiques des mains et les ballottements de la tête. Même les yeux détournés, je continue à les voir. Et, là-dessus, je me répète sans fin la même question : pourquoi, pourquoi donc Seigneur faut-il naître pour aboutir à ça ?

281

Par le hublot, je regarde la mer de nuages blancs, épais, cotonneux et sans la moindre faille par laquelle on pourrait distinguer le *Sol* — ce *Sol* où se tiennent nos maîtres, ceux qui disposent souverainement de nous. Or, ces nuages, ils sont à cet instant d'une beauté bouleversante : le soleil qui se couche au ras de l'horizon leur donne une couleur rose qui vous apporte, je ne sais pourquoi, un sentiment délicieux de confiance. Mais il y a aussi, çà et là, au hasard du moutonnement, des coins d'un mauve très doux. Et d'autres endroits où les nuées s'effilochent comme le duvet blanc d'un oisillon. Une fois de plus surgit en moi le désir fou de sortir de l'avion et de me baigner dans ces nuages, de nager en eux et sur eux comme dans les eaux tièdes de la Méditerranée. Mais bien sûr, cette mer avec ses tons si tendres, il ne faut pas s'y fier. De l'autre côté du hublot, c'est tout aussi sûrement la mort que de ce côté-ci.

Je le sais bien, mais cela ne m'empêche pas d'aspirer de toute ma force à sortir du charter avec la même ardeur qu'a mis l'Hindou à s' « *arracher à la roue du temps* ». Oh, je ne suis pas comme Caramans, je comprends bien, moi, ce que cela veut dire ! Je comprends aussi que cela ne résout rien. S'arracher à *la roue du temps ?* Oui ! Mais pour être quoi ? La vie est peu de chose, mais si peu qu'elle soit, elle vaut quand même mieux que cette espèce de non-existence dont l'Hindou avait le désir.

A mon avis, c'est là tout autant un rêve que le désir de se baigner dans les nuages à 10 000 mètres d'altitude par moins 55 degrés. Une évasion, rien de plus. La tête de l'autruche dans le sable, ou ce regard que je fixe de l'autre côté du hublot pour ne pas assister à l'agonie de Bouchoix, c'est-à-dire à la mienne.

En attendant, c'est bien ici que nous sommes, et si mes yeux se détournent, mon grand corps affaibli est toujours là, tassé sur son fauteuil, et mes narines, qu'elles le veuillent ou non, captent l'odeur fade, douceâtre et infiniment pénétrante qui est celle de la mort. Je ne sais même pas si elle vient bien de ce presque cadavre qui s'agite encore devant nous avec ce râle qui n'est plus qu'une caricature de souffle, et ces spasmes qui ne sont plus qu'une caricature de gestes, comme si la vie, en s'en allant, se parodiait elle-même. Mais elle est là, cette odeur, si subtile et en même temps si forte qu'elle supplante sans mal aucun le parfum graisseux de Chrestopoulos, ou l'eau de toilette de Guerlain que Mrs. Boyd a refusée à Bouchoix, et dont, l'œil clos et l'oreille obstruée, elle vient de s'asperger. Ah, Mrs. Boyd, vous devriez boucher aussi votre nez ! En dépit de votre tête armée de boucles, de votre sac en croco, et de votre cœur caparaçonné, il y a toujours une faille par où la mort peut s'infiltrer.

Le coucher du soleil en plein ciel derrière un horizon de nuages, c'est tout aussi inquiétant qu'au sol derrière une colline. Et quand il disparaît tout à fait, c'est le même serrement de cœur que j'ai déjà sur terre, en pensant au nombre très limité de couchants que nous verrons, nous, les passagers.

Eh bien, ça y est il n'a laissé aucune trace. Il a disparu très vite, la nuit tombe, lugubre, avec le souvenir de la veille. Oui, la veille, et ça paraît si loin ! Michou attendant son exécution en classe économique dans un dernier petit jeu fébrile avec Manzoni : la hâte inhérente à toute vie résumée là sinistrement. Vite ! Vite ! Un petit spasme de libellule ! Une seconde de bonheur ! Et c'est fini.

Le silence, tout d'un coup. Et, éclatant dans le silence, une voix faible et détimbrée :

— Il est mort, je crois.

Je n'aurais pas reconnu la voix de Pacaud, mais c'est bien lui, pourtant, qui a parlé et qui tourne vers nous, avec l'air de nous appeler au secours, son crâne chauve, ses bons gros yeux saillants, son nez indécent et ses lèvres pleines de bonté et de lubricité. Il tient encore à la main le mouchoir souillé dont il a essuyé le front et les lèvres de Bouchoix. Et de Bouchoix lui-même ne s'échappe plus aucun son. Il paraît dormir, ses mains squelettiques allongées à plat sur la couverture, et la tête reposant sur le côté du dossier qu'elle a finalement choisi, après avoir si longtemps hésité entre la droite et la gauche.

— Mort ? dit Blavatski d'une voix forte, râpeuse et agressive. Comment savez-vous qu'il est mort ? Vous êtes médecin ?

— Mais il ne bouge plus, il ne respire plus, dit Pacaud dont les yeux saillants trahissent malgré tout un certain espoir.

— Comment savez-vous qu'il ne respire plus ? reprend Blavatski, avançant son menton carré d'un air belliqueux. D'ailleurs, reprend-il avec une mauvaise foi stupéfiante, la respiration n'est pas vraiment le critère de la vie. Dans les centres de réanimation, vous avez des types qui respirent sous appareil et qui sont morts, bel et bien, leur cerveau ne fonctionnant plus.

— Mais nous ne sommes pas ici dans un hôpital, dit Caramans d'un ton gourmé. Et nous n'avons pas la possibilité de faire un encéphalogramme.

Il ajoute avec l'air indéfinissable de nous faire la leçon :

— Du moins pourrions-nous écouter son cœur.

Il y a des échanges timides de regards et, au bout de quelques secondes, plus de regards du tout. Personne ne se propose pour écouter le cœur de Bouchoix, pas même Caramans. Pas même Pacaud. Mais Pacaud, il est vrai, ne tient pas à échanger son anxiété pour une certitude.

Bien qu'elle soit sans oreilles et sans yeux, Mrs. Boyd a dû s'apercevoir d'un changement dans la situation, car elle soulève les paupières, regarde Bouchoix, puis des deux mains, précautionneusement, elle retire ses boules des oreilles, prête à les y remettre à la moindre alerte.

— Que se passe-t-il ? dit-elle en tournant la tête d'un mouvement saccadé et en fixant sur sa voisine son œil de poule rond, arrogant et stupide.

— Mais vous voyez bien ce qui se passe, dit Mrs. Banister avec humeur, comme si elle répugnait à donner son nom à l'événement.

— Mon Dieu ! dit Mrs. Boyd avec une certaine émotion.

Avant, toutefois, de la laisser s'épancher, elle remet les deux boules dans la petite boîte en plastique, et la boîte, dans son sac.

— Mon Dieu ? reprend-elle enfin en faisant claquer le

fermoir doré de son sac. Mais c'est affreux ! Pauvre homme ! Mourir si loin des siens !

Elle reprend aussitôt :

— Où va-t-on le mettre ?

Mrs. Banister, sans retirer sa petite main des mains chaudes et puissantes de Manzoni, tourne la tête vers Mrs. Boyd et dit dans un murmure parfaitement audible :

— Je vous en prie, Margaret, n'ajoutez rien. Vous allez vous rendre odieuse.

— *My dear !* dit Mrs. Boyd. Moi, odieuse !

— Écoutez, Margaret, je vous en supplie, ne vous agitez pas. On n'est d'ailleurs même pas sûr qu'il...

Elle laisse le mot en suspens.

— Comment ? dit Mrs. Boyd, son œil rond parcourant le cercle avec reproche. On n'en est pas sûr ?

— Non, madame ! crie Blavatski d'une voix si forte et d'un ton si écrasant que Mrs. Boyd paraît se ratatiner sur son fauteuil.

Un silence suit cet éclat, puis Mme Murzec baisse ses yeux sur ses genoux et dit d'une voix douce :

— Puisque personne ne veut écouter son cœur, on pourrait au moins approcher un miroir de ses lèvres. Si le miroir se ternit, c'est qu'il vit encore.

— C'est un procédé de bonne femme, dit Blavatski avec dédain. Il n'est pas du tout probant.

— A défaut d'un autre, on pourrait toujours essayer, dit Robbie.

Jusque-là, il est resté devant l'événement calme et détendu et tout d'un coup, il entre en ébullition, avec toutes les mimiques et les entortillements que cet état amène chez lui.

— Mrs. Banister, reprend-il en se penchant en avant sur sa gauche pour la voir, peut-être avez-vous dans votre sac un petit miroir que vous pourriez nous prêter ?

Comme il dit cela, penchant le cou avec grâce, ses boucles blondes cachant à demi son visage, je vois ses yeux marron clair étinceler de malice, et je comprends la perfidie féminine qui inspire sa démarche. Il sait, bien sûr, que Mrs. Banister a un miroir, et il sait aussi qu'elle ne pourra plus jamais s'en servir si elle le prête pour ce macabre usage. Il cherche donc un refus, et, par ce refus, il entend ternir l'image de sa rivale aux yeux de Manzoni.

— Je n'ai pas de miroir dans mon sac, dit Mrs. Banister avec un aplomb tranquille. Je le regrette. Je l'aurais volontiers prêté.

— Mais si, vous en avez un, dit Robbie avec un lent sourire. Je l'y ai vu.

Mrs. Banister fixe sur Manzoni ses yeux de samouraï et dit d'un ton léger sans regarder Robbie :

— Vous vous êtes trompé, Robbie. Vous êtes comme Narcisse : vous voyez des miroirs partout...

Robbie change de visage, et Mme Edmonde, sans trop comprendre comment, sent qu'on a blessé sa gazelle. Elle dit d'une voix dont elle exagère la vulgarité :

— En v'là des histoires, pour un bout d' miroir ! Tiens, mon gros, v'là l'mien, reprend-elle en le tirant de son sac et en le tendant à Pacaud.

Pacaud traverse le cercle pour s'en saisir, et se penchant sur Bouchoix, tient le miroir à quelques centimètres de ses lèvres.

— Plus près ! Mais sans le toucher ! dit Blavatski d'un ton de commandement.

Pacaud obéit. Quatre ou cinq secondes s'écoulent et il dit avec le ton d'un petit garçon craintif :

— Est-ce que cela suffit ?

— Bien sûr ! dit Blavatski en élevant la voix comme s'il faisait honte à un élève de sa stupidité.

Pacaud éloigne le miroir des lèvres de Bouchoix, et se penchant vers un hublot, car le jour baisse et la lumière à l'intérieur du charter n'est pas encore allumée, il regarde le petit rectangle qu'il tient entre les trois doigts boudinés de sa main droite.

— Ne l'approchez donc pas tant de vous, dit Blavatski avec impatience. Sans cela, c'est votre respiration qui va le ternir.

— Mais je suis myope, dit Pacaud.

Il reprend au bout d'un moment :

— Je ne vois rien. Il n'y a pas assez de jour. Mademoiselle, ne pourriez-vous pas allumer ?

— Ce n'est pas moi qui commande les lumières sur cet avion, dit l'hôtesse.

Elle a à peine le temps d'achever, que Blavatski bondit sur ses pieds, et avec violence pointe le bras droit vers la porte de la cambuse.

— Regardez ! crie-t-il.

Je me retourne sur mon siège. De part et d'autre de la porte, les signaux lumineux qui annoncent l'atterrissage sont allumés. Comme s'il était le seul à savoir lire dans l'avion, Blavatski hurle en français :

— Attachez vos ceintures !

Puis il répète la même phrase dans sa propre langue, les fanfares de la victoire éclatant dans sa voix cuivrée :

— *Fasten your belts !*

Il se tient tout droit, le torse bombé, ses grosses jambes écartées, le bras toujours tendu. Son lourd visage a une expression triomphale. A le voir ainsi transfiguré, on dirait que c'est à lui, à sa force, à sa sagesse, et à son *leadership* que revient le mérite de ce retour au *Sol*.

CHAPITRE XIII

Les annonces lumineuses, ça veut dire qu'on atterrit, ça ne signifie pas nécessairement qu'on débarque. Et c'est pourtant cette signification optimiste que Blavatski, par son ton triomphant, lui donne, et que nous acceptons tous comme des moutons à sa suite, si j'en crois le remue-ménage joyeux qui succède à notre apathie.

Michou, les *viudas* et Mme Edmonde vont assiéger les toilettes, et les messieurs — sauf Pacaud, toujours plongé dans la douleur — remettent de l'ordre dans leurs vêtements et dans leurs bagages à main. Chez Caramans, ce sont là des gestes purement symboliques, car sa cravate n'est pas descendue d'un centimètre, et je suis bien sûr que pas un papier dans ses dossiers n'est déplacé. Il s'agit plutôt chez lui d'un rituel magique qui a pour but plus ou moins conscient de hâter le débarquement en s'y préparant.

Manzoni n'est pas le moins actif dans ce toilettage. Il est aussi le seul parmi les hommes à se recoiffer en public avec le plus grand soin. Après quoi, il sort un petit chiffon de son bagage à main, se plie en deux avec souplesse et époussette ses chaussures. Puis, comme cet exercice a dérangé ses cheveux de nouveau il se repeigne.

En contraste avec son voisin, Robbie reste totalement immobile, regardant de haut et de loin l'agitation du cercle. Une fois ou deux, il cherche mon regard pour me prendre à témoin de l'ironie qu'elle provoque en lui. Mais à peine ai-je deviné son intention que je me dérobe.

Je suis la proie d'un sentiment nouveau : j'ai l'espoir de me faire soigner. Je me vois déjà dans un hôpital, objet d'une série d'examens, d'un diagnostic optimiste et de soins efficaces. Ah, ce n'est pas si simple ! Je n'ai pas plutôt abrité cette pensée rassurante qu'aussitôt la sueur ruisselle sous mes aisselles. Je n'y crois qu'à moitié, à cette heureuse issue. Et pourtant, comme j'aurais intérêt à y croire ! Ou je débarque et on me soigne, ou le vol continue et à brefs délais, je ne l'ignore pas, c'est la fin. Les yeux clos pour ne pas voir Bouchoix dont le corps inerte préfigure si bien ce que les instants qui coulent vont faire de moi, je ballotte sans fin de l'espoir au désespoir. Au milieu de mes affres, mon esprit reste net et fonctionne avec clarté. Comme si cela pouvait m'être utile dans le peu d'avenir qui me reste, je prends note que je viens de découvrir la vraie nature du doute. Douter, ce n'est pas, comme je croyais, s'installer dans l'incertitude ; c'est nourrir, l'une après l'autre, deux certitudes contradictoires.

A part Pacaud qui, les deux mains appliquées sur son visage, étouffe de son mieux ses sanglots, personne ne s'intéresse plus à Bouchoix. Personne ne se demande plus s'il est mort ou non. Nous le laissons déjà derrière nous, comme un passager malchanceux dont le passage fut plus bref que le nôtre. Bien qu'il soit allongé sur son fauteuil, la couverture remontée jusqu'au cou, les yeux à demi fermés et l'esquisse d'un sourire sur sa face décharnée, nous l'avons déjà oublié. C'est une chose, rien de plus. Nous allons l'abandonner dans l'avion en débarquant. D'ailleurs, qui était Bouchoix pour nous ? Un monsieur maigre qui aimait beaucoup les cartes et détestait son beau-frère. Adieu, Bouchoix. Adieu, Sergius, à échéance à peine moins lointaine. Nous penserons très peu à vous. Nous aussi, nous sommes pressés par le temps.

Michou qui revient des toilettes glisse son bras sous le coude de Pacaud et, dans un geste de consolation et de tendresse qui me bouleverse, pose sa tête contre l'épaule du gros homme et, relevant sa mèche, elle le regarde, ou plutôt elle essaye de le regarder sous les deux mains dont il couvre son visage. En même temps, elle lui parle à voix basse. Oh, ce qu'elle dit ne doit pas être bien compliqué ! Elle est presque analphabète, Michou, malgré le « bon milieu » dont elle sort. Mais à l'expression de son visage et de ses yeux, je devine que ses mots simplets font passer un énorme courant d'affection. Car Pacaud abaisse les mains, la regarde de ses gros yeux saillants, et de la main gauche, lui caresse la joue et les cheveux avec un air de gratitude et d'adoration.

— Essuie-toi les joues, gros mec, dit Michou avec une douceur que dément son vocabulaire.

Il obéit, et pendant qu'il tamponne sa trogne rouge d'un grand mouchoir d'un blanc immaculé, elle fait couler sur lui à voix basse une litanie d'injures tendres où je distingue « gros bébé, gros tas, gros caillou » et de nouveau « gros mec ». Tout ceci en se frottant la joue contre le tweed rugueux de son épaule et en le regardant sous sa mèche avec une gentillesse infinie.

Je jette un coup d'œil à Manzoni. En l'absence de Mrs. Banister, il se croit tout permis, notre étalon. Il regarde Michou, l'œil fixe, l'air stupide. Qu'on puisse lui préférer, à lui, Manzoni, ce quinquagénaire chauve dont Mme Edmonde a proclamé les vices, voilà qui le dépasse. Je le vois à son air effaré : il se pose des questions inquiètes. Pourtant, le vice n'a rien à voir, rien, mais rien du tout, dans ce cœur à cœur de Michou à Pacaud. Il est douteux qu'ils couchent même jamais ensemble, à moins qu'elle le veuille, par tendresse encore. L'important, pour Michou, c'est d'avoir trouvé son havre, les eaux sûres où elle peut jeter l'ancre, goélette à sec de toile amarrée bord à bord d'un trois-mâts ventru. Manzoni, lui, doit penser au « beau couple » qu'il aurait formé avec Michou. Mais le « beau couple » est une vitrine pour les yeux des autres. Il rate l'essentiel, il a encore beaucoup à apprendre, Manzoni. J'espère qu'il en aura le temps.

Mrs. Banister revient des toilettes, précédant Mrs. Boyd qui laisse pendre son sac de croco au bout du bras d'une façon qui m'agace, je ne sais pourquoi, peut-être parce que tout pend un peu chez elle, ses seins, son ventre, son sac. Et celui-ci, du moins, elle pourrait le coincer sous l'aisselle, élégamment, comme Mrs. Banister qui regagne sa place, battant du cil fraîchement bleui, pour ne pas trop avoir l'air de regarder son sigisbée qui, à temps, juste à temps, a tourné vers elle ses yeux soumis.

— Ah, Elizabeth, dit Mrs. Banister en s'asseyant avec une très gracieuse ondulation de la hanche et du buste, vous ne pouvez pas savoir comme j'aspire à ce bain. J'espère seulement que la salle de bains de ma chambre sera digne d'un hôtel quatre étoiles. Je suis très difficile sur les salles de bains.

Et, comme Mrs. Boyd n'a pas l'air de comprendre, elle traduit :

— *I am very fastidious about bath rooms, you know.*

— Moi aussi, dit Mrs. Boyd.

— Oh, je me souviens, dit Mrs. Banister avec un petit rire et une spontanéité jeune, effervescente, admirablement jouée, au Ritz, à Lisbonne, j'avais fait une réclamation ! Le pauvre directeur n'y comprenait rien ! Mais madame, répétait-il avec son accent chuintant, que lui reprochez-vous, à cette salle de bains ? Elle est en marbre ! (Elle rit, tournée vers Manzoni.) Enfin, à Madrapour, la première chose, je me baigne ! Je me mets à tremper avec des sels de bain ! Je me décrasse ! Et j'espère que je trouverai bien quelqu'un pour me frotter le dos.

— *My dear !* dit Mrs. Boyd.

— Mais vous, si vous voulez bien, Elizabeth, dit Mrs. Banister avec un regard oblique du côté de Manzoni.

Je regarde, j'écoute, mais cela me fatigue au-delà de toute expression, on dirait une comédie. Mrs. Banister croit-elle vraiment que si peu de temps la sépare maintenant de ce bain onctueux ? Et d'abord, qu'est-ce que ça veut dire, *croire* ? Surtout quand on fait suivre ce verbe de l'adverbe *vraiment*. Il y a un monde qui sépare l'irréprochable *croire vraiment* du douteux *vouloir croire* et du plus que douteux *faire semblant*. Trois catégories où pourraient se classer les gens qui prient, s'ils avaient le cœur à une telle classification, fût-elle secrète, fût-elle possible : car ceux qui *veulent croire* ne sont-ils pas aussi ceux qui croient qu'ils croient ? Quelle fondrière, que ce problème ! Et moi qui crois en Dieu, ou qui veux croire en Dieu — ce qui revient peut-être au même en pratique, mais non dans le for intérieur —, à cet instant, je ne crois vraiment qu'à une chose : à ma propre mort.

L'hôtesse me tient toujours la main, qu'elle caresse de ses doigts fins, et de toutes mes forces, pendant que ma vie fuit, je crois, je veux croire, qu'elle m'aime. Peu importe : elle est là. Je la regarde, ma monosyllabique hôtesse, et j'écoute en même temps Michou s'efforcer de consoler Pacaud à sa manière simplette.

— Tu vas quand même pas le pleurer cent sept ans, ce mec ! Surtout qu'il pouvait pas te piffrer ! T'es dingue, gros tas !

Il est dingue, en effet, le gros tas, mais pas plus que Mrs. Banister qui rêve au bon bain qu'elle va prendre. Il dit à mi-voix :

— Mais tu comprends pas, Michou. Ma femme me l'avait confié ! Et qu'est-ce que je vais lui dire, à ma femme ?

— Mais rien, dit tout d'un coup Robbie en se redressant sur son fauteuil, l'œil irrité et la voix sifflante. Vous ne lui direz rien ! Pour la bonne raison que vous n'aurez jamais l'occasion de lui dire quoi que ce soit !

Cet éclat nous secoue, et le cercle regarde Robbie avec stupeur, avec indignation. Mais les deux mains posées sur les accoudoirs, la tête haute, la prunelle aiguë, il nous rend regard pour regard. Et personne, pas même Pacaud, n'ose relever son défi insolent, ni lui demander de le préciser. On dirait que le cercle prend conscience, brusquement, de la fragilité de ses espoirs et craint de les remettre en question dans un débat avec Robbie. Un silence tendu, une immobilité figée succèdent à l'animation de nos préparatifs. Le cercle rentre dans sa coquille peureusement. Pas une corne qui dépasse. Bouches closes. Regards éteints.

D'autant plus frappante, cette soudaine réserve, qu'elle succède aux allées et venues, aux bousculades aux toilettes, à l'affairement. La tension est si forte que je suis presque reconnaissant à l'hôtesse d'intervenir. Je dis presque, parce qu'en se levant elle lâche ma main et dès que ses doigts tièdes quittent les miens, je ressens une pénible impression d'abandon.

293

Elle dit du ton le plus neutre :

— Attachez vos ceintures, s'il vous plaît.

C'est vrai, personne n'y a pensé jusque-là. Et, tandis que les passagers s'exécutent, l'hôtesse fait le tour du cercle et vérifie d'un coup d'œil que les boucles sont bien enclenchées. Ce zèle professionnel nous rassérène. Il a l'air d'impliquer que les choses rentrent dans l'ordre : on atterrit. On applique les consignes de sécurité. L'hôtesse y veille avec conscience. Il s'agit donc bien après tout d'un avion comme les autres, même s'il n'y a personne dans le poste de pilotage — et d'un vol comme les autres, même si nous l'avons trouvé un peu long.

Bien que le silence soit maintenant moins tendu, on continue à se taire. Le temps s'écoule avec la régularité de ces horloges qui ne comportent pas de cadran, mais totalisent les heures et les minutes dans deux voyants côte à côte. Toutes les secondes, un chiffre s'efface ; dès qu'il s'efface un autre surgit, qui disparaît à son tour. Si on regarde un peu longtemps le surgissement et le départ de ces chiffres, on ne peut qu'être glacé d'effroi : rien ne nous donne une idée plus juste de l'inévitabilité de notre propre disparition. Il suffirait en somme de rester là, assis en face des voyants, et d'attendre assez longtemps.

Et attendre, c'est bien ce que nous faisons tous, en ce moment, dans le cercle, sans horloge, sans montres, sans même l'alibi d'une occupation, comme sur terre.

La lumière dans le charter est devenue crépusculaire. L'hôtesse est sans pouvoir, elle l'a dit, sur l'électricité : celle-ci est commandée par le *Sol* et le *Sol*, Dieu sait pourquoi, a décidé de ne pas nous éclairer à la nuit tombante. C'est une petite modification apportée au programme de la veille. Hier soir, les lampes restèrent allumées jusqu'à l'atterrissage et ne s'éteignirent qu'à l'ouverture des portes. Je ne suis pas seul, j'en suis sûr, à avoir noté cette différence, mais personne, pas même Blavatski, ne la fait remarquer. Elle n'est peut-être pas en elle-même très significative, mais on dirait que nous avons peur, en la signalant, de déclencher un nouvel assaut de Robbie contre nos espoirs.

Il fait maintenant si sombre dans l'avion que nous distinguons à peine les visages de nos vis-à-vis. Je m'attends à ce que, d'une minute à l'autre, la lumière baisse encore d'intensité et laisse place à un noir d'encre. Mais pas du tout. Elle paraît se stabiliser à son niveau actuel : une grisaille blafarde qui gomme les traits de nos compagnons en ne laissant subsister dans chaque cas qu'une large tache blanchâtre aux contours mal définis.

Au milieu de nous tous, le visage émacié de Bouchoix est de loin le plus visible. Peut-être parce qu'étant dans un plan horizontal, et non comme les nôtres, vertical, il accroche davantage ce qui reste de lumière. Il est aussi beaucoup plus blanc, et modelé en creux plus profonds. Je le regarde. Il me semble que ses lèvres ont bougé. J'ai un frisson de peur panique, qui reflue aussitôt. Je connais l'effet trompeur qui l'a fait naître. Quand on regarde longuement un mort, on finit toujours par discerner d'imperceptibles mouvements sur son visage. Cette illusion doit tenir au fait que nous n'arrivons pas à nous résigner à son irrémédiable immobilité.

Je sens à mes oreilles bouchées que la descente s'accélère. Je déglutis pour les dégager et, à l'effort que cela me coûte, je mesure de nouveau ma faiblesse.

Le crépuscule nous enlève toute possibilité de mesurer notre distance par rapport à la terre, et quand l'avion prend contact avec le sol, avec une extrême brutalité comme la veille, ce n'est pas le soulagement de retrouver la terre ferme que je ressens, mais un sentiment d'incrédulité mêlé à beaucoup d'angoisse.

Personne ne dit mot. L'avion freine à vous couper le souffle, et malgré son freinage, paraît rouler interminablement sur un sol inégal et nous secoue à nous donner le vertige. La ceinture serrée sur l'abdomen, les deux mains accrochées aux accoudoirs, nous attendons, crispés. Le charter s'immobilise après des cahots très violents. Les moteurs s'arrêtent et, dans le silence, on entend le grincement de l'échelle métallique qui sort de son logement de la soute et se met en place devant l'*exit*.

Il y a un grésillement subit de haut-parleur et une voix nasillarde éclate au milieu de nous avec une puissance énorme, comme si l'amplificateur qu'elle emprunte était réglé au maximum, produisant un niveau de bruit qu'aucune oreille humaine ne pourrait longtemps tolérer. A la lettre, la voix explose dans nos têtes, on ne sait où se tourner pour la fuir. Elle prend possession de l'avion, elle le remplit en totalité, se réverbère d'un bout à l'autre de la carlingue. On a l'impression que les parois elles-mêmes, comme nos corps pantelants, vont se mettre à vibrer sous son impact. Elle ne prononce qu'une phrase, heureusement. Sans la moindre intonation courtoise, sans le rituel « Mesdames, messieurs », et sans aucune indication « d'heure locale », et de « température au sol », elle dit sur le ton de quelqu'un qui donne des ordres :

— Ne détachez pas vos ceintures.

Je ne vois pas le pourquoi de cette instruction, puisque le charter s'est arrêté. Mais aux mouvements que font dans la pénombre Chrestopoulos et Blavatski, je devine qu'ils se rattachent. La voix qui nous commande est en liaison avec des yeux à qui rien n'échappe, même dans la demi-obscurité.

— Mademoiselle, reprend la voix nasillarde, ouvrez l'*exit*.

L'hôtesse défait sa ceinture et se lève. Je tourne la tête, je la vois à peine, mais je l'entends qui procède au déverrouillage de la porte. Et je sais que celle-ci s'ouvre, quand un vent glacial envahit l'avion.

J'ai le souffle coupé, les poumons brûlés, je halète, je suis parcouru de frissons. Dans mon état de faiblesse, je n'arrive même pas à raidir mes muscles pour lutter contre le froid qui me transit. Il me paraît à peine pensable qu'un être humain ait eu le courage, la veille, comme la Murzec, de sortir de l'abri du charter pour plonger dans l'air sibérien du dehors. Sur ma gauche, j'entends quelqu'un claquer des dents. Robbie, je crois. La pensée me vient qu'il est, en effet, peu vêtu. Je l'écoute. Je n'aurais jamais imaginé que des dents en s'entrechoquant pourraient produire un bruit si fort.

Du cercle montent maintenant de tous côtés des plaintes, des gémissements, des paroles entrecoupées, mais, chose bizarre, aucune phrase articulée de protestation comme on aurait pu en attendre de Blavatski, de Caramans. On dirait que la température polaire qui nous étouffe sous sa chape de glace paralyse en même temps nos réflexes. Je sens d'ailleurs au milieu de mes interminables frissons une somnolence sournoise m'envahir. Je lutte contre elle. Je me sens épuisé par mes efforts.

— Attention ! dit la voix nasillarde.

Elle éclate à nouveau dans le charter avec une intolérable puissance, vibrant et résonnant dans nos têtes comme si elle allait nous écerveler. Même quand elle se tait, on n'ose pas se sentir soulagé. Comme le malheureux qu'on torture, on attend un nouvel assaut, et bien que la voix n'ait encore rien dit de menaçant, dès qu'elle gronde à nos oreilles, on se sent frappé de peur. Ah, ce n'est pas seulement le bruit. C'est aussi ce nasillement et son ton — comment dire ? — absolument neutre, mécanique, inhumain.

— Attention ! hurle à nouveau la voix.

Suit une pause de plusieurs secondes, complètement absurde, et stupidement cruelle, car, attachés à nos sièges, paralysés par le froid, envahis par la terreur, que pouvons-nous faire d'autre que de prêter notre « attention » à ce qui va être dit ?

— Bouchoix Émile ! crie la voix nasillarde.

Il n'y a évidemment pas de réponse, et, comme si elle s'était attendue à ce silence, la voix reprend, au maximum de son volume, mais sans trahir le moindre trouble :

— Vous êtes attendu au sol !

Au silence écrasé qui suit, je sens toute la stupéfaction du cercle et les questions qu'il se pose. Est-il possible que le *Sol* ignore l'état de Bouchoix, lui qui voit tout, capte nos paroles, peut-être même nos pensées ?

— Bouchoix Émile ! reprend la voix, avec la même puissance traumatisante, mais sans marquer aucune impatience, comme si la répétition faisait partie d'une routine.

— Mais il est mort, dit quelqu'un, peut-être Pacaud, d'une voix timide.

Un silence. La voix ne va pas répondre à Pacaud. A quoi je le sens, je ne sais.

— Bouchoix Émile ! reprend la voix avec un volume de son qui, littéralement, nous écrase.

Elle ajoute avec une précision mécanique, sans varier d'un iota son intonation, ni baisser son intensité :

— Vous êtes attendu au sol !

Dans le silence qui suit, l'hôtesse, dont je n'aurais jamais attendu tant de courage, pose une question, et, chose bouleversante, une question à laquelle il sera répondu. Le dialogue n'est donc pas, comme je croyais, refusé par système.

La voix de l'hôtesse quand elle s'élève paraît extraordinairement douce, basse et musicale, en contraste avec les décibels qui viennent de torturer nos tympans.

— Nous avons ici un malade, M. Sergius, dit-elle d'un ton poli et ferme. Est-ce qu'il ne pourrait pas être également évacué ?

Je suis ému par son intervention, mais en même temps, j'en veux à l'hôtesse d'avoir envisagé qu'on me sépare d'elle, même pour me sauver.

Un long silence suit cette question. Et juste comme je suis en train de penser qu'elle va être méprisée, la voix nasillarde y répond. L'intensité du ton a baissé de plusieurs degrés, comme s'il s'agissait d'un *a parte* et surtout, c'est le ton qui n'est plus le même. Il n'est plus neutre, en effet : il est mécontent. Il trahit, dirait-on, l'agacement d'un bureaucrate à qui l'on vient de signaler une bévue dans son service.

— M. Sergius ne devrait pas être malade, dit la voix nasillarde.

Cette remarque et la manière dont elle est articulée me plongent dans un abîme de stupéfaction. Comment pourrais-je jamais concevoir que la maladie dont je souffre puisse être le résultat d'une « erreur » ?

La voix nasillarde reprend en baissant encore son volume, mais avec un effet de sécheresse :

— Mademoiselle, vous donnerez à M. Sergius deux dragées d'Oniril, l'une le matin, l'autre le soir.

C'est un ordre, plus qu'une prescription. Et une prescription qui devrait désespérer le cercle s'il était capable de réfléchir : aucune limite dans le temps n'est assignée à la cure.

— Oui, monsieur, dit l'hôtesse.

Je n'ai jamais entendu parler d'un médicament qui portât le nom d'Oniril, mais l'hôtesse, apparemment, sait où le trouver.

Là-dessus, comme si la question étant réglée et la parenthèse refermée, la routine devait reprendre, la voix nasillarde ajoute en déchaînant à nouveau ses décibels et avec l'intonation neutre et mécanique du début :

— Bouchoix Émile ! Vous êtes attendu au sol !

Est-ce parce que je suis glacé par le vent qui s'engouffre dans le charter, stupéfait d'apprendre que ma mortelle faiblesse n'est peut-être qu'une « erreur » et au surplus, mes fonctions mentales toujours paralysées par le volume énorme que l'amplificateur donne à la voix nasillarde, mais je n'en crois pas mes yeux quand je vois le corps de Bouchoix s'animer et ses mains décharnées rejeter sa couverture.

— Émile ! crie Pacaud, et à ce cri, et aussi parce qu'une femme, Mrs. Banister, je crois, pousse un hurlement strident, je me rends compte que je ne suis pas le seul à voir dans le charter Bouchoix se redresser lentement sur son fauteuil.

— My God ! dit Blavatski (celui-là, je le reconnais à sa voix).

Mais, pour l'instant, il n'ajoute rien.

— Émile ! crie Pacaud d'une voix qui hésite entre le soulagement et la peur. Mais on te croyait...

Il bégaye, il n'arrive pas à finir sa phrase, et il reprend :

— Est-ce que tu es...

Mais cette phrase non plus, il ne la finit pas. C'est le mot « vivant » qui n'arrive pas à passer. Une femme crie de nouveau, et dans le cercle, des exclamations brèves, sourdes, étouffées jaillissent, comme si personne n'osait aller au bout de sa pensée ou de son expression.

— Je l'avais dit ! crie tout d'un coup Blavatski de sa voix râpeuse et provocante. Je l'avais dit, qu'il n'était pas mort ! Personne n'a voulu m'écouter ! Ni procéder aux vérifications nécessaires !

C'est incroyable ! Blavatski tire avantage de notre stupéfaction pour essayer encore, *in extremis*, de prendre le dessus sur nous. Ne pouvant plus nous dominer, il fait semblant ! Tout tremblant de froid, et peut-être de peur, il parodie son propre *leadership*. C'est grossier, c'est enfantin, et pourtant, à cet instant, nous lui savons gré de nous apporter, même si elle est absurde, la seule explication que nous ayons envie d'accepter.

Car Bouchoix ne se contente pas de se redresser sur son fauteuil, il se met debout d'une façon raide et mécanique, sans effort apparent, sans aide aucune, sans saisir la main que lui tend Pacaud qui, détachant sa ceinture au mépris des ordres, se dresse lui aussi. Autant que j'en puisse juger — car je claque des dents sous l'effet du froid, mes yeux se brouillent, il règne dans l'avion une pénombre de grotte, et je distingue des taches et des silhouettes, rien de plus —, Bouchoix s'avance dans la direction de l'*exit* à côté duquel se tient l'hôtesse. Il s'avance à petits pas heurtés, avec lenteur, mais sans vaciller, suivi de Pacaud qui le rattrape, passe sur sa droite, et lui met dans la main la poignée de son sac de voyage, en bégayant d'une voix sourde, détimbrée par la terreur et le froid :

— Émile, ton sac ! Ton sac !

Bouchoix s'immobilise, étend son bras à l'horizontale avec une force qui me stupéfie, le laisse ainsi une pleine seconde, le sac pendant au bout de sa main. Je ne vois pas les doigts s'ouvrir, il fait trop sombre, mais je vois le sac tomber et j'entends le bruit sourd et mou qu'il produit en atterrissant sur la moquette.

— Ton sac, Émile ! dit Pacaud.

Il n'y a pas de réponse. L'*exit* ouvert laisse apparaître un rectangle de nuit moins sombre, presque gris, et dans ce rectangle s'encadre la silhouette noire de Bouchoix, les deux mains vides pendant le long de ses flancs. Sous l'effet du vent glacé qui s'engouffre dans l'avion, elle vacille. Elle s'immobilise. L'hôtesse dit d'une voix neutre et professionnelle :

— Au revoir, monsieur.

Bouchoix tourne la tête de son côté, son profil effrayant se détache une seconde sur la grisaille du dehors, mais il ne dit rien, il passe, il disparaît, nous entendons son pas lourd sur l'échelle métallique. Plus tard, quand je demanderai à l'hôtesse pourquoi, à son avis, Bouchoix ne lui a pas répondu, elle dira : « Il ne m'a pas vue. Il est même douteux qu'il m'ait entendue. » — « Mais il vous a regardée. » — « Non. Pas vraiment. Son visage a pivoté dans ma direction, mais ses yeux étaient tout à fait morts. Du moins, il m'a semblé. La nuit était claire, mais peut-être pas assez pour distinguer l'expression de ses yeux. » — « Je ne peux pas croire qu'il ne vous voyait pas ! Il a descendu la passerelle sans tomber ! » — « Ça ne veut rien dire. Il a tâtonné assez longtemps avant de trouver la main courante, et dès qu'il l'a saisie, il n'avait plus besoin de ses yeux. » Je change de sujet de façon abrupte et je dis : « Y avait-il quelqu'un au bas de la coupée pour attendre ? » Le visage de l'hôtesse se ferme, ses yeux se baissent et elle dit d'une voix terne : « Je n'ai pas regardé. » — « Pourquoi ? » — « Je n'ai pas pu. »

Dès que l'hôtesse a verrouillé l'*exit*, j'éprouve deux soulagements, l'un et l'autre immenses, et qui ont tendance à se mêler. Le froid sibérien cesse de me glacer et je ne verrai plus Bouchoix. Quand un homme est devenu un *corps*, avec quelle hâte nous en disposons ! Vivant, il a pu nous être cher. Mort, il nous devient odieux. Vite ! Vite ! Qu'on l'emporte ! Qu'on le mette dans un trou ! Qu'on le brûle ! Conservons de lui seulement ce matériau extra-léger : le souvenir, et cet élément ultra-propre : l'idée de l'être qu'il fut. Pour Bouchoix avec quelle hâte je m'en remets à Pacaud pour conserver son essence et verser sur lui les larmes qu'il faut ! A y réfléchir, il me semble que ce n'est pas bien et que l'humanité entière devrait pleurer quand meurt un seul des siens, fût-ce un Bouchoix.

En tâtonnant, l'hôtesse me met dans la main un verre

d'eau, et dans le creux de la main gauche, qu'elle referme de ses doigts glacés, une petite dragée.

— Qu'est-ce que c'est ?

— L'Oniril.

— Où l'avez-vous trouvé ?

— Dans un tiroir du *galley,* dès l'embarquement.

— Mais vous n'en connaissiez pas l'usage !

— Non.

J'esquisse un sourire.

— Vous auriez pu regarder le petit prospectus à l'intérieur de la boîte.

— Il n'y en avait pas.

J'hésite un quart de seconde, puis j'avale la petite dragée, je bois l'eau et dans la demi-obscurité, grelottant de froid et de faiblesse, je m'avise que la première pensée de l'hôtesse, après le reverrouillage de l'*exit,* a été d'aller chercher pour moi l'Oniril. Je la regarde, submergé une fois de plus par le flot de ma tendresse.

A cet instant où je frissonne interminablement dans l'avion, j'espère que je vais guérir. Je pense à un avenir de nouveau possible, avec l'hôtesse. Même s'il n'est pas de longue durée. Je ne peux penser à rien d'autre : et pourtant, au bout d'un moment, je commence à sentir, dans le silence accablé du cercle, à quels abîmes il vient de livrer ses pensées, quand, Bouchoix parti, tout espoir de débarquement à Madrapour s'est évanoui.

Pourtant, il n'y a pas eu, de la part de la voix nasillarde, d'ordre explicite de ne pas sortir de l'avion. Seulement celui de garder les ceintures attachées. N'empêche, personne, absolument personne, ne s'est avancé vers l'*exit.* Personne n'a fait la moindre réclamation. Personne, sauf l'hôtesse, n'a posé de question. Et cette question concernait l'évacuation d'un malade, et non la descente à terre des passagers. Le cercle n'a pas davantage réagi quand l'hôtesse a reverrouillé l'*exit.* Le *Sol* ne le lui a pourtant pas commandé. Elle l'a fait, et nous l'avons laissée faire, comme si la chose allait de soi. Elle a refermé sur nous la lourde porte de la geôle aérienne où nous allons maintenant continuer à vivre, gardés non par des policiers mais par 10 000 mètres de vide glacé entre la terre et nous.

Le temps me donne l'impression de couler pour rien. Car le charter reste un très long moment à terre. Une heure peut-être, mais personne n'a plus de montre. Et notre seule mesure, désormais, c'est notre patience ou notre impatience.

Je ne sais si cette attente est due à la nécessité de renouveler notre carburant et la provision d'eau dans le *galley* et les toilettes, mais nous ne percevons aucun bruit, et par les hublots aucun camion-citerne n'est visible, comme il le serait à coup sûr, la nuit s'étant encore éclaircie depuis le débarquement de Bouchoix. Le seul son que nous avons entendu depuis le verrouillage de l'*exit,* c'est le grincement de l'échelle de coupée quand elle est rentrée dans la soute. Rien d'autre. Les moteurs sont toujours arrêtés et, bien que cette pause nous excède, personne ne pipe mot. On dirait que nous craignons, en parlant, d'être rappelés à l'ordre par la voix nasillarde. Nous ne savons plus, après son intervention, si le *Sol* nous reconnaît encore quelques droits.

Le comble, c'est que tacitement au moins les passagers acceptent cet arbitraire ! Tous, même un Blavatski, si dominateur, même un Caramans, si légaliste, même un Robbie, si anarchisant. La température sibérienne, l'effet d'écrasement produit par la voix, le départ de Bouchoix, l'affreuse déception de ne pas nous-mêmes atterrir, autant de chocs qui en s'accumulant nous ont laissés sans force, sans dignité, sans même le besoin de récriminer. Si, pourtant, quelqu'un pleure à petit bruit, sur ma droite, Mrs. Banister, je crois. Les rêves qu'elle a bâtis autour de cette belle chambre à Madrapour sont en train de s'écrouler.

La nuit n'a cessé de s'éclaircir depuis le départ de Bouchoix, diffusant à l'intérieur de l'avion une lumière blafarde beaucoup plus lugubre, en fait, que l'obscurité. Comme nous sommes encore bien loin de l'aube, du moins je le pense, je ne puis expliquer ce phénomène que par la présence de la lune qui, sans jamais devenir visible, est néanmoins assez proche pour éclairer la couche de nuages qui la sépare de la terre. A un moment, la clarté dans l'avion devient telle qu'on peut presque croire qu'elle va percer. Elle n'y réussit pas, pourtant, mais la nuit, de grise qu'elle était, devient blanche.

Mme Murzec prend alors une initiative surprenante : elle détache la ceinture de son fauteuil, se dresse comme mue par un ressort et va coller son visage à un hublot sur sa gauche. Puis elle se retourne et nous fait face, ses yeux bleus luisant dans son visage jaunâtre et mobilisant tout ce qu'il y a de lumière dans l'avion. Elle dit alors de la voix douce qui est maintenant la sienne, mais dans laquelle, malgré sa douceur, une forte tension est sensible :

— Je reconnais le lac ! Et son quai ! C'est ici que nous avons atterri hier soir avec l'Hindou !

Il y a dans l'avion un silence atterré et, au bout de quelques secondes, Blavatski explose avec la dernière violence :

— Mais vous êtes folle ! Comment pouvez-vous reconnaître quoi que ce soit ! On n'y voit pas assez ! D'ailleurs, le hublot par lequel vous avez regardé donne sur l'aile de l'avion !

— Mais pas du tout !

— Mais si ! C'est le vague miroitement de l'aile que vous avez pris pour de l'eau !... Avec beaucoup d'imagination !...

— Mais pas du tout ! dit la Murzec. Venez voir vous-même, si vous ne me croyez pas !

— Je n'ai pas besoin de me déplacer, reprend Blavatski sur le ton de la plus parfaite insolence. J'ai une très bonne vue de ma place sur les hublots ! Assez, en tout cas, pour constater qu'on ne voit rien, ni lac, ni quai !

A ce moment-là, comme pour lui permettre de l'emporter sur la Murzec, la demi-clarté lunaire disparaît, rendant impossible toute inspection du paysage au sol. La Murzec revient à sa place et dit avec une douceur inflexible :

— Je regrette de vous contrarier, M. Blavatski. Maintenant, c'est vrai, on ne voit plus rien. Mais à l'instant, j'ai vu un lac et le quai qui le longe. Et je les ai reconnus ! C'est sur ce quai que se tenait l'Hindou quand il a laissé tomber dans l'eau le sac en skaï.

— Vous avez vu ce que vous aviez envie de voir ! rugit Blavatski. La vérité, c'est que vous êtes véritablement obsédée par le souvenir de l'Hindou ! Je suis sûr que lorsque vous allez prier dans le poste d'équipage, vous le voyez de l'autre côté du pare-brise, voguer dans le ciel par ses propres moyens !

Là-dessus, il se permet un petit rire. La Murzec garde un silence méritoire et Robbie dit d'une voix que l'indignation rend un peu criarde :

— Vous pourriez vous dispenser de ces réflexions, Blavatski. Vous n'avez pas à savoir ce que fait Mme Murzec dans le poste d'équipage, et vous n'avez pas non plus à lui prêter des visions !

— Je ne lui fais pas tort en les lui prêtant, dit Blavatski avec une lourde ironie mais sans regarder Robbie. On ne prête qu'aux riches. Mme Murzec a la fibre mystique : elle voit bien au-delà des réalités de ce monde !

On se serait attendu à ce que la Murzec réplique. Mais non. Pas un mot. Le silence. La joue gauche offerte. Et Robbie s'écrie avec irritation de sa voix aiguë :

— Je ne vois pas la raison qui vous pousse à attaquer aussi grossièrement une femme qui ne se défend pas. Ou plutôt, si, je la vois. Vous ne voulez pas admettre que, depuis hier soir, l'avion a tourné en rond pour revenir à son point de départ.

Il y a dans la majorité des exclamations horrifiées mais dans les notes basses. Rien qui ressemble à un tollé, tant l'accablement est profond.

— Je ne vais pas l'admettre sur un témoignage aussi fragile ! s'écrie Blavatski avec une rage contenue. Ce que Mme Murzec a cru voir, l'espace d'une seconde, par une vague clarté lunaire en regardant par un hublot déformant, n'a pas pour moi une valeur probante ! Je ne dis rien d'autre ! C'est une réflexion de simple bon sens, et je m'y tiens !

— Je vous demande pardon, j'ai vu un lac, dit la Murzec, dont on ne peut plus distinguer les traits tant il fait sombre maintenant dans l'avion.

Elle parle avec une sérénité parfaite, comme si aucune des flèches de Blavatski n'avait réussi à pénétrer son armure.

— Je le répète, reprend-elle, j'ai vu un lac, dont l'eau m'a paru très noire malgré la lune. J'ai vu un quai. Et j'ai même vu une barque amarrée au quai. Je les ai vus comme je vous vois. Et non seulement je les ai vus, mais je les ai reconnus.

— Comment savez-vous que c'était un lac ? dit tout d'un coup une voix qu'à son débit et à son articulation, j'identifie aussitôt pour celle de Caramans. Faisait-il assez clair ? reprend-il avec sa coutumière élégance verbale, et votre vue portait-elle assez loin pour que vous puissiez distinguer l'autre rive ?

— A vrai dire, non, dit la Murzec.

— Alors, c'était peut-être un fleuve, dit Caramans sur le ton d'un magister qui prend un élève en faute.

— Non. Un fleuve a un courant.

— Si l'eau était noire, vous ne pouviez pas distinguer le courant.

— C'est possible.

— Et le cadre du hublot étant si petit, reprend Caramans avec une insistance polie, vous n'avez pas pu vous rendre compte des dimensions réelles de cette étendue d'eau.

— Peut-être pas, dit la Murzec.

— Dans ces conditions, conclut Caramans avec une note victorieuse dans la voix, vous ne pouvez pas vraiment nous dire si vous avez vu un lac, un fleuve, un étang, ou une simple pièce d'eau...

Il y a dans le cercle des petits ricanements assez déplaisants, comme si la majorité se dépêchait de conclure que Caramans, dans l'intérêt général, avait rivé son clou à la Murzec.

— Mais c'est idiot ! dit Robbie, sa voix protestatrice montant dans les notes aiguës. Ce qui est important, ce n'est pas que Mme Murzec ait vu un lac, un fleuve ou un étang ! L'important, c'est qu'elle ait reconnu le lieu de la première escale !

— Mais comment pourrait-elle le reconnaître, dit Caramans sur un ton poliment écrasant, alors qu'elle le décrit avec si peu de précision ?

Les petits rires vengeurs reprennent. Dieu merci, la majorité, écartant avec résolution les mauvais prophètes, écoute à nouveau les bons bergers : Blavatski et Caramans. Le bon sens et la dialectique. Le scepticisme rageur et le raisonnement pointilleux.

Visiblement, l'espoir renaît. Un espoir infiniment modeste, puisqu'il se contente de l'idée que l'avion n'est peut-être pas revenu, après un jour de vol, là où il a atterri la veille.

Le cercle, certes, vient de perdre un des siens, il grelotte de froid. Quand le charter reprendra l'air, le cercle ne sait rien de sa destination ni des personnes qui l'y conduisent. Le cercle ignore tout, et le comment et le pourquoi. Et pourtant, le cercle commence — si peu que ce soit — à se rassurer. Ah, certes, il lui en faut peu ! Un petit, tout petit espoir de ne pas voler, du moins, en circuit fermé...

Je ne fais pas ici le fendant. Je ne jette pas la pierre à la majorité. Moi-même, qui pensais suivre Bouchoix avec à peine un décalage d'un jour, il a suffi que la voix nasillarde laisse entendre que ma maladie était une « erreur », et me prescrive une drogue pour qu'aussitôt je me croie guéri.

C'est à ce moment précis que l'hôtesse intervient, stupéfiant le cercle, majorité et minorité, tant son intervention paraît prendre le contre-pied du rôle apaisant qu'elle a joué jusque-là.

Elle dit d'une voix douce :

— Mme Murzec a dit vrai : elle a bien vu un lac.

Je tourne la tête vers elle, mais je ne distingue pas ses traits, il fait beaucoup trop sombre. Je perçois dans le noir des mouvements divers et j'entends deux ou trois exclamations étouffées. Et Blavatski dit sans aménité :

— Comment le savez-vous ?

— Mais parce que je l'ai vu moi-même, dit l'hôtesse avec tranquillité.

— Vous l'avez vu ! dit Blavatski. Et quand ? ajoute-t-il d'une voix presque menaçante. Puis-je vous le demander ? — la formule de politesse paraissant étrangement peu en accord avec le ton qu'il a pris.

— A l'instant, quand j'ai ouvert l'*exit*.

Elle reprend avec une parfaite sérénité :

— J'ai vu tout ce que Mme Murzec a décrit : le lac, le quai, la barque.

Il y a un assez long silence et Caramans dit, avec l'intonation d'un homme qui possède seul la faculté de raisonner :

— Mais il ne suit pas de là que l'endroit où l'avion a déposé hier soir le couple hindou soit le même.

— Je n'en sais rien, dit l'hôtesse tranquillement. Il faisait noir comme dans un four quand les Hindous ont débarqué.

— Mais Mme Murzec, elle, a vu quelque chose, s'écrie Blavatski avec dérision.

— Naturellement, dit la Murzec, puisque l'Hindou éclairait son chemin avec une lampe électrique, qu'il avait prise à l'hôtesse.

— Je voudrais remarquer que l'hôtesse, elle, n'a rien vu ! s'écrie Blavatski d'un ton presque insultant.

— Mais ça ne contredit pas du tout ce que dit Mme Murzec, s'écrie l'hôtesse avec vivacité. Moi, je n'ai rien vu parce qu'au moment où j'ai refermé l'*exit,* l'Hindou n'avait pas encore allumé ma lampe électrique.

— Rien ne prouve qu'il l'ait emportée, cette lampe ! dit Blavatski.

— Si ! Moi ! dit l'hôtesse. Au moment où l'Hindou a franchi l'*exit,* il la tenait dans sa main gauche et le sac en skaï dans sa main droite.

— Je vous demande pardon, dit Caramans, apparemment très soulagé de la prendre en faute. C'est la femme qui portait le sac en skaï noir !

— Oui, mais l'Hindou le lui a repris des mains après l'incident avec M. Chrestopoulos.

— Je n'ai rien noté de ce genre, dit Caramans.

— Mais moi, je l'ai noté, dit l'hôtesse. Je ne quittais pas des yeux les mains de l'Hindou à cause de ma lampe. J'ai espéré jusqu'au dernier moment qu'il me la rendrait. Je la lui ai d'ailleurs réclamée quand il est passé devant moi pour sortir.

— Vous lui avez réclamé votre lampe électrique ? dit Caramans. Alors je ne vous ai pas entendue, ajoute-t-il avec un scepticisme poli, comme s'il suffisait qu'une chose ne soit ni « notée » ni « entendue » par lui pour que son existence soit aussitôt frappée de nullité. Eh bien, reprend-il avec une sorte de distance et une ironie voilée comme s'il se prêtait à un jeu, que vous a-t-il répondu ?

— Une phrase en anglais, que je n'ai pas comprise.

— Mais je l'ai comprise, moi ! s'écrie Robbie. Quand l'hôtesse lui a réclamé sa lampe, l'Hindou a eu d'abord un petit rire, puis il a dit : « Ils n'ont pas besoin de lumière, ceux qui, de leur plein gré, croupissent dans les ténèbres. »

Après cette citation, si injurieuse pour nous, tous se taisent, et la querelle s'éteint, comme toujours, sans aucune conclusion, sans apporter la moindre certitude.

L'hôtesse corrobore la Murzec dans la description qu'elle a faite du terrain d'atterrissage de ce soir, mais non de celui où nous avons touché terre la veille, puisque la veille justement, l'hôtesse n'a rien vu. La question de savoir si nous sommes revenus à notre point de départ, avec toutes les implications sinistres que le fait pourrait comporter, n'est donc pas tranchée, puisqu'elle repose sur un témoignage unique.

Quant à l'hôtesse, quand je lui demande, plus tard, pourquoi elle est intervenue au risque d'accroître l'angoisse des passagers, elle me répond non sans émotion : « J'en avais assez d'entendre ces messieurs rudoyer Mme Murzec, alors qu'elle ne disait que la vérité sur ce fameux lac. »

Je ne peux pousser mes questions plus avant : les moteurs se mettent en marche avec le bruit anormalement lointain et feutré qui m'a frappé dès le début, et, presque aussitôt après, les annonces lumineuses nous conseillant d'attacher nos ceintures s'allument de chaque côté du rideau du *galley*. Le conseil a quelque chose d'absurde : le cercle a obéi à la voix nasillarde : à l'exception de Pacaud quand il a volé au secours de Bouchoix, et de Mme Murzec quand elle a couru vers le hublot, personne ne s'est détaché.

L'avion se met à rouler en tanguant fortement sur le sol inégal, prend de la vitesse et décolle. Pour être exact, faute de repères dans le noir pour m'en assurer, je déduis qu'il décolle quand les cahots cessent. La lumière dans le charter se rallume et nous nous regardons un moment, l'air stupide, clignant sans fin des paupières. le froid est intense et je ne suis pas le seul à trembler :

L'hôtesse se lève et dit d'un air apaisant et maternel :

— Je vais préparer une collation et des boissons chaudes.

Elle a à peine fini de parler que je sens, en moi-même et dans le cercle, une sorte de détente. Je sais bien, le fou peut s'habituer à son asile, le prisonnier à sa cellule, l'enfant martyr à son placard — et les regretter quand ils les quittent.

Je n'aurais quand même jamais osé imaginer l'extraordinaire soulagement qui se peint sur les visages de mes compagnons quand cesse l'interminable attente à terre dans le noir et le froid glacial.

Dieu merci, c'est terminé. L'avion tient l'air de nouveau, avec un doux et puissant ronronnement. La bonne lumière est revenue nous baigner, et avec elle, dans quelques instants, le chauffage qui va détendre nos muscles. L'hôtesse, fidèle à son rôle tutélaire, veille sur nous. Thé ou café bouillant, on va boire. Et manger aussi. Eh oui, manger ! C'est là l'important ! A la campagne, est-ce qu'on ne mange pas toujours après un enterrement ? Pour être sûr que la vie continue. Et la vie, apparemment, continue dans notre charter destination Madrapour. La lumière revenue, nous sommes « tous » là de nouveau. On peut de nouveau se voir, s'aimer, se haïr, renouer entre nous nos complexes rapports. Il y a dans tout cela un retour à une rassurante routine et, pour peu qu'on veuille bien ne pas penser trop avant, les choses reprennent en somme leur cours normal.

CHAPITRE XIV

L'hôtesse sert sa collation et, bien que je sois incapable de dire si je l'ai mangée ou non, je me sens aussitôt après beaucoup mieux, peut-être tout simplement parce que l'Oniril commence à faire son effet. Non que ma faiblesse ait le moins du monde disparu, mais comment dire ? à condition de ne pas faire d'effort — par exemple, de ne pas tourner la tête et de ne pas décoller le dos du dossier de mon siège — je l'oublie et je ressens bien au contraire un sentiment rafraîchissant de légèreté et de liberté. J'ai l'impression que je vais pouvoir me mettre à courir sur une plage, dans le vent tiède du soir, à sauter, et si je le voulais, rien qu'en prenant un appel du pied, à planer dans les airs. Cette sensation de facilité aérienne accompagne l'impression nouvelle, tout à fait grisante, d'avoir l'hôtesse à moi, à moi seul, comme si une liaison de vieille date (dont j'ai oublié les débuts) me la livrait à tout instant.

Cette nuit-là fut, au moins à son début, « la plus heureuse de ma vie » : superlatif absurde, qu'on ne devrait employer en bonne logique qu'à la toute dernière agonie, si on avait les loisirs de faire, alors, son bilan.

Je ne puis d'ailleurs donner pour absolument certain ce que je suis sur le point de raconter. Si on tient compte de l'état d'euphorie où m'avait plongé l'Oniril — m'apportant *avant* la péripétie que je vais dire une félicité qui aurait dû résulter d'elle, et non pas la précéder —, on peut très bien penser que je n'ai pas quitté mon fauteuil et que tout s'est passé dans une imagination surexcitée par la drogue.

Pour être sûr du contraire, il faudrait que l'événement soit répété. J'ai malheureusement la certitude qu'il ne le sera pas. Dans ces conditions, la question que je ne cesse de me poser est celle-ci : qu'est-ce qui différencie un souvenir *unique* d'un rêve ?

Je ne puis trancher, puisque certains rêves, par leur cohérence, leur relief, leur logique interne et la richesse de leurs détails, donnent une impression de réalité qui, même au réveil, ne se dissipe pas tout à fait. Inversement, n'a-t-on pas le sentiment, dans certains moments amers de solitude et d'échec, que les souvenirs qui vous assaillent — par exemple, un « grand amour » que vous avez cru, pendant quelques mois ou quelques années, partagé — ont été davantage rêvés que vécus ?

Peu après la collation (mais avec ma montre, j'ai à peu près perdu la notion du temps) je vois le ravissant visage de l'hôtesse penché sur moi, et ses yeux verts, attachés aux miens, avec une expression si douce, si tendre, et si pleine de promesses, que j'ai de nouveau, multiplié cent fois, ce sentiment d'envol que j'ai éprouvé avant de m'endormir. Je suppose qu'elle est debout, mais en réalité je ne vois pas son corps, seulement son visage au-dessus de moi, comme dans un close-up de cinéma, avec un effet de clair-obscur étonnant, son délicat visage et ses cheveux d'or détachés en pleine lumière, le reste dans l'ombre. Je la vois de très près, comme si elle était couchée sur moi de tout son long, dans cette posture qu'une femme comme l'hôtesse doit affectionner parce qu'elle sait que son corps paraîtra si mince et si léger à son partenaire qu'il en sera attendri.

En fait, l'hôtesse ne pouvait pas avoir cette position. Le fauteuil où je suis à demi étendu la rend impossible, et d'ailleurs, je ne sens pas son poids. Elle ne me touche pas, elle ne me prend même pas la main : son visage paraît flotter à quelques centimètres du mien, et il aurait été immobile si ses yeux n'avaient dit tant de choses.

Sa bouche aussi vit. Non, elle n'est pas « trop petite », comme j'ai eu la sottise de le dire, car son apparente petitesse est plus que compensée par le caractère sinueux et enfantin de ses lèvres et la qualité de son sourire, s'ouvrant à peine sur des dents très menues. A cet instant, si tendre qu'il soit, il y a une ambiguïté dans l'expression de son visage. Le regard est grave, et la bouche, joueuse.

La tête de l'hôtesse — sa tête seule, puisque je ne vois pas son corps — reste un long moment comme suspendue au-dessus de moi, tandis que je me sens parcouru par des ondes de chaleur concentriques qui gagnent jusqu'aux extrémités de mes membres. Ses yeux sont posés sur les miens sans presque ciller, mais ses lèvres ont d'imperceptibles petits mouvements comme ceux d'un chaton qui mordille et qui happe.

Le moment que j'attends arrive enfin, mais précédé d'une remarque que je n'attendais pas. L'hôtesse dit à voix basse mais avec une certaine solennité :

— C'est aujourd'hui le 15 novembre.

Et là-dessus, comme si la chose avait été entendue entre nous de longue date, elle pose sur les miennes ses lèvres puériles.

Ce qui m'étonne, c'est que les lumières ne s'éteignant pas la nuit dans un avion, et d'ailleurs personne n'ayant encore eu le temps de s'endormir, le cercle voie ce baiser et ne réagisse en aucune façon, fût-ce par des commentaires à voix basse, contre ce qui devrait lui apparaître, aux *viduas* en particulier, comme un manquement choquant à l'étiquette.

Sur le moment, je ne me sens pas surpris, car moi-même je ne vois pas plus le cercle que le corps de l'hôtesse. Tout, sauf son visage, paraît perdu dans une brume. Et le visage lui-même disparaît dès que ses lèvres à la fois chaudes et fraîches s'insinuent entre les miennes.

Les sens me trahissent, une fois de plus. Je ne peux jouir à la fois de la vue et du toucher. A la minute même où la bouche de l'hôtesse vient se nicher dans la mienne, j'éprouve pourtant une sourde petite douleur : je suis trop près d'elle, je ne la vois plus.

Je me suis demandé — mais bien sûr après coup — pourquoi l'hôtesse a l'air de m'inviter à retenir cette date du 15 novembre pour de futures célébrations, alors que nous avons tous, comme dit Robbie, « si peu d'avenir devant nous ». Je n'ai pas le temps de me poser plus de questions.

— Venez, chuchote l'hôtesse en refermant ses doigts sur les miens et en me faisant lever.

Je me mets debout. Je ne chancelle même pas. Je n'ai aucune impression de faiblesse.

Sans me lâcher la main, l'hôtesse m'entraîne vivement à sa suite dans le couloir central de la classe économique, et je la suis presque en courant, me sentant extraordinairement léger, mes pieds touchant à peine le sol. Arrivée tout au fond, l'hôtesse s'arrête, tire un petit passe de sa poche, et ouvre en face des toilettes une porte basse et étroite, que je ne peux franchir qu'en me baissant.

C'est une cabine. Elle ne me frappe pas dès l'abord par ses dimensions anormales, et c'est pourtant la première question que je devrais me poser : comment a-t-on pu loger une cabine si vaste dans la queue de l'appareil ?

Le caractère incongru du mobilier devrait aussi retenir mon attention, notamment la présence d'un fauteuil crapaud habillé de velours vieil or et qui n'est nullement fixé au sol comme les sièges d'un avion, puisque l'hôtesse, avant de m'y faire asseoir, l'écarte du lit pour se faire un passage. Mais plus stupéfait encore en un tel lieu, c'est le lit. Il est double, monumental, et je me demande aussitôt comment il a pu passer par l'ouverture de la porte ou même par l'escalier-trappe de la queue de l'appareil. En tout cas, pas par la fenêtre, c'est un hublot devant lequel l'hôtesse tire un petit rideau, vieil or lui aussi. Elle met autant de soin à cette fermeture que si quelqu'un pouvait nous voir, la nuit, de la mer de nuages.

— C'est plus douillet comme ça, dit-elle en me regardant avec un petit sourire.

Elle repasse devant moi, en laissant au passage ses doigts légers traîner dans mon cou, et va tirer le verrou doré de la porte — qui me paraît maintenant si petite qu'il me faudrait pour la franchir à nouveau me mettre à quatre pattes.

Tout dans la cabine, sauf la cloison derrière le lit, est tapissé de velours vieil or, y compris le plafond, y compris un placard mural dont l'hôtesse ouvre la porte. C'est une penderie et au bas de cette penderie, dans l'angle droit, je découvre un petit réfrigérateur. L'hôtesse suspend sa veste d'uniforme à un cintre, puis elle se retourne vers moi, et dit avec un sourire amical :

— Il fait bon ici. Vous devriez retirer votre veste.

Mais elle ne me laisse pas le temps de le faire. L'instant d'après, appuyant ses deux genoux contre les miens, elle se penche, saisit une de mes manches, et l'élève au-dessus de ma tête pour m'aider à retirer mon bras.

Dès qu'elle est en possession de ma veste, elle va la suspendre avec des gestes soigneux à l'un des cintres de la penderie. Je la regarde. Depuis qu'elle a ôté sa vareuse d'uniforme, sa taille paraît plus mince et ses seins, plus volumineux.

L'hôtesse ouvre le petit réfrigérateur en bas de la penderie, en tire un petit flacon de whisky, le décapsule et, en versant le contenu dans un verre, elle me le tend :

— Mais je ne bois pas d'alcool, dis-je.

— Buvez, dit-elle avec un sourire. Ça va vous faire le plus grand bien.

J'obéis. Le verre large, granulé et froid dans la paume de ma main droite me fait plaisir et, dès que j'ai avalé deux ou trois gorgées, j'ai l'impression que mon corps se dilate. Je suis surpris. L'alcool ne m'a jamais fait cet effet. J'ai à ce moment-là l'idée absurde et romanesque que l'hôtesse me fait boire un philtre, et je dis sur un ton mi-plaisant mi-sérieux :

— Que me fais-tu boire, Circé ?

Elle ne répond pas. Et je m'aperçois avec étonnement qu'elle est à genoux entre mes jambes en train de défaire ma cravate. Je dis « avec étonnement », car je la croyais encore debout près de la penderie, le réfrigérateur refermé et arrangeant sur un cintre son propre chemisier.

A ce moment-là, j'ai l'impression que quelqu'un d'autre regarde le couple que nous formons. Moi, assis dans le fauteuil crapaud, le gros verre granulé à demi plein pendant au bout de mon bras, et l'hôtesse à genoux entre mes jambes, la cravate qu'elle m'a ôtée jetée autour de son

315

cou, et défaisant les premiers boutons de ma chemise de ses doigts fins, dont le contact léger me donne un plaisir infini.

Je tourne la tête sur ma droite et je me découvre en train de nous regarder, elle et moi, dans le miroir qui occupe tout le panneau derrière le lit, le doublant en longueur comme tout le reste de la cabine. Oui, je le constate une fois encore, j'ai des yeux très, très affectueux, et dont le regard, si semblable à celui d'un chien, pourrait attendrir une femme. Mais c'est toujours en moi la même surprise et la même douleur : il n'y a pas de miracle. Le bas du visage n'a pas cessé d'être simiesque. Par bonheur, l'hôtesse ne me regarde pas. Elle a glissé sa main fine dans l'entrebâillement de ma chemise et caresse doucement la toison de ma poitrine.

Je bois quelques gorgées du breuvage qu'elle m'a versé, je laisse glisser le verre vide à mes pieds, je perds toute pesanteur. Je ne suis plus assis sur le fauteuil crapaud, je me retrouve étendu sur le lit monumental, l'hôtesse est nue dans mes bras, sa tête au niveau de ma poitrine sur laquelle elle appuie comme sur une fourrure son visage blond et délicat. A cet instant, ses yeux verts se lèvent vers moi. Je sais ce qu'ils me demandent : de lui montrer, après, la même tendresse qu'avant. Je suis bouleversé à la pensée qu'une fille si belle puisse redouter ma froideur. Je vois dans le miroir mes yeux tout luisants de loyauté animale lui faire la promesse qu'elle demande. C'est un serment silencieux qui, Dieu sait pourquoi, me paraît engager un avenir immense.

Je suis si pénétré de respect devant sa beauté, je ressens une telle gratitude pour son incroyable générosité, que je n'ose faire le moindre mouvement, bien que mon corps vibre de la tête aux pieds. Elle le sent, je crois. Ses doigts légers glissent sur ma toison. Oui, Belle, je suis ta Bête, donnée pour toujours. Les yeux au plafond, j'ai l'impression que je suis enfermé avec toi, loin des regards méchants, dans une boîte capitonnée qui me paraît rétrécie tout d'un coup aux dimensions de nos deux corps.

La fin est abominable. L'hôtesse disparaît. La boîte capitonnée se referme sur moi, et je suis seul, dans un cercueil. De mes deux bras sans force, je fais des efforts impuissants pour en rejeter le couvercle.

J'ouvre les yeux, couvert de sueur. Le jour est déjà levé dans l'avion. Je tourne la tête du côté des hublots par où le soleil entre à flots. Ce simple mouvement m'épuise. J'essaye de bouger sur mon fauteuil et je découvre que ma faiblesse est pire que la veille. La transpiration jaillit sur mon front, entre mes omoplates, sous mes bras, et l'angoisse dont j'étais libéré m'envahit à nouveau comme un flot irrésistible. Une panique folle prend possession de moi. Comme ces agonisants qui repoussent leurs draps et cherchent leurs vêtements des yeux, je fais avec les miens le tour du cercle pour trouver un endroit où je pourrais fuir. J'ai l'impression qu'un gouffre noir, sans fond, s'ouvre à mes pieds, et qu'il va m'aspirer. Mon cœur cogne. Mon ventre se tord. Mes jambes tremblent. Je ne peux rien penser d'autre que cette phrase que je répète sans fin et qui occupe, seule, tout le champ de ma conscience : « Cette fois-ci, ça y est. Cette fois-ci, ça y est. Cette fois-ci, ça y est. » Je ruisselle de sueur, ma langue colle contre mon palais. Je ne peux pas articuler un seul mot. La sensation d'épuisement que je ressens est horrible et paraît augmenter de minute en minute. J'ai l'impression que toute ma force fuit de moi sans arrêt par une blessure ouverte que rien ne pourrait fermer. Ma tête est vide. Je n'ai plus conscience d'être moi. Je ne suis plus rien que cette terreur abjecte qui me secoue.

— Voilà votre Oniril, dit l'hôtesse, et, comme je suis incapable de bouger la main, elle me met la petite dragée dans la bouche en appuyant le bord d'un verre d'eau contre mes lèvres, elle me fait boire.

Je la vois de très près, mes yeux restent fixés sur elle, elle est debout à côté de moi, et son image m'apparaît comme la veille, dans la même lumière, mais non pas avec la même expression.

Je la regarde. Je reçois un choc terrible et qui me laisse d'abord incrédule : il n'y a plus trace de tendresse dans les siens. Tout en buvant avec difficulté, car même boire me demande un effort, je la regarde encore. Elle ne répond pas à mon appel. Que se passe-t-il? Même en tenant compte de la réserve qu'elle doit observer en public, son attitude reste inexplicable, car justement de cette réserve, elle ne s'est jamais souciée : depuis le départ des Hindous, elle m'a laissé la suivre dans la cambuse, l'aider à servir, m'asseoir à côté d'elle, lui prendre la main.

Je bois, je la regarde, je ne lis plus rien dans ses yeux verts. Ses lèvres que je connais si bien depuis la veille sont figées dans un sourire distant, impersonnel. Je ressens un sentiment d'abandon qui me paraît pire, mille fois, que les affres que je viens de subir en découvrant à mon réveil que ma faiblesse s'est encore accrue.

Elle s'éloigne. Elle va, je pense, reporter dans le *galley* le verre où j'ai bu. J'ai l'impression abominable qu'aux petites heures du jour on a volé la personnalité si douce et si tendre de l'hôtesse pour ne laisser dans le charter que son enveloppe.

C'est une étrangère qui revient s'asseoir à côté de moi, sans contact aucun avec moi. Je réussis au prix d'un énorme effort — car l'ankylose déjà me menace — à tourner mes yeux vers elle. Je reconnais ses cheveux d'or, son fin visage, le dessin puéril de sa bouche. Mais ce n'est pas elle, de cela maintenant je suis sûr, car, à l'appel muet et suppliant de mes yeux, elle se serait déjà tournée vers moi. Or, ses paupières restent baissées et les mains croisées reposant sur ses genoux, son visage porte un air d'ennui professionnel comme celui des hôtesses des long-courriers dont le métier est fait, pour moitié, d'une interminable attente.

Elle est si près de moi qu'en étendant la main je pourrais la toucher, mais je sens que je n'en ferai rien : je commence à avoir peur de ses réactions. Son corps, dont j'ai tant adoré la minceur et le moelleux, me paraît tout d'un coup, assis à côté du mien, raide et dur, et ses bras, incapables de se nouer autour de mon cou. Je la fixe, la gorge serrée. Si, comme le croit Robbie, j'ai peu de temps à vivre, ce peu est encore trop pour supporter la douleur que me donne sa perte.

— Mademoiselle, dit Mme Murzec, je crois que Mr. Sergius voudrait vous demander quelque chose.

L'hôtesse tourne la tête vers moi. Et je reçois de nouveau un choc terrifiant. Ses yeux sont vides. Polis, mais vides.

— Vous avez besoin de quelque chose, Mr. Sergius ? dit-elle avec une sollicitude de commande.

J'ouvre la bouche, je m'aperçois que j'ai à peine la force de parler. Je dis en articulant d'une façon confuse :

— Vous voir.

— Boire ? dit l'hôtesse.

— Vous voir.

Elle jette un rapide coup d'œil à la ronde, elle esquisse un sourire gêné, suivi d'une moue indulgente.

— Eh bien, dit-elle avec un enjouement qui sonne faux, voilà, Mr. Sergius, vous me voyez.

Cette mimique où, sous l'intérêt de surface, se lit tant d'indifférence, me perce comme un poignard. C'est impossible, elle ne peut pas avoir tant changé à mon égard, et en si peu de temps. Je me pose de nouveau la même question désespérée : est-ce bien elle qui parle ainsi ?

Je fais une dernière tentative :

— Mademoiselle, dis-je avec la même voix faible, confuse, émasculée, que j'entends avec honte couler de mes lèvres, voulez-vous... me tenir la main ?

Elle a de nouveau, s'adressant au cercle plus qu'à moi, ce sourire gêné, hausse imperceptiblement les épaules, et dit sur un ton de légèreté aimable, condescendante :

— Mais oui, Mr. Sergius, si cela peut vous faire plaisir.

Le ton implique qu'un grand malade est bien excusable d'avoir des caprices. Une pleine seconde s'écoule et, d'un geste délibéré, l'hôtesse me prend la main. A ce contact, j'ai un moment d'espoir. Il disparaît aussitôt. Je ne reconnais pas les doigts de l'hôtesse. Ceux-ci restent secs, inertes, sans tendresse. Ils tiennent les miens comme ils tiendraient des objets dénués de toute signification affective et qu'on pourrait tout aussi bien poser, ou oublier, sur un meuble. C'est un toucher absolument inhumain, aussi éloigné de la caresse que le geste du médecin qui prend votre pouls.

Cette minute est affreuse. A cet instant, je touche le fond du désespoir, et du pire, celui qui vous laisse incrédule devant une situation qu'on n'arrive pas à comprendre. Car enfin, si même j'admets que la scène dans la cabine n'était qu'une hallucination due à l'Oniril, comment puis-je interpréter ce que j'ai pris pour une tendre complicité entre l'hôtesse et moi dès l'instant où je suis entré dans l'avion ? J'étais bien portant alors, je me trouvais dans un état normal, je n'avais pas absorbé la moindre drogue.

Je lâche cette main qui n'aime plus la mienne, je ferme les yeux, j'essaye de réfléchir et ce n'est pas facile, car en même temps la peur de mourir me tenaille. Et pourtant, si épuisé, si paniqué que je sois, ma pensée reste claire.

J'envisage une possibilité : l'hôtesse a vraiment éprouvé pour moi un peu de tendresse, mais le *Sol,* par des moyens que j'ignore, lui a fait savoir que je n'étais pas digne de son attention. Elle m'a alors fait rentrer dans le rang, simple « passager » parmi d'autres. Après tout, même sur terre, quand une fille qui commence à s'intéresser à vous se confie à sa « meilleure amie », et si celle-ci ricane et vous dévalorise, l'effet sur l'inclination naissante peut être dévastateur.

Mais il y a une autre possibilité et, bien qu'elle me frappe de terreur, je ne puis pas l'exclure. Aurais-je dès le début, sans la moindre drogue, intoxiqué par ma propre passion, imaginé seul, de toutes pièces, ces regards, ces sourires, ces inflexions de voix, ces doigts dans les miens « comme des petites bêtes amicales » ?

Si j'ai vraiment rêvé tout cela, si l'hôtesse, du commencement à la fin, a été pour moi ce qu'elle est maintenant : une étrangère, si cet amour immense n'a rien été d'autre que la sécrétion de ma pensée, alors tout s'écroule. Il n'y a pas une seule chose au monde dont je sois sûr. Rien de ce que j'ai raconté jusqu'ici n'est certain. Je suis le témoin unique et récusable d'une histoire dont personne ne peut connaître la vérité.

Ma terreur et ma stupeur s'apaisent par degrés. Je me sens mieux. Mais cette fois, j'en suis conscient, c'est l'Oniril qui agit. Peu importe, d'ailleurs. L'important, c'est que je prenne avec l'événement et avec mon propre sort une distance merveilleuse. On dirait qu'ils ne me concernent plus. Je les observe presque avec amusement de loin, de très loin. Tout se dissipe. Je cesse d'être dupe de ma propre histoire. Je le découvre enfin : tout ce qui touche à cet avion est d'une fausseté à faire peur. Le charter ne se rend pas à Madrapour, l'Oniril n'est pas un médicament qui guérit. Ma maladie est une pseudo-erreur. Et l'hôtesse ne m'aime pas.

Eh bien, après tout, peu me chaut ! Je me détache à vue d'œil, avec une impression de légèreté incroyable, de *la roue du temps*. Comme si je n'étais déjà plus avec eux, je parcours du regard les voyageurs. Ils me font, ces faux frères, des sourires encourageants, comme s'ils voulaient me faire croire, eux aussi, que ma mortelle faiblesse est une « erreur », corrigible d'un moment à l'autre. Je n'ai que faire de cette petite comédie. Je ne m'en indigne même pas. Tout m'est égal. Y compris la violente dispute qui éclate à ce moment-là dans l'avion. J'écoute avec sérénité les propos pour moi infiniment futiles des passagers.

Après le petit déjeuner que je n'ai pu absorber — sauf quelques gorgées de thé tiède —, la Murzec est allée s'isoler dans le poste de pilotage, Blavatski ricanant derrière son dos, les *viudas* échangeant des regards et Caramans prenant, la paupière à mi-course, cet air gourmé et distant qui veut dire que pour lui le seul endroit pour prier est une église catholique, et le seul Dieu auquel on puisse s'adresser, celui du Nouveau Testament.

Quand la Murzec revient de ses dévotions, son visage jaunâtre et ses yeux bleus brillent de l'espérance d'un « ailleurs où on serait bien », comme dit Robbie. Elle déborde en même temps d'une bonne volonté toute fraîche à l'égard de ses frères souffrants du charter, et avant de regagner sa place, elle ne manque pas de s'arrêter auprès de mon fauteuil et de me demander d'un air confit :

— Eh bien, Mr. Sergius, comment allez-vous ce matin ?

Je dis d'une voix faible, mais avec une aisance qui me surprend :

— Beaucoup mieux, merci.

La Murzec me fait une série de sourires encourageants du bout de ses dents jaunâtres.

— Vous allez voir, vous allez guérir…

— Mais oui, mais oui, dis-je d'un ton léger.

— D'ailleurs, reprend-elle, le *Sol* a laissé entendre que votre maladie était une erreur. Le *Sol* ne peut se tromper.

— Ni me tromper.

— Certainement pas, dit la Murzec avec force. C'est tout à fait exclu.

Malgré le détachement qui est maintenant le mien, je trouve à ces bonnes paroles un goût que je n'aime pas. Je ferme les yeux pour signifier que l'entretien me fatigue.

— En attendant, reprend la Murzec en associant charitablement le cercle à son élan de charité, nous faisons tous ici des vœux pour votre prompt rétablissement.

— Je vous en suis très obligé, dis-je sans soulever les paupières.

Un silence. Je sens bien que la Murzec a le sentiment qu'elle n'a pas encore rempli à mon égard tout son devoir verbal. Eh bien, qu'elle le remplisse ! Mais sans moi ! Je garde les yeux clos.

— En tout cas, dit-elle, si je peux faire quelque chose pour vous, dites-le-moi.

Oui. Par exemple, me laisser ! Mais au lieu de dire ça, l'habitude de la politesse l'emporte, et je murmure, les paupières obstinément baissées :

— Merci, madame, mais l'hôtesse fait tout son devoir. Comme vous avez vu, elle a même été jusqu'à me tenir la main.

Cette dernière phrase, je l'ai dite malgré moi, comme si une petite poche d'amertume s'était rouverte au milieu de ma sérénité nouvelle.

— L'hôtesse, dit la Murzec, dont la bienveillance, comme le soleil, se répand sur tous, l'hôtesse est au-dessus de tout éloge.

Un silence.

— Eh bien, dit la Murzec avec un tact tardif, je vais vous laisser reposer.

Robbie revient des toilettes, sa trousse à la main. De ses orteils carmin à son foulard orange, en passant par son pantalon vert pâle et sa chemise bleu azur, il est si vivement et si artistement coloré qu'aucun de ses déplacements ne peut passer inaperçu. En outre, ses boucles d'un blond doré flottent sur ses épaules, il est rasé de si près qu'il paraît imberbe. Tandis qu'il traverse le cercle, nous le regardons tous — avec les sentiments si divers qu'il excite d'habitude en chacun de nous — et qui laissent place ce matin à l'étonnement, à l'inquiétude.

Car cette radieuse juvénilité n'est plus qu'une apparence. A mieux le regarder, Robbie est exsangue, les traits si tirés et les yeux si creusés, qu'il paraît avoir perdu, en une nuit, l'arrondi de ses joues. Le teint lui-même n'a plus sa nuance abricot. Il est couleur de cendre. Et sa démarche, d'ordinaire si ailée, a ce quelque chose d'hésitant et de chancelant que, depuis hier matin, je ne connais que trop bien. Je sens exactement ce que Robbie éprouve à cette minute. Ses jambes sont si faibles qu'elles se dérobent sous lui, elles n'arrivent plus à le porter. Et, de fait, il trébuche avant d'atteindre son fauteuil, et il serait peut-être même tombé si Mme Edmonde ne s'était pas dressée pour le retenir, de son bras vigoureux.

— Et alors ! dit-elle avec une rudesse tendre. Ça va pas ? T'es pas encore réveillé ?

— Merci, dit Robbie, et lui toujours si gracieux, et qui se pose plus qu'il ne s'assoit, il se laisse tomber sur son fauteuil avec lourdeur.

Le cercle regarde Robbie, puis son regard se détourne. Il ne dit mot. Oh, comme il voudrait à cet instant ne rien voir ! ne rien savoir ! Ne pas se poser de questions ! Mettre Robbie entre parenthèses ! Mais c'est ne pas compter avec le zèle de la Murzec, tout amour et tout secours.

— M. Robbie, dit-elle aussitôt, ignorant que ce diminutif n'est pas un nom (mais l'hôtesse commettra la même erreur), excusez-moi de vous le dire, mais vous avez ce matin une mine de papier mâché. Êtes-vous souffrant ?

Pas de réponse, Robbie ne tourne même pas la tête vers elle.

— Mais c'est vrai, ça, mon bébé, s'écrie Mme Edmonde, l'œil alarmé, la poitrine houleuse, t'as une pauvre petite gueule, ce matin ! Qu'est-ce qu'y a qui va pas, mon minet ?

Mais Robbie, qui lui abandonne son bras gauche, ne répond pas davantage. Il est assis, raide sur son fauteuil, le cou droit, ses yeux marron clair fixés devant lui.

— M. Robbie, dit la Murzec, je me permets de répéter ma question. Êtes-vous souffrant ?

— Pas du tout, dit Robbie, dans la même posture rigide, et pour la première fois, lui dont la phonétique française est si bonne, je l'entends prononcer à l'allemande le « p » de « pas », le « d » de « du » et le « t » de « tout ».

Surpris de cette défaillance, moi dont l'attention décolle un peu, je le regarde. Il me rend mon regard et ses yeux, démentant sa dénégation, me disent aussi clairement que des paroles : « Eh bien, tu vois, moi aussi. Après toi. A mon tour. » Et en même temps, de ses lèvres étrangement décolorées, il me sourit.

Le cercle a parfaitement compris cet échange de regards, je le sens aux conversations qui s'arrêtent, au silence lourd qui tombe. Mais ce silence a pour but, je le sais aussi, d'enterrer, et non de souligner, la vérité qui vient tout d'un coup de surgir de façon si manifeste et, pour tous, si angoissante.

— Mademoiselle, reprend la Murzec, je pense qu'il vous appartient de prendre une initiative et de donner aussi à M. Robbie une dragée d'Oniril.

— Pas du tout, dit Robbie en refaisant la même faute de prononciation sur les trois mots. Je ne veux pas de cette drogue.

Il ajoute d'une voix faible, mais en parcourant le cercle d'un regard insolent :

— D'ailleurs, comme chacun peut le voir, je suis en parfaite santé.

— Mais non, M. Robbie, dit la Murzec. Il ne sert à rien de nous leurrer. Vous êtes souffrant.

— Eh bien, madame, dit Robbie de la même voix faible, mais l'œil pétillant. A supposer que je le sois, que pouvez-vous faire pour moi ?

— Prier, dit la Murzec sans hésitation.

— Mais ce n'est pas possible, dit Robbie, vous avez déjà fait vos oraisons ce matin.

— Je suis prête à les recommencer.

— Maintenant ? dit Robbie avec le plus grand sérieux.

— Maintenant, si vous le désirez.

— Je vous en aurai la plus grande gratitude, dit Robbie, et sur ce dernier mot, de nouveau il trébuche, prononçant les « t » et les « d » à l'allemande.

La Murzec se lève et d'un pas raide elle se dirige vers le rideau de la cambuse, le repousse d'une main et, s'arrêtant, elle se retourne et fixe ses yeux bleus sur Robbie.

— M. Robbie, ne voulez-vous pas, d'où vous êtes, accompagner par la pensée mes oraisons ?

— Certainement, madame, dit Robbie.

La Murzec disparaît derrière le rideau, et Robbie dit d'une voix très faible mais avec l'ombre d'un sourire :

— Je prierai pour que vos prières soient efficaces.

— Robbie, dis-je d'une voix ténue, vous devriez prendre de l'Oniril. L'effet moral est excellent.

— Non, dit-il, je m'en passerai.

Ici, Caramans se met à tousser.

— D'ailleurs, dit-il avec cet air inimitable de faire entendre sur chaque problème la voix de la raison, il n'y a pas lieu de prendre l'Oniril pour une panacée. Il n'est peut-être pas adapté à tous les cas.

— Là, je ne suis pas de votre avis, dit Robbie d'une voix faible, mais avec un air de dérision. L'Oniril est très adapté à tous les cas qui vont se présenter ici.

Le silence de nouveau, et l'hôtesse dit avec une ferme douceur :

— Même si M. Robbie acceptait les dragées d'Oniril...

— Mais Robbie ne les accepte pas, dit Robbie.

— ... Je serais bien en peine de lui en donner. A part la boîte que j'ai entamée pour Mr. Sergius, et que je lui réserve (je lui sais gré de cette phrase, et aussi, mais est-ce à nouveau une illusion ? du regard qui l'accompagne), la vérité, c'est que je n'en ai plus ! Les autres boîtes ont disparu !

— Disparu ! s'écrie Blavatski en se penchant en avant, ses yeux vifs et perçants étincelant derrière les gros verres de ses lunettes. Et quand vous êtes-vous aperçu de cette disparition ?

— A l'instant, quand j'ai donné son Oniril à Mr. Sergius. J'avais compté neuf boîtes. Il ne m'en reste plus qu'une : celle que j'ai ouverte pour Mr. Sergius.

Elle la sort de la poche de son uniforme. Nous regardons la boîte et nous nous regardons, stupéfaits.

— Si huit boîtes d'Oniril ont disparu, dit tout d'un coup Mrs. Banister sur un ton tranchant, c'est que quelqu'un les a volées.

Cette franchise seigneuriale pose le problème d'une façon qui paraît embarrasser Blavatski, je n'en saisis pas encore la raison. Mais Robbie ne lui laisse pas le temps de prendre position. D'une voix faible, mais en articulant avec soin, et son accent allemand à nouveau très perceptible, il s'adresse à l'hôtesse :

— Combien y a-t-il de dragées dans une boîte ?

L'hôtesse ouvre la boîte, une boîte uniformément grise, sans étiquette ni description, et, versant son contenu dans le creux de sa main, elle compte à voix haute dix-huit dragées. Comme elle m'en a donné une hier soir et une ce matin, le compte est vite fait.

— Vingt, dit-elle.

— Neuf boîtes, et vingt par boîtes, ça fait 180 dragées, dit Robbie, et il s'absorbe dans un calcul dont personne, je crois, ne comprend les données.

Pendant ce temps, Blavatski se tait. Il est bien passif et bien discret, tout d'un coup, notre super-flic. On vole sous son nez huit boîtes de drogue sans nul doute très puissante, et il ne fait rien, il n'entame pas la moindre enquête. Il n'interroge personne. Il ne soupçonne pas le moindre suspect — même le plus évident, même celui que tout désigne...

Il y a un bruit sec. Mrs. Boyd qui s'est aspergée de son eau de toilette, vient de refermer son sac de croco, puis le cale sur ses genoux, et fixant son œil rond, irrité, sur Chrestopoulos, elle dit avec son accent bostonien :

— Mr. Blavatski, pourquoi ne demandez-vous pas à Mr. Chrestopoulos ce qu'il est allé faire dans le *galley* à deux heures du matin, au moment où l'hôtesse a entraîné Mr. Sergius vers la queue de l'appareil ?

Je la regarde, béant. Ce qui me stupéfie, ce n'est pas qu'elle accuse le Grec, c'est qu'elle corrobore mon rêve. Je jette un coup d'œil à l'hôtesse. Elle ne bronche pas. Son visage est un masque. D'un autre côté, comment imaginer qu'une cabine puisse se loger dans la queue de l'appareil et que j'aie eu la force de m'y rendre, même soutenu par l'hôtesse ?

La réaction de Chrestopoulos est vive, mais tardive :

— Taisez-vous donc, espèce de folle ! crie Chestopoulos, agité, suant, et émettant aussitôt une forte odeur. Je n'ai pas bougé de mon fauteuil, cette nuit !

En même temps, ses mains grasses boudinées volent dans tous les sens, tâtent sa cravate de soie jaune, sa braguette, et à la racine de ses doigts, la trace de ses bagues.

— Vous mentez, monsieur, dit Mrs. Banister d'une voix coupante. Moi aussi, je vous ai vu. J'ai cru que vous aviez faim ; et que, profitant de l'absence prolongée de l'hôtesse, vous étiez allé dans le *galley* voler un peu de nourriture. Mais la vérité, je la vois, est toute différente. Vous vous êtes emparé de l'Oniril ! Le seul médicament dont nous disposons à bord ! Et stocké en quantité suffisante pour être, en cas de besoin, distribué à tous !

— Là, vous extrapolez, madame, dit Caramans tandis que Blavatski, inexplicablement, reste muet et passif sur son fauteuil, les mains croisées sur ses genoux.

Caramans reprend :

— Il n'est pas inhabituel, à bord d'un avion, d'avoir quelques médicaments d'urgence. Ça ne veut pas dire qu'on va en faire une distribution.

Un silence suit cette remarque, tant il paraît évident que Caramans détourne la discussion de son véritable sujet. Sa thèse reçoit d'ailleurs aussitôt un démenti du côté où il l'attendait le moins.

— Je vous demande pardon, dit l'hôtesse. L'Oniril était bel et bien destiné à être distribué, en cas de besoin, à tous les passagers.

— Comment le savez-vous ? dit Blavatski qui retrouve tout d'un coup à l'égard de l'hôtesse une partie de son agressivité.

L'hôtesse ne se trouble pas. Elle dit d'un ton neutre :

— Cela faisait partie de mes instructions.

— Écrites sur ce petit bout de papier que vous avez perdu, dit Blavatski avec un ricanement.

— Oui, dit l'hôtesse sans hésitation.

Ment-elle ou pas ? Je ne saurais dire. Je retrouve dans ma mémoire maint petit détail et je me demande si l'hôtesse n'a pas été depuis le début en communication verbale avec le *Sol*, peut-être par une radio cachée dans le *galley*.

— Eh bien, si tel était le cas, dit Mrs. Banister en s'adressant à l'hôtesse, vous auriez dû nous le dire.

— Pas du tout, dit l'hôtesse avec un soupçon d'aspérité dans la voix. Mes instructions étaient formelles : je devais attendre, pour vous parler de l'Oniril, que le *Sol* me donne le feu vert.

Là-dessus, le cercle s'immerge dans le silence. Caramans ne bronche pas. Blavatski, les yeux invisibles derrière les gros verres de ses lunettes, se cantonne dans l'immobilisme. Il ne regarde même pas Chrestopoulos. Il paraît triste et accablé.

— Espèce de salaud ! s'écrie tout d'un coup Pacaud en se tournant vers le Grec. Ça ne vous suffit pas d'essayer d'escroquer vos compagons de route à l'aide de soi-disant dettes de jeu ! Vous volez aussi les médicaments ! Eh bien, vous allez rendre ces boîtes tout de suite à l'hôtesse, ou je vous casse la gueule !

— C'est faux ! Je les ai pas ! crie Chrestopoulos, ses mains voletant dans tous les sens avec indignation. Et la gueule, c'est moi qui vais vous la casser !

— Messieurs, messieurs, dit Caramans sans aucune conviction.

— Manzoni, dit Mrs. Banister du ton d'une suzeraine s'adressant à un vassal pour lui confier une mission de chevalerie, allez donc aider M. Pacaud à faire rendre gorge à ce truand.

— Oui, madame, dit Manzoni, un peu pâle.

C'est comique, ou touchant, comme on veut : Manzoni se lève, carre les épaules, et, vêtu de blanc immaculé, marche sur Chrestopoulos comme l'ange exterminateur. Je ne sais si Manzoni sait se battre ou s'il aime se battre, mais sa haute taille, sa carrure et son allure décidée font merveille.

Chrestopoulos se lève, regarde autour de lui d'un air traqué, pivote sur lui-même, tourne le dos à Pacaud et à Manzoni, et, tricotant de ses grosses jambes, court vers la cambuse, écarte le rideau et disparaît.

Pacaud et Manzoni s'immobilisent. Manzoni, le sourcil levé, à demi tourné vers Mrs. Banister, la regarde comme pour lui demander des instructions.

— Fouillez son sac, dit Mrs. Banister sur un ton de commandement.

Blavatski ne dit mot et ne fait pas un geste. Il regarde la scène d'un air lointain. On dirait qu'elle ne le concerne pas.

Non sans répugnance, Manzoni ouvre le sac de voyage de Chrestopoulos.

— Est-ce cela, mademoiselle ? dit-il à l'hôtesse en lui montrant de loin une petite boîte grise, mais, au lieu de la lui donner, il la remet à Pacaud, qui la tend à l'hôtesse. Sans doute Manzoni craint-il que Mrs. Banister le soupçonne d'avoir voulu toucher la main de l'hôtesse. Le dressage est en bonne voie, me semble-t-il.

— C'est cela, dit l'hôtesse. Vous devez en trouver encore sept.

Une à une, Manzoni les extrait du sac de Chrestopoulos, et Pacaud les remet à l'hôtesse.

Les passagers suivent cette opération en silence, avec une sorte de respect. Ces petites boîtes grises leur sont devenues tout d'un coup infiniment précieuses, Dieu sait pourquoi. Rien qu'à me regarder, ils devraient pourtant bien s'en apercevoir : l'efficacité thérapeutique des dragées d'Oniril est nulle — même si elles rendent moins pénibles les instants qui passent.

Une main écarte le rideau de la cambuse, la Murzec apparaît, suivie de Chrestopoulos, qui la domine d'une tête, mais paraît se tasser derrière elle, la moustache noire frémissante et la sueur ruisselant sur son visage contracté.

— M. Chrestopoulos m'a tout raconté, dit la Murzec. Je vous demande de ne lui faire aucun mal.

— La brebis galeuse défendue par le bouc émissaire, dit Robbie d'une voix si basse que je suis le seul, je crois, à l'entendre.

— Eh bien, reprend la Murzec avec un air de défi évangélique. Qu'allez-vous faire à son sujet ?

Un silence agacé accueille ses paroles.

— Mais rien, bien sûr, dit Mrs. Banister, étonnée que Blavatski reste passif et la laisse décider de tout.

Manzoni retourne à sa place, et Chrestopoulos, à la sienne.

— Mademoiselle, reprend-elle en s'adressant à l'hôtesse avec un air de hauteur, mettez donc ces boîtes sous clef. Et confiez la clef à M. Manzoni.

L'hôtesse ne répond pas. Manzoni regagne son fauteuil en resserrant un nœud de cravate qui ne s'est pas relâché, et Chrestopoulos se laisse choir sur son siège, la paupière tombante et grommelant dans sa moustache, pour sauver ce qui lui reste de face, des paroles dont je ne puis dire si ce sont des menaces ou des excuses.

— Il ne suffit pas d'admettre à nouveau M. Chrestopoulos parmi nous, dit la Murzec en fixant sur le cercle des yeux bleus implacables. Il faut aussi lui pardonner.

— C'est fait, c'est fait, dit Robbie d'une voix exsangue, mais articulée d'une façon très germanique. Madame, reprend-il en prononçant le « d » comme un « t », avez-vous terminé vos oraisons en ma faveur ?

— Non, dit la Murzec.

— Dans ce cas, vous pouvez laisser Chrestopoulos sous ma protection, dit Robbie. Je me charge de ses intérêts.

Je m'attends à ce que la Murzec discerne l'intention insolente sous le sérieux du ton qui lui donne congé, mais pas du tout. Elle a dû perdre, en même temps que sa méchanceté, une partie de sa finesse, car elle dit avec une simplicité qui me confond :

— Je vous remercie, M. Robbie.

Et pivotant sur ses talons avec une raideur militaire, elle disparaît à nouveau derrière le rideau de la cambuse.

Dès qu'elle est sortie, Robbie parcourt le cercle du regard, et appuyant sa tête sur le dossier de son fauteuil avec un air d'extrême lassitude, il dit dans un souffle :

— M. Chrestopoulos est d'autant plus excusable qu'il a cédé à une illusion que nous connaissons bien. Il a pensé, comme chacun de nous ici, qu'il sera le seul à survivre.

— Mais que dites-vous là ! s'écrie Caramans sans arriver cette fois à maîtriser sa colère. C'est absurde ! Vous délirez, monsieur ! Et vous n'avez pas à nous imposer vos délires !

Ses lèvres tremblent, il serre ses mains l'une contre l'autre avec tant de force que je vois ses articulations blanchir. Il reprend d'une voix irritée :

— C'est inadmissible ! Vous cherchez à créer la panique parmi les voyageurs !

— Je ne cherche rien de ce genre, dit Robbie d'une voix très faible, mais sans céder un pouce de terrain.

Il ajoute :

— Je dis mon opinion.

— Mais elle n'est pas bonne à dire ! crie Caramans avec véhémence.

— De cela, je suis le seul juge, dit Robbie dans un murmure à peine audible, mais avec une dignité qui en impose à Caramans, car il se tait, baisse la paupière et fait un immense effort pour se reprendre en main.

Cette scène nous paraît à tous très pénible. On n'aurait jamais attendu tant de violence de la part d'un Caramans, surtout à l'égard d'un malade qui n'a presque plus de voix pour se défendre.

— Je vais mettre sous clef l'Oniril, dit l'hôtesse au bout d'un moment, peut-être pour relâcher l'attention.

Mais cette diversion est en fait assez mal choisie, car elle relance Robbie sur le chemin de ce que Caramans a appelé ses « délires ».

— C'est inutile, dit Robbie en levant la main droite d'un geste mal assuré pour commander l'attention. Faites donc tout de suite une première distribution d'Oniril aux passagers qui en désirent.

Il parle d'une voix si ténue et si hésitante que tous, même Caramans, même Blavatski (toujours silencieux et déprimé), nous tendons l'oreille au maximum pour entendre ce qu'il dit sans que personne — telle est maintenant son étrange autorité sur nous — ne songe à l'interrompre, ni à couvrir de la voix ses paroles.

— Mais nous ne sommes pas malades, dit Mrs. Banister.

— Qu'est-ce donc... que l'angoisse ? dit Robbie en lui adressant un pâle sourire.

Un silence tombe et à ma grande surprise, Mme Edmonde se met à pleurer. Sans lâcher le bras gauche de Robbie, elle pleure sans un sanglot, silencieusement, les larmes roulant sur ses joues et gâchant son maquillage.

Pacaud, le crâne rouge, les yeux hors de la tête et tenant dans sa patte velue une des menottes de Michou, dit d'une voix étranglée :

— Nous ne sommes quand même pas malades au sens où l'est, par exemple, M. Sergius, ou... vous-même, ajoute-t-il après un temps d'hésitation. Dans ces conditions, ce serait un peu du gaspillage de distribuer de l'Oniril à tout le monde.

— Ce ne sera pas du gaspillage, dit Robbie d'une voix infiniment faible mais avec l'ombre d'un sourire sur son visage cendreux. Je viens de faire le compte. Les quantités ont été exactement calculées pour que chaque passager puisse recevoir deux dragées par jour pendant treize jours

— dans l'hypothèse, que je crois probable, où un passager sera débarqué chaque nuit.

Il y a un moment d'affreuse stupeur. Et Caramans s'écrie, tout à fait hors de lui :

— C'est de la pure folie ! Rien, absolument rien, ne vous autorise à formuler une hypothèse aussi insensée ! Vous n'avez pas le commencement d'une preuve pour l'étayer !

Robbie, rigide sur son fauteuil, les deux mains reposant inertes sur les accoudoirs, le fixe de ses yeux marron clair, et bien que son regard ne contienne pas la plus petite parcelle de méchanceté, son impact sur Caramans le réduit au silence.

— Il n'y a pas de preuve, dit Robbie de sa voix à peine audible, seulement des indices. Mais des indices probants. Par exemple, le nombre des dragées. Le croiriez-vous, M. Caramans, on a même prévu qu'un des passagers refuserait sa part. C'est pourquoi il y a 180 dragées et non pas, comme le compte exact l'exigerait, 182.

— Vous divaguez, monsieur, dit Caramans avec un sursaut tardif. Je ne crois pas un traître mot de ce que vous avancez !

Un silence tombe de nouveau, et de sa voix extraordinairement faible, qui paraît à peine capable de traverser l'espace qui le sépare de nous, Robbie dit avec un sourire :

— Allons, M. Caramans, vous qui êtes si raisonnable, pourquoi ne pas vous faire une raison ? Les choses sont tout à fait claires, maintenant. Il n'y a qu'une façon, une seule, de sortir de cet avion : comme Bouchoix.

Sauf Robbie, tous les passagers finalement ont pris de l'Oniril, tout en protestant bien haut qu'ils n'étaient pas souffrants. Ce « tranquillisant », dit Caramans en minimisant par avance ses effets, allait l'aider à calmer l'impatience que lui donnait « un voyage un peu long ». Là-dessus, il avale, comme tout le monde, sa dragée, et pour montrer sa foi inébranlable en notre destination ultime, il sort ses dossiers de sa serviette et s'y plonge, un porte-mine en or à la main, pour les annoter. Blavatski se contente de faire une remarque joviale sur le fait qu'il se drogue, lui dont la tâche est de réprimer la drogue. A mes oreilles, cette jovialité sonne faux. C'est le genre d'humour de la dernière minute qu'on prête dans les films américains au héros impavide qui se trouve à deux doigts de la mort.

Cette bonne humeur a cependant pour résultat de donner le ton à une distribution qui aurait pu être lugubre si les passagers n'avaient pas décidé de la prendre à la légère.

Pacaud n'est pas le dernier à entrer dans le jeu. Il demande à l'hôtesse avec un rire si elle est bien sûre que la petite dragée ne contient pas aussi un aphrodisiaque. Et là-dessus, Mme Edmonde, qui a séché ses pleurs et refait sa beauté, échange avec lui des plaisanteries d'un goût contestable.

Trop distinguées pour prendre part à ce genre de liesse, les *viudas* absorbent leur Oniril avec une sorte de détachement, comme si elles se soumettaient de bonne grâce à une formalité insignifiante à laquelle même leur rang élevé dans la société ne leur permettrait pas de se soustraire.

Je pense que, si je n'avais pas été déjà moi-même sous l'effet de l'Oniril et assuré de recevoir encore une dose avant le soir, toute cette scène m'eût laissé, par la fausseté qui émane d'elle, une impression à la fois pitoyable et déplaisante. Peut-être aussi ne l'ai-je pas suivie, vu mon état, avec toute l'attention qu'elle mérite, ni noté toutes ses nuances. En fait, pendant tout le temps qu'elle se déroulait, j'étais hanté par une seule pensée : le refus stupéfiant de Robbie d'absorber la drogue.

J'attends que l'Oniril ait suffisamment agi sur mes compagnons pour que ma question ne puisse pas les troubler, et je demande à Robbie la raison de son abstention. Cette conversation est difficile car nous parlons l'un et l'autre d'une voix si faible que nous avons peine à nous entendre. Quand à nous déplacer pour aller l'un vers l'autre, c'est exclu pour ma part et je suppose que Robbie craint, en se levant, de donner au cercle le spectacle de sa faiblesse.

A mon grand étonnement, Robbie, qui a apporté tant de

preuves de son caractère résolu, ne me fait pas une réponse très tranchée. Parlant en français mais avec un accent allemand de plus en plus marqué, il commence par dire :

— Je ne sais pas. Je ne suis pas sûr de comprendre toutes mes motivations. Il est possible que je veuille affronter sans aide ma propre angoisse.

— Mais n'est-ce pas là, dis-je, un héroïsme tout à fait superflu ? Surtout chez vous pour qui l'issue de cette affaire ne fait aucun doute.

— C'est ce que je mé dis.

— Alors ?

— Je suis très narcissique, vous savez. Je mets peut-être dans ce refus une sorte de coquetterie.

— Ce serait tenir beaucoup trop compte de l'effet que vous produisez sur les autres.

— Oui, vous avez raison.

Il réfléchit un moment et il ajoute :

— Mais peut-être aussi je désire refuser les cadeaux du *Sol*.

Il prononce « cadeaux » avec un sourire de dérision.

Ici, la Murzec, qui est revenue du poste de pilotage, pour accepter docilement sa dragée, lève les yeux vers nous avec un air si scandalisé que je veux éviter une homélie et je mets fin à cette conversation. Elle m'a d'ailleurs épuisé. Si ma pensée demeure claire, il s'en faut que ma parole soit facile.

Je ne puis dire à quel moment de l'après-midi ce que je vais maintenant raconter se situe, car personne ici n'a plus de montre, et nous perdons peu à peu la notion du temps. Je dis « après-midi », parce qu'en l'absence du soleil qui après le lever du jour a disparu, il y a « un moment » déjà que l'hôtesse nous a servi un repas et enlevé les plateaux.

Comment l'hôtesse sait-elle elle-même quand il convient de nous nourrir, je ne sais. A moins que l'ordre, comme je l'ai déjà supposé, lui en soit donné par le *Sol*. En tout cas, les seuls moyens que nous ayons pour diviser la durée sont, en dehors de la position du soleil, les collations qu'elle nous sert. Peut-être ces repères sont faux : si j'avais de l'appétit, j'en aurais quelque idée. Mais ce n'est pas le cas. Je ne peux rien avaler. Il y a là un cercle vicieux, je me sens trop faible pour manger, et, moins je mange, plus je m'affaiblis.

Je sais que je m'affaiblis, mais grâce à l'Oniril, je ne le sens pas. Et l'important, bien sûr, ce n'est pas tellement les maux dont nous souffrons, c'est l'imagination que nous en avons. De ce point de vue, l'effet de l'Oniril est tout à fait prodigieux. Il vous installe dans une insouciance heureuse où vous vivez dans le moment présent, complètement étranger à l'idée de votre avenir.

En temps ordinaire, *la roue du temps* ne se contente pas de tourner et de vous emporter dans son cercle. Elle est dentelée et vous accroche sans fin de souci en souci. On ne vit pas. On tourne sans trêve dans les mêmes peurs, dans les mêmes obsessions. Sauf dans le tout jeune âge, le futur pèse sur notre présent, le saisit dans son tourbillon et l'étouffe.

Voilà pourquoi l'Oniril nous rend si légers. Grâce à lui, la *roue* nous donne l'impression — et cette impression est vraie puisque nous la vivons ainsi — de s'immobiliser et de nous laisser vivre dans le présent, dégagés de ce tournoiement qui nous affole.

Ainsi, peu importent désormais les heures, et qu'elles nous rapprochent ou non de l'issue que Robbie a prédite pour tous. Seule la *roue* est inexorable. Libérés d'elle, nous ne sentons pas le temps couler, ni venir à nous, dent après dent, le terme que nous redoutons.

J'évalue maintenant le temps uniquement par les moments forts de ma sensibilité. Peut-être ce pluriel est-il trop ambitieux et peut-être l'instant que je vis est-il le dernier, je ne sais. Si c'est vrai, je ne le sens pas. Il me semble — comme les adolescents au moment où la sève de la vie monte en eux — que j'ai encore en réserve d'immenses possibilités. Il m'est indifférent qu'il y ait de l'illusion dans ce sentiment. L'essentiel, c'est que je l'éprouve.

D'elle-même, spontanément, sans que mon regard ou ma supplication muette l'aient le moins du monde appelée, l'hôtesse vient de me prendre la main et, à mon immense joie, je retrouve son contact chaleureux. Ses doigts vivent

336

entre les miens et m'apportent, comme avant, leur tendresse et leur complicité. Je tourne la tête vers elle. Je retrouve ses yeux verts que l'émotion paraît foncer. C'est comme un flot qui jaillit tout d'un coup en moi. Je me sens heureux au-delà des limites habituelles du bonheur.

Sachant combien tout effort me coûte, elle penche sa tête vers moi à me toucher et je lui dis dans un souffle :

— Mrs. Boyd vous a vue dans les petites heures du matin m'entraîner vers la queue de l'appareil. C'était donc vrai ?

— Chut ! dit-elle. Ne parlez pas de ça. On nous écoute.

Je ne sais pas qui est cet « on ». Le cercle ? Ou le *Sol* ? Mais le point me paraît peu important au regard du doute où je suis. Je reprends :

— Faites-moi une réponse franche : vous m'aimez ou non ?

Ses yeux verts foncent à nouveau et elle me répond avec sérieux d'une façon très délibérée comme si en elle-même elle pesait ses mots :

— Je crois vous aimer.

— Quand en serez-vous sûre ?

— Quand nous serons séparés.

Il y a là matière à des réflexions et à de nouveaux doutes. Mais les unes et les autres, pour le moment, je les écarte. Je vais au plus pressé.

— Ce matin, vous vous êtes conduite avec moi comme une étrangère. Pourquoi ?

Elle rapproche encore sa tête de la mienne et me dit dans un souffle :

— J'étais sous l'influence du *Sol*.

Je reprends sur le même ton :

— Il vous a blâmée pour cette nuit ?

— Non. Ce n'est pas sa méthode. Il m'a laissé entendre que mon sentiment pour vous était sans avenir.

— Parce que j'ai si peu de temps devant moi avant d'être débarqué ?

— Oui.

— Mais vous-même, un jour...

Je m'arrête. A son égard, je n'ai pas le cœur d'employer

l'euphémisme que je viens d'employer, si pudique qu'il soit.

— Ce n'est pas comparable, dit-elle, comme si sa survie allait se compter en années et non en jours.

Je suis trop étonné, et surtout je l'aime trop pour le lui faire remarquer. Je préfère lui faire préciser un point qui me paraît obscur.

— Qu'est-ce donc que le *Sol* pour influencer à ce point vos sentiments ? Un Dieu ?

— Oh ! non !

Elle réfléchit, les narines palpitantes, l'œil grave et la bouche enfantine. Je l'adore ainsi. J'éprouve un besoin immense de la serrer dans mes bras. Mais à supposer même que j'en aie la force, que dirait le cercle ? Et irais-je encore fournir au *Sol* l'occasion de la blâmer, ne serait-ce que par des sous-entendus ?

L'hôtesse émerge enfin de ses pensées, et dit avec une timidité qui ne me paraît pas tout à fait en accord avec le reste de sa personnalité :

— J'ai peur du jugement que le *Sol* pourrait porter sur moi.

C'est tout. Elle n'en dira pas plus, je le sens. Et je dois me satisfaire de ses réponses, si peu satisfaisantes qu'elles soient pour moi. Il y a toute une zone en elle dont je viens d'avoir la révélation, et qui me surprend beaucoup. Ce respect de l'opinion du *Sol* ! Pour moi, c'est à peine croyable ! Comment, s'agissant d'elle-même, ne préserve-t-elle pas plus jalousement l'autonomie de ses propres sentiments ?

Je me dis, pour me réconforter, qu'on ne comprend jamais très bien l'être qu'on aime. Non qu'il soit plus opaque que les autres. Mais on se pose davantage de questions sur lui.

Plus encore que mon court dialogue avec Robbie, cette conversation m'a épuisé. Je sais qu'elle sera la dernière et que je n'ouvrirai plus la bouche jusqu'à la fin. Mais il ne faudrait pas croire que le sentiment que j'ai d'être à jamais muet me désole. Pas du tout.

A la nuit tombante, l'hôtesse m'a donné une deuxième

dragée d'Oniril. Si petite qu'elle soit, je m'y suis pris à deux fois pour l'avaler. Après quoi, l'hôtesse a appuyé ses lèvres fraîches sur les miennes, et je suis entré dans une sorte de rêve où tout est devenu infiniment facile. Mon fauteuil est incliné au maximum en arrière. L'hôtesse, comme je me plaignais du froid, a posé sur mes jambes la couverture de Bouchoix. Et maintenant je me sens bien. J'ai l'impression de flotter à reculons sur un radeau pneumatique dans une mer tiède. De petites vagues me soulèvent en passant sous moi, et sur mon corps, je sens la double et complémentaire caresse du soleil et du vent. Bien que je ferme les yeux pendant de « longs » moments — ce qui peut laisser croire que je somnole —, en réalité, je garde une parfaite conscience de ce qui se passe autour de moi, et j'entends tout. Je remarque, entre autres choses, que le cercle ne fait sur mon état aucun des commentaires qu'il a faits la veille sur celui de Bouchoix. Le cercle, probablement sous l'effet de l'Oniril, a appris à se méfier des mots. Il a raison.

Ce qui, dans mon euphorie présente, me fait plaisir, c'est de sentir à quel point j'ai de l'amitié pour le cercle. Oui, je les aime tous, même Chrestopoulos, malgré son affreux passé. Je pense qu'il va beaucoup souffrir et beaucoup transpirer, ce pauvre Chrestopoulos, quand son tour viendra. Il est de ces gens frustes qui, menés au gibet, protestent qu'on ne peut pas les pendre, puisqu'ils sont en bonne santé. Je le regarde. Il a trop chaud. Il s'agite. Il rôtit déjà. Il vient d'enlever sa veste et son gilet, il desserre son col, mais ne se résout pas à enlever sa cravate de soie jaune : le seul luxe qui lui reste depuis que ses belles bagues sont parties.

Sous l'effet de l'Oniril ou de l'angoisse résiduelle qu'il n'arrive pas à diluer, il y a un relâchement marqué dans l'attitude des passagers. Pacaud, lui aussi, a retiré sa veste. Blavatski est en bras de chemise montrant sans pudeur des bretelles mauves. Mme Edmonde s'est dégrafée. Caramans lui-même, méditant, une main sur les yeux, a défait sournoisement sous son gilet le premier bouton de son pantalon. Seules, les *viudas* restent correctes. Du moins dans leur tenue. Car Mrs. Boyd, ses coques métalliques intactes sur son petit crâne rond, le sac de croco bien calé sur ses genoux, et l'œil rond fixé droit devant elle (le vide regardant le vide), se permet de petites flatulences, à vrai dire inodores, et qu'elle n'essaye même plus de couvrir par de petites toux.

Quant à Mrs. Banister, redevenue loquace une demi-heure après avoir pris son Oniril, elle a d'abord évoqué à nouveau pour le bénéfice de Mrs. Boyd son arrivée dans l'hôtel quatre étoiles de Madrapour. (Car, à part Mrs. Boyd et Manzoni, nous sommes tous oubliés, elle y arrive seule.) Puis, entamant le chapitre du premier bain chaud où elle décrasse son joli corps, elle change d'interlocuteur, elle se tourne vers Manzoni, lui prend les mains, mêle son regard au sien, et pas du tout chastement et à la dérobée comme l'hôtesse vient de faire, mais avec le tranquille aplomb d'une grande dame, elle se penche sur l'Italien et lui dévore les lèvres.

Ah, certes, je ne lui donne pas tort ! Qu'elle se dépêche ! Moi, je n'ai eu qu'une seule journée, le 15 novembre, pour vivre un grand amour. Il me reste à comprimer autant de décennies que je peux dans ces vingt-quatre heures qu'on me donne et qui tirent à leur fin. Heures, jours, lustres, après tout peu importe, au regard des millions d'années où nous ne serons plus là — tous débarqués l'un après l'autre, l'hôtesse aussi, qui pense dans sa naïveté avoir tellement plus d'avenir que moi. Et pourtant, à l'instant, j'ai remarqué que ses yeux étaient déjà griffés de petites rides, comme si depuis l'avant-veille ses vingt ans avaient passé trente ans. La compression se fait dans les deux sens, me semble-t-il.

Je viens d'ouvrir les yeux. Par le hublot, je vois le soleil très bas sur la mer de nuages — ces nuages où mon rêve était de me baigner. Au fond, dès la minute où j'ai mis le pied dans cet avion, j'ai su qu'il faudrait en arriver là. Et j'ai eu beaucoup de chance, à bien voir. Dès ma montée à bord, j'ai sécrété, grâce à l'hôtesse, mon propre Oniril. L'angoisse d'aimer m'a plus qu'à demi caché l'autre.

Je sens, mêlés à mes doigts, les doigts tièdes de l'hôtesse. A vrai dire, je les sens un peu moins. Mais c'est toujours la même tendresse qui sourd en moi comme une source. A cet instant, j'ai cessé de trouver importante la réciprocité. Cela concerne l'hôtesse, pas moi. Et pour elle, certes, c'est peut-être un peu dommage qu'elle doive, à cause de son respect pour l'opinion du *Sol,* attendre que je ne sois plus là pour connaître la vérité sur ses propres sentiments.

Je vais fermer les yeux et désormais, par peur de ne plus rien voir, je ne les rouvrirai plus. Le regard qu'avant de laisser tomber mes paupières je jette à l'hôtesse et qui est déjà un peu brouillé, est le dernier. Mais je connais ses traits par cœur. J'emporterai avec moi son visage comme un résumé merveilleux de la beauté du monde.

Je sais très bien comment cela va se passer. Je ne verrai pas, ayant déjà les yeux clos, les signaux lumineux de chaque côté de la porte du *galley*. Mais j'entendrai — gardant encore mon ouïe — le remue-ménage des passagers bouclant leurs ceintures, la décélération, les aérofreins, leur sifflement menaçant. Je sentirai — puisque je sens encore, quoique de façon lointaine, comme une substance presque impalpable, la main de l'hôtesse — les cahots de la piste d'atterrissage.

Je ne crains plus rien. Je suis passé de l'autre côté de la peur. Je suis guéri à jamais de l'angoisse. La voix nasillarde et écrasante dira sans m'épouvanter avec ses mêmes intonations mécaniques, que tous entendront ici :

— Sergius Vladimir, vous êtes attendu au sol.

L'hôtesse alors débloquera l'*exit* et reviendra vers moi pour m'aider à me lever. Personne, j'espère, n'osera faire ce geste dérisoire : me mettre dans la main mon sac de voyage. J'avancerai, d'abord soutenu par l'hôtesse, puis sur le seuil, après une dernière pression de main, elle me laissera aller.

Je sais déjà que je ne sentirai pas le froid.

Le 3 novembre 1975.

Théâtre, *Tome II*
Nouveau Sisiphe,
Justice à Miramar,
L'Assemblée des femmes
Gallimard, 1957

Théâtre, *Tome III*
Le Mort et le Vif suivi de Nanterre la Folie
Éditions de Fallois, 1992

Pièces pies et impies
Éditions de Fallois, 1996

Histoire contemporaine

Moncada, premier combat de Fidel Castro
Laffont, 1965 (épuisé)

Ahmed Ben Bella
Gallimard, 1985

Essais

Oscar Wilde
ou la « destinée » de l'homosexuel
Gallimard, 1955

Oscar Wilde
Perrin, 1984
Éditions de Fallois, 1995

Traductions

John Webster, Le Démon blanc
Aubier, 1945

Erskine Caldwell, Les Voies du Seigneur
Gallimard, 1950

Jonathan Swift, Voyages de Gulliver
(Lilliput, Brabdingnag, Houyhnhnms)
EFR, 1956-1960

En collaboration avec Magali Merle

Ernesto « che » Guevara,
Souvenirs de la Guerre révolutionnaire
Maspero, 1967

Ralph Ellison, Homme invisible
Grasset, 1969

P. Collier et D. Horowitz, Les Rockefeller
Seuil, 1976

IMPRESSION : BUSSIÈRE CAMEDAN IMPRIMERIES À SAINT-AMAND (4-01-03)
DÉPÔT LÉGAL : JANVIER 1999. N° 33651-2 (026016/1)

Collection Points

DERNIERS TITRES PARUS